戦略を謬《あやま》って国は亡びた

戦史は明瞭に教えてくれる

嘉村甚次

元就出版社

序文

昭和二十年八月十五日、日本は開闢以来の大敗戦を喫した。

大東亜共栄圏の建設とか、東亜民族の解放とか、自存、自衛の戦いだとか訓《おしえ》られて僕らは、勇みに勇んで戦地に向った。出征の時、週番司令の「死にに征け」のただ一言の命令を畏み受けて、北ビルマの果てまで出動した。

師団の後方に着いて師団輜重《しちょう》の補助業務についてみると、友軍機は一機もいてくれず、絶対的に制空権を敵に握られた戦場は、敵機の銃撃爆撃思いのまま。まったくこれでは戦にならぬ。

前線では撃つに弾なく、食うに食なく、一発撃てば千発のお返しを受けたと生き残った戦友先輩の戦記に見える。幾らかオオバチだろうが、衆寡敵せずということだ。出征の時、約百名だった中隊の初年兵は、生きて帰ったもの約十名。戦場の苛烈さが判る。

こんな状態では、とてもこの戦は勝てそうにもないぞ。制空権のない戦闘なんて、とても戦にならない。太刀洗で、あれだけ飛んで征った飛行機は一体どこへ消えたのか? 政府、大本営はなぜこんな無謀な戦を始めたのか。師団に着いての第一印象がこれであった。何くそ！　と歯を食い縛ってはみたが、一兵のなす術はもちろん何もなかった。

南支那海では護衛の駆逐艦は、僕らの輸送船の前で真っ先にボカチン（敵の潜水艦の魚雷攻撃をボカンとやられて、艦船が沈没することを、あの頃僕らはそう言った）喰らって、南支那海の藻屑と消え果てる、海軍の将兵の心情や如何に。

こうして海軍の無力にうんざりし、やがて僕らもおもむろに敵潜水艦の魚雷のただ一発の攻撃で、船は沈没し、大多数の者は海の藻屑となり、僕らは十七、八時間漂流の後、やっと救助艇に救助された。陸も、海もまったく同じ、敵との戦力の懸絶《けんぜつ》ぶりである。

これでもか、これでもかと叩かれ続け、最後は原爆まで叩きつけられて大敗戦。

どうして日本は、こんな負ける戦をはじめたのか？　僕なりの体験をもとに、長年に亘り、防衛庁防衛研修所戦史室著作の大本営陸軍部の戦史を基礎に、巻末に掲げた各種の資料その他を読んで記述した。僕の納得するポイントは、そのままこの本に掲載させていただいた。

人間はなかなか神様にはなれそうにもない。だんだん近づくべきではあろうが。人間のサガか？　平和、平和と平和を唱えるだけで本当の平和が来るだろうか。現代では僕には平和ボケとしか見えぬ。

約二千五百年の昔、孫子は、よく兵を用いる者は、先ず道を修めて法を保つ。故に良く勝敗の政を為す。その上で国土の面積、人口、資源、兵勢、最後に勝敗だ、と論じている。

日本は中国とは昭和八年五月三十一日塘沽《タンクー》停戦協定締結以来昭和十年頃までは、五族協和を唱えて、概ねこの道を辿っている。蔣介石も納得していたようである。

蔣介石は、日華親善の趣旨に沿うた処置をとろうとし、「敦睦《とんぼく》令」というのを発布し排日、排日貨を禁止し、これに背く者は厳罰に処すると発布したそうである。

せっかくここまで日中親善の雰囲気が出たのを、その後、二・二六事件を契機に日本は中国を馬鹿にして、蔣介石を失望させた。昭和八年の省、部会議の永田第一部長の主張にその兆候が見えている。やがて支那事変、大東亜戦争、大敗戦と推移してゆく。

中国三千年以上の歴史の中には孔、孟を始め、立派な指導者が一杯だ。戦史を読み、かつ記述しながら大東亜戦争当時の日本の指導層の無謀、驕慢への非難、攻撃みたいになってしまったが、結論として、道を修め、法を保った上での戦略眼のない国家に明日はない。戦史は明瞭に教えてくれた。

短い波乱の軍歴ではあったが、様々な体験、ついには夢想だにしない災難病にまで罹ったが辛うじて生き残ることが出来、大東亜戦争の発起、敗因を自分なりに纏めたつもりである。

命令を畏み受けて、国家のために、死んで逝かれた英霊に対し、謹んで哀悼の誠を捧げると共にこの本を御霊前にお供えする。さらに国家の将来に、再び国運を誤ることのないように祈る。

はじめに

敗戦後、ちょうど六十年を経過した。光陰まさに矢の如し。意識しようがしまいが、時は流れて、うたかたの如く消え結ぶ人の命など、筆者の意識の中にあるだけのことである。

庭の北に聳《そび》えるメタセコイアの大木の梢の上に光る北極星も、オリオン座も、カシオペイアも、六十年前、北ビルマ（現ミャンマー）フーコン地帯の山の中で眺めた姿そのままに光っている。変わってゆくのは、筆者の姿のみ。

フーコンの　野辺に散りにし　わが戦友《とも》の
　おもかげ若く　我老いにけり

南海の　藻屑と果てし　戦友《とも》思い
　自ずと口ずさむ　あの夜の軍歌

死は鴻毛よりも軽し、と覚悟させられ、自らも納得して立った戦場に、幸か不幸か生き永らえ瓦全《がぜん》を恥じて八十三年。人の運命なんて、人間の力ではどうも出来るものではない。あの頃、フーコンの戦場か南支那海に戦死していれば、靖国神社に大敗戦の大責任者合祀の実態を知らずに済んだのに。

でも、また思う。死んでいれば、妻もいなかったし、子供も生まれなかったことは確かである。であれば、やはり思い直すのが普通の姿か。生を欲し、死を厭《いと》うは人間の自然だ。それを、よくもあれまで昇華したものだ、とも思うが。

その錯綜する感慨と、八十三年の生涯の足跡とを振り返って、もちろん全部とは言えないまでも、心の赴くまま気の向くままに綴り残しておきたい。一種の筆者の煩悩か。

あわせて、筆者の人生は、敗戦後は技術者として、国の復興、発展のために頑張りとおしてきた人間として、民族の過去、現在、未来への拙い識見と笑われるかもしれないが、子供たち、孫たちへの餞《はなむけ》として残したい。今まではその時間すらなかった。

参考文献は、尊敬の念を込めて掲げさせてもらうことにしたが、始めの大部分は、概《おお》ね筆者の精神構造の屋台骨をなすものであり、このうえにこそ、わが記述は存在するのである。まず以てその理解を乞う次第である。

参考文献の中には、大事なところはそのまま引用させてもらったものもある。目を通してくれる人の判断を正確にするためなのである。

読書した中に、「国を思えば腹がたつ」という本を発行した作家がおられたが、筆者は、そういう作家に比すべくもないが、心情においては一脈通ずるものがあるのを覚える。

何をそう思うのか。約六十年前、思想、信仰の自由、プロレタリア独裁、アメリカは侵略国、ソ連は平和国、平和、平和と叫びながらも棍棒《こんぼう》を持って、闘争、闘争のケンカ騒ぎ。

日本民族という民族は、どうしてこんな民族になり下がったか。レーニンがスターリンが、その他諸々のソ連の権力亡者が、己の権力制覇の手段として利用するに過ぎないマルクス教(?)にカブレ果て、平和、平和の陰謀ボケ、択捉《えとろふ》などの北方四島は占領され、竹島、尖閣列島等問題起きても、基地反対、基地反対のシュプレヒコールは鳴りやまず、わめき続けて、動く姿は利己勝手。汚職や詐欺や強盗殺人。道徳も、法律も、愛国心も、陶然として地を払う。

親鸞は「世の中は皆以て、空言、戯言、真あることなきに、只念仏のみぞ真にておわします」と説いて下さったが。

北ビルマ（現ミャンマー）の戦野に、南支那海の海南島の東方洋上で、十七、八時間余の漂流を味わわされた体験は、親鸞の教えすら、所詮は「暇人の慰み言」として理解するほかはなかった。でも、通常の社会においてはまあまあか。だから、他宗教も念頭に念仏は黙唱に決めて、自然に帰る日（往生）を静かに感謝し合掌するのである。一切は空。

敗戦の経緯について、読書・考察していくうち、まったく想像もしていなかった、というより工業学校の学生の頃より、お聞きしていた真崎甚三郎陸軍大将のお話が、ほとんどそのまま日本の敗戦の歴史となって綴られている。なんたることか。

しかもこれらの記述に携わった人は、各分野の、特に軍部は秀才達ばかりである。だのに大本営は、陸軍も海軍も、何故あのように間違ってしまったのか。自ら鴻毛と覚悟し、戦場に立ったことを思うにつけ、どうしても、これだけは研究して残しておきたい。

ここに、筆者の「国を思えば腹が立つ」の感慨が、湧然としてわき起こってくるのを、どうすることもできないのである。これが日本民族の民族性と思わねばならぬのだろうか。残念無念、遣る方なき思いでいっぱいである。

この本の前段は我が青春の戦争記、後段は大敗戦の我が考察。所詮はゴマメの歯ぎしり。でも書かずにはおれない。何の因果か煩悩か。

責任の　立場忘れて　我意を張る
　人に亡ぼさるる　国民あわれ

戦略を謬《あやま》って国は亡びた——目次

戦史は明瞭に教えてくれる

戦略を謬《あやま》って国は亡びた

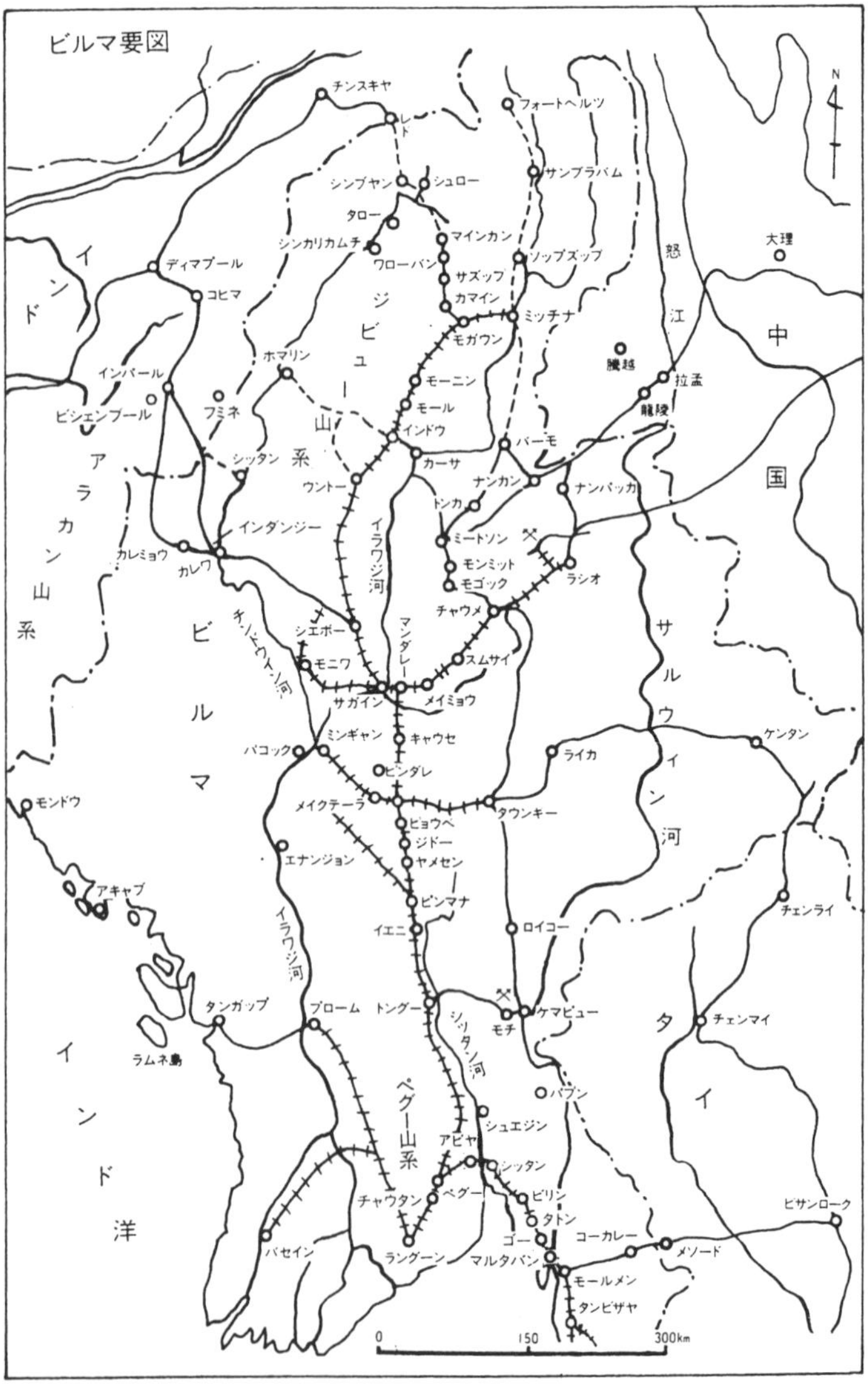
ビルマ要図
N
チンスキヤ
レド
フォートヘルツ
シンブヤン
シュロー
サンプラバム
タロー
マインカン
シンカリカムチ
ワローバン
ソップズップ
サズップ
カマイン
ミッチナ
大理
ディマプール
コヒマ
インド
ジビュー山系
モガウン
怒江
中国
騰越
拉孟
龍陵
ホマリン
インパール
ビシェンプール
フミネ
モーニン
モール
インドウ
バーモ
シッタン
カーサ
ナンカン
ナンパッカ
ウントー
トンカ
アラカン山系
インダンジー
イラワジ河
ミートソン
カレミョウ
カレワ
モンミット
モゴック
ラシオ
チャウメ
シエボー
チンドウィン河
マンダレー
ビルマ
スムサイ
モニワ
サガイン
メイミョウ
サルウィン河
キャウセ
ミンギャン
パコック
ケンタン
ライカ
ピンダレ
モンドウ
メイクテーラ
タウンキー
ピョウベ
ジドー
エナンジョン
ヤメセン
ピンマナ
アキャブ
イエニ
ロイコー
チェンライ
イラワジ河
タンガップ
プローム
トングー
シッタン河
モチ
ケマピュー
チェンマイ
タイ
ラムネ島
インド洋
パプン
ペグー山系
シュエジン
アビヤ
シッタン
ビリン
チャウタン
ペグー
タトン
ヒサンローク
ゴー
コーカレー
メソード
バセイン
ラングーン
マルタバン
モールメン
タンビザヤ
0
150
300km

序章――大敗戦

中隊長への意見具申

所は東京滝野川・陸軍兵器行政本部・幹部候補生隊。戦局、もはや我に利あらず。帝国の敗戦今や必至なり。万に一つの勝算もないことは、以心伝心、皆わかっている。でも、それを口にはせずに明朗を装う。こんな時、

「幹部候補生隊にも特別攻撃隊を編成せよ」

こういう命令が発令され、中隊長・林大尉を中心に約四十人余の特別攻撃隊が編成された。筆者は、ビルマの菊兵団派遣でもあり、もともと性分が兵科向きと自他共に認めるところ、いの一番に我が意を得たり。

前線追求で二期遅れ、入院治療でまた遅れ、ビルマの野戦兵器廠で、陸軍技術部甲種幹部候補生を命ぜられたが、筆者にとっては「なんで俺にこんな口クでもない命令を下すのか」と忿懣《ふんまん》やるかたなく、フーコンの山の中から抜け出した、ぬけがらのような心境の筆者は、いの一番にわが意を得たり、と志願した。

中隊長も、清水の次郎長の話をよくやる人で、どこか性分が似ていた。だから、演習を重

ねるうち、率直な意見が言えるようになった。休憩時間を利用して具申した。

「中隊長殿、ご無礼かと存じますが、申しあげてもよろしくありますか」

「何だ。言ってみなさい」

「小副川（小生の旧姓）は、北ビルマの戦場で感じたのですが、攻略以来一年半にもなるのに、要所要所にすら、陣地というものを見ませんでした。あれでは、圧倒的に優勢な敵の攻撃に戦いようがありません。早く守備正面をお決め頂いて、せめて斬り込み拠点の構築くらいはしておかないと、爆撃砲撃の嵐の中に、寸刻の持ちこたえも、難しいのではないでしょうか。間合いを詰めた混戦拠点が、是非必要だと存じますが」

聞いていた中隊長は、しばらく黙っておられたが、

「小副川、そうだね、このままでは駄目だ、いずれ命令は出るだろうが、意見具申として上司に申し上げてみよう」

　こんなやり取りも交え、外語大、染井の墓地、大正大、飛鳥山一帯の焼け野ヶ原と変わり果てた焼け跡を、擬暗眼鏡（昼でも暗く見えるようにした眼鏡）を懸けて、銃と手榴弾に爆薬を負い、演習また演習。中には、瓦の下の便器に足を突っ込み、泣き面に蜂の奴もいた。

草の葉ずれを忍びつつ、
身には爆薬手榴弾
二十重の囲み潜り抜け
敵司令部の真っ只中に
死ぬを覚悟のなぐり込み

もう、二番以下は忘れてしまった。誰も生を欲し、死を厭わぬ者はいないはずだが、この日本帝国の存亡というよりむしろ、敗戦崩潰に際して編成されたであろう、特別斬り込み隊用の歌である。平気に見えても、筆者そのものがやはり、いざとなれば、目の玉が引きつりそうな気がしてくる。誰が作ったか？

その時、期せずして脳裏に浮かんで来るのは、軍人に賜わった御勅諭「軍人勅諭」である。「只只一途に己が本分の忠節を守り、義は山嶽よりも重く死は鴻毛よりも軽しと覚悟せよ。その操を破りて不覚を取り汚名を受くる勿れ」

ビルマの山中で、口に幾度か誦じ、幾度か誓ったこの勅諭を、マサカ東京の大元帥陛下のお膝下で唱えようとは。

広島の爆弾が原爆と解り、長崎にも落とされ、ソ連が満州に侵入し、もはや敗戦は目睫《もくしょう》なり。一切を捧げて国難に殉ぜん。朝礼の五ヵ条の誓いにも、一段と力が入る。

一、軍人は忠節を尽くすを本分とすべし。
一、軍人は礼儀を正しくすべし。
一、軍人は武勇を尚《とうと》ぶべし。
一、軍人は信義を重んずべし。
一、軍人は質素を旨とすべし。

ポツダム宣言の報道がどこからか、入ってきた。いずれにしても、相模湾岸か九十九里浜か東京湾岸か、または東京のどこかで夜襲、夜襲で戦死するか。いずれにせよ、民族の全滅はないだろうから、神州の不滅を信じ、民族再生の捨て石となって国に捧げるのだ。それに

しても、陸軍大臣の「戦陣訓」本訓第七、必勝の信念の項に、

「信は力なり。自ら信じ毅然として戦う者常に克く勝者たり。

必勝の信念は千磨必死の訓練に生ず。須《すべから》く寸暇を惜しみ肝胆を砕き、必ず敵に勝つの実力を涵養すべし。

勝敗は皇国の隆替に関す。光輝ある軍の歴史に鑑み、百戦百勝の伝統に対する己の責務を銘肝し、勝たずば断じて已むべからず」

寸刻の時間を得て、すっとこの一節が脳裏をよぎる。

俺は命令のまにまに、必勝の信念と覚悟に燃えて、この訓《おし》えに間違えたような気はしないが、帝国の現状はなんたる有様か。そう考え始めた時に、はっとした。これはならん。

御勅諭の教えに悖《もと》りはせぬか。俺はやはり、御勅諭の訓えのまにまに、特攻精神に徹するのだ。また脳裏に蘇《よみがえ》る。

海ゆかば　水づく屍
山行かば　草むす屍
大君の　辺にこそ死なめ
かえりみはせじ

家持は偉い。俺もこれで行こう。ぐずぐず言うのは、俺の性分に合わぬ。彼の偉大さに、死を前にして感じ入る筆者であった。

大元帥陛下の放送

そんな時、八月十五日の午前中、ふと命令が伝達された。
「十二時、大元帥陛下のご放送があるから、全員単独の軍装を整え、舎前に整列せよ」
この命令を受領して、筆者らは「すわ、一億総突撃の大命か」と色めき立ったが、しばらくすると、やや落ちついてきて、それは宣戦の詔勅に折り込み済みのはずではないか。だとすると、何だ。ロクニわからぬ。まあいいや。あと僅かで、大詔は渙発《かんぱつ》されるのだ。余分なことは考えない、考えない。

こうして十二時六、七分前、校長以下、舎前に整列して、玉音放送を今や遅しと待ち構えた。

陛下の放送が始まった。ガア、ガア言ってよく聞こえない。ラジオの調整のベテランが調整しているはずだのに何事か。また意識してこうしたのかも、瞬間、脳裏をよぎる。
「……ポツダム宣言を受託する旨……耐え難きを耐え、忍び難きを忍び、万世の為に大平を開かんと欲す……」

一種独特の変な抑揚の言葉である。何ということか、戦争は負けた、というのか。瞬間、慟哭の涙、滂沱として止まるところをしらず。誰の顔も、誰の目も涙、涙、涙……。

こんな放送を聞くくらいなら、ヤッパリ俺は、ビルマの山の中で死んでいれば、こんな屈辱にあわずにすんだのに……。

しばらくすると、次第に落ちついてきた。そうして「俺は今、生きているぞ。特攻は中止」ということだ。生き延びて頑張れという意味か。……む、そうか、とは思いついたが、全身の力が抜けてしまった。後から国民の利口者（?）が偉そうな口を吠えていたが、彼らは真面目に国を思い、国を愛した国民の自然の姿であったとは思えぬ。

国が負けたという腹立たしさ、何で負けたんだという悔やしさが一緒になって、名状し難い心境がずっと尾を引いてゆく。それは、筆者ばかりではない。多くのあの頃の若者がそうであった。国の必勝を信じ続けて、国に殉ぜんとする真心に燃えたぎればたぎるほど、その反動が大きかったのである。

「特攻くずれ」などという言葉があの頃、時々、新聞沙汰になることもあったが、それは筆者のような心境の人のさらに嵩じ、ちょっと分別を誤ったための惜しむべき青年の姿であった。その心境、今でもよく筆者には理解できるのである。

こういう青年にしたのは、誰の責任か、誰の仕業なのか。あの純真忠勇の青年も、平和、平和の平和ボケで、数年前まで「祖国ソ連」を唱えてワッショイ、ワッショイと騒ぎまくった青年も、共に我が日本の青年なのだ。これらのことは後段に譲って、我が青春の前段を述べてゆくことにする。

第一章――生い立ち

井の中の蛙

生い立ちというのは、本文の趣旨とはやや離れているようでもあるが、やはり、これが筆者の人生観の土台となっているので、祖先への追悼の意味も含め、一応文章にしておきたい。長塚節の「土」を思い出しながら。

大正十一年七月二十三日、佐賀県神埼郡三瀬村というところに、小副川寅六とイヨの三男として産声をあげている。早産で、七ヵ月出産であったそうである。祖母に、頭の毛は薄くてブヨブヨのようで、何とか助かるかと心配したが、泣き声は大きいから、ヒョットスルと助かるかも、と話し合ったと、物心ついてから聞かされた。

出生の時から、異常というべきか。

農家で、貧農とまではゆかぬ、若干の小作地もある中流の農家であった。筆者で分家五代目である。本家は平川家といって、隣家になっている。幕末の転換期で、本家は士族であったが、次男以下は平民ということに「触れ」が出て、それでは面白くないので、「小副川」の士族の姓を隣村から買ってきて、士族になろうとしたが、結局、駄目だった、ということだ、と父に聞かされたことを覚えている。

小学校入学以来、教育勅語により、「芝刈り縄ない草鞋を作り、兄弟仲良く孝行つくす」手本は二宮金次郎と、忠孝一本のもとに、教え育てられていったのである。年を取るにつけ、教えの有り難さに今さらながら感じ入る。

農家の三男坊に生まれたのだが、農業の手伝いをするうち、農業が大好きになった。それで「農業をやるんだ」と張り切っていたら、ある時、母が母の実家の祖母と話しているのが聞くとはなしに聞こえてきた。母が、

「男兄弟の多かけん、財産分けしてしまうぎい、こうも（小さく）なってしまうけ。甚次は、ちっとは勉強もでくっごたっけ、工業学校なっとんやって、我が飯ば食わしゅうで思うばってん。百姓すっちゅうて聞かじい（聞かないで）、困っぱん」

この母の言葉を、聞くとはなしに聞いた僕は、ハッとした。

ああ、そうだったのか。「井の中の蛙」とはまさに僕のこと。それから、父母の指示通り佐賀工業学校の機械科に、昭和十二年に入学した。だから二年遅れである。

小学校の高等科に進んでからは、羽織袴で通していたので、洋服を持たなかった。何も当時、国粋主義者というわけでもないが、父母がそうしたのだろう。別に何の抵抗も感じなかった。兄達も弟達も洋服だったから、僕だけが確かに変わっていた。

困ったのは、入学試験と入学式。「入学できれば、学校の制服だから、合格できるかできないか判らんのだから、羽織袴で押し通せ」という結論になって、縞《しま》の羽織に縞の袴と板東靴という、一風変わった服装で、山を下って受験に出た。

幸い、合格することはできた。入学式までは、羽織と袴で通したことが、六十八年後の今

日もはっきり思い出される。

入学してみて、英、数、国、漢などの普通科に、専門の走りが用器画。玩具のような図板にティー定規、烏口の墨入れ、直線引き、何と面白くもない学科なのか。不器用の僕には、「えらいところに、入学してしまったぞ」というのが、入学の第一印象であった。

二年遅れの入学だから、結果的には残念ながら二年の落第生みたいなもの。六十年後の今日では、同級生の中で、すでに若くて鬼籍に入った者もいるし、百歳を以て勝ち越しと、覚悟、決心を新たにする今は意とせぬが、当時は、進路を誤ったことが何とも悔やしい。進学の変更には、年が遅れすぎている。

剣道

そんな中で、ぼくの心理を救ってくれたのが、剣道と教練であった。糸山述吉先生が剣道の先生。糸山先生のお父さんは、佐賀藩の漢学の先生で、維新後、佐賀中学の国漢の先生をされ、佐賀の多くの人材を育成されている。わが糸山先生も、僕と出会った時、以心伝心、通ずるものがあった。

先生はやはり佐賀中学に学ばれ、海軍兵学校に進学され、少尉侯補生の時、事故に会って退役され、剣道を中山博道範士に学ばれ、免許皆伝の巻物を戴いておられた。

皇紀二千六百年の奉祝祭に、範士が宮崎に来られた折、立ち寄られて、糸山先生のため、「剣の霊人を正す」有信博道と揮毫《きごう》された見事な大きい額を贈られた。先生はそれを、神殿の下に掲げられて、僕らは道場に入るたびに、神殿に礼拝すると共に、額を拝して剣道と精神の修養に勤《いそ》しんだのである。

放課後、課外稽古が済むと、小使室《こづかいしつ》にある大釜から、大バケツに一杯の熱湯を、風呂場に運んで置くと、糸山先生は、それで体を拭いて帰宅される。それが楽しみだった。中山博道先生の流義は、神道無念流であり、僕らもその流れを踏むことになった。しかし、僕らは別にそんなことを意とすることはなく楽しんでいた。

先生は厳格なお方だったので、礼儀作法の一通りを、教えてくださった。もう概《おおむ》ね忘れたが、剣道袴の畳み方など、先年、孫の啓一郎に尋ねられて、教えてやった。

葉隠の山本常朝、石田一鼎、古川松根らの各先生の教えについても、折りに触れ教えられた。糸山先生の中学時代の親友には　海軍大将百武源吾、陸軍少将嘉村達次郎の両氏がおられた。

百武大将は一度、先生の部屋に放課後、お忍びで見えたことがあった。よほど親しかったのであろう。大将の兄は海軍大将百武三郎、弟は陸軍中将百武晴吉の両氏で、兄の大将は長く侍従長、弟の中将は、のちガダルカナルの血戦の第十七軍司令官で悪戦苦闘の末、撤退命令により、ブーゲンビルまでさがり、方面軍司令官・今村均大将に進退伺い、生死伺いを出されている。

嘉村少将は、居宅が近いので、寒稽古では、羽織袴で神殿の下に直立され、生徒に無言の激励を与えてくださった。

糸山先生のお宅には、日曜を利用して、たびたびお伺いした。先生の御父君の糸山貞幹先生の、刀を側に置かれ、鹿皮の敷物に座られた見事な壮容の画像を拝して、先生からいろんなお話を拝聴するのが楽しみであった。あの頃、一銭饅頭というのを、お菓子屋から十個ほど買って持って行き、それを先生とつまみながら、佐賀の昔のお話を聞くのを喜んでいた。

教練と井上、芋生両教官

学校では、軍事教練が週二時間ほど教科の中に折り込まれていた。上級学年になって、戦争がひどくなってからは、それどころではなかったが、この軍事教練が僕にとっては、もっとも楽しい学科になってしまった。専門（?）学科は性に合いそうにない。剣道で教士、範士になるのは、見当がつかぬ。軍人には、兵隊から大将まであり、将校にはなれそうだ。井上教官とは、糸山先生同様、以心伝心、通ずるものがある。教練の時間が、待ち遠しいように思われる。

もう一つ。その頃、学校には配属将校という制度があった。これについては、敗戦後に知ったが、山梨軍縮、宇垣軍縮というのが、大正十一年頃から大正末年頃までに施行され、その穴埋め策として尉官級将校の応急補充と国防国家の充実を意図して、全国の男子中等学校以上の学校に制度化し、その学校の所轄聯隊区の聯隊から将校が派遣されて、各学校の上級学年に軍事教練を教育していた。

その教官として、芋生大尉という方がおられた。芋生大尉は支那事変の勃発で帰隊され、少佐に進級し、連隊副官をされていた。

ある日、五年生の週番が、教室にやって来た。

「ここに、小副川《おそえがわ》という者はおらんか」

「はい、小副川は僕であります」

「そうか、配属将校殿がお呼びだ。配属将校殿のところまで行け」

「はい」と返事はしたが、ドキマギだ。

何で俺が、配属将校殿に呼び出されねばならんのだろう？　全然知りもせず、関係もないのに、何の悪いことをしたんだろうか、思い当たらないな。どぎまぎしながら、教務室に辿り着き、大声で叫んだ。

「機械科第一学年、小副川《おそえがわ》甚次《じんじ》、配属将校殿の召還により、只今、参上いたしました」

　井上教官始め、数学の西岡、国漢修身の松雪、その他の各先生が、何事かといった顔で、振り返る方もある。こっちは必死のつもりだ。井上教官はにこにこだ。どうも変だぞ。配属将校殿のところに参り、

「小副川、只今、参りました」

「おお、来てくれたか。よしよし、これをね、君の帰りに、家に届けておいてくれんか」

　ヤレヤレだ。こんなにドギマギしたのに。芋生教官の家は知っていた。何のことはない。お酒一升、風呂敷包みにくるんだのを、教官の家に届けて帰る。それだけのことだった。

「人を脅かしといて、フザケテルー」

　でも、どうして教官は俺のこと、知っているのかな。知られたことは、悪いことでもないぞ。自転車の尻にしっかりと、頼まれたお酒を括《くく》り付け、教官の家の玄関に行き、奥さんに、

「佐賀工業機械科一年の小副川と申します。これを教宮殿にお届けするように、申されましたので、只今お持ち致しました」

「あら、まあ貴方に。こんなのを、すみません。ここに牛乳があるから、一本だけど、飲んでいらっしゃい」

　牛乳を飲んだのは、田舎者の僕にはこれが始めて。

　こうして、芋生教官とは、いつのまにやら気心が通じた。日曜の昼下がり、本読みに退屈

している頃、下宿の側の小川の土手を、着流しの兵児帯に釣り糸をたれて、ハヤを釣りながら上がって来られる。

「教官殿」と近寄ると、

「おお、来たか、こいば持て」と言って、ビクを持たされ、

「ハヤば見つけんさい、俺が釣るけん」

教官殿、あそこにも、あそこにもと、泳いでいるハヤを指さすと、拾い上げるように、釣り上げてゆかれる。実に面白い。

「教官殿、僕にも」「うん」と竿を受け取って、泳いでいるハヤの鼻先に流してゆくが、ハヤは、プイと横を向いて、僕の餌には食い付かぬ。三回やっても駄目。「ダア、俺にやれ」と、教官殿がとられて流されると、もうパクッと食いつく。実に不思議。実に不思議。楽しい思い出。

芋生教官には、こうした縁が始まりで、支那事変が勃発して、やがて聯隊に復帰され、聯隊副官をされていた頃、兵営宿泊でお目に掛かり、僕がビルマに出征した時は、第一大隊長で、僕が第一中隊に属し、束の間ではあったが、直属上官であり、試験委員長でもあられた。が、戦線錯綜で、申告の機会もなく、僕は技術部侯補生を拝命して菊兵団を去り、教官殿は、昭和二十年四月、中部ビルマのピョウベ付近の戦闘で、敵M4戦車の攻撃に会い、無惨な最後を遂げられたことが、「菊歩兵第五十六聯隊戦記」のなかに記述されている。

軍人は、死は鴻毛よりも軽しと覚悟させられ、納得していたとはいえども、この大命を、天皇の名において無謀にも行使した東条英機以下の無能・驕慢、何事なるぞ。

この大本営の無能・驕慢の記述が、この文章の後段であり主眼である。

教練、査閲

前述のように、学校教練は、文部行政の中に、富国強兵の国策が大きく働き、年一回、所轄聯隊の聯隊長による学校教練査閲が実施され、学校軍事教練の進歩の程度を、確かめられていった。

第一学年の時の査閲官は、高橋祐人大佐。この人は、佐賀の空閑少佐と陸士が同期ということで、空閑少佐が第一次上海事変において、人事不省のまま、偶然にも少佐が陸士の教官時代の教え子であった中国軍の将校によって助けられ、重傷回復の後、戦闘詳報、部下の功績名簿の作成を終わり、自分が負傷して倒れていた地にゆき、

たらちねの　親の教えに　したがいて
弓矢のみちを　われはゆくなり

との辞世の歌を残し、軍刀は刃こぼれをおこして使えないので、拳銃をもって、従容として自刃された、と聞かされていたが、査閲官は、この空閑少佐の葉隠精神の教えのままに、武士道に殉じた見事な最後を、声を詰まらせながら語られたことが思い出される。

第二学年の時の査閲官は、馬淵久之助大佐。この方は第二、第三学年と、確か二年続けてお出でになったように覚えている。その後、筆者が軍隊に入隊した菊歩兵第五十六聯隊の、第二代の聯隊長をされ、支那戦線で活躍され、写真も掲載されている。

第四学年の時の査閲官は、松本喜六大佐。この方は、大東亜戦争発起に当たって編成され

た、龍兵団陸軍第五十六師団の龍歩兵第百四十八聯隊の聯隊長として、ビルマ（ミャンマー）攻略作戦に大功績を挙げ、遠く雲南の騰越へ進攻されたが病魔に侵され、筆者が入隊間もなくの頃、ご遺骨となって、原隊たる久留米・西部第四十八部隊に帰還された。

教練の教科は、「学校教練必携」というのを持たされていたが、手元になくなっているので、やむをえないが、「歩兵操典」の中から見ると、第一、二学年の下級学年は、敬礼に始まる各個教練、三年生になって、分隊教練だったように思う。もちろん、行進、行軍などのことは、密集教練として鍛えられた。「歩兵操典」より、僕らの習った「必携」がずっと丁寧で分かりよかったように思われる。

攻撃目標を示し、散開、攻撃前進、停止、突撃、こんな動作を、大声を張り上げ、号令を掛けて、生徒各人が交替で繰り返すのだから、あの時代の我々は、今の平和ボケの人達には不評でも、国のため懸命の努力をした。

そして、井上教官に褒《ほ》められるのだから、つい、たまらなくなるのも無理はない。かてて加えて査閲官馬淵大佐殿に、査閲の度に褒《ほ》められて、「工業学校に何で来たんだ」と親不孝とも思いながらも、ついつい教練に夢中になっていった。

第四学年の査閲官が前述のように、松本喜六大佐殿。四年生は執銃教練。三十年式歩兵銃といって、日清戦争後に開発された歩兵銃であるが、安全装置を操作するのに、人指し指で引っ張って回動させねばならず、極寒の満州に不向きなのと、うっかりすると衣袴《いこ》に引っ掛ける。それで、日露戦争後に開発された三八式歩兵銃に、軍隊が装備変更をした後、学校に払い下げられたのであろう。

三八式歩兵銃も数丁あった。皆、菊の紋章は消されていた。三十年式と違い、右手の掌で遊底の底部を押して回動させるように改造され、三八式に当たった者は、大ハシャギだった。

これで分隊戦闘教練、陣中勤務も楽しくなった。歩哨に立って、誰何《すいか》する時も、着剣して、すっと据銃すると、こちらも緊張した。一般守則、特別守則の要領も堂に入って、ますます楽しい。そして、査閲官松本大佐に褒められて、いっそう磨きが掛かってくる。

軍旗の出迎えと教練査閲

第五学年の時は、西部第六十七部隊というのが、佐賀に来た。この部隊が来たとき、佐賀市内の中等学校の男子生徒の上級生は、隊伍堂々、佐賀駅まで出迎えに行き、練兵場（現佐賀総合グラウンド）で、閲兵分列行進の式典に中隊長として参列した。

この部隊は、正式名称を歩兵第百四十五聯隊と言い、のち母隊を鹿児島に移したらしい。そして硫黄島に進出して、栗林兵団の構成部隊となり、本土防衛の捨て石となって兵団長・栗林忠道中将と共に玉砕して果て、小学校の同級生もその中にある。

この初任の聯隊長は、宮永大佐と言われたと記憶するが、玉砕の時の聯隊長は、池田増雄大佐となっている（この記事は中京大学教授古賀保夫氏の著「死の谷」と「日本陸軍歩兵聯隊総覧」を参考）。昭和十六年から四年の年月を経ているので、交替されたのであろう。

その宮永大佐を査閲官とし、しかもこの査閲は、久留米師団管下の福岡、佐賀、長崎三県下の中等学校の教練査閲のモデル校に選ばれ、師団長・伊佐一男中将、西部軍司令部付・野溝少将以下、各聯隊の聯隊長、配属将校、教練教官らの大勢が来校された。

閲兵式の時、師団長、査閲官の後に続かれる、これらの将校の軍刀の鞘擦《さやず》れのサヤサヤという音を聞いたのは、これが始めの終わりだった。査閲官はすでに後尾を回られているのに、まだ、すっと続いておられた。おそらく、二百人以上あったであろうと思う。

小隊戦闘教練の小隊長

この教練査閲において、僕はまた、小隊戦闘教練の小隊長を、井上教官に拝命した。これまでも、小隊戦闘教練の小隊長は度々やらされたが　今度という今度は実に演習とはいえ、最高の晴れ舞台とでもいおうか。未だに、ありありと覚えている。

所は、佐賀の北金立山の麓の練兵場（今は高速道路、住宅、公園など）。

展開命令

川上を、尖兵として出発して来たわが小隊は、前方を観察する時、敵の前進陣地が、確認される。小隊は、小隊長を中心に、右に第一、第二分隊、左に第三、第四分隊、間隔三十歩疎開せよ。各人は地形地物を利用して伏せ。分隊長集合。前方を見よ。右前方の一本松の下にトーチカ、さらに左のコブにトーチカ。あのトーチカに対し、今から聯隊砲の突撃支援射撃がある。支援射撃終了と共に、攻撃を開始する。

一本松の火点をイの火点、左方のコブをロの火点とする。距離約六百。

攻撃命令

第一分隊の攻撃目標イの火点、第二分隊の攻撃目標ロの火点。第三分隊は、小隊長と共に敵状の不意の変化に応じ得る如く攻撃前進せよ。

第四分隊は、小隊長の後方約五十メートルを、小隊長に注視しつつ前進せよ。概《おおむ》ね、あの付近に至れば、第四分隊長は、突撃支援射撃を準備せよ。第一、第二筒はイの火点、第三、第四筒はロの火点。

ここまで命令を下した時、第四分隊長から質問が来た。

「小隊長殿、あの付近とは、どこでありますか?」

これには、グッと来た。シマッタ。咄嗟に返事をせねばならぬ。

「よし。その時機と場所は、攻撃前進の課程で、追って指示する」

その様子を見ていた聯隊長殿は、

「うむ、よし、よし、よく掌握してるぞ」と、喜んでおられるようである。

ここで補助官が、聯隊砲の突撃支援射撃終わり、攻撃前進と、指示される。

小隊長は第一、第二分隊の概ね中央を、早駆け前ぇ、止まれの命令を下し、分隊長は号令を掛けながら前進を続け、距離約二百くらいに接近した時、第四分隊長に、前述の突撃支援射撃を各筒三発、発射準備。第三分隊は、第二分隊と共にロの火点に突入せよ。小隊長は第一分隊と共にイの火点に、擲弾筒の最終弾に膚接して突入する。全員、小隊長に続け。

「第四分隊射撃開始、早駆け……前ぇ……突撃に……進め……突っ込め……ウワ……」

イの火点、ロの火点に見事に突入し、攻撃成功となった。ヤレヤレだ。ホッとしたのも束の間、補助官の意地悪(?)が、

「小隊長、右前方に迫撃砲、左前方に機関銃、どんどんこちらに撃って来る。どうするか」

どうしようもない。困った。兵を殺してはならぬ。

「第一分隊は、右の窪みに遮蔽疎開。第二、第三分隊は左後方の窪みに散開して遮蔽せよ。各分隊長は、小隊長に注目せよ。第四分隊長は、第一、第二筒を右前方の迫撃砲、第三、第四筒を左前方の機関銃、距離四百、左前方の機関銃は第四分隊長が観測せよ。右前方の迫撃砲は小隊長が観測する。各筒一発宛試射、撃て」

聯隊長殿が「いいぞ、素晴らしい、小隊長に弾はくるかもしれんが、指揮ぶりは見事だ。将校も及ばぬ指揮ぶりだ」と。これで疲れも忘れて、嬉しくなった。

最後の講評でまた、全員立ち会いの場で褒め讃えられた。

師団長閣下も、「特に小隊長の戦闘指揮ぶりは、見事な出来ばえであった」と褒めて下さった。佐藤校長先生も、井上教官も、同級生の皆も、手を取り合わんばかり喜びあった。


学校教練の演習だから、何ということもないといえばないが、これが昭和初期の青年の、国を思い民族を思い、死を鴻毛よりも軽しと覚悟させられ、自らも納得して特別攻撃隊に斬り込み隊に散って逝った若者の、真摯なひたむきな忠君愛国の心情だ。生き残った人間の一人として、どうしても綴り残しておきたいのである。

学校卒業記念のアルバムを見ると、「小我を捨てて大いなる御稜威《みいつ》に生きんのみ」と、下手な文字ながら僕は、真面目に記載しているが、こういう真面目な国民の精神をふみにじって、謀略に引っ掛かり、引きずり回され、踊らされた日本の当時の責任者こそ、小人島の豆人形か。

真崎甚三郎大将との出会い

大将のことは、小学校の五年生の頃の担任の先生が神埼郡境野村（千代田町）の大将と同郷の人だったので、折に触れお話は聞いていた。

この頃、真崎大将は、佐賀県の教育会長をされていた。昭和十六年十月、大将の日記には、十月二十五日となっている。大将が学校に来られ、閲兵分列の儀式に中隊長として参列した。

閲兵を受け、分列行進に刀の礼をしつつ行進しながら、答礼される大将の姿を拝し、陸軍大将の厳《いか》めしさより、誠心の真情が溢れて、えも言われぬ親しさを覚えるのであった。

分列行進が終わり、大将は司令台に立たれ、一場の訓示を賜わった。当時は一言一句覚えて、下宿の小父さんをびっくりさせたが、今は忘れてしまって、骨子だけに止めるほかはない。それを、簡単に記述することにする。

「人間は、嘘を言ってはならない。わかりきったこと、と皆は思うかもしれないが、長い人生行路の間には、嘘を言わない誠実さ、というのが如何に大事かということを感ずることを、幾度か味わう時が来るものだ。人間信頼の基礎は、嘘をつかないことである」

「次に、己に負けてはならない、ということ。自分にすら勝てない人間が、どうして他人に勝つことができようか。克苦精励せよ」

これを聞いた時、まさに冷汗三斗の思い。さすが陸軍大将のお言葉。己に負けてばかりいる自分が、恥ずかしくてならなかった。穴があったら入りたい。次に、

「ドイツのヒトラーが、全盛を極めた如く、今欧州の天地で暴れ狂って、日本にも、ドイツにカブレている人々が溢れているが、あの有様は、まったくヒトラーの作り花にすぎない。日本には、悠久の古より、皇室を中心として、自然の生成発展と共に成長してきた立派な国体がある。これは、ヒトラーが如何に真似ようとしても、真似ることの出来ない日本の精華である。その誇りを忘れてはならない。カブレてはならない。

今、日本の国運は、危険極まりない剣が峰に立たされ、一真崎の、如何とも出来る立場でもないが、諸君は、教育勅語の御諭を体し、学生の本分を全《まっと》うするよう勤められたい」

概略、こんな訓示であったようにおぼえている。

当時の納得の仕方は、十分ではなかったが、その後、教えを受けるに及んで、二・二六事件の大将の厳しい体験が「嘘を言ってはならない」という言葉を、あえてお教え戴いたのであろうと、推測したのであった。

この大将の訓示を聞いた僕は、前述のように下宿の小父さんに、大将の訓示を、恐らく一言一句間違えないように、取り次いだ。そのうち、もう一度どうしても、大将の言葉を聞きたくなってきた。よし、もう一度お伺いして聞いて来よう。

大将は、佐賀市松原町の松本屋旅館が久留米第十二師団の指定旅館で、そこに宿泊されていた。玄関に行って、取り次ぎの方にお願いした。午後の八時過ぎであったろうか。

「佐賀工業の小副川と申します。今日、学校にお出《い》でになって訓話をお伺い致しましたが、聞き足りない気持ちで一杯なので、せめてお顔だけでもと存じまして、参上致しました。お取り次ぎ下されば、幸いに存じます、是非お願い申します」

取り次ぎの方が退《さが》って行かれて、しばらく玄関に待っていたら、「通してもよい、ということだ。上がって来なさい」という言葉である。

多分、駄目だと諦めた気持ちだったのに、嬉しくって、二階に上がってみると、部屋は、大勢の訪問客で一杯である。一番後ろの方に座った。

「佐賀工業学校機械科五年の、小副川甚次と申します。閣下の今日の訓話が聞き足りなくて、もう一言なりとも、お伺いすることが出来ましたらと存じまして参上致しました。どうか、よろしくお願い致します」

糸山先生に習った通りの作法で、キチッと礼をする。

「おお、小副川というのか、剣道を習っているのか」

さすが、見破られた。

「はい」

「先生のお名前は、何と言われるか」

「糸山延吉先生と申されます」

「糸山延吉、おおそうか、延吉の教え子か。俺は、延吉のお父さんに、佐賀中学で国語と漢文を習ったのだ、おおそうか、おおそうか、延吉の家には、俺もたびたび遊びに行って、貞幹先生の教えを受けたよ」

大将のこのお言葉をお聞きして、たちまち感無量であった。もう、これだけで沢山で、並みいる大先輩の先生方の前で、申し上げることはできなかった。

敗戦後、たびたび、大将の家にお伺いするようになった動機も、この大将が、

「公務のために威厳を主とする時は格別なれども、その他は努めて懇《ねんご》ろに取り扱い、慈愛を専一と心掛け、上下一致して王事に勤労せよ……」との御勅諭を、そのまま実行された神様のようなお方だと理解した、あの夜の納得が基礎である。

二・二六事件の青年将校の心情も、大将に対する思慕の念は、筆者と同様のものであったと信じて疑わないのである。それを、ツベコベ言う者は、自らの不純の告白だ。

第二章——大東亜戦争突入

滅私奉公の時至る

昭和十六年十二月八日未明、ラジオのニュースは、国民の耳目を釘付けにした。帝国陸海軍部発表。

「帝国陸海軍は今朝未明、西太平洋において、米英軍との間に戦闘状態に入れり云々」

大本営の報道部長は大平（秀雄）大佐とかいった。あの頃はラジオだから声だけだが、日米交渉の緊張は、我々国民の末端まで固唾をのんで見守っていた時であり、「遂に来たか」の思いと共に、いざ滅私奉公の時至る、と武者震いを覚えた。

学校においても、佐嘉神社、日峰さん（松原神社）、招魂社（護国神社）、八幡神社、楠公社と市内の神社を次々に、ラッパ部員のリュウリョウたるラッパの音と共に、「捧げ銃」（小隊長、中隊長は刀の礼）の礼を捧げ、校長以下、帝国の必勝を祈願して学校に帰り、改めて校長の訓示に決意を新たにするのであった。

やがて、軍艦マーチと共にハワイ海戦の大勝が報ぜられ、マレー半島上陸作戦成功のニュースと、次から次に戦勝の報はひきもきらない。

前後して宣戦の大詔が渙発せられた。全部暗記していたが、ほとんど忘れ去った。調べればよいが、もうその気にもなれぬ。覚えているだけ、記してみたい。

「天佑を保有し万世一系の皇祚を践める大日本帝国天皇は昭に忠誠勇武なる汝有衆に示す。朕茲に米国及英国に対して戦を宣す。朕か陸海将兵は全力を奮って交戦に従事し朕が百僚有司は励精職務を奉行し、朕が衆庶は各々その本分を尽くし億兆一心、国家の総力を挙げて聖《せい》戦《せん》の目的を達成するに遺算なからんことを期せよ。云々」

若干違うかも。その中ほどに「豈《あに》朕が志ならんや」という文面が記入されていた。これは天皇の特別の意思によって挿入されたものであると、敗戦後のいろんな本に見えている。これについては、別の項で所見を述べることにする。

連日の新聞ラジオの報道は大変なものだが、心のどこかで、ABCD包囲陣と称し、アメリカ、イギリス、シナ、オランダとソ連は黙っているようだが、昔から日本の敵と言われている国だのに、ドイツ、イタリーが強いといっても、ほとんど世界を束にしたようなものだ。大変なことになったぞ、との感を覚えたことも事実であった。

学校は三月卒業が三ヶ月繰り上げ、十六年の十二月卒業となり、皆、各会社、工場などの持ち場に散って行き、進学希望など何人かが残留組。僕は陸士受験の残留組。

受験の時、面接官の笠松中佐という人が、「実業学校から、陸士進学希望など気まぐれではないか」と、窘《たしな》めとも嫌がらせともつかぬ言葉をもらい、猛然と適性御奉公の信念を述べたが、果たしてこの面接官に理解を得られたかは疑問であった。そして発表を待ったが、見事に落第。あの笠松中佐の名前と顔は、僕の生涯忘れ得ぬものの一つである。学力不足など、立場を変えれば理屈は、どうでもつけられよう。

大刀洗航空廠

陸士に行けなければ、あとは現役だ。それまでの間、大刀洗の航空廠に就職した。ここは飛行機の修理工場である。大刀洗飛行学校というのがあって、その付属設備とでもいうべきか。

工作課長高沢航空技術少佐の側で、各飛行機製作所から送られて来た図面の整理をするのが主たる仕事で、取扱説明書の、一式戦（隼）、二式戦（鍾馗）、九七戦、新司偵等々を片っ端から読み、工場から来る修理部品の図面をトレーサーに渡し、自らもトレースをやった。下手な僕には、このトレースがたまらなく嫌だが、業務とあれば止むを得ぬ。

昼休みに飛行場まで行って、南方に出撃する隼が、燃料補給に数十機くらい翼を休めているのを、見送り（?）に行った。シンガポールの攻略、スマトラ作戦、ビルマ進攻、ジャワ作戦などが終わって、敵のホーカーハリケーン、ブリュースターバッファローなどの戦利飛行機が到着すると、逃さず見にいった。

飛行機のオレオの降着装置の油圧ポンプのメカニズムを、図面、説明書から見ているうちに仄かな興味を覚え、三連七二降流気化機のメカを、図面、現物、実験について発動機工場で確かめ、回転するプロペラの間から機関銃の弾を送りだす、タイミングを決めたカム機構の見事さを勉強・研究するうち、技術にたいする楽しみにとりつかれて来た。取りつかれて来たというより、それが自然でなくてはなるまいが、工業学校に入学した時の第一印象は、最後まで僕に付きまとった。

この頃、米海軍の航空母艦から飛び立った軽爆撃機が東京地方を爆撃し、日本を縦断して支那大陸に飛び去ったニュースが国民をびっくりさせた。

もう一つびっくりしたのは、機体工場に格納されている飛行機に、ロ式輸送機という、米国製の飛行機があったことである。飛行機の技術は、日進月歩とはいえ、敵国から輸入した飛行機が現役の機体工場に格納されているとは、一体どういうことを意味するか。

まだまだ日本の当時の技術、生産、戦力は、とてもとても驚かされた。戦闘精神のみは勝っていたかもしれぬ。火線に立った将兵の精神は、「歩兵操典」の綱領第二の攻撃精神の通りだが、政府参謀本部の戦力判断が火線に立つ者と同じ考えでは、国民がたまらない。

今日ではまた、その逆現象の連続だ。日本民族とは、一体何という情けない民族なんだろうか。ダブッテしまうが、「孫子の兵法」など、東条、杉山以下、政府軍部の責任ある立場の人の頭から弊履の如く捨て去った愚行か、驕慢か、謀略の魔手に踊らされたのである。

再び真崎大将にお目にかかる

何月だったか忘れたが、この年（昭和十七年）、いわゆる翼賛選挙があった。真崎甚三郎大将の弟、真崎勝次海軍少将が立候補、当選された。後の僕の義父、嘉村忠吾（この年、県会議員）が事務長であり、「大将の話を聞きに来い」という。その頃は、死を鴻毛よりも軽しと覚悟しているから、養子に行くなど夢にもなかったが、実父とのつながりで意は通じていた。

時間を得て、佐賀市の松本屋にお伺いした。大将は皆の部屋とは違い、奥まった静かな部屋にお一人だった。忠吾と僕のほか二人の青年達だった。嘉村忠吾が、姓名紹介後、大将に、

「閣下、若い者達に為になるお話をお願いします」とお願いしてくれた。

大将は、じっとしばらく僕らの顔を見比べるように見ておられた。ややあって、「お前は、延吉の教え子だったね」と申され、記憶力の偉大さに愕然とした。

1　人間は、嘘を言ってはならないよ。わかりきったことだが、非常に難しいことなんだよ。人間信頼の基礎は、嘘をつくかつかないかにあるんだよ。誠心誠意であれということだ。学校の校庭でお伺いしたのと同じ御言葉だ。

2　人間は、己に勝つことがまず第一だ。自分にすら勝てない者が、どうして他人に勝つことが出来るものか。君らのような若い者が、努力をしなかったら、すべてお話にならん。でも、人間には持ち前というものがある。己の適性をなるだけ早く摑《つか》んで、一念を貫く努力が肝心だよ。努力は、その人の意思によって出来ることだ。

3　時局については、責任の立場にないから如何ともなし得ないが、標語に注意しなさい。「贅沢は敵なり」と盛んに宣伝しているだろう、あれはロシア革命の時、レーニンが盛んに使った標語だ。よくよく考えねばならないことだ。一見何ともないがね。思想について、日本人はまったく無知だ。嘆かわしい次第だ云々。

4　戦争の見通しなど、君達に話しても、かえって迷わすだけだから差し控えるが、俺が参謀次長になる前に満州事変が起こり、次長になって直ぐに上海事変が勃発したが、荒木（貞夫。当時の陸軍大臣、大将）、小畑（敏四郎。当時の参謀本部作戦課長、後の中将）ら、陸軍省参謀本部と政府の一致で、局地的しかも至短時間に収めることができた。

上海は、世界列強の利害が錯綜し、支那全体が日本の幕末ごろ以来、そういう有様で、支那に迂闊に手を出せば、世界相手の争いになることは、政治、軍事を真面目に考えるなら、すぐさまわかることだ。しかも、支那の国土は日本の数十倍だ、人口は四億の民と、俗にいうが、実際幾らの人口があるものかわからない。その四百余州に、兵を進めてどうなるか。参謀次長の時、万里の長城を越えて、支那本部に雪崩《なだれ》込もうとする関東軍を、絶対制止したのはそのためだったが……。

5　勝次のこの度の立候補も、何とかと思うが、当選したとて如何ともならぬことはわかっている。すでに時遅しだ。泥沼だ。米英をどう見ているのか……。

6　さらに人道ということを、よく考えねばならん。支那は古来、日本の先生だ。道義を弁《わきま》えて、満州に五族協和の実を上げれば、支那はかならず判ってくれたのに、嘆かわしいことだ。

7　俺が真宗の敬虔な信者であるのは、軍人、特に将校は、部下に「死ね」と命せねばならない厳しい立場だ。上海事変では、白川大将も亡くなられた。その他幾多の方々への追悼と自らの救いも、阿弥陀如来に託する心情だ。

その他いろいろお伺いしたが、概《おおむ》ね忘れてしまった。最後のお言葉をお聞きして、ハッと気づいたのは、乃木大将の三絶の一つ。

王師百万　驕虜を征す
　野戦攻城　屍山をなす
愧《は》ず我　何の顔《かんばせ》あってか　父老にまみえん
　凱歌今日　幾人か帰る

真崎大将の考え方は、この乃木大将の心境と同一の心境にあられるのだな。こう思った時、大将に対する無限の尊敬の念が、湧然として心奥に湧き出て来るのを覚えるのであった。

こうして今も、時々、千代田町、妙専寺の大将のお墓に御参りする。僕の二階の部屋には、お二方のお写真を掲げて、朝な夕な拝して、恥じることのないように努めているつもりだが、事実はまったくお恥ずかしい次第である。

血書嘆願

大将のお話を聞いて、その頃の、いわゆる軍国主義の権化となっていた僕は、火線に立つこと以外考えていなかったので、いささか拍子抜けだったが、御勅諭を拝誦し続け、六基位同時懸架の飛行機のエンジンの試運転に、ブーストがぐーっと上がると、千メートル以上離れていても、事務室の窓ガラスがビーンと音を立てて振動する。現代は騒音だなどと、やかましく騒ぐが、その頃はそれが国力の象徴であった。こうした日常の中で、勇猛の心は、いやが上にも盛り上がって来る。

こうしては居られない。一日も早く、歩兵科の営門を潜らせてもらおう。あの笠松中佐のように、「技術者が、歩兵科などと」と、ケチをつけられてはたまらない。非常手段だ。下宿に帰って、夜中、奉書紙に血痕鮮やかに、一日も早く歩兵科に入隊させてもらわんことを、左手の人指し指の腹を切り開いて、筆で聯隊区司令官宛に嘆願書を認《したた》めた。

ある日、多分、高沢課長には適当に申し上げたのであろうか、佐賀市中の小路の聯隊区司令部に聯隊区司令官の石井大佐を訪れ、司令官室にて奉書を提出するとともに、口頭でも、「一日も速やかに歩兵科の営門を潜らせてもらわんこと」を懇願した。

あの時の司令官の、厳粛なしかも好意に満ちた眼差しと電光に映えるハゲ頭の光が、約六十三年後の今日においても、我が眼底に彷彿たり。今は検察庁となっているが、あの前を通る時は、いつも我が脳裏をかすめる。

こうして、昭和十八年四月十日に、久留米西部第四十八部隊に入隊の通知をうけた。時は来たれり。残業徹夜の連続で、体も少々いかれている。このまま入隊しては、苛烈な訓練に耐えられるかちょっと心配だ。トレースをやっていたせいか、胸がチクチクする。あの頃は、設計室に勤務する者は大抵、胸をやった。線を引く時は、うつ伏せ呼吸停止、これがもっとも良くない。

そこで、思いきって医務室に行き、診察を受けた。医官目野中尉から、「左肺門濁音あり。軽肺浸潤」の診断を受け、入隊も迫ったことも理由に、退職願いを提出した。ずいぶん時間を食ったが、認めてもらった。

退職の申告をする時、課長高沢少佐は、火線に立つことを志願するのを拒否するわけにもゆかず、喜ぶわけにもゆかず、一言も発することなく別れた。

戦後、東京に出て、米軍と日本の会社の合同エイリヤに勤務していた頃、ある日の夕方、フト見ると、旧軍の将校マントに身を包んで、風格ある足取りで歩む元将校の後ろ姿に目がとまった。「きっと、そうだ」と翌日、米軍の技術顧問の部屋に入ると、向こうのほうに高沢さんが座っている。

「しばらくでした。あの節は、ずいぶんと失礼しました」と挨拶すると、

「君はビルマ（現ミャンマー）に征くと、手紙をくれていたから、多分死んでいると思っていたら、生きていたのか。ヨカッタ、ヨカッタ」と、八年前の優しい高沢課長に戻って喜んで

くれた。
それからまた師弟の関係は深く、飯田橋の厚生年金病院で、臨終の枕辺に侍《はべ》るまで、続いた。葬式の時、先輩の飯田さんが「高沢さんは、神様だったなあ」と、つくづく語られたことが忘れられない。

履歴書の改訂

昭和十七年の何月だったか忘れたが、会報か新聞あるいは両方だったかもしれぬ。今年以後、陸士受験の願書には、「士族平民等の表示」は不要の報道がなされた。ウームと、唸《うな》らざるをえなかった。やはり、受験の成績よりもそのまえの大事な第一要件に、氏族表示が、暗黙の査定に加味されていたのか。死に子の齢はよしたいが、これも歴史の一齣か。海軍中尉三上卓の「昭和維新の歌」の中に溢れている。

1　汨羅の淵に波騒ぎ　巫山の雲は乱れ飛ぶ
　混濁の世に我立てば　義憤に燃えて血潮沸く
2　権門上に驕れども　国を憂ふる誠なし
　財閥富を誇れども　社稷を思う心なし
3　ああ人栄え国滅び　盲たる民世に踊る
　治乱興亡夢に似て　世は一局の碁なりけり
4　昭和維新の春の空　正義に結ぶ益荒男が
　胸裡百万兵足りて　散るや万朶の桜花

5　古びし軀乗り越えて　雲漂遥の身は一つ
国を憂えて起つ時に　益荒男の歌なからめや

一番、二番の歌詞の中に出て来る権門の先端に、氏族制度が厳然として存在していたのである。明治維新によって、四民平等とは嘔われたが、実際はひどいものだったのである。公、侯、伯、子、男爵のいわゆる華族、それに連なる財閥の、栄耀《えいよう》栄華、これらに対する義憤の表現であるが、華族などから見れば、平民など虫けらのように見ていたのであろうか。

この歌はすでに知ってもいたが、前述の報道を見て、ふと士族優先では将校採用が不足して来たのだな、と理解したのであったし、それ以上はもちろん考えなかった。真崎大将のように平民出身でも最高に優秀な人は自ずから別枠だったのだろう。

ちなみに、勝海舟の座談の中に、「伯爵の家禄は明治二十八年頃、三万五千円」と語られている。今の金に換算したら幾らになるか。彼は幕末に日本を救った大功績者であり、彼のみについてなら話はわかる。

だが、大東亜戦争の実質最大責任者と敵側のキーナン検事すら指摘している木戸幸一は孝允の妹の孫だ。「有名人の子孫達」という本に出ている。こうまでして国民を食い物にしたかったのであろう。だから、こういう類の人間どもの手練手管は、とてもとても尋常一様ではなかったのである。国はこういう悪辣《あくらつ》者によって、滅ぼされてしまったのだ。

ずいぶん余談になったが、日本民族の欠陥民族性を知らされた感じがして、悲しい思いである。国を思わず、民族を思わず、己の打算と利害のみの人間に占領され、潰された。

さて、前述のように大刀洗航空廠を早々に引き上げたが、目野軍医中尉の診断が気に掛かる。県立病院に診断に行ったが、やはり同じ。入院したがよい、と言われたが、「入院したらおしまい」だと思った。二、三日前まで仕事をばりばりやっていたのだから、何するものぞ。結核は、栄養補給との競争だと聞かされていたので、どうするか考えた。

よし、卵を食べよう。幸い、家には鶏が七、八羽放し飼いにしてある。雌鳥が多い、これに卵を生ませよう。購入飼料などあるはずもない。米は大事な生活の糧、どうする？　ふと気がついた。ドジョウを湿田から取って来よう。冬だから水はないが、ドジョウの穴は分かる。田螺《たにし》もいる。湿田はあのころ広い。

父母には、肺浸潤など勿論《もちろん》極秘、誰にも極秘。体力回復を触れ込みに、ドジョウ、田螺を取って来て鶏に食べさせると、覿面《てきめん》に卵を生み出した。一日に五、六ヶぐらいずつ生む。これを大部分、食べさせてもらった。お陰で体力も付いて来た。囲いを作ったら、なお卵をうむ。余分な運動をしないためだろう。

体力が付いて来たら、自ずと黙って居られなくなって来た。父に付いて、弟達と共に山や田んぼの仕事の手伝いに出かけ、体力の充実をはかった。卵と共に体を鍛えるので、若者の特権か？　体力は日に日に充実して、四月十日を迎える頃は、もう何でも弾《はじ》き飛ばすほどの元気が付いて来た。

さあ、入隊の日が来た。父母は村の有志や親戚一党に使いをやって、前の頃から作ったドブロクを精一杯振る舞い（この頃すでに酒は統制、入手困難）、自分でも、若い頃に習ったカッポレ、タバルザカなどを踊り、精一杯祝福してくれた。

距離の関係で、九日出発。ところが、その日はまったくの異常気象で、桜の花は満開だのに、ボタン雪が花の上に十センチも積もっていた。前途の厳しさを象徴するかのように。

死生観

出征するということは、死ぬことと同義語ではないが、死を覚悟することは当然である。死を迎えること帰するが如し。幼児の時から祖母に手を引かれてお寺参り。お寺参りではなくて、お茶受け参り。

祖母の膝に巻きついて、小豆のお茶受けを頬張る。お坊さんの説教など、もちろんわかるわけはなく、祖母にすれば子守のつもりか。でも毛の穴から入ったか、それなりに浄土真宗の信者という納得がいつのまにか小学生の頃になると、定着していた。祖父母の死亡がその定着に預かって力があった。

「歎異抄」

正信偈、三部経など繙《ひもと》いてみたいが、時間がなかなかとれない。少し読んでも、基礎がないから、難しい漢文など、チョットやソットではとても駄目。

いつの頃だったか、確実なところは覚えがないが、学生の頃であったことは間違いない。文庫本の「歎異抄《たんにしょう》」に逢着して読ませて頂くうち、どうやら、ほのぼのとした信心感に似た気持ちが湧いて来た。でも未だ分からぬ。それは阿弥陀如来様。摂取不捨の本願。仏様はどうして人間の姿をされているのか。戦場がどこになるか判らないが、これはあくまで、人間の想像である。一種の擬人法であろう。

人間は五感に訴えねばピンと来ないところがあるから。そう推理するうち、阿弥陀如来とは大自然・大宇宙を指すのだと気づいた時、摂取不捨の本願がようやく理解出来たように思われて来た。死ぬということは、この体も魂も、大自然、大宇宙に帰って往くことなのだ。それを悲しみ、嘆き泣き叫ぶことは、人間の煩悩なのだ。後年、北ビルマのサーモや南支那海でゆっくりと死に直面し、つくづく味わわされたのであった。

実家に帰って体力回復に努める頃、難しいお経より読み安い「歎異抄」に自然、親しみを感じた。その中で一つ引っ掛かるところが今にのこる。

それは第七条の、念仏者は無碍《むげ》の一道なり、は分かるが、「信心の行者には天神地祇も敬伏し、云々」の文面である。阿弥陀如来を、天神地祇と一如と理解した僕には、未だに分からぬ。その頃の解釈は、多分、親鸞を尊敬するあまりの、唯円の過剰表現であろう、ということに止めていた。

昭和四十八年、朝日新聞発行の「歎異抄」第七条の解説に、星野元豊氏は、「敬意を表さざるをえないであろう」と述べられているが、これもピンと来ぬ解釈で、やはり納得できたとは言えない。

戦場に立つ将兵は、死ぬまでは絶対死んではならない。地形地物を利用して敵を倒すまでは。死ぬ段になれば、立派に死のうではないか。いやしくも、卑怯未練な振る舞いをして後ろ指を指されるような真似は絶対してはならぬ。死は鴻毛よりも軽しと覚悟はしていても、やはり、人間は弱いものだ。だから、阿弥陀如来に縋《すが》り、南無阿弥陀仏を唱える。

そのお陰か、心が次第に落ち着いて来る。南無阿弥陀仏という唱名は、阿弥陀如来の懐《ふところ》、即大自然の懐に帰って往く時の「お世話様になります」のご挨拶とも解することが出来た。「無量寿経」の中の第十八の願、これによって、俺も親鸞の後ろから、ソッとついてお供させてもらおう。こんな気持ちで、お寺に行って、南無阿弥陀仏の御名号を受けて来た。また、伊勢神宮の御札を戴《いただ》き、母がくれた小さな数珠を母の身代わりと思い、小さな革袋の中にぎゅうずめにして首から吊った。

これで、弾に当たるか弾が当たるかしれないが、南無阿弥陀仏の、南の字を唱える暇がなくても、あっても大丈夫だ。こうして、「歎異抄」の一冊を、「歩兵全書」と共に父がくれた某《なにがし》かの小遣いを胸に、家をあとにする僕であった。

神仏一如

神道について、特に他宗教の人達は目の仇のように攻撃するのを見るが、これは日本人の、敗戦後の哀れな稚劣性の現れと理解せざるを得ないこの頃である。

神は日本人の開闢《かいびゃく》以来の素朴な信仰の対象である。天照大神を始め、八百万《やおよろず》の神として天を敬い、地を敬い、自然を敬い、「その中に生かさせて戴く」感謝の心が民族の心であり、民族の成長と共に、自然に「皇室」がその中心に現れたのであり、文字すら必要としなかった平和な「瑞穂の国」であったのである。

もちろん「古事記」「日本書紀」に記載されている各種の事件は存在したが、皇室を侵そうとした者は、道鏡ぐらいのもので、皇室をいかに味方に引きつけるかが、日本政治史の流れといっても過言でない。この皇室中心の思想が国を愛し、皇室を敬い、自然や先祖を敬い、人の為、世の為、我が身を犠牲にして働いた人を神とし、神社として祀って、全国津々浦々に神社として存在する。

この頃では、この神、仏、キリストすら利害の対象とする者があまりに多い。

仏教の伝来

僕は皇国史観を絶対とは言わぬが、敗戦後のヤマタイコク論争のような野暮な論議に耳を貸すような、腑抜けでもないつもりだ。それは日本人の、後に書くが、稚劣とも愚劣とも何とも表現のしようのない、哀れな現象の一齣なるが故に。

第十代・崇神天皇の御世《みよ》、朝鮮の大伽羅（後の任那）の使節が来朝し、日本の保護を乞い、その頃より大陸との交流は頻繁となり、皇紀八百六十年頃の神功皇后の三韓進出、和議の締結以来、百済から王仁博士が論語千字文を持ち、朝廷の招きに応じて来朝し、これが日本における文字の伝来の始めと教えられたが、その時代の前後より数多の文物、帰化人の渡来があって、日本文化産業の交流発展がなされていったことは確かである。

現代においても、群馬県高崎市郊外に「多胡の碑」といって、大きな石に漢文でびっしり帰化人に対する皇室の慈しみを感謝する、帰化人の文章が碑となって残っている。大陸から見れば、日本は気候温和にして産物豊かな羨ましい「瑞穂の国」であったのであろう。

文字の伝来と共に「論語」の訓《おし》えも伝えられたが、これは東洋民族としての倫理観に共通のものを感ずることはあっても、大変動をきたすほどのものではなかったのである。

ところが、第二十九代・欽明天皇の十三年（皇紀千二百十二年）、百済の聖明王が、仏像経文を献上し、これが公式的な仏教の伝来とされている。

その前、第二十六代・継体天皇の御代、支那人司馬達らが、大和の坂田原の庵室に仏像を安置して礼拝を怠らなかったが、世人はこれを外国の神として顧みなかった、と歴史の本には記されている。

日本の天皇家と百済の王様との付き合いが、仏教伝来のそもそもの始まりで、ここに欽明天皇は、崇仏の可否について群臣に諮問されたのである。詳しく述べればきりがないが、崇仏賛成の一方の勢力の中心が蘇我氏、崇仏反対の勢力は、物部、中臣の両氏がその中心で、皇室を巻き込み、皇統五代にわたって争いが続き、物部氏は滅ぼされ、第三十二代・崇峻天皇までも蘇我馬子は殺してしまったのである。

こうして崇仏派が勝ち、日本に仏教が根づき始めたのである。これらの争いは、当時宮廷を中心の争いで、一般庶民のほとんど知らぬところであったと思われる。庶民の仏教となったのは、鎌倉時代、法然、親鸞、日蓮らの出生以来と思われる。それまでは、いわゆる貴族仏教であり、法然、親鸞の流刑は、日本における仏教の庶民段階への普及過程の悲劇現象と見ることが出来る。

聖徳太子

仏教の定着に当たって、預かって力があられたのが厩戸皇子《うまやど》（聖徳太子）である。注意して見ると、古来神道には、今日においても同じだが、祈り、祈禱はあるが教典がない。そこで聡明な太子は、神道の精神、孔、孟の訓え、仏教の教典を包含し、独自の指導精神を具現したいと企図され、これが十七条の憲法の制定となって、行政の基本を教示すると共に、日本的仏教の確立を企図され、推古天皇の二年、仏教興隆の詔勅を発せられた。

大阪の四天王寺、奈良の法隆寺の建立は、その精神の具現であり、太子自ら諸経文に通じ、「法華経」など三経の講義を遊ばされた、とある。かくのごとく、日本の仏教は、皇室の御尽力によって発展普及の道を辿っていったのである。

太子の出現によって、神仏は同一ではないが、一如となることが出来た。合掌すれば仏参り、柏手を打てば神参り、この民族の姿が何の抵抗もなく、民族の血となり、肉となって定着し、神社に神宮寺、寺院に鎮守神を祀り、本地垂迹《ほんちすいじゃく》の説（神が仏として姿を現わし、仏が神として姿を現わす）という考え方が、明治に至るまで連綿と持続された。

この思想は、「観無量寿経」を拝読してみると、観想という教えの中にいっぱい出てくる。一例として、イダイケブニンが、――太陽である仏陀よ、私に清らかな行いのある世界を見せて下さい、と世尊にせがまれ、世尊は太陽の観想を説かれている。これが、神道の天照大神への我々の観想と一致するのである。

こういうように、経文の中に明瞭に出て来ているのを見て、僕の考え方と一致することが、最高に楽しくなって来る。神仏一如の姿である。

と同時に、現代の仏教の一部のお坊さん達の中には、一体何を考えておられるのか理解に苦しむ人もいる。敗戦後、詫び証文的に強制された現憲法を、あたかも金科玉条でもあるかの如く振り回してわめき散らす一部に引きずられ、目先の打算と利害に余念がない。

教典の教えも理解せず、太子、親鸞の教えの本旨も納得しえず、何たることか。これらの坊さんには「恩」という文字は、頭から消え失せてしまっている。

靖国神社国家護持反対を叫ぶ前に、なぜ神宮寺（仮称）の併祀《へいし》を提言できないのか。また原爆により、空襲により、サイパン、オキナワなどで亡くなられた戦災死亡者も含めて敗戦に殉じた方々を、同時に靖国神社に御祀り戴くようにお願いするような活動なら、まだ話はわかる。もとより靖国神社もこれを受け入れるべきだ。

この間のペルーの人質事件におけるシプリアーニ大司教の活動を、活動家のお坊さん達はどう説明されるのか。あれでも政教分離と言えるのか。所詮は運用活用の妙をいかに得るか、ということだ。スターリン、レーニンの亡霊に、いつまでダマサレ続けるのか。

自ら経文を繙《ひもと》き、お経をあげ、信者にお説教とやらを実しやかにやりながら、何たる浅ましい腑抜けだろう。親鸞は、「念仏は無碍《むげ》の一道なり」と教えられている。坊主が政治活動に現《うつつ》をぬかすこと自体、親鸞の教えいずこにか。叡山の山法師も及ばぬ。

この頃では、楠木正成を悪党と称して、NHKすら放送し始めた。世も末か。こういう不明の輩の横行跋扈《ばっこ》をほしいままにさせる、迷妄の国民性が国を潰す。過ぐる大戦の勃発も、大敗戦も、まったく同一線上に存在するのだ。

靖国神社については、さらに項を改めて記述してみたい。

昭和十八年、戦場に向かうに当たっての決意を想起して詠む
いざゆかん　くにの　まもりの　たてとなり
　よし　くさむすも　はた　みずくとも

戦いやぶれて六十年、国を思えば腹が立つ思いで作あり
ちれつなり　このくにたみの　さがなるか
　とつくにびとに　ふり　まわされつ
くにいかし　おのれもいかす　みち　しらず
　めさきの　よくに　まどう　やからの
ちれつとも　ぐれつともいわん　なさけなし
　ほろびし　むかし　いまに　かわらず

第三章——大東亜戦争㈠

いざ軍隊へ

昭和十八年四月十日、僕にとっては一つの運命の転機である。いざ征かん。距離の関係で一日早く家を出て、叔母の家に一泊、叔母の心尽くしのもてなしをうけ、朝早く営門前に着いた。

この部隊は、去年も一昨年も、兵営宿泊で経験があり、いわばお馴染《なじ》みの部隊である。旧名は歩兵第四十八聯連隊であったが、支那事変勃発以来、幾つかの聯隊、大隊がこの兵営を母体として送り出されたので、もはや聯隊号を称しきれなくなったのであろうか。現在の部隊称号を、西部第四十八部隊と言う。

部隊概略

部隊は、部隊長・山方知光大佐隷下《れいか》に、一般中隊八中隊、機関銃中隊二中隊、通信中隊一中隊、歩兵砲中隊一中隊であった。僕は一般中隊第一中隊、中隊長・深見大尉。

この部隊に入隊した兵は、状況により違うようだが、或る期間、教育・待機して、所要の戦線に補充されて行く補充部隊の構成であることが直感された。でも、そんなことは僕の意とすることではない。戦線に立つことが我が最高の責務なのだから。

僕の班は二階で中隊長室の真上、第六班。第六班は擲弾筒《てきだんとう》班であった。擲弾筒というのは、ミニミニの砲といってもよい。口径五十ミリ、重量八百グラム、射程六百七十メートル。概ね歩兵小隊の第四分隊を指定。一分隊に四筒、三人一組、榴弾十八発携行が原則。

これは、八九式重擲弾筒の仕様の概略である。学校の時、さんざん演習したから、御手の物といっても過言でなく、むしろ始めてのように振る舞うのに骨折るくらいであった。

銃剣術もやった。道具を付けて立ち会うと、軽機関銃班の班長くらいが強いと言っていたが、この中隊には、そう強い者は見えなかった。僕は剣道二段で、銃剣術も時々やっていたから、相手がよく見えるし、皆動きが鈍かった。

一般的な演習・教練は、母校の井上教官の指導教練と比べ、まったく比べ物にならない。今さら、井上教官の指導力の絶大なのに感服し、さすが久留米師団管下の中等学校に、その人ありと知られただけの偉大な存在を、兵営の演習の過程で味わう僕であった。陸軍准尉ではあっても、実質的には十分将校の責務を果たしておられた。

内務班と演習

これは兵営宿泊で、若干の経験はあるが、それとはまったく趣《おもむき》を異にした。第一、忙しい。起床ラッパと共に競争が始まる。床上げ、自分のを始め、古兵、上等兵、班長、班付き下士官、教官等々、点呼、基本体操、間稽古、掃除、飯上げ、朝食、食器洗い、銃機の手入れ、洗濯、ヤレヤレと思って一息付いたと思ったら、演習出発で舎前に集合。

これで一区切り。床上げなど、三人分ぐらいこなした。演習になれば、僕にとってはラクすぎる。前述のように、これは決していいことではない、僕が横着に見られるかもしれない。「努めて注意せよ」と自戒・自粛する僕であった。

学校では各個教練でも、各個に早駆け──前へ、止まれ、突撃に──進め、止まれ、突っ込め──ワア──。皆各個に号令、号令で教育された。気を付け、安め、敬礼、直れはもちろん。

後で気付いたのだが、学校では最低、下士官の教育を目的としていたのであろう。下士官になれば、分隊員を指揮せねばならぬ。すなわち、号令を掛けねばならぬ。が、兵営は兵の教育が第一だ。

兵は命令の忠実な実行を第一義とする。だから、下士官教育は別に教導学校というのがあって、兵の中から優秀な者を選抜して、補充する道が構ぜられていたようである。初年兵の教育だから、学校教練からすれば落第みたいなものだ。止むを得ん。

夜の点呼が終わると、新たな教育?

「今日の食器当番は誰か。一歩前へ出ろ」と曹長殿の御来班。

「はい、〇〇、〇〇であります」

「このシャモジを見ろ。これでも、洗ったと言えるか」

それは、食後の空《から》の食缶を、カンカンに照りつける太陽のもと、広い営庭を車力《しゃりき》に積み、週番上等兵の引率でゴロゴロゆっくり食器洗い行進。シャモジについていた飯は、ますます干上がって、食器洗い場で大急ぎで洗う間には、ようやくフヤケ始めた程度で、落ちるところまではゆかず、そのまま食器棚に収めて演習に出た。その後、曹長殿が内務班にやって来て、洗浄不良のシャモジを発見し、お預かり賜わっていたのである。

まず当番の、〇〇、〇〇がシャモジのビンタ。それから舎前の現役兵も、舎後の補充兵も一緒にシャモジの気合い。とうとう、シャモジは二本折れてしまった。翌日、古兵は公用章を中隊事務室から受け取って、シャモジ買いの公用外出。

こんなことは、物干場でも時々起こる。干していた、大低、襦袢《じゅばん》や袴下《こした》が紛失することがある。

「紛失しました」などと、古兵に届けようものなら、気合いが掛かるのが一般だ。軍隊というところには独特の理念が存在し、それは、操典の綱領に明示してある。

「兵の主とする所は戦闘なり。故に百時皆戦闘を以て基準とすべし」と。

「貴様、盗《と》られた、なんて何事か。敵に殺されてから、殺されました、なんて言えるか。この馬鹿野郎」

大抵、鉄拳の三発や四発は間違いない。よくも、上手に引っかけた。

「盗られたものなら、取り返してこい」

ここで兵の苦労が始まる。そうしてこれが、ずっと連鎖反応を起こして、ひろがってゆく。官有物のことだから、概《おおむ》ね叩き払いで幕。

とうとう、ビンタのほうが先になってしまった。後先になるが、中隊の構成というか、部隊の概略でも書いておかんと話にならん。

前にも少し書いたが、この部隊は営門を入ると、すぐ左が衛兵司令所、右前方六十メートルくらいに聯隊本部、兵営は営門を中心線上として振り分け、百二、三十メートル、約二百四、五十メートルの広い営庭を隔て左前方約百五十メートルくらいから、二中隊一棟の兵舎が左に二棟、正面に二棟、右に二棟、これが部隊創設当時の十二中隊編成の構図である。その中に、機関銃中隊、通信中隊を入れ、一般小銃中隊が四中隊少なくなっていた。さらに歩兵砲中隊が増設され、これははっきりは知らぬが、支那事変勃発後に増設されたらしい兵舎があって、これには聯隊砲、速射砲、大隊砲が入っていた。

幾ら日本の兵器思想がノロマといえども、実戦場に立って戦場指揮を取る時、瞬時に動く野戦の推移に、砲兵との協定は、歩兵としてはまったく業を煮やす時がある。で、大隊長や聯隊長の命令一下、目前の敵に有効火力を集中したかったのであろう。だから、聯隊砲は、四一式山砲、または九四式山砲、口径七十五ミリ射程六千三百、八千三百であった。速射砲は、僕の知る限り三十七ミリ対戦車砲である。

作戦末期のビルマでは、敵M４戦車に対しては、速射砲はもちろん、山砲でもほとんど勝ち目はなかった。敵戦車の鋼板を貫けぬ、さらに物量の差。書くほどに、参謀本部の秀才馬鹿の大罪悪がだんだん分かってくる。

中隊構成

中隊は中央が石廊下という玄関で、舎前と舎後の通り抜け。一階左・中央廊下、左入口・中隊事務室、次・将校室、次・教官室、次・中隊長室、廊下を隔て反対側・虚弱兵室、被服庫、見習士官室。右側中央廊下・第一班、第二班、第三班、中隊境、この三班は小銃班、二階階段を登り詰め、上がって正面・下士官室、左・第四班、第五班、これらは軽機関銃班、下士官室の前・階段の側室・経理将校幹部候補生の部屋、その奥が第六班、我が擲弾筒班であった。

この擲弾筒班は、至近距離における砲兵の任務を果たさねばならぬ。攻撃前進して、敵と

二、三百メートルの距離になれば、聯隊砲、大隊砲は危なくて突撃支援射撃は出来ない。そこで、擲弾筒の出番が来る。百二、三十メートルから六百八十メートルまで自由に射距離を決定し、小隊長の命令で、分隊長の号令一下、所望の地点に有効半径十メートルの弾が飛ぶ。効果抜群。

これは理想の、しかも勝ち戦の時で、僕らの戦線の北ビルマ、フーコンの退却行の惨状では、全然、画餅というも愚かなり。それはまた今後、連綿綴って行く。

教官

教官の柿原少尉は、陸士五十六期の秀才であった。母方の父上は、佐賀師範の校長を二十三年もなされた方で、その縁で、関東の秩父を離れて久留米師団を志望した、と語られていた。ある時、教宮室に呼ばれた。

「小副川、貴様、勉強好きか嫌いか。貴様なら、陸士に受験したら多分、合格するかもしれんぞ。そのつもりで、今夜から点呼が済んだら、この部屋に勉強に来い。班長と上等兵には、俺から連絡はしてあるから」

学校の時、陸士受験でオッコチタことは言わなかった。それから、屯営出発が確定するまで教官にお世話になって、教官室で勉強した。時々、二階の六班で異様な声と音がしているのを耳にして、済まないなあ、という気持ちを起こしたことも、幾度かあった。

この教官のお祖父さんについて——。まだ僕が学校の一年生の頃、師範の前を通って、糸山先生のお宅に遊びに行く途中、横小路の入口で、フト門柱に目が止まったことがあった。「張　二男松」と、白い陶器の門札が見える。それは、佐賀師範の正門を入ってすぐのところにある胸像の先生と同じ名前だ（今はその近くに頌徳碑が立っている）。

ほう、あの胸像と同じ名前の人の家がある、と思って、門札を眺めていると、玄関の横からソッと人が見え、ジッと見ると、胸像の先生に良く似ておられる。そこで尋ねた。

「先生は、師範学校にある胸像と同じ先生ですか」

「そうだよ、良く気付いたね」

「ああ、そうですか、人間は生きていても、銅像になられるんですか」

「おお、そう思ったのかね。二十三年ほど校長をしていたら、皆が胸像を建てるといって、聞かずにとうとう建ててくれたよ。良かったら、寄ってゆきなさい」

こう、お勧め戴いたので、生きて銅像になられた先生のお話を聞かせて戴くことにビックリと喜びで、とうとう玄関から上がってしまった。

空閑《くが》少佐の銅像、古賀聯隊長の銅像、鍋島直茂公の銅像など佐賀にも銅像はあるが、生きて銅像になられた方は、まったく始めてだし、さすが教育者の偉大な円満な教え、お声を拝聴して無量の感慨に浸り、下げて行った一銭饅頭の十個だけを張先生のお家に上げて、その日は帰った。

張家は代々、藩の弓術師範の家柄で、藩主より御下賜の家名で、支那系の名字ではないとも承《うけたまわ》った。糸山先生といい、僕は幸せだった。その方の外孫が今、僕の教官である。僕は気合いは十分なので、以心伝心、通じたのだろう。

第八中隊・山下中隊長

この頃もう一つ思い出すのは、第八中隊長・山下少尉のことである。この方は僕が学校の頃、伊万里商業の教官で、よく僕の学校にも見えた。井上教官と二人、コッソリ話されるのを聞いたが、井上教官に、「班長殿」と呼んでおられた。昔の兵と班長だ。

うちの深見隊長は、初年兵のことは何から何まで教官まかせ。時々、顔が見えれば良い方だ。ところが、山下隊長はまったく違う。自ら背嚢《はいのう》を背負って埃まみれになり、初年兵教育。教官を拝命したらしい見習士官は、自分も背嚢は背負っているが、中隊長が兵の先頭、教官は最後尾。中隊長にしてみれば、毎日生徒の野外教練でもやっている気分か。これでは、兵が強くならざるを得ん。

ああ、立派な中隊長だ。俺も山下隊長と一緒なら、なんて、つまらぬことを考えたりした。僕らが昼飯の後、車力でゴロゴロ食器洗いに行く時、埃まみれで中隊長先頭に、演習から帰って来る。この鍛え方が、本当の兵の訓育、兵への愛情であると、あの頃つくづく思われたのであった。

この山下さんは、准尉で召集、少尉に任官して、中隊長、敗戦の時は大尉。その後ながく、県庁の世話課という課で、復員軍人の世話をされていた。立派な人で、詩吟が非常に上手であった。

同班の初年兵

第六班の、というより、僕の出征途上の記が今後しばらく続くが、小隊全員の名前ももちろん手帳に書いていたが、南支那海で泳がされ、あの時なくなってしまった。姓は覚えていても、名を忘れた。覚えているだけでも記さないと、供養にならぬ。せめて六班だけでも。

班は二階、中隊長室と教官室の上である。舎前と舎後に別れて中は廊下、その廊下の両側は銃架、第一戦友班から第四戦友班までの各人の小銃が架けられている。

さらに擲弾筒が廊下の突き当たりの台上に、戦友班ごとに、三筒ずつ整然と配設してある。舎前が現役兵、舎後が召集兵。舎前の向かって左が第一戦友班、右が第二戦友班、中央に大きな机というより台が二台並び、各長椅子が二脚付いており、これが食事の時の食卓、銃器の手入れの時の作業台、学科の時の机等々の何でも台。

戦友班には、藁布団寝台に毛布五枚くらいと敷布二枚、包布といって毛布一枚を白布の袋で包んだ毛布が一枚、白布で包んだ藁枕一つ、寝台の奥に帯剣、略帽、軍靴を吊るし、上の棚に手箱、手箱の横に軍衣袴が上装、中装、下装、襦袢・袴下を含めて整然と重ねられなければならない。

軍隊に来て、これが最高に不得手、不器用。上等兵から見れば、小副川の整理・整頓かと、多分思ったことであろうが、他のことでは飛び抜けているので、我慢してくれたのであろうか。中には見事に衣袴の耳が揃い、見事に整頓する兵もいた。

その兵は、痰壷《たんつぼ》の水替えの名人でもあった。僕は痰とは今に至るも縁がなく、その頃、忙しくて手が回らなかったことも事実だ。しかし、僕はその兵には着目していた。この兵隊こそ、縁の下の力持ちか、おおげさに言えば、隠徳ともいうべきか。立派な兵であった。名はよす。

六十二年余り前のことなので、記憶もさだかでないが、思い出すままに綴ってみたい。それが、戦場に散った戦友への追悼だと思うが故に。

第一戦友班は、窓際が教育助手の日高上等兵、後は初年兵の峰君、砥川君、藤安君、古賀君、小副川、江頭君、福島君、仁戸田君、橋本君、牟田君、渡辺君、池田君の十二人。

第二戦友班の窓際は、平田古兵、初年兵は、船山君、藤戸君、小柳君、古川君、山口君、松本君、川崎君、松雪君、田中君、栗原君、黒田君、増山君、小峰君、今泉君の十四人。この班長は古賀軍曹、この方は後にフイリピンに出征して戦死されたと聞かされた。この班長への印象は大して残らないのを思うと、まあまあ普通だったのだろう。

教官の雨降り日の戦術学

雨が降ると、練兵休である。「環境の整理」という。これも一般にはあまり使われない用語である。確かに朝から晩まで忙しい日常で有り難い。銃器の手入れが中心だが、個々にいろんなことが出来る。手紙を書いたり読んだり、時には酒保へも。

そんなある日、教官からの通達で、大抵第六班の内務班で、教官の戦術学の講義を幾度か聞くことができた。大楠公の湊川忠戦、織田信長の桶狭間の戦い、織田信長の長篠の戦い、羽柴秀吉の山崎の戦いなど、戦術、戦略的に解説を加えて、なかなかの名調子。時のたつのを忘れるのであった。これは、第八中隊長山下少尉の遠く及ばぬところ。

初陣

一期の検閲というのは、初年兵にとっては大きな一つの節目である。久留米の西、高良台の練兵場で、七月の始め実施された。僕にとっては、各個戦闘教練も陣中勤務も、とっくの昔に卒業したつもりで、むしろ楽しみであった。聯隊長の賞詞なども公表されていたようであったが、審査官勤務将校がどう審査したかが、むしろ問われるのではないか、と感じたほどであった。井上教官に鍛えられた僕の自信・確信は、賞詞の有無にかかわらず、揺るぐようなものではなかった。

この検閲で印象に残っているのは、陣中勤務の復哨特別守則のことで、審査官として来られた第一機関銃中隊長の和田中尉が、うちの柿原教官に指導されているのを聞いて、「うむ」と感じたのであった。和田中尉は教官より、陸士一期先輩の五十五期生で、片言をそばで聞いていても、心の通いを感ずるのであった。

この心の繋《つな》がりが、特に戦闘部隊にあっては、むしろ不可欠の要素であるかの如く、後日感ずる。和田中尉と教官は、陸士同窓、我々は同郷兵。

配属判明

一期の検閲が終わると、所属聯隊もこの頃になって、僕らにも通達された。それは、ビルマ派遣菊八九〇三部隊（陸軍第十八師団、歩兵第五十六聯隊）である。

この聯隊は日露戦争後に編成され、第一次世界大戦で青島攻略に偉功を奏したが、大正末期の軍縮で閉鎖の運命を辿り、やがて支那事変の勃発で復活し、杭州湾敵前上陸で殊勲を奏して以後、バイアス湾敵前上陸、広東攻略、南支那の安定に活躍する。

大東亜戦争勃発に当たり、第二十五軍、山下将軍隷下の構成兵団第十八師団の先遣兵団として、敵の堅固に構築したコタバル要塞正面に、多大の犠牲を払って至難な敵前上陸に成功した。佗美支隊の主力聯隊として、誉れも高く、当時、南方軍総司令官より、感状第一号として軍を超越して感状を戴いた、名誉ある聯隊である。

菊というのは、もちろん菊花の御紋章に通ずる。それを、声高に叫ぶ者はいないが、密かに誰の胸にも、御紋章兵団として期するところがあった。

当時、我々はこの名誉の聯隊に追及することを、最高の名誉と納得していた。まさか僕らの第一線追及と時を同じくして、苦戦、混戦、乱戦、大転進の悲運が待ち受けていようとは夢想だにしなかったのである。

でも、何となく重苦しい空気は感じていた。それは、昭和十七年五月の東京空襲、ガダルカナルの転進という名の退却、アッツの玉砕等々より、まったく察せないわけではない。

山本聯合艦隊司令長官の戦死は、この戦争が海軍主導の戦争であるくらいは理解していたので、ただならぬ事態だと判断した。日本海海戦の時、東郷元帥は旗艦「三笠」に座乗し、艦隊の先頭を走ったと聞かされ、陸戦との相違は分かるが、長官が飛行機に乗って撃ち落とされるとは、唯事《ただごと》ではないぞ。海軍の苦戦は日本の苦戦だ。

だけれども、まだ呑気だった。必勝の信念に、燃えたぎっていた。

戦陣訓の第七、必勝の信念に曰《いわ》く。信は力なり。自ら信じ、毅然として戦う者、常に克く勝者たり。必勝の信念は千磨必死の訓練に生ず。須《すべから》く寸暇を惜しみ肝胆を砕き、必ず敵に勝つの実力を涵養すべし。

勝敗は皇国の隆替に関す。光輝ある軍の歴史に鑑み、百戦百勝の伝統に対する己の責務を銘肝し、勝たずば断じて已むべからず。

変な気持ちになって来る時は、御勅諭と共に、この戦陣訓を高唱するのであった。

休養

一期の検閲を終了し、これで、どうやら兵隊の仲間入りだ。配属部隊は決まり、出征のための屯営出発までには、諸種の準備が必要であろう。その間、我々には若干の余裕があった。

曰く、外泊、遠足、銃剣術、たまには、高良台で演習。外泊は確か一泊か二泊か、忘れた。

あまり長く時間をくれると、良くない。僕は別にどうということはなかった。前述のように、自分なりの納得は出来ていた。別れることの寂しさは当然だが、それより御国の為に、死を鴻毛よりも軽しと覚悟して、御勅諭の訓えのままに、大伴の家持の「海ゆかば、水づく屍、山ゆかば、草むす屍、大君の、辺にこそ死なめ、かえりみはせじ」。この精神に燃えたぎっている。いざ、御国の楯とならん哉《かな》。

大宰府の天満宮、耳納山脈の縦走、船小屋付近までの遠足、高良神社への兵営からの駆け足参り。この駆け足参りは楽しみでもあり、体力も付いた。僕は駆け足には自信があった。マラソンの選手には、剣道の主将とは両立しないとされてならなかったが、兵営から走って、御井町から長い石段を曲がり曲がって拝殿に到着すると、助教が待っていて一番の札をくれる。この札をもらうのが楽しみだ。張り切って元気だった。

兵営にもスッカリ慣れきった。

中隊長交替

こんなある日、日時は忘れたが、中隊長が交替された。栗原中尉という。この方は陸士五十五期生、教官より一期先輩。菊八九〇三（歩兵五十六聯隊）で南寧作戦で負傷し、負傷した時の状況を参考にと、「将校斥候としての負傷の過程」を聞き、ビルマ平定の後、命令により、この中隊に中隊長として赴任されたとのことである。

ビルマのいわば、軍隊用語でいえば兵用地誌、英国に併合されるに至った歴史、現地の人々の風俗、シャン高原の気候等々、まだこの頃まではすべて勝ち戦の愉快な元気のいい話を楽しく承《うけたまわ》った。

夜、教官室にひょっこり来室され、教官から僕のことを種々話を聞かれ、努力してみると約束して下さっていた。菊八九〇三部隊の第一代の聯隊旗手で、今、母校の配属将校・野中九州男大尉の内申書のことも、教官は僕の前でお話なさっていた。僕の時は西村中尉だったが、井上教官の内申書ともいうべきものであったろう。それには、金立原演習場における査閲官・宮永大佐の賞詞のことも書いてあり、教官が僕に陸士受験を勧められた根拠も理解できた。

中隊長殿との二、三言も、実戦の経験があられるだけ、小隊長の戦闘指揮が金立原が思い出されて、うずうずするのであった。一つ星のくせに。

戦後、師団、聯隊の慰霊祭で、お目にかかった中隊長と同期の相生大尉に、中隊長のその後の消息を聞いたら、中隊長はその後、航空兵科に転科して戦死された由。飛行将校が足りなくなって、軍はそんな手も打ったのであろう。泥縄の犠牲となって、果てられたのだ。

征途

昭和十八年七月三十日、いよいよ征途に就《つ》く。追及部隊の編成が発表される前、ふと教官は僕を教官室に呼び、

「小副川、すまんが貴様、やはり前線追及だ。陸士受験は許されなかったよ」

「いや、教官殿、済まない、など、とんでもありません。小副川は、前線追及が最高の願いであります。教官殿に、可愛がって頂いて有り難うございました。教官殿、お世話になりました。ご自愛下さい」

「小副川、貴様、今度の追及部隊の編成で、第一小隊長に決まってるぞ。頑張れよな」

「ああ、そうでありますか。張り切って、出征致します」

こうして、舎前で編成が発表され、擲弾筒の第六班と小銃班の兵で第一小隊、軽機関銃班で第二小隊、第二中隊から二小隊、通信中隊から一小隊、機関銃中隊から二小隊、歩兵砲中隊から一小隊。都合八小隊。

この状態を見て、ハハアと思った。一小隊五十数人、全員四百人以上、兵のみの補充で、もちろん正式の編成は出来ない。そこで幹部候補生の中から比較的優秀な者を、小隊長と分隊長にふりつけて、部隊の体裁を整え、第二中隊の初年兵教官・古賀少尉を輸送指揮官に命令し、補助官として岡軍曹ほか二名の下士官を付けて、一つ星のみの部隊を編成。

こうして、七月三十日の夜、営庭に整列し、たまたま週番司令をされていた、うちの中隊長・栗原中尉の、「死にに征け」の一言で、屯営出発の行進が始まった。

僕は聯隊長の、それらしい訓示でもあるのかと、期待というか、出陣式挙行を当然と確信していたが、ナーンダという、いささか拍子抜けの感は否めなかった。

久留米駅に着いたら、すでに列車は待っていた。陸橋を渡って所定の箱に乗り込むと、本当は秘密と申し渡されていたが、見送りの家族が見えている兵があった。惜別の情耐えがたかったのであろう。教官と窓越しに別れの挨拶をして、列車は静かにホームを離れた。

門司港駅に着いたのは、夜明け頃であったろう。列車を降りて、三井か三菱か忘れたが、倉庫で叉銃《さじゅう》の大休止。岸壁を見ると、僕らを運ぶらしい船が、盛んに石炭を積み込んでいる様子。カンメンポウの支給と給湯。小隊長というお世話役の第一発。以後、四ヶ月にわたって続き、懐かしい思い出である。

乗船

夕方になって、乗船命令が、補助官を通じ伝達された。第一小隊から乗船開始。タラップを登って行く。大きな船か小さい船か分からぬが、約一万トンくらいの船らしい。名を隆洋丸と言う。錆《さび》が出て、ずいぶん古い船のようだ。多分、大正年間の製作だろう。

船橋から右舷の梯子を船首の方に降りて進むと、案内の下士官が、「この梯子を降りて行け」と指示する。この下士官の所属も何も知らなかったが、後で船舶工兵の「岡部隊」の下士官であることを知った。船倉の中に垂直に立っている。先頭に背負い袋を背負った奇妙な服装で降りて行く。

見ると、蚕棚のように深くもない船倉を二段に作ってある。それにアンペラを敷いて、ここが、乗船間のわが家なのか。あぐらをかいて座ればどうやら座れるが、頭の上に二十センチもあいてない。座高の高い兵は大変だ。その一番奥に装具を押し込め、畳二畳幅に三人くらいの割りで、押し込められて（?）しまった。

暗い十ワットくらいの電灯が所々に灯《とも》り、僕は一番奥の鉄板の側に行ったが、鉄板に小さな穴があいて、積み込まれる石炭がザッと落ちて積み込まれるのがわかる。「エライトコロにきたぞ」という思いを、どうすることも出来なかった。

こんな船で、大海が果たして無事に渡れるか? これを杞憂とは思えど、海を知らぬ僕の可愛いい心配でもあった。

この船倉は二番船倉だ。一番、二番船倉に、菊八九〇三部隊（歩兵五十六聯隊、久留米）、菊八九〇二（歩兵五十五聯隊、大村）の兵が入り、三番船倉には、菊八九〇五（歩兵第百十四聯隊、小倉）の兵が入り、船尾の船倉には、各種の資材などが積み込まれていたようである。船底の方はどうなっていたか、記憶にない。

三番船倉の左舷の上が炊事場で、専門の炊事夫が手際よく炊事をこなし、食うこと以外何の楽しみもなくなった兵は、ここに関心を燃やし始めているようだ。

七月三十一日の夜、船は静かに岸壁を離れている。門司と下関の灯がこの頃までは、まばゆいほど輝いている。静かに甲板に上がって、去り行く日本の灯影をながめた。でも、いつの間にか眠くなって、自然に船倉に降りて行く。ふと見ると、船酔いをしたらしい戦友が見える。どうも頭が上がらず、最後の内地との別れも出来ないとは、気の毒千万。

船が外海に出たのか、大きく揺れを感じて来た。そうすると、僕も若干気持ちが悪くなって来た。これはならぬ。こんなことでは皆の世話というか、手伝いが出来ないと、困るぞ。甲板に上がった。そよ風が気持ち良い。ああ、これは良い。当分、ここで時間を過ごそう。

基本体操

でも、甲板が住処《すみか》ではない。船倉に降りたら、どうも船酔い気分のようだ。練兵休みたいなもので、タルンデルせいかも知れないぞ、と気づいた。よし、明日朝になったら、全員を甲板に上げよう。そして精一杯、基本体操をやろう。

徒手の基本体操は、学校の時から得意科目の一つである。腕の力が弱いので、鉄棒はからっきし駄目だ。蹴上がりが出来ず、体操の夏秋教官が出来ない生徒を一列に並べ、「掌を出せ」と命じ、掌に豆が出来ている生徒は、努力のあとを認め、いささかの点数を加味してくれた。僕もその中の一人。

でも、徒手の基本体操は得意科目で、県の体育大会の選手として、一、二回出場した記憶がある。僕の小隊でも、船酔いで頭を上げきらぬ兵が見えている。次の朝、朝飯が終わって、しばらくして、

「第一小隊全員、甲板に上がれ、船酔いで、頭を上げきらぬ戦友は、左右の戦友が抱えて甲板に連れ出せ」

ちょっと過酷のようだが、キットヨクナルと、自分が甲板に上がってみての気分から、確信に似たものをもって、小隊員に伝達した。

苦しさに堪えながら戦友に抱えられて、フラフラで甲板に上がって来た戦友が痛々しいが、

「これもお前のためだ、許してくれ」と心の中で拝んでいた。

僕は舳先《へさき》に据えられた四一山砲の駐退復座機に腰を支え、ハッチの上を指さして、

「第一小隊全員、今から全員号令を掛け、基本体操二回、続けて実施する。ハッチの上に、両手間隔開け。船酔いをフットばす決心で、全員頑張れ」

こうして足、手、頭、連合で、胸、掛け、平均、背、腹、足踏、側腹、跳躍、深呼吸。この順で号令を全員に掛けさせ、僕は一段と大きな声で頑張り、終わった時は全身、汗がびっしょり。これで先ほどまで船酔いフラフラの戦友の様子を見ると、だいぶシャンとなったようだ。効果まさに覿面《てきめん》。自分も自ずとシャンとなる。

「午後にもう一回やるから、そのつもりで楽しみに待っていてくれ、解散」

こうして、朝と午後の二回の一、二番ハッチの上は、我が第一小隊の基本体操の独壇場のような恰好《かっこう》になり、上甲板に立って全隊輸送指揮官の西田少佐、わが菊八九〇三の輸送指揮官古賀少尉が、楽しそうな笑顔で眺めているのが、号令を掛けながら目に付くのであった。

このお陰で我が小隊からは、船酔いの兵はなくなり、皆元気に航海した。

古船（ボロ船）

体操を終わって、ウインチの取り付けボルトに目がいった。取り付けボルトのナットがホジャけ、まったく形がないのだ。これでよくも、このまま使用しているもんだな。

さっそく、船の銘板を探して見に行った。大正五年と刻まれている。隆洋丸、トン数八千何百トンだったか忘れたが、ヨクモこんなボロ船に乗り合わせたものだ。ウインチを作動させたら、ベースごと抜け落ちはせぬかとハラハラする思い。ベースが甲板に錆《さ》びついているのだろう。

こんなところに目が行くのは、やはり大刀洗の航空廠の名残りかな、と一人で苦笑する。

船員に尋ねてみた。

「こんなボロブネに乗せられて、ボカチンを食ったらどうなります」

「ボロブネ？　そんなの関係ありませんよ。この船は、実に運のいい船ですよ。ソロモンにも三回行ったけど、この通り無事です。他の船はほとんどやられたのですがね。魚雷食ったら、新も古もありません。一発です。コレさえあれば大丈夫です」

と、船員は首の後ろに白い、我々の持っている救命胴衣とは違った、丸い枕の大きいような救命胴衣を、背嚢式に両脇に通して、背負った恰好をしながら、

「兵隊さん、貴方がたのように、そんなスッパダカで、ボカチンを食ったら、それこそ、おしまいですよ」

この船員の言葉は一年後、つぶさに味わわせて頂いた。

この船員の言葉を聞いて、ハッとした。皆まったく夢のようにしているが、ソロモン、ガダルカナルの情報は、もちろん皆知っている。恐怖ではない、戦線における地形・地物の利用と同じだ。補助官の岡軍曹に相談に行った。僕らはすでに戦線にあるのと同じだ。尽くすべきを尽くさず、施すべきを施さずして、死に至るは大不忠なり、との観念は我が血となり、肉となり、死を鴻毛よりも軽しと覚悟する精神と決して矛盾しない。また、これは現代においても同じ。動燃、トンネル事故など、怠慢事故枚挙に暇なし。

岡軍曹もハッとして、顔色が変わった。

「輸送指揮官に聞いて来るから、それまで皆には言うな」

「小副川、今聞いて来た。潜水艦のことは、船も海軍も徹底して捜索しながら、航海しているそうだ。今のところ、まったくそんな状態ではないそうだ。但し、船倉に入ったら、救命胴衣を枕にして寝るように、全員に伝達せよ」

殊更《ことさら》、恐怖心を煽りたてる必要はない。その臨機応変の心構えを持っていれば大丈夫だということで、軍歌を歌い、腕相撲をやり、基本体操はもちろん、中には手製の花札、将棋に時間を費やす兵も多く、いろんな職業を経て来た者の集団だから、各々その持ち前を伸ばしていた。僕などその点、まったく無色透明人間といった方が当たっていたかも知れぬ。「歩兵全書」「学校教練必携」「歎異抄」「詩吟集」「大楠公」などを繰り返し読んだ。でも、大方は甲板に上がっている。八ノット船団ののろのろぶりの、スクリューがぐるぐる半分は水上に出しながら廻っている。そののろま船団の周囲を、護衛の駆逐艦が高速で水澄ましが池上を廻るように廻っている。期せずして、歩兵の本領の「暫《しば》し守れよ海の人」の気持ちが湧いて来る。

ふと下を見ると、大きなエイがふわり、ふわりと浮いているかと思えば、飛魚がピョコンと水中から飛び出し、スーッと飛んでチャポンとまた水の中に入る。海豚《いるか》が十頭以上も、あたかも、船と競争でもするかのように、どこまでもついて来る。

四一山砲の砲身をじっと眺め、水平線を見ると、緩やかに上下動を繰り返している。それにしても、この砲の担当の砲兵は、一体どこにいるのか。砲兵が見えないから、基本体操の腰支えに有り難い。どこかで怠けていたろうか。

便所

輸送船で、兵はギュウヅメのギュウヅメだ。また、徴用輸送船に正規の便所は不可能だ。で、応急の便所が一番、二番船倉の右舷の外側に約一メートル余り突き出し、フック状に構成して、十二、三仕切りを角材・板材で扉も付け、それらしい物がつくられていた。

便は大も小もすべて海上落ち。ところが、ここに面白い現象を味わうことになった。船が走っていると、意識して、どうしても出ない。そんな馬鹿な、と思ってもそうなのだ。無念夢想の心理に到達しないと、駄目である。思わぬ精神修養（?）をさせられたことが、六十二年後の今日においても、笑い話の種に思い出される。

しかし、これは本当なのだ。後日、マレーを列車で北上する時も、同様の体験をした。戦争には無事であれば、こんなたわいもない面白い笑い話もあった。

水浴

船は、船橋《せんきょう》のお偉方は別として、我々兵には風呂など望むべくもない。出航して何日目か、二番船倉の左舷の船橋下に大きなシートを上手に張って、それに海水をパイプからどんどん注ぎ、部隊の建制順二十人、三分間の水浴。千三、四百の兵を水浴させるのだから、大仕事である。でも、これで、汗と油にまみれた体は幾らかサッパリし、真水ですすぐ。

ある日、突然、一天俄《にわか》にかき曇った。雨だ、雨だと、気のつくのも早いもので、石鹸、手拭いを両手に素っ裸でハッチに上がり、素早い兵は見事に体の洗濯を終わっている。中に少しのろまの兵は、半分ほど洗ったところでスコールは通り過ぎ、万事窮す。石鹸を体中塗り終わったまま、ベソをかいている。これも、生き残った者なればこその思い出。

加給品

加給品とは、食事、給料以外に、兵に支給される物の総称だが、こんな場合、主として煙草、間食の類である（給料は最後までついぞ貰わぬ）。

輸送船の中は退屈だから、兵を倦怠させないための配慮は、補助官の優劣に直結する。我が八九〇三の先任補佐官・岡軍曹はその点、まことにその任を得ていた。ちゃんと乗船前に留守隊の経理に交渉して、能う限りの酒、煙草、甘納豆、煎餅、ビール等々をしこたま買い込んでくれていた。食事は不味《まず》い、というのも愚かなりだ。大豆とひじき、塩干魚、米は内地米だったろう。いずれにしても、そんなもので皆ブツブツ。

ところが、乗船して間もなく、「小隊長集合」の連絡があった。さあ、奉仕作業が始まった、と行ってみると、

「今から、加給品のビールと煎餅、するめを支給する。分隊長を呼べ」

建制順に、第一小隊から受領して小隊に持ち帰り、各人に分配。

これで、薄暗い頭のぶつかる蚕棚のようなねぐらの中に押し込められた不満の幾らかが、まぎらわされた。するめをかじり、グーッとビールを飲み干す。上戸も下戸も、自然と気持ちがほぐれて来た。

ところが、筋向かいの菊八九〇二の大村の歩兵第五十五聯隊の兵にはそれが来ぬ。こちらを眺めながら、

「こちらにもチーット分けてみろ」と呼びかけている。

しばらく知らぬ顔をしていたが、やっぱり気の毒になった。

「おい、どっちか、甘かとか？　辛かとか？」

「どっちでんよか」

僕はあの頃、ビールは苦くて飲みたくないので、僕のビールとするめ一袋をポンと分けてやった。

「甘カ、カ？」

「まあまあ、ハッハッハ」

こんな調子で、いつの間にか大村の菊八九〇二（歩兵五十五聯隊）の兵とも親しくなった。あの兵たちも、やがて北ビルマのフーコンで、我が八九〇三の左翼で初陣を迎え、最下級で、体力も気力も使い果たし、大部分の者が木の葉の下に埋もれてしまった。

新高山

概《おおむ》ね晴天の快適な航海の日々であったが、幾日目か、フト左の雲の上に峨々たる山の頂が見える。皆が、

「あれは何だ、おい、小副川、ありゃ、ないこう？」

と聞いて来た。じっと見ると、時間と位置から新高山だと判断した。

「ありャア、新高山ばい。間違やなか」

「小副川、お前や、ようわかんのお」

「いんにゃ、すぎゃんこたあなかばってん、もう、台湾にこんばいかんはずじゃんのお」

「おい、台湾こう。そんない、バナナの食わるんのお。新高山は、やっぱい高かのお」

色気は出しても、おぼつかない。金も命もお預けだ。残ったものは食い気だけ。台湾と聞けばバナナの匂い。兵はまったく童心に帰った。

高雄港

昭和十八年八月五日、船は馬公要港のある澎湖諸島の海岸近くに停泊した。

「いよいよ、台湾まで来たばい。だいぶん来たのお。そいばってん、ここにゃバナナは、なかろうもん」

やはり、バナナが最初の目標らしい。十五、六隻の輸送船は、いつの間にか散らばって、二、三艘くらいしか見えぬ。要港に入ったか、高雄港に入ったか。船というのは、集まる時もいつとは知れず、別れる時もいつとは知れず、大海原の無線連絡とか？　まったく見事だ。

澎湖島というのは低い草原で、飛行場を構築するには、誂《あつら》え向きの島だ。さぞかし、立派な海軍の飛行隊が配置されているのだろう。視界の範囲には見えないが。これも大刀洗の経験から来る戦術眼か？　自分で自分を興奮させている。

翌日、船は高雄の外港に入った。ここから掘割のような狭いところを徐行して、静かに港の岸壁に横着けした。港の中は実に広い。まことに安全な立派な港である。

皆は上陸して、外出気分でも味わい、バナナをたらふく食べたい、と願っていた。ところが出て来た命令は、

「高雄には、只今、コレラ流行中につき上陸罷《まか》りならん。但し岸壁のみの上陸は許す。各隊、岸壁に上陸、基本体操を実施し、十五分の休憩の後、乗船せよ」

コレラは嘘？　それは当然だ。こんなところで羽でも伸ばそうものなら、どんなことが起こることか分かったものではない。さっそくタラップを降りて、基本体操で体をほぐし、岸壁から市内を眺めた。

左の山の上に大きなお宮がある。あれが高雄神社であることは聞いていた。銃後の守りの方々であろうか。大きな日の丸の旗をゆっくりゆっくり左右に振って、我々の歓送の意思を表現してくれていた。これが日本との別れではあるが、僕は十四、五の頃から、生死について、それなりに悩み抜いて自分なりに納得したつもりなので、今さらどうということもないが、ますます一死報国の覚悟を新たにするのであった。

いつの間にどうして積み込んだか、バナナの配給の命令が来た。小隊ごと、分隊長と共に受領して、小隊に帰り全員に分配、皆が夢にまで見るように待っていたバナナを食って、

「ああ、腹いっぴあ、なったばい。飯は食われんばい」

こう言って喜んだ。この兵たちも、追及の途中で、これと留守隊の酒保のアンコばかりのような餡パンの美味《おい》しかった思い出を、幾らも食べてはいないくせに、無理やり思い出して、話題にした。食うこと以外、兵の楽しみはなかったのだ。

フーコン作戦の初期、昭和十八年の暮れ、第六中隊の小隊長・原磯満中尉が陣地の死守命

令を受領して、残兵幾許《いくばく》もなくなり、中隊長と打ち合わせの帰り、兵に「握り飯を一個分けてくれ」と言われ、兵の差し出す握り飯をユックリ味わって火線に出られ、やがて戦死されたと、印緬国境の最前線、インパール作戦に先立つ四ヶ月前、菊第十八師団歩兵第五十六聯隊第六中隊の生き残りの兵が、「菊歩兵第五十六聯隊戦記」の中で、述べている。

人間も、食うことが最後の砦《とりで》である。我々はその極限の将棋の一コマとなっていたのである。火線のこんな苦労も知らず、後方は伸びきっていた。

八月八日の午後、船は静かに岸壁を離れ、狭い掘割をゆっくり抜けて外港に出、神社の日の丸に見送られて台湾海峡に出て、一路南支那海を南下する。行く先はどこか、我々には何も知らされてはいない。昭南（シンガポール）かサイゴンか。詰まらぬことはよそう。

船は帆任せ、帆は風任せ、己の命は運任せ。くよくよするな。皆、こんな調子で明朗、闊達そのものであった。全員現役兵、中には早婚で嫁を持っている者もいたようだが、そんなことを気にするようではなかった。

サンジャック

船は一路南下、十二日頃か、右舷遥かに陸地らしいものを発見、多分カムラン湾の沖くらいではないかと、皆で相談するが分からぬ。船員に聞け、というわけで、尋ねてみたら、やはりカムラン湾の沖。

「おい、カムラン湾ちゅうぎいないこう」

「カムラン湾？　カムラン湾ちゅうたら、日露戦争の時、ロシア艦隊が寄港して、日本海海戦の前に物資補給ばした港たい」

「うむ、おいどんな、今、そぎゅんとこっば行きよっとかい」

兵の中には、小学校の国史で習ったことを忘れてしまった者があまりにも多い。でも、またそれがかえって話をはずませる現象にもなって、船旅の無聊《ぶりよう》を補うことにもなった。

やがて船は、サイゴン（現ホーチーミン）川の入口、サンジャックの沖に停泊した。

「目覚めるばかり鮮やかなり」とは、まさにこのことか。スコールに洗われた滴《したた》るばかりの黄緑の木立、小さな岡の上に建つ支那風の寺。まったく絶景とは、こういう景色をいうのだろうか。

船の下が何やら騒がしいので覗《のぞ》いて見ると、現地の人々が、小舟にザボン、バナナ、パイナップル等々を一杯積んで漕ぎ付け、手よう目ようで合図をしている。腰に持っている命綱にお金を結んで、下ろしなさい、そうすると、ここにある沢山の果物を、その紐に括《くく》りつけて上げるから、それを引っ張り上げなさい。そう言っているようだ。

それで兵の中の勇敢（?）な者が、コッソリそれをヤッテみた。見事に成功。見つかったら、お目玉を食うことは分かっている。

「おい、征露丸な持っとっか、そいば食うない、征露丸ば直ぐ飲まんばいかんぞ」

あの頃の大歌手・東海林太郎の名調子、歌詞はほとんど忘れてしまったが、

〽安南娘　誰もかも　手に手にかざす　日章旗　可憐な瞳　みるたびに　血の近さをばかんじます……

こんな歌が一世を風靡した、とも表現できる時代であったが、ふと頭に浮かび、目の前に現れた現象を見、小舟の横に棒を立て、それに櫂を取り付け、まったく上手に操り、クル、クル、クル、クル、クル、自由自在。幾艘もの小舟を、よくもブッカラズに操っている。

その男女の人々の姿を見、歌を思い出し、ウームと唸らざるをえない。歌というのは、実に上手にうまく出来るものだ。

サイゴン

翌日だったか定かでないが、パイロット（水先案内人）が乗船して来た。フランス人だ。船は静かに川を遡行する。中流でまた停泊、ここでも、現地の人々の相変わらずの楽しみを見せられ、やがて、サイゴン（現ホーチーミン）の岸壁に接岸。

驚いたのは、この川幅が思いのほか狭いことだった。メコン川の本流ではないことは知っていたが、上手に選択したものだ。メコンの濁流では話になるまい。一日くらいおいて、八月十七日頃、やっと上陸することになった。

「さあ、いよいよ上陸ばい。蚕棚ともお別れのお、サイゴンなフランス領じゃっけん、フランスの町やあ、どぎゃん町こっちゃいのお」

「いんにゃ、小舟の船頭の町さい」

「いんにゃ、あぎゃんたあ、端っこにしきゃ、おらんばい」

などなど、初年兵同志の会話は、いつまでも尽きない。

大村の菊八九〇二（菊歩兵五十五聯隊）が第一番上陸、建制順につぎは我が菊八九〇三（菊五十六聯隊）、菊八九〇五（菊歩兵百十四聯隊）その他の部隊順に上陸することになり、やがて宿舎まで行軍して、ヤットコサ落ち着いた。

やはり場末か。でも、岸壁からそう遠くない支那風のコンクリートの二階建ての建家の一階である。入って真っ直ぐが通路、左側に板張りの上に、アンペラを敷き、二メール幅くらいの床が、膝上くらいの高さに造られている。ちょうど二個分隊分くらいの部屋である。我が小隊は、二部屋もらった。出発の日まで当分、わが家だ。

装具を解いて小隊長集合。命令受領。大部分忘れてしまったが、第一に時間は内地時間をそのまま使用。これは、ビルマに行っても同様だった。作戦用兵上、その方が使い安かったのだろう。

起床、点呼、朝食、運動、銃器手入れ、日夕点呼、就寝などの日課は内地の屯営に準じて、決定された。時差を考慮し、内地より二時間遅れの時間を指定して行く。

点呼は、補助の下士官が屯営の週番士官代わり、小隊長が班長代わり。運動はもっぱら小隊長の仕事。所定の範囲の中で補助官に、事前の認可を得ればよい。

そのお陰か、あの頃、花のサイゴン、小パリーなどと歌われていたサイゴンの町も、駆足したり、軍歌演習をやったり、メーンの通りも何回か廻った。

サイゴンは、さすがに立派な町だ。下船前に、皆が騒いでいたのとは大違いだ。大きな通り、大木の並木、日光はほとんど遮蔽。店の構えも、並んでいる品も、動いている人間の姿も、我々よりズット垢抜けしている。そうは思いたくないが、止むをえない。

これは何故か。あのサンジャックの小舟の船頭と思い合わせて、ウームと唸らざるを得ない。

フランス、いな、欧州民族に支配された東洋民族の姿を、今、現実に見せつけられて、今日までにおける我が不明を、目からウロコが落ちる思いで、我らの出征には新たな使命が科せられていることを自覚せざるをえなかった。

運動範囲の中に、プールもあった。二階建てのプールだ。一階は更衣室、二階がプール。

二十五メートルプールで、水の出口はライオンの頭になり、その口からどんどん水が流れ出ている。見事なものだ。僕はそんなの、今まで見たことがなかった。田舎者か？

オリンピックの葉室選手が中尉で、水泳指導をしていた。何を教えられたかは、記憶にない。

魚の天国

またここでも、便所のことを書かざるを得ない。それは、もっとも端的にその頃の状態を表現しているからだ。

宿舎の前を通り過ぎると、一段高いコンクリートの堤防があり、その先の水上に十二、三の一メートル四方ぐらいの囲みを作り、手前が扉になった、ちょうど輸送船上の便所と同じようなものが造られている。手前に板を敷き並べ、通路を構成し、この通路までコンクリートの堤防から、一メートルくらい幅の橋が架けられている。川幅二百メートルくらいの大きな川の上だ。

ここに行って用便をすると、小便はもちろん垂れ流し。大便をすると、その下にはちゃんと魚が待ち受けている。その魚の数が、時にはゴチョゴチョするぐらいに集まって来る。これには参った、よくもこんなにいるものだ。濁って汚い大きな流れだが、魚には天国なのだろうか。

ビンタ数発

ある日、小隊員の誰かが砂糖を炊事場から失敬してきた。よほど要領が下手だったのだろう。それが、百十四の下士官の炊事班長に見つかったらしい。

炊事班長の下士官がやって来た。

「ここに砂糖泥棒が隠れとるだろう。前へ出ろ。出ないなら、共同責任だぞ」

皆が黙っている。

「どこかにおるはずだ。出せ」

「おい。小隊長、貴様、小隊長のくせに、何しとるか」

何しろ、船の中から基本体操で顔を知られているから、引っ込みがつかぬ。そのうち、持って来た兵が済まないと思ったか、装具の陰から取り出し、班長の前に出した。

「よし、いずれにしても、共同責任だ。寝台の前に立て」

持って来た炊事場のシャモジで、バシン、バシン、バシンと、ホッペを何発ずつ殴られたか記憶にないが、各人、二人の下士官にしこたまやられた。僕は小隊長ゆえ、さらに殴られた。叩き払いというのがこれか。

屯営でも、炊事当番のシャモジ洗い不良で、全体責任で殴られ、シャモジが二本折れた。今度は折れはしなかったが、よほどシャモジには、殴られ縁があるものだ。やはり初年兵の修行のうちか。うんざりだ。

たむし

この兵站でもう一つ思い出すのは、不潔のせいか気候のせいか判らぬが、たむしが蔓延した。皆ほとほと参っている。軍医に診察してもらっても、あまりパッとしないらしい。ところが偶然に、先居の部隊が残してくれた置きみやげか、クレゾールの原液らしいのが床の下から見つかった。

「これは何かね、クレゾールの匂いのしょるばい。クレゾールは消毒液じゃっけ、こいば、たむしに塗ってみんか」

　ということになって、ある戦友が勇気（?・）を出し、患部に外側から内側に向けて塗って行く。一、二秒したら、熱い、熱い、熱いと悲鳴を上げ始めた。皆で押さえつけ、扇《あお》げ、扇げと持って来た扇子で扇ぎ始めた。しばらくすると、どうやら落ち着いた。

　数日したら、戦友の皮膚が黒くなって、禿げ始めた。そうすると、あとには立派な新しい皮膚が見事に回復した。

　よし、これだ、これだとたちまち、たむしにやられている戦友は、この特効薬に飛びつき、このたむしに関しては軍医不要と、皆で笑って大喜びしたことが思い出される。

　後日のことだが、あの北ビルマ、フーコンの山の中で、戦友仲間で、〝ビルマ腐れ〟と言っていたが、皮膚病の犠牲になり、飲む薬も付ける薬もなくて、苦しみながら死んで逝った。


　このサイゴンの街にも、二週間以上いると、だいぶん飽きて来た。

「いつまで、サイゴンにぐずぐずすっとじゃろうか。はよう本隊さい追及せんば、何のため出征したじゃい判らんばい。岸壁衛兵くらいでは、物足りんない」

「すぎゃん急ぐな。ちゃんと連れて行かす」

「どっちさい行くじゃろうか、プノンペンか、昭南（シンガポール）じゃろうか」

「お前は、この前、船は帆まかせ……て言うたじゃなかか、くよくよするな」

　退屈紛れに、こんな会話が繰り返し交わされるようになって来た。

内地の盆がちょうど、このサイゴン滞在の期間である。いつとはなしに九月になった。皆、いろいろ気にするのも無理はない。

「俺達どっちみちなら、昭南がよかのぉ。おいどんが師団の占領した要塞じゃろうが。先輩の戦績ば訪ねて行くことは、大事なことばい」

こんな話を、暇に任せ、喋《しゃべ》っていた三日の午後、補助官岡軍曹に小隊長が全員呼び寄せられた。

「部隊は、明日九月四日、輸送船に乗船し、昭南に向かって出航することになった。各小隊は、出発準備に遺漏ないよう細心の注意を払って準備をすること。特に立つ鳥後を濁さずという言葉のように、宿舎の掃除には、細心の注意を払ってやってもらいたい」

この命令を受けた皆は、さあ、出発ぞと張り切って、アンペラの裏表、部屋の隅までほじくり出すように、立派に洗って拭きあげた。コウモリの糞まで拭き取ったぞと、笑っている戦友もいて、ハシャイでいた。

さびはてし　隆洋丸の　船足で
　よくもつきたり　このサイゴンに
スコールに　目ざむるばかり　あざやかな
　サンジャックのみどり　とわにわすれじ
いるか　えい　くらげもまじえ　ただ平和

うなばらとおく　日は晴れわたる
いくとせを　すぐるもまぶた　はなれえず
たかおのみなと　あの　にっしょうき
ついきゅうの　とじは　へいわに　はこびしに
のこれるともは　いくばくも　なし
ひとの　よの　さだめのきなる　たれぞしる
むそじのむかし　ふりかえりつつ
とどめなん　くにのあゆみの　おろかさを
まけし　いくさの　もとをたずねて

サイゴン乗船出航

昭和十八年九月四日、サイゴンの岸壁に着いた。川の岸壁だけど、長い長い岸壁だ、上陸の時の印象とは違った見方を、二十日足らずのサイゴンの経験で誰も味わったらしい。僕も、虐《しいた》げられた東亜民族の姿、フランス民族の奢《おご》りをじかに見て、日本民族の使命、責任を嫌というほど感じとらざるを得なかった。その頃の我々は、意気まさに軒昂だった。

濁ったサイゴン川の岸壁に横付けした輸送船は、何という船か。来る時のボロ舟と同じかと見ると、勝関丸《かちどき》という見事な輸送船だ。乗ってみると、中の設備は大同小異、カボチャを一杯積みこんでいる。

サイゴン米の、薙刀米《なぎなた》はもう慣れた。サイゴンに上陸して、始めて食わされた米のまずさと形にビックリさせられ、誰かが「こいはまっで薙刀のごつしとるばい」と言ったのが、いつの間にやら、我々仲間の戦友では、薙刀米が通用語となってしまったのだ。あの半透明の反り返ったような、ながーい米のポロポロで、岩のように固いかと見ると、砕いたら一粒離れ。

これにもようやく慣れて、いざ昭南（シンガポール）だ。昭南までは、内地から約三分の一くらいの距離だから、たいした日数ではない。船内の記憶があまり残らないのを見ると、船慣れしていたのか。

虎の威をかるクリー頭

この勝関丸の乗船間、どうしても今に忘れられない、嫌な嫌な思い出が残っている。それは、その頃の言葉で、クリー（苦力）と呼んでいたが、いわゆる労働者の輸送船内の扱いだ。

クリーは船倉の、我々の入っているより一段下の船倉に入れられていた。風筒は何本か船倉に下ろされているが、熱くて、熱くてたまらないのだ。だから、折りをみては、甲板に上がって来る。それを見つけた、いわゆるクリー頭が、木刀で殴っている。

僕らも上官から杓子《しゃくし》で殴られたが、それの比ではない。その頃の一つ星の僕には、止める勇気は出なかった。でも、その殴る有り様を目の当たりに見て、何とも言えぬ憤りを覚えざるをえなかった。

とうとう殴り殺してしまったらしい。殺されたクリーは、板に乗せて船尾に運び、船尾から海中に落として、いわば海葬だ。何とも無惨、惨の極。

こういう現象が、後方部隊ないしは後方勤務のこれら軍属、軍属ともつかぬ一種のヤクザ集団みたいな者どもによって日常茶飯事として、存在したのである。

我々は今からこの輸送船に乗り、ビルマの戦場に、忠君愛国の誠心に燃えて死にに征くのだ。

「戦陣訓」の戦陣の戒めに曰く、仁恕の徳、能く無辜《むこ》の住民を愛護すべし、と。火戦にあって戦闘部隊が、多大の戦死傷者の犠牲を払っていても、後方勤務の部隊ないしはこれらのロクデナシの日本人の風上にも置けない者どもに威張り、奢りまくられては、占領地の住民が日本に心服するはずがない。支那事変遅延の因もここにあるのだなと、しみじみ感ずる僕であった。

日本人というのは、自分が少しでも優位な立場に立てば、すぐ威張り出す人間が余りにも多すぎる。これで、世界の盟主など、まったくこれも威張りだ。幾ら前線で活躍しても、所詮は賽の河原ではないかと、暗澹たる気持ちになったのが昨日のことのようである。

敗戦後の今日、形は変わったが、住専、銀行、証券会社、これらに巣くう総会屋、汚職など、次々と新聞テレビ、ラジオなどを聞くたび、見るたびウンサリさせられる。

たびたび書くが、真面目な日本人ももちろん多いが、コップの中に綺麗な清水を一杯いれて、これに赤いインキを一滴ポトンと落とすと、たちまち清水は赤く染まってしまう。

正義も人道も、人倫の大道すたれ果て、我利と我欲の虜《とりこ》になった日本人が、むしろ日本人の顔ででもあるかの如く見えて来るのだ。嘆かわしい限りである。

昭南入港

虎の威を借る狐ども、を見せつけられてウンザリしていたが、やがて水平線の彼方に陸地らしいのが見えて来た。だんだん、はっきりして来た。昭南だ。日本が占領するまでは、シンガポールと言った。今から考えると、これも日本人の奢りの姿であったかもしれない。

やがて、凄い立派な市街の姿が船上から見えてきた。昭和十八年九月八日だ。あれがシンガポールだ、昭南だと、みんな口々にしながら船は静かに岸壁に近づいて、やがて静かにとまった。聞けばここは、ケッペルハーバーとかいうらしい。

ふと見ると、我々の船の側に二隻の小さい潜水艦が浮かび、艦上に二人の乗組員らしい兵が、こちらをポカンと見上げている。

「どこの潜水艦かい。あの潜水艦なあ、ケトウはケトウばい、肌の色がのお」

「さあ、どこんとじゃろうか、ボサーッとしとるのお」

そのころ我々は、イタリーが降伏したことを、知らされていなかったのだ。やがて、

「ありゃ、イタリーの潜水艦てっぱい。イタリーは、ツン負けたてっぱい」という情報が流れて来た。

「ムッソリーニの馬鹿たれが、負けたとか、案外ムッソリーニちゅうたあ、つまらん奴じゃったのお」

「そんない、あの潜水艦も、行く先のなかっちゃろう。そいけん、あぎゃん、しょげたごとしとっとばん、だらしんなかのお」

こういう会話がひとしきり。

見渡すとこの島は、日本の港よりもゆっくりとした感じで、海岸から恐ろしく突き立った地形ではなさそうだ。でも、見上げる向こうには、海抜百五、六十メートルくらいの山が連なっている。あれは、きっと要塞だろう。難攻不落、東洋一の大要塞とは、あの辺りに築かれた要塞のことだろう。

セレター軍港、カラン飛行場、コーズウェイ橋などなど、内地にいたころ聞かされた地名が今、目の前に横たわり、いよいよ上陸の時が間近だ。

翌日、タラップを降りて整列。建制順に第一小隊より前進。岸壁を右に折れて行く道幅が広く舗装され、道の両側は日本の公園のようだ。立派に短く刈り上げられている。ウームと、思わず唸り声を上げざるを得ない。その頃の日本とは、まさに雲泥の差。

行くほどに変な風景に出会った。長いスカートともつかぬ腰巻きみたいなものを着て、柄の長い鎌をクルーリ、クルーリと振り回し、それで例の芝生の草を刈っている姿を。これが、マレー人の姿を見た最初である。

現在の高度成長の最中のマレーシアとはまったく違った、二世代前のマレーである。でもその頃、思った。

「これが、アングロサクソン民族に支配された、植民地民族の真の姿だ。我々はこれら民族の解放の戦士として、先駆けとして、今ここに上陸したのだ」と。

この使命感、責任感の充実ぶりは、現代日本の若者達の、夢にも、薬にも出来ない民族の誇り、充実ぶりであった。もちろん、その頃の我らには、この文章の後半に記載するような、天皇及びその身辺の重臣の不明、軍部の無能・驕慢など知る由もない。御勅諭こそ我が命なりと、大東亜建設の理想に燃えたぎっていたのであった。

ケッペル兵営

マレー人の、見方によっては平和な植民民族の姿を後に、歩武堂々と行進は続く。だらだら坂をのぼり、坂道の途中で右に開けた段々屋敷に、三階か四階だったか忘れたが、大きな兵舎が建っている。この兵舎が、我らが落ちつく、いわゆる兵站《へいたん》宿舎である。

サイゴンの宿舎に比べれば、遙かによい。第一、メシアゲがない。三段か四段下の屋敷に建つ大きな食堂に、食券を持って食いに行けばよい。しかも鱈腹《たらふく》食える。これは最高。でも、ここにも一つ面白くないことがあった。それは何？

食堂の飯の受取口の正面上の壁一杯に、東条英機総理の絵が掲げられていた。東条総理は、天皇大権承行第一責任者ではある。でもなぜ、ここに一人麗々しく掲げねばならぬのか。我々は、総理の為に死にに行くのではないぞ。あんまり深くは考えなかったが、今にその記憶が脳裏から離れないのは、やはり、「東条の奢り」という印象を拭えなかったせいであろうか。

筑紫山

兵站宿舎の坂を登り、さらに胸突くような潅木の繁った山肌を登り、頂上に着くと、そこには見事な忠霊塔が建っていた。高さが四メートルくらいの木の柱が台座の上に建てられ、両側に将校と着剣の兵をあしらい、正面に「菊兵団奮戦の地」と見事な文字で刻み込まれている。裏面の上部に、筑紫山（今、高校の地図を見ると、フェーバー山となっているが、多分そこいら辺り）と大書され、その下に、謂《いわ》れが鮮やかに記されていた。

何回か読み暗記に努めたので、今も忘れない。手元にある「菊歩兵第五十六聯隊戦記」に掲載されているのとは、大筋においては変わらないが、少し違うところがある。僕の記憶違いか、それは何とも言えないが、教育勅語か御勅諭のつもりで、我が聯隊先輩の偉功を銘肝したのであるから、記憶のままにここでは記載したい。

「この地一帯は敵が、ケッペル兵営を（我らの宿舎）中心とする、シンガポール要塞の鎖鑰《さやく》にして、敵は此処を最後の牙城と頼み、凄絶悲壮なる抵抗を試みたり。然るに、我が将兵の勇猛精強は、克く是を克服して、昭和十七年二月十五日、敵将パーシバルをして、遂に我が軍門に降らしめたり。惟ふに、此の地一帯は吾が筑紫健児の忠血を以て染めし地なれば、之に因みて筑紫山と命名し、其の威烈を後昆に伝う。

兵団長　牟田口廉也」

この忠霊塔に参り、その側にある五反田少佐供養の塔に参り、敵の高射機関砲の残骸を見、マラッカ海峡を航行する船舶を眺め、左下に広がるシンガポールの市街を見下ろし、遙かに我が師団が悪戦苦闘の末、一番乗りを果たしたブキテマの山を望み、我が兄と同級の親戚の常蔵さんの戦死の地であることを思い出し、静かに瞑目し、冥福を祈った。

こうして、筑紫山登りは、いつの間にか、健脚づくりの楽しみの演習場の観を呈した。

五反田少佐という人は、久留米の戦車第一聯隊を母体とし、近衛師団に配属されて、パクリ付近の敵陣を攻撃中、五反田大尉以下全員、戦車諸共《もろとも》討ち死にされたことが「島田戦車隊記」に見える。そこで、同じく久留米を母体とする菊兵団が、この地に供養の塔を建立されたものであろうと想像したのであった。

征く者帰る者

ケッペル兵営に入って幾日目だったか、大勢の下士官、古年兵の人々が、我々を訪ねて来られた。聞くと、我が菊兵団の凱旋満期の方々である。ビルマで除隊命令を頂き帰る途中、我々初年兵がここにいることを聞き、面会に見えたらしい。異国の果て、戦場というべきか、この環境で、我が聯隊の先輩たちにお目にかかることは、無量の感慨をそそるのであった。顔見知りの人は一人もなかったが、以心伝心、通ずる方があり、連れ立って筑紫山に登り、シンガポール攻略の最後の日、すなわち十五日に、自分たちの部隊は、あの山の上に陣地を構築して次の命令ばまっとったばいなどと、懐かしい思い出を聞かされた。

「宿舎はどこですか」という問いに、

「俺どんな、お払いばこじゃいけん、お前たちのごと、こぎゃん良か宿舎じゃなかたい。ずっと歩いて向こうの、椰子の葉葺《ぶ》きの宿舎たい」

そう言って笑っておられた。

ビルマ攻略の後、シャン高原のタウンギーというところで除隊命令を受けてここに到着したそうで、コタバル上陸、クワンタン攻略、ジョホール水道の敵前上陸、特にコタバルの上陸で舟艇が撃沈され、救命胴衣を付けて長く海上に漂い、ヤットのことで船舶工兵に助けられて上陸できたことを伺い、あの隆洋丸での船員の話を思い浮かべた。

「ドギャン時でん、アワツルギ死ぬぞ。落ちついて、自分ば見失わずに、精神力ばシッカリ持っとらんば」と、貴重なお話をお伺いした。

あの筑紫山の忠霊塔も、二年の後、おそらく第一番目に英国の手によって破壊、消滅したことであろう。九月の二十日頃であったか、正確ではないが、突然、出発準備の命令が届いた。

先輩の血潮の勝利の地に立って、これから追及するビルマに思いを馳せ、勇躍征途につく思いを新たにするのであった。

コタテンギー兵営へ

ケッペル兵営は、今までの入隊以来の初年兵の生活の中では、まったく極楽兵営だった。イタリーの「負け潜水艦」を見、ガダルカナルの転進という名の敗戦・撤退は知っていたが、まだ負けるなどという気持ちは微塵もなく、必勝の信念に燃えたぎり、大命のまにまに、大東亜共栄圏建設の戦士として大日本帝国の礎となり、「悠久の大義に生きるのだ」。「死生もとより論ずるに足らず」。まさに血湧き肉踊るの思いであった。

迎えに来たトラックに二ケ分隊ずつ乗り、コタテンギーへ向かい、ケッペル兵営を出た。途中、来る時に見た草刈り人たちの、まったく呑気というか、あのマンマンデー（漫々的）の草刈り風景は相変わらずで、広いアスファルト道路を辷《すべ》るように走った。

車はフォード、シボレー、何だったか知らぬ。しかし、あの頃の日本の自動車は、豊田、日産、いすずなど、まだお話にならなかった。大敗戦を契機に、ようやく技術の目覚めが本物になって行く。

「ヤッパイ日本の自動車とクラブッキイ（比べたら）、音から違うのぉ、悔やしかバッテン」と誰かが言った。多分、彼はその頃、運転手をやっていたらしかった。特技をどうして離れたか。やがて彼も北ビルマ、フーコンの山の中で「草むす屍《かばね》」となろうとは、神ならぬ身のまったく知る由もなかったのである。

運転手が、車のスピードをグーッと落とした。小高い丘ともつかぬ丘の下である。よく見ると、坂の中途に「山下、パーシバル会見の地」という立て札が建っていたように記憶する。「ああここが筑紫山の、俺どんが師団の忠霊塔に刻まれて、僕の頭に暗唱している、パーシバルが降伏文書に調印したところたい」

道の両側も、今日一回、明日一回の草刈りのオジサンたちのお陰で、日本の公園よりも綺麗に見事に刈り上げられている。右側を見ると、凄い大きな広場に、自動車が溢れんばかりに駐車している。すでに占領から、一年半以上もたっているのに。

「ああ、これらが占領した当時の自動車の戦利品なのか、凄いなあ」と皆、驚きと感嘆の声を発しつつ通り抜け、やがてブキテマ高地と思われる高地を右手に眺め、車はコーズウェイ橋とかそのころ呼んでいた陸橋に差しかかろうとして、スピードをずいぶん落とした。

路側外を見ると、ちょうど潮が引いているのか、ジョホール海峡の海岸はヘドロでいっぱい。しかもそのヘドロの中に無数の低木の株が広がり、株からは刺みたいなのがいっぱい出ているようだ。

こんな凄い海岸に、我が菊の先輩はどうして敵前上陸をされたんだろうかと、ほんの通過の一瞬ではあったが、「歩兵操典」作戦要務令の綱領第九条にある、「敵の意表に出ずるは、機を制し勝ちを得るの要道なり云々」とは、まさにこのことなるか、と自分なりに納得して通過した。こんなところだから、敵は油断していたという意味の納得だ。

後で戦史を繙《ひもと》いて見ると、この地一帯は、近衛兵団その他後続の砲兵、戦車部隊などの通過に使用されたらしい。しかし、その頃になると、敵の砲兵は勝手知った我が領土の中だから、観測しなくとも集中砲火を浴びせられるくらいの地域なので、かえって奇襲上陸の我が兵団より危険だったかもしれない。

我が菊は、このコーズウェイ橋の遙か彼方の海峡の出口近く、最右翼兵団として上陸され、軍の巧みな陽動作戦により、大きく敵の意表を衝《つ》いて、第一回上陸はほとんど無血に近く、第二回上陸以後に水際の犠牲が多かったと記載されている。第五師団は、このコーズウェイ橋と我が菊の中間に上陸を拝命している。

長い陸橋を渡り、ジョホールバルに届く二、三十メートルの手前が、敵により破壊されていたが、工兵隊によって仮橋が架けられ、下を海水が洗って飛沫《しぶき》をあげていたのが、今も思い出される。

「とうとうこれで昭南（シンガポール）ともお別ればい。敵地に一歩我れ踏めば――か」

「いんにゃ（いや）、それやあ（それは）まあだ（まだ）早すぎっばい、マレー半島ちゅうぎい（と言ったら）、どいしこの距離あって思うとっか、ビルマまでは、こいから（これから）まあだ、さきゃあ（先は）何千キロでんあっとぞ」

「そいは、そうバッテン、一応陸続きじゃっか」

行軍がなければ、体はうずうずだ。で、こんなヘラズロを叩きながら、車はやがてゴム林に入った。見事なアスファルト道路の両側は縦横十文字、ものの見事に碁盤目に植え付けられたゴムの林が延々と続く。

何と見事なゴム林ぞ。しばし走っているうちに、いつの間にか見事なパイナップルの畑に出た。片方はゴム林、片方がパイナップル畑、実に見事だ。パイナップルの実は、まだ見当たらなかったように思うがさだかでない。

でも、あのパイナップルの畑が自動車の走るにつけ、ぐるぐる、走馬燈というか回転木馬というか、回って過ぎて行ったのが、昨日のことのように思い出される。若かったせいもあろう。でも、やはり命を懸けた、いな、死を決した人間の、生の一齣一齣を大事に刻み込んで行きたいという本能の所為《せい》か煩悩の所為か？

やがて、車は広大な丘の上の、最新建築の二階建ての兵営に着いた。開戦想定の敵の配備だ。ここでの思い出に今に残るのは、開戦の第一目標たるゴムの印象である。兵舎の裏の広大なゴムの林を見たが、内地で習ったゴムの木は、大きい厚い葉の裏に黄色に近い繊毛《せんもう》の生えたような木を教えられていたように記憶していた。

だが、ここで見るゴムの木はそれとは違い、内地の楢《なら》か櫟《くぬぎ》に似た、しかももう少し薄い葉をもって明るい林を造っている。種類はいろいろあるかも知れないが、英国が研究に研究を重ねて選定した樹種であろうからと、現地の人のゴムの採集をジット見ていると、その樹液の多いこと。まったく驚くばかり。

斜め切りの傷口を流れる液を両方から集め、小さい樋をグッと打ち込むと、下に設けたコップの中に、しばらくはスタスタどころかスーッと流れ落ちる。おお、この水気もあまりないような木の木肌の中に、こんな樹液が流れているのだ。

一日すると、その傷口は樹液のために綺麗に塞がって樹皮となり、上の段の切開を待っているようだ。人間の作業に都合のよい高さに、採取用の傷は付けられるので、その範囲だけが幹が大きくふくれて、不体裁な恰好に変形している。

所々にコップに受けたゴムを集めて、三十センチと四十センチくらいの生ゴムのシートをつくる機械が、小さな小屋の中に据えられている。その生ゴムが或る規定の量に達すれば、集荷に来る組織があるのだろう。

炊事

炊事は現地の人がやってくれ、当番はただ受け取り、皆に分配するだけ。下給品はビール、酒、甘味品など、そう待ち焦がれることもなかった。あの頃までは豊かだったのだ。

ある時、タピオカという茶褐色の細長い芋のような下給品が上がって来た。現地の人から食べ方を習って皆で食べてみたが、甘味はほとんどなく、固くてポクポクしてあまりおいしいものではなかった。が、旅の無聊《ぶりょう》の慰めの一齣ではあった。

米はサイゴン米かラングーン米。これはもうこの頃では、すっかり皆あきらめ顔。岩のように（？）固まったご飯を杓子の先で砕くと、今度は箸の上に一列に綺麗に並び、二列と並べることはまず難しい。これはもうサイゴン以来慣れきっていて、文句を言っても始まらぬ、と観念して話題に持ち出す者はいなかった。

また便所

また便所だ。ここの便所は、ケッペルとは違って輸送船に似ている。少し離れたゴム林の縁に、二十余りの連続の仕切りを施した便所が並び、下に楕円形のカンが置かれている。これに用便を済ますと、翌日、現地の人がやって来て、小便はゴム林に流し、大便を別の容器に移して、適当の量になったものを、天秤棒で担ってどこかへ運んで行く。

軍政府か兵站かの管轄で、こういう組織をつくりあげたのだろうか。清潔だ。そして、便所掃除をまぬかれたことを、あまり有り難いとも思わぬが、やはり有り難かった。

火葬

どこの部隊だったか、定かな記憶はないが、菊五十六（菊八九〇三）ではなかった。五十五（菊八九〇二）か百十四（菊八九〇五）の兵であったろう。向こうの丘に薪を高く積み上げ、ぼんぼんと火が燃えさかる。何事ならん、と問い合わせたら、誰かが急病で亡くなったという話。

こんな後方で、病院は完備しているはずなのにどうしたことか、と疑問を持ったが、それ以上の詮索はしなかった。が、火線に立たずに死ぬのは不忠なりの感慨。

「他人の様見て、我が様直せ」。沸騰五分間、果物でも、たとえ新しくとも、食ったらかならず征露丸。お国に捧げたこの体、死を恐れるのではない。

「死なねばならぬその瞬間まで、健康に注意し、火線に立てば、地形地物を利用して戦術の限りを尽くし、敵に最大の打撃を与え、死の瞬間に到達すれば、莞爾（ニッコリ）として悠久の大義に生きるのだ」。これがあの頃の我が信念というか、覚悟であった。まさに忠勇無双。

火葬されている兵も知らねば、部隊もさだかでないのに、火葬と聞いただけで、やはりいろんなことを気にする。親の、兄弟の、友の、故郷の職場の恋人がいたとすれば、変人の僕は恋人は造らぬことに決めていた。死にに征く身に未練がましい心が芽生えては、存分の働きが出来ないことを納得していたからだ。

もちろん人間だから、好きだなあ、と思う女性もあり、向こうからもそんな意思を示す人にも出会ったが、悠久の大義に生きる、すなわち死にに征く身に未練を残してはならん、という現代の思潮からは、およそ夢物語とも思われる崇高なる犠牲的献身奉公の精神であった。あの頃の大部分の青年は、この自覚があった。
人道に立脚し、相手国の力を知り、己の力を知り、国運をいかに安泰させるか。これが為政者の責務である。その責務を誤り、優秀な国民を犠牲にして大敗戦を招いた。

軍歌演習

コタテンギーの宿舎は、広いゴム林の台地の上に建った兵舎で、環境はまあ良好。つい軍歌演習でもやってみたくなった。基本体操、駆け足、シャワーはもちろんながら、新しい軍歌が出来ていた。ケッペルと違い閑寂だから、門は出さないが、広い営庭をよく回った。
先輩の皆さんが悪戦苦闘の末、多大の犠牲の上に占領されたシンガポールを偲《しの》ぶ。

遺骨を抱いて

1　一番乗りをやるんだと　力んで死んだ戦友の
遺骨を抱いて今入る　シンガポールの町の朝

2　男だ何で泣くものか　かんでこらえた感激を
山から起こる万歳に　思わず頬が濡れて来る

3　負けず嫌いの戦友の　形見の旗を取り出して
雨に汚れた寄せ書きを　山の頂上に立ててやる

4　友よ見てくれあの凪いだ　マラッカ海の十字星
夜を日についだ進撃に　君と眺めたあの星を

5　シンガポールは　おとしても　まだ進撃はこれからだ
遺骨を抱いて俺は行く　守ってくれよ戦友よ

菊　歩兵第五十六聯隊歌

1　神風高く松に鳴る　高良のもとに屯して
武名あまねく轟かす　我が聯隊のつわものは
肥筑松浦の健男児　仰げ我等の聯隊史

2　勇名掲げて青島に　驍将率いる将兵は
敵堅塁を誇りたる　中央堡塁を突破して
旭日高く翻す　視よ燦然の我が軍旗

3　蛟竜暫し潜めども　再び降る聖勅に
集う筑紫や葉隠の　勇士の意気は天をつき
海竜猛りて敵を呑む　征け膺懲の神の船

4　月光淡く霧深し　霜月五日の午前五時
矢弾の嵐に波騒ぐ　杭州湾頭血河なす
覆面部隊の我が勇士　進め曠芒幾山河

5　江南めぐりてバイアスに　奇襲上陸忽ちに
敵要塞ももののかわと　青史に比なき電撃に
広東攻略ここになる　讃えよ我等がこの神武

6　米英の傲砕かんと　宣戦の勅畏みて

霹靂襲うコタバルに　肉弾死屍を乗り越えて
壮烈緒戦の凱歌なる　ああ挺身の我が部隊
7 神速機動の進撃に　夜襲に陥すクワンタン
轟裂の音山を裂く　火焔の音山を裂く
衝くや不落の大牙城　聞け昭南の大歓呼
8 懸軍更に長駆して　熱風原野に敵を撃ち
撃滅なれりキダンガン　嶮山踏破の怒江峡
援蒋補給の脈を断つ　築け東亜の大理想
9 猛ける怒濤に世紀の嵐　行方遮る仇あらば
天に至仁の神います　皇軍に五条の訓しあり
正義の利剣振りかざし　果たせ我等の大使命
10 夫れ戦陣に訓しあり　古今貫く伝統の
忠勇義烈を受け継ぎて　軍旗の光り弥増さん
我等は無敵の五十六　香れやゆかし菊の花

御紋章兵団としての自覚が必勝の信念となり、我ら兵隊の末端まで、いな末端なればこそ一途に忠君愛国の精神に燃えたぎったのだ。敗戦後、参謀本部、陸軍省、軍令部、海軍省のお偉方（?・）の戦記などを繙いて見ると、お話にならぬ。政界も財界も盲目だ。後半に、各種の資料を底として記述することにする。

歩兵の本領

1　万朶の桜か襟の色　花は吉野に嵐吹く
　大和男子と生まれなば　散兵線の花と散れ

2　尺余の銃は武器ならず　寸余の剣何かせん
　知らずやここに二千年　鍛え鍛えし大和魂

3　軍旗を守る武士は　すべてその数二十万
　八十余か所にたむろして　武装は解かじ夢にだも

4　千里東西波こえて　我に仇なす国あらば
　港を出でん輸送船　暫し守れよ海の人

5　敵地に一歩われふめば　戦の主兵はここにあり
　最後の決は我が任務　騎兵砲兵協同せよ

6　アルプス山を突破せし　歴史は古く雪白し
　奉天戦の活動は　日本歩兵の花と知れ

7　携帯口糧あるならば　遠く離れて幾日を
　荒野千里に亘るとも　散兵線に秩序あり

8　退くことは我しらず　見よや歩兵の操典を
　歩兵の戦は射撃にて　敵をひるませその隙に

9　前進、前進また前進　肉弾届く所まで
　我が一軍の勝敗は　突撃最後の数分時

10　歩兵の本領ここにあり　あな勇ましの我が兵科

会心の友よいざさらば　ともに励まん我が任務

軍歌はもっと歌った。「橘中佐」「道は六百八十里」「戦友」「麦と兵隊」と等々いっぱい。とても書ききれるものではない。詩吟も折りに触れて時々やった。学校の時の井上教官の我流の真似。でも、僕にとっては、今も浩然の気の発露として時々やる。二、三を記す。

乃木大将の金州城外の作詩（読み下しのままに記述する）
山川草木轉荒涼　十里風腥《なまぐさ》し　新戦場
征馬進まず人語らず　金州城外　斜陽に立つ

爾霊山（誠実一路の希典の信条は、希典のような人でなければ理解し難い）
爾霊山、嶮なれども豈《あに》攀《よ》じ難からんや　男子功名克艱を期す
鉄血山を覆い山形改まる　万人等しく仰ぐ　爾霊山

大楠公（楠正成の大誠忠は我が骨となり肉となる）
豹は死して皮を止む　豈偶然ならんや　港川の遺跡水天に連なる
人生限りあり　名尽きる無し　楠氏の誠忠万古に伝う

芳野回顧（南朝の昔を偲ぶ、無量の感慨）
古陵の松柏、天飈《てんぴょ》（大風）に吠ゆ　山寺春を尋ぬれば、春寂寥

眉雪の老僧　時に箒を止め　落花深き所に　南朝を説く

広瀬武夫（日露戦争の旅順港閉塞作戦で戦死）
　轟く砲音、飛び来る弾丸　荒波洗うデッキの上に
　　闇を貫く中佐の叫び　「杉野は何処　杉野は居ずや」
　船内くまなくたずぬる三度　呼べど答えず　探せど見えず
　　船は次第に波間にしずみ　敵弾いよいよあたりにしげし
　今はとボートに移れる中佐　飛び来る弾に忽ちうせて
　　旅順港外　恨みぞ深き　軍神広瀬とその名のこれど

小学校いらい、こうして歌い教えられて育った僕は、成長するにつれ、ますます信条に磨きが懸かって来ていた。

　広瀬武夫　正気の歌
死生命あり　論ずるに足らず　きくきゅう唯まさに至尊に報ゆべし
　奮躍難におもむいて　死を辞せず　従容義に就く日本魂
一世の義烈　赤穂の里　三代の忠勇　楠子の門
　憂憤身を投ず　薩摩の海　慷慨刑に就く　小塚原
或いは吉野廟前の壁となり　威烈千歳　鏃痕を見る
　或いは菅家筑紫の月となり　詞忠愛を存して　恨あらわさず

見るべし正気の乾坤に満つるを　一気謗はく万古に存す
ああ、正義畢竟　誠の字に在り　どど何ぞ必ずしも多言要せんや
誠なるかな　誠なるかな　たおれて止まず　七度人間に生まれて国恩に報いん

七生報国の精神は、楠公に発し、広瀬中佐、橘中佐、敗戦間際の沖縄の牛島中将、硫黄島の栗林中将ら、火線に立って死んで逝った多くの責任を自覚していた人の、死に臨んでの表現であり、誠の精神である。

僕も何とか、あやかりたい。及ばずながら頑張りたい。児島高徳、蒙古襲来、白虎隊等々、頭の中に残っているのは、時間に任せて号令調整を兼ね、ずいぶんやった。

昭南（シンガポール）上陸が、多分九月上旬、二週間くらい昭南にいて、コタテンギーが約一週間くらいか、さだかでない。

この兵站では、豊富だったのか、よくビールが出た。僕はあの頃、ビールは苦いので、あまり好きではなかった。それで、好きな奴によく譲った。ある時、皆の中から、「小副川は、やかましうして、せからしか（うるさい）バッテン、ビールばオゴル（サービスする）ところは、チカート（少し）良か（よい）ところのお」とふざけながら、厭味《いやみ》を言われた。

基本体操も駆け足も、他の小隊はあまりやらない。僕の小隊は毎日やって、シャワーをあびた。号令調整も軍歌もやった。輸送指揮官も補助官も、「タルンデ」いた。

「軍の主とする所は戦闘なり。故に百時皆戦闘を以て基準とすべし」と「歩兵操典」作戦要務令の綱領第一に明示されている。火線に立つことを使命とする歩兵が怠けて、チャランポ

ランにしていて、火葬されたり、落伍し、使い者にならなかったらどうなるか。この使命感、責任感が、兵（といっても同年兵）の中に不平を漏らす者がいても、「火線に立つため、体ば鍛ゅっとぞ。前線に行ってから、古年兵から絞られかけて、悔やんだっちゃ、はじまらんとぞ」と気合いをかけて走らせた。あのビールの戦友も、昭和二十年の始め頃、モンミット方面の戦場で、草むす屍と成り果てたらしい。ああ。

すぎし日の　戦の庭の　つれづれを　綴り辿れば　戦友《とも》の顔浮かぶ

鍛え　鍛え　鍛えたりしに　負けたりぬ　責めある人の　盲なりせば

マレーびと　おとなしき哉　マレーびとの　あの純真の　姿おもおゆ

年ふれど　瞼の底に　焼きつきぬ　ゴムを管理の　あの真面目さの

ゴムの木の　碁盤目のごと　植えられし　今はいかにや　見たまほしくも

コタテンギーの　夜はふけにけり　出発を明日にひかえて　あとを濁さず

マレー半島北上

昭和十八年の多分九月末、コタテンギー兵営の出発を翌朝八時と命令が伝達された。さあ、

いよいよ出発だ。岡軍曹（補助官）から、

「立つ鳥後を濁さずだ。菊八九〇三が出発した後は立派なものだ、と兵站の連中に感謝されるくらいに、掃除を徹底しておいてくれ」と指示された。

それでなくても、毎日「出発はまだか、出発は何時か?」と、鬱勃《うつぼつ》としていた皆は「待ってました」とばかり、張り切って立派に磨き上げた。

迎えのトラックに二分隊ずつ分乗し、ジョホール駅までひた走り。駅はマレーの南端駅だが、シンガポールの中継駅なので大したものではないが、しかしまあ賑わいを見せていた。

食い気と馬鹿話よりほかにない兵には、旨い物はないかとアサッて見た。水飴の中に落花生を入れて固めた四角な飴を、買って食べたらおいしかった。その記憶のみが今に残る。でも、あの海岸道に立って、先輩の将兵が、まさに決死の勢い物凄く、敵前上陸を成功された方向を遠望しては、〝血湧き肉踊る〟の思いであった。

列車は、さぞ上等だろう（?）と思いきや、何とそれは内地と同じ十トン有蓋貨車だ。その貨車にアンペラ（現在、内地には見当たらぬが、戦前は背の高い水草の一種を乾かして、それをアジロに編んで敷物に使用し、また南方では、砂糖などの入れ物にも使用されていた。材料は多分、南方産の水草）のシートを何枚か敷いて、その上に分隊ごとに、銃剣、背負い袋、鉄帽、防毒面を整頓、後は座ったり転んだり、両則の扉は開けっ放し。

オッコチたら危ないから、兵に支給されている救急用の綱を開けた扉の両側から張り渡し、一応の転び止めとした。でも扉の側と奥とでは、涼しさが違う。それで時間を決めて交代した。時間をどのくらいにしたかは、忘れた。不寝番はもちろんである。

列車の継ぎ手は日本と違う。英国製だ。これに目が行くのは、やはり工業卒業生の故か?

人生不可欠の機関（?）

また、便所か。やっぱり便所というのは、人生不可欠の機関（?）である。大便は駅に停車したとき済ますとしても、小便はそういうわけにゆかぬ。それで開放扉からやろうとするが、どうしても出ない。

ちょうど、あの輸送船の便所と同じだ。無念無想の境地に到達しなければ、膀胱炎を起こしそうになっても、駄目である。まったく偉い精神修養をさせられたものである。六十二年後の今日、まだ歴然と記憶の中に残っているのだから。

セレンバンをすぎて

やっと一夜明けたら、セレンバンという駅に停車した。第一番に気づいたのがプラットホームが低い。日本のとまったく違う。どうしてか、いまだに判らぬ。明治五年に英国の指導で、新橋、横浜間に開通したというのに、どうしてこれを違えたのか、不思議発見にでも出してみたい感じ。枕木が鉄なのも、英国の豊かさか?

夜行列車のゴットンゴットンの旅は、実に味気ない。しかし、それは僕のことで、皆は上手にいろんな話、遊びを混じえて前半夜を過ごし、後半夜になると、いつの間にか静かになって、寝息すら聞こえて来る。車内の電灯の有無は忘れた。

朝早くクアラルンプールに着いた。マレーの中心都市だ。マレーは錫の産地だ。この近くにはその鉱山が多いらしい。単なる通過部隊なので、もちろん習ったことを想起するのみだが、時間が少しあったので、ふらりと貨物の集積所に行ってみた。あった。錫のインゴットらしいぞ。飛行機の機体はジュラルミンだ。ジュラルミンの製作には不可欠の材料だ。

ゴム、錫、ボーキサイト、石油、南方は日本の不足資源の宝庫だ。戦後、読ませてもらった各種の資料によれば、我が菊八九〇三部隊は、コタバルに犠牲部隊的（これは主攻正面の作戦成功のため、一部の部隊が全滅しても、他の主攻正面の作戦を成功させるための囮《おとり》部隊）に多大の犠牲を払って、見事に敵前上陸に成功し、タイ国シンゴラへの広島の第五師団中心の第二十五軍主力の無血上陸を成功させ、南方総軍感状第一号の栄誉に輝いた。その後、クアンタンの攻略を経て、第二十五軍の山下中将の麾下《きか》に到達したのがこのクアラルンプールである。

アーチ型の大屋根にスッポリ包まれた駅舎に、目をパチクリさせながら、北上を続ける。

アンペラ瞥見記

地点の定かな記憶は薄れたが、北上中の列車の中であることは間違いない。ふと線路の外を見ると、鬱蒼たる碁盤目のゴム林は、コタテンギー以来見馴れた風景だが、その碁盤目のゴムの木の間に、ずっと水が溜まっている。大きな溝を掘って土を盛り上げ、その上にゴムの木が見事な碁盤目に植栽されている。

これを見て、ハッと気づいた。「これがアングロサクソン民族」の植民政策か？　マレーを北上しながら気づいていたが、水田が少しも見当たらぬ。僕が盲目かも知れぬ、見そこなったかも知れぬ。しかし、その当時そう感じた。

マレー人は米を食うはずだ。その米は、ラングーンかサイゴンから運ぶんだろう。そしてマレー人には、もっぱら「ゴムの栽培」。ツベコベ言ったら、ラングーン米もサイゴン米もストップするぞと脅かせば、それで足りるのだ。

水田を開こうとすれば、幾らでも拓《ひら》ける土地を、政策によってマレー民族の生殺、与奪の権を握っている。これは、列車（おんぼろ貨物列車）の中のアンペラ瞥見記《べっけんき》である。

我が日本軍は、このような隷属民族解放の使命のために、今こうして立ち上がったのだ。あのコタテンギーのゴム林の、従順な真面目なマレー人の姿を思い出し、ムラムラと燃え上がる使命感をどうすることもできず、隅に置いた銃を引き寄せ、油布で拭き、背嚢《はいのう》の中から、歩兵全書、大楠公の本を取り出し、尽忠報国の念を新たにするのであった。

現代になって、マレーのマハティール首相、シンガポールのリー・クアンユー首相の日本人観を読んで見ると、日本占領当時の、あの頃の占領政策の下手くそぶりが、痛いほど記されている。その点、アングロサクソンの手法は巧い。日本占領においても同様だ。

この頃では、どうしても、これを民族性と理解しなければならないのか、と残念でしょうがない。支那事変発生、長期化の因も、この民族性に由来するのではないか？

東条英機の屑箱漁《あさ》り、これが全軍に蔓延し、いな、特に占領行政に携わる人間どもに蔓延して、火線に立った真面目な軍人の忠誠を踏みにじってしまった。

僕が大刀洗の航空廠に勤務していた頃の廠長・林豊大佐は、東条を見習ったのか、設計室に入って来て、よく各人の鉛筆の本数を数えて回った。

僕の退廠後、林大佐は、何かの事故責任で退職されたらしい。その前の矢内原大佐は、航空本廠長巡視に際し、本廠長はすでに到着され、我々の堵列《とれつ》の先頭に待っておられるのに、廠長はまだ出て来ない。無礼の標本を見せつけられた感であったが、直ぐに交代させられ、交代したのが、台湾の屏東から来た林大佐であった。

ズボラとトンマの滅茶苦茶幹部。現代においても姿は変わり、形は違っても、大蔵、日銀、銀行、証券会社等々、まったく国民に対し無礼、驕慢の限りを繰り返す。国家公務員の上級試験にどんな問題が出題されるか知る由もないが、そんな問題では、国家を領導する人物の選抜には不適であることの証左である。

要するに、誠心誠意の有能人物を選抜し得ていない。軽々たる小才子ともつかぬ、要領だけの悪人どもだ。東条を始め、なっとらん。その証明は大本営の記録をあとに載せる。

神殿造りの家など

クアラルンプールから、イポー、タイピンなどを過ぎ、ペナンへの分岐点辺りのように思うが、その辺りで列車が停車した。ふと見ると、列車の向こうに、内地の神社の流れ造りの拝殿の構造とまったく同じ造りの家が建っている。神社ではない。やはり民家らしい。思わず近寄って行った。東洋民族としての共感、親近感をつくづく味わったのであった。

さらに北進して、当時タイとマレーの国境の町、アロールスターに着いた。この辺りは元々マレー領だが、タイ国が日本に協力してくれたお礼の意味か、戦争中タイ領になっていた。敗戦後すぐに、マレー領に復帰したことは、自然の成行きだったろう。

ここで忘れられないのは、停車場司令部で飼っていた「山猫」だ。体は小さいが、キジキジの見るからに精悍な姿である。僕が近づくと、真っ赤な口を大きく空けてカーッと叫ぶ。檻《おり》の中にでも入ってなかったら、とても近づくことなど出来るものではない。三つ子の魂というが、こんなものだろうか。とんだところで、変に感心させられた。

タイ国に入る

列車の両側から、ゴム林が消えて来たように感じてくる。多分、マレーを通過したのだろう。列車の枕木が木に変わった。今まではみな鉄のプレス品で、さすが英国と感心していたが、ここタイ国は、当時の日本と同じ材木である。

日本のは当時、ほとんど栗の木が腐食に強いので、栗の大木を正確な規格によって製作し、人命尊重の礎として使用していると教えられていたが、ここタイの枕木は、とてもそんなことは何も意図されてはいない。南方産出の柔らかい材質であることは一目瞭然。でも、とにもかくにもマレーと接続しているお陰で、我々を運んでくれる。

さらにもう一つ気づいたのは、電柱である。マレーの電柱は全部鉄柱、日本のはあの頃、全部杉の木、高さは八メートル、十メートル。タイのは南方の雑木で、大きさも伸びもまちまち。しかも碍子《がいし》を腕木でなくて、柱に直《じか》に、ある間隔を定めて、締め付けている。

六十二年前のタイ、日本、英国の国力の違いの象徴である。今はだんだん近づいた。でもまだ急拵《ごしら》えの、借金成り金と伝統の上に落ちついた国との違いだ。福沢諭吉の亜流によって借金財政破綻。世界の信用を喪失する。早く堅実な歩みに立ち帰らねば、一体どうなるか、政治家、財界、官界の、人倫の大道を踏み誤った似非《えせ》秀才のバカ驕りの者どもによって、国は滅ぼされてゆくことを傍観するほかない。残念。

参謀本部、軍令部などのバカ威張り軍人らの二の舞だ。

ふと、鉄橋の下を見ると、水牛と象とが河の中で水浴の真っ最中。水牛は長い綱によって操られ、ぐるぐる泳いで廻っている。象が大きな体を流れの中に首まで漬かり、鼻から吸い込んだ水を、あたかも噴水のようにプーッと吹き上げる。平和な現地の人々の生活風景の一齣であった。象使いは象の首の上で、手鉤《てかぎ》で自在に操っている。

水田を見ると、青々と成長期の稲があるかと思えば、刈り取り中の稲があり、また今から植えつけようと、代掻《しろか》き中のものもある。さすが南方だ。季節はあってなきがごとし。着物はほとんど着ないでもよい。わずかにシャツを着ていれば、もの足りる。水牛のマンマンデーの代掻き風景も、忘れられない思い出。生きて帰ったればこそ。フーコンの山の中に草むす屍《かばね》となり果てた戦友のことを思えば、人の世の定めの奇なる、何たることか。

線路の側に、大きな材木の集積所がある。見ると象が何頭も、象使いを首の上に乗せて働いている。大きな材木に長い鼻をくるりと巻いて、持ち上げているのがあるかと思えば、長いロープでごろごろ引っ張っている。象はまさにこの国の宝、最大労働力であり、また輸送力ではなかろうか。そして象は従順だ。鯨鉤《くじらかぎ》みたいなので、己の耳の右左をつつかれて、自由自在に操られている。

北ビルマのフーコン地帯では、この象のお陰で、我が聯隊はどれだけ助けられたことか。聯隊長も負傷し、象の背中に乗って退《さが》って来られた、と戦史に記されている。戦友、先輩は、この象も及ばぬジャングルの中で、草むす屍と散り果てた。

チュンポン

昭和十八年の十月の始めのある日、部隊はタイ国のチュンポンという変な名前の駅に着いた。貧しい漁師町のような印象の、小さい町である。東はタイ湾だろう。

今夜はこの町の兵站宿舎に泊まるとか言って、とあるバラックもいいところの、ガタガタの家ともつかぬ変なところに入れられた。そして「今から飯盒炊爨《すいさん》」だと触れて来た。「一体、これは何事か」と疑問に思ったが、苦労は元より覚悟のまえ。よし、やろうと始めたら、「中止」と触れて来た。そして、今から、出発準備。気まぐれもいいところ。でも、誰も文句一つ言う者はいない。黙々として献身服行の精神の固まりだ。

今から振り返ると、兵站業務の奴らの間違いか威張りかであろう。こういう後方勤務の奴らのために、どれだけ多くの火線に立たされた兵が苦労し、死んで逝ったことか。その最初の一齣であった。

命令によれば、ここはタイランド半島の最狭部に位置し、これから西海岸まで横断、行軍してカワハージという地点に到達する由。その間、約百マイルと伝達された。これを三泊四日の行軍で横断という。約一日、四、五十キロの行軍だ。各地点に宿舎はあるそうだ。

久留米の屯営を出発する時以来の行軍だ。背負い袋、小銃弾百二十発、鉄帽、防毒面（当時、被甲と言った）、食料一週間分を靴下の中に入れ、副食の乾燥野菜などを持つと、目方は相当なものだ。

建制順に第一小隊より出発。五十分歩いて十分休憩、休憩のたびに先頭交代。始めのうちは汗が出て来るくらいで、行軍はもとより承知のうえ、何ということもなかったが、半日ぐらい歩くと疲れが出て来た。

一時間の大休止、昼食。昼寝。里程に合わせ、兵站部隊で薪を用意しているらしい。前の通過部隊が残して行った跡で、初めて飯盒で飯を炊いた。あの頃の兵は、屯営でも、飯盒炊爨一つ教えなかった。でも、自分の口に入ることとなんだから、何とかどうにか済ましてしまった。

宿舎は竹の柱に茅の屋根。昔の忍者か天狗の隠れ家を思い出すようなお粗末なものだ。長い屋根の真ん中が約二メートルくらいの通路、両側に約二メートルくらいの竹の網代にアンペラを敷き、その下には竹の床が造ってあったのだろう。窓はバタン、バタンと上を竹ヒゴで縛りつけ、下はツッカイ棒で空けたり締めたり、蝶番すらない簡単な造り。これで雨露は凌《しの》げる。

三日目くらいだったか、体はくたくたに疲れた。スコールが来た。折から少休止、もう動きたくない。道の真ん中に仰向けになったまま動かなかった。道は河のように水が流れる。泥水だか、兵の体を洗いながら流れて行く。鉄兜が背負い袋の上にあるので、背負い袋は濡れないのだ。これで幾らか涼しい。

歩くうちに日がかんかん照りつけ、いつの間にか衣服は乾く。不潔もヘッタクレもあらばこそ。とうとうある日、それまで大切に持って来た林弥三吉陸軍中将著作の「大楠公の湊川忠戦」の貴重な本も、ほかに沢山携行していた本と共に湖の中に投げこんだ。とうとう葉書一枚まで。幾らか軽くなった気持ち。

僕は、瞬間的な爆発力はあるが、華奢《きゃしゃ》で永続性がない。さらに自分で言うのもおかしいが、責任感が極めて旺盛。だから、自然と己を犠牲にしてしまう。あの時の、後ろ髪どころか、まったく、くっついてゆきたかった気持ちが今に忘れられない。

後日、とうとうこの責任感過大のため、言い換えればバカ正直のため、運命を頓挫させた、と今から振り返ると納得はするが、これが性分というものか？　死ぬまで直らない。今では、あるが儘の姿でいいではないか、と諦《あきら》め顔というか、悟った（？）心境である。

こんなことがあって、百マイル行軍をヤットコ終わり、カワハージという地点に到達だ。

急斜面にある例の竹の柱に茅の屋根の宿舎に入った。着いたら、直ぐに命令が来た。

「小隊長は、これから、乗船予定の桟橋の船着場の偵察に出発」

何とその桟橋たるや、ジャングルの木を切り倒し、その木の切り株の上に上手に丸木を並べて固定して、延々三百メートルくらいはあろうという距離だ。下を見ると、ずっと湿地に水が溜まっているようだ。まったく凄い。

桟橋の突端に行くと、何と水の中から大木が生えている。これで、またまたびっくり。しかも水は綺麗に澄んで、向こうに見える島との間をユックリ右から左に流れて行く。

ここがアンダマン海のメルギー群島の一角だ、カワハージなどと名前はついてるが、部落らしいものは何一つない無人の地点だ。地図で見ると、近くにビクトリアポイントとかいう都会が南の方にあるが、我々はそこには遣《や》らず、こんな変(?)な地点からどうして輸送するつもりだろうか? といぶかっていると、一隻の綺麗な小さな舟が横付けした。

「ああ、これは綺麗だ。こんな舟に乗ってゆくのならマアマアだぞ」と話していたら、その舟は直ぐどこかへ出て行った。

宿舎に帰って一日、二日たったら、出発命令。多分、十月の初旬だ。例のガタガタ桟橋を歩いて行くと、桟橋に小さな舟が付いている。

「何だこれは?」と思っていると、「乗船」という命令だ。

どうして、こんな舟に乗船できるのか? 戸惑いもいいところ。今まで門司やサイゴンで乗った輸送船しか知らない我々は、まったく戸惑う。船倉らしいところを覗《のぞ》くと、一応、門司、サイゴンの船と同じように、この小さい舟の中にも、蚕棚が拵《こしら》えてある。三段くらいのようだ。たまらん。でも命令だ、致し方ない。どうにかこうにか乗船した。全部で何艘だったか忘れた。

「小隊長は、命令受領の関係で、上部（甲板とは言えない）に控えよ」というので、蚕棚には入らなかった。せめてもの思いやりか？　例の便所の記憶はない。

これらの舟は多分、内地の漁船か、小型の運搬船を徴用したものであろうか？　すべて、「お国のため」の一言で、我々と同じ運命を辿らされているのだ。

メルギーの飛行場兵站

小型運搬船の中に閉じ込められて、一晩たって、やっとメルギー群島の主島のメルギーに着いた。桟橋ともいえない舟付き場に着いた。途端に、その上空でガーッと飛行機の音がした。見上げると、九九式双発軽爆撃機だ。

ああ懐かしい。大刀洗の飛行場が懐かしい。友軍機が懐かしい、俺は高沢少佐に、あんなに嫌がられてまで大刀洗を退《や》めたはずなのに、やっぱり忘れられないのか。ここには飛行場がある。すぐ近くだ、あの着陸姿勢では。

向こうを見ると、「三井倉庫」の表示が見える。ほう、天下の三井ともなればたいしたもんだ。輸出入用の物品の倉庫なんだろう。ゴムかボーキサイトか、何だかわからん。

しばらく待っていると、トラックが来た。これに分乗して兵站に急ぐ。途中、飛行場の側を通る。

見ると、この飛行場は大刀洗の飛行場と違い、ゴム林を切り開いた急拵《きゅうごしら》えの飛行場で、土地のうねりをそのまま利用しているようだ。珍しい。木の株は低くしたか除いたか、その上にパンチングプレートを敷き詰めて、飛行機の発着を可能にしているようだ。うねりが緩やかなので、こんな滑走路も可能なのだろう。

僕にとっては新しい発見であった。これは現代においても、佐賀のような地盤の柔らかい地帯では、道路、滑走路など幾らも活用の方法はある。佐賀空港への道路構築の過程で、デコボコ路面を見せつけられた。具申（？）と閃いたが、「オセッカイ？」と威張られるのも面白くないからよした。

先の九九双軽爆撃機も、きっとここを基地とするのかな。ここを通り過ぎたら、すぐ兵站宿舎だった。そう言えば、飛行場兵站とか言った。頭の上を飛行機が時々、大きな音を立てて行き過ぎた。やはり懐かしい。ここは、りっぱなビルマ国なんだ。ああ、遂にビルマだ。

この兵站で忘れられないのは、同郷の初年兵の集まりである。三瀬村から四人来ていた。柴田、栗原、川崎の三君と僕である。割合ゆったりした雰囲気だし、柴田君が時間もあり腕もいいので、酒を手に入れて来た。僕は忙しいので、金を出した。あとは川崎、栗原両君が川から魚を取って来た。それで、僕のところに寄って、四人で生まれて始めて酒盛りをした。

ちょうど月夜の晩で、「一本の煙草も二人で分けて呑み」ではないが、そんな気持ちがあったことは間違いない。夜の更《ふ》けるまで呑んで別れた。後にも先にもこれが始めの終わりだった。同郷のこの三人の兵も、それから半年もしないうちに、北ビルマ、フーコンの山の中で、草むす屍となり果ててしまった。生き残ったのは僕だけである。

僕は、敗戦後を風靡する平和、平和の稚劣・愚劣の平和論者ではない。平和はもちろん尊い。生を欲し死を厭《いと》わぬ者はない。北ビルマのフーコンの苦戦は伊達《だて》や体裁ではない。あの悪戦苦闘の体験の上に立って、現代の平和論者の偉そうに振るまった平和論が、いかに似非《えせ》平和論であるかを、この文の全域にわたって述べたいのだ。原爆の逆作用の効果が大きい。

現実を見つめて一歩一歩、石段を一段一段、上り続ける努力が必要なのだ。

敗戦までの我が奉公の足跡を思い。
　死を命ぜられ　納得しつつも　ながらえて
　　生の尊さ　かみしめつ老い

祖国ソ連を唱えし、共産、社会主義者が、ソ連は平和国、米国は侵略国と宣伝したが。
　祖国ソレン　潰れたるこそ　うべなるか
　　似非の平和の　ころもはがれて

嘘も百編言えば本物になると、レーニンは言った、後を継いだスターリンも。
　謀略に　おどりおどりし　みんぞくの
　　ちれつの姿　なげかわしかな

目先の金儲け達人の福沢、その亜流の池田の所得倍増が借金万倍で亡国の道をひた走る。
　政界も　財界、官界　国民も
　　達観何処　国をほろぼす

達観性なく、識見稚劣なマスコミは、国運のためには木食い虫だ。
　稚劣なる　マスコミ界は　日に月に

国のさかえに　虫食いつ生き

テナセリュウム地帯北上

メルギーの飛行場兵站は思い出しても、長閑《のどか》だった。歩哨交替を小隊ごとに一日交替、分隊長を衛兵司令の役とし、表裏門の動哨を、二人ずつ交替させれば、後はゆったりとした勉強の時間を与えられた。

小隊長を命ぜられない幹部候補生志願有資格者は、毎日、教範その他の勉強を、寝転びながらやっているのが、羨ましかったが、ここは前述のように、郷土出身の者のみで、酒盛りする時間があった。幹部候補生の試験ぐらい、と思っているが、やはり本を読む時間がないと寂しい。

飛行場の側に行き、発着する飛行機の機種を見るのも楽しかった。前述の九九双軽、隼、二式複座戦闘機、九七式重爆撃機など、この頃までは友軍機の姿も相当数見かけたのである。ソロモンの激闘は、屯営に入隊前に聞き、アッツ島の玉砕は屯営で知り、戦局の逼迫《ひっぱく》はそれなりに知ってはいたが、まさか負けるなど、夢想だにする状態ではなかった。

昭和十八年十月の半ば、出発の命令が来た。今度は行軍だ。飛行場の側を通り、船着場に着いた。前より小さいハシケだ。何隻いたかは忘れた。何しろ約四百数十人の兵を運ぶのだから、小さいハシケのこと、相当数いたはずだ。船乗り出身の戦友は、よく舟の性質を知っていた。やはり、内地からの徴用船だ。ビルマでは、舟は僅かしかないらしい。

メザ（?）という船着場に着いた。ふと見ると、有明海でよく見かけた、とびはぜがいる。渚や水際の根に止まっている。

「おい、カッチャアムツのオッパイ（カッチャアムツとは、佐賀の方言で、とびはぜのことである）」と叫んだ。皆喜んだ。中に、一言居士がいた。

「何ば言いよっとか、海はズーッとつながっとるとぞ。オットア当たり前ジャッカア」と皆が笑った。

小休止の後、建制順に出発。さあ、これからが、ビルマ（現ミャンマー）南部、アンダマン海に臨む細長い地帯、いわゆる、テナセリュウム地帯の行軍、輸送の始まり。

帰ってからも、ほとんど地名は覚えていたし、メモも持っていたが、内地派遣の途中、ボカチン（輸送船の撃沈）食ってメモは海没の憂き目。記憶がこんなに薄れるとも思わぬので、ついつい、怠けたのがいけなかった。人間って、こんなもんなんだろうか。仕方ないから、思い出すまま、点描という形になってしまう。あの頃は、歩くことなどを何とも思わなかったが、今に振り返ると、国の戦力はすでに底を衝いていたのだということがわかる。

十月とはいえ、南方は真夏、暑い暑い。耳の窪みにいつの間にか、塩が白く固まって、ざらざらしている。行軍に弱い者は、そろそろ顎を出す（落伍スルコト）。

ビルマ人の親切

その頃、部落ごとの道端に、ビルマの人たちが一杯に並び、頭の上に大きな竹籠を乗せ、その上にブンタン、スイカ、バナナ、イチジクなど、いろんな果物を一杯乗せて、それを我々兵隊にプレゼントしてくれる。有り難い、有り難い。実にこの後、ビルマにいる間、このビルマの人の親切の中に、日本軍は包まれていたといっても過言ではない。

ある時、その後トラックで走っていたら、トラックの中に道端から、ザボンをぼんぼん投げこんでくれた人がおった。トラックのスピードと合わせて、思わず危ないと思った途端、車は急停車し、中からビルマの運転手が飛び下り、今ザボンを投げこんでくれたビルマの人を思い切り殴る。

これではならぬと僕も飛び下り、殴っている運転手の手を止め、言葉は分からぬが、以心伝心、手様目様で、行為を謝してトラックに飛び乗り、走り去った。

こんなことは、この行軍間、幾度もあった。今にビルマの人たちの親切が忘れられない。温かい感謝の思い出である。

塩野義農園

一日の工程を終え、宿泊した地名は忘れたが、そこには、塩野義農園下という地名のところがあり、その前を通り過ぎた。

今も塩野義製薬という会社があると思う。懐かしい思いであった。多分、漢方薬の類の植物を栽培していたのであろうか？　人間は見えなかった。連日の兵力輸送で、見送るのも億劫《おっくう》になったのだろう。時間があれば、登ってみようかと思ったが、それは叶わなかった。

あの頃すでに、この塩野義農園とか三井倉庫など、日本の海外進出の実態を見せつけられ、うーんと唸る気持ちで通って行ったことが昨日のことのようである。

輸送指揮官の御説教

ちょうど、この塩野義農園の下を通り過ぎた先のなだらかな岡の上にあった兵站宿舎に入った。そこで輸送指揮官が突然、お説教（?･）を始めた。かねての自分なりに心に止めていることを、一度言ってみたかったのであろう。

内容の中心は、「凡人になれ」ということであった。一般社会においては、処世術としては耳を傾けてもよい内容のようでもある。が、我々は今、お国のため、御勅諭の訓えに従い、死にに征くのだ。非凡も凡人も、戯言《ざれごと》にすぎぬ。死の瞬間までは、周囲の兵、戦友、先輩との契《ちぎ》りは深い。いつ、どういう戦場に投入されるか、それは解らぬ。

しかし、今、この切羽詰まった我々の心境を、輸送指揮官という立場において、何と心得ているのだろうか。輸送指揮官という立場だから、輸送任務としての責任、それは無事に我等を欠員を出さず、元気旺盛な潑剌たる兵の名簿を、師団長か聯隊長に提出してしまえば、それで輸送任務は達成されたことになるのだ。だから、のんびり任務であり、外遊気分でも味わっているのかもしれない、と思いついたら、途端にうんざりした。

兵の中には「死」について考えの真剣な者と、そうでない人の違いはあるが、みんな朗らかそうに見えても、弾の中に突入させられる人間の集団である。僕は支那事変が勃発して以来、いつかは戦場に立たねばならぬ身である。死生観については、自分なりに、納得したつもりながら、生を欲し、死を厭《いと》うは人間の常である。

特に幹部は、部下に対して「死ね」と命令しなければならない責任の立場にある。もっと我々兵の立場を理解し、死にに征く兵への餞《はなむけ》が欲しいと思って物足りない思いがした。自分は、小なる我を捨てて、大いなる御稜威《みいつ》に生きるのだ、民族永劫の発展のため、悠久の大義に生きるのだと、真剣そのものの心境だのに、輸送指揮官の訓示とも説教ともつかぬ話は聞き流した。でも、今に耳底に残る。

ふらふら魚

この辺りで、どうしても忘れられない魚がいた。小さな小川の澄んだ水の中を、フラフラ、ゆっくり、一つ目小僧のように、背鰭《せびれ》と尾鰭のハッキリしない魚が、群れを造って泳いでいる。捕まえようと思えば上手な人は、きっと捕まえたであろう。ところが、僕はそんなことは大抵ヘタクソの方だから、誰かに言ったが、彼も見に来ただけであった。

そのそばに、内地の水芋に似た芋がいっぱい生えていた。これも食べられそうだが、やはり、よすことにした。毒をもっていたら危ない、という配慮からだったと思う。戦線に立つまでは大事な体である、との思いが、水の一滴に至るまで、用心に用心を重ね、お国のため、お国のため、ただこの一点に集中していたのである。

ところが戦後、筑後川の下流の大川、諸富あたりで捕れる、えつという魚が、よくあの、ふらふら魚に似ているのに気づいた。カッチャアムツと同じく海はつながっているから、あるいはそうかも知れない、と生き残りの戦友と懐かしがりながら、戦友会でたびたび話を交えている。

タボイを目指して

塩野義農園の近くの兵站宿舎を出発してからの道程は、ずっと行軍だった。昼間は暑いので、夜間行軍に切り替えられた。昼間は道端の森林、俗にこれをジャングルと言ったが、概《おおむ》ね人家のないところを選んで休息した。人間は元々、昼間行動をするのが原則で、夜行動物ではないから、夜間行軍には参った。

第一、落伍兵の掌握に一苦労。小隊長は普通、率先垂範、常に小隊の先頭にあるのが行動間の常態だが、夜間行軍が続くと、落伍者が出ても掌握しきれなくなる。

そこで第一分隊長を先頭にして、小隊長は小隊の後尾を、落伍者警戒のため、第四分隊長と共に歩いた。まったく大変な使役を仰せつかった。出発の号令、人員点検、停止、休憩などの指揮はもちろんだが、そのため常に隊の前後を行ったり来たりだ。

落伍者が出ると、その分隊の戦友は大騒動だ。銃を持ってくれる者、装具は二人で道端の竹か木を切り、中吊りにして二人で持つ。防毒面くらいは首から掛けさせる、そうして、一人が後ろから押してやる。本人は足に豆《まめ》を一杯造っている。

どうして、こんなに肉刺が出来たか、いろいろ考察してみると、足を接地する時の角度をそのまま上げて発進すれば問題ないが、内側か外側に接地して発進の直前、ぐるっと回している。それで、足裏の皮膚と肉との間にズレができ、やがて水が溜まって肉刺になり、歩けなくなってしまうのだ。

まったく気の毒千万である。こう観察した時、「ああ俺の父母は、俺をこんなに産んでくれなかったからよかったな」とつくづく思い、妙なところで父母に感謝した。

防毒面を忘れて大失態

この行軍の途中、今でも思い出して慚愧に耐えないのは、防毒面（軍隊では被甲と言った）を忘れて皆に迷惑を掛けたことである。夜行軍の途中、小休止をして、その時、胸の汗を拭くのに、防毒面を首から外し、汗を拭いてそのまうとうと眠っていて、出発の逓伝《ていでん》にがばっと撥《は》ね起き、そのまま出発してしまったのである。次の休憩地点に行って休憩した時、ヒョッと気がついた。アッと思ったがすでに遅し。

輸送補助官のところに走った。

「止むを得ん、取りに引き返すよりほかないね。第一小隊から三名、小隊長に付いて行け」

ああ、慚愧！　時々、僕はこういうトンマをやらかす。皆、疲労困憊《こんぱい》しているのに！　申し訳ない。毎日、号令を何十回と掛けているくせに。慚愧！　今に至るも思い出すだに、冷汗三斗の思いである。恥だから、わざわざ書かなくてもよいようなものの、あの時迷惑を掛けた戦友は皆、死んだ。ビルマの土になってしまった。申し訳ない。せめて皆の御霊に、御詫びと合掌の気持ちである。皆、許してやってくれ、俺は一人生き残った。

美しい熱帯魚の群れと蟬の声

ビルマの森林は、大体四層に繁っている。チークかラワンかよく知らないが、一番上層の大木は、亭々としてまさに天を摩す。それは見事というほかはない。

この大木の梢に、またカーンと響く蟬の声。その声たるや、まさに耳を聾するばかり。根元は大きなひだが五条くらいステイ状に伸び、このひだの中に身を隠したら、飛行機の銃撃くらいは、十分に遮蔽できると思われる。その下に、内地の杉の大木くらいの木が伸び、その下に中高木、低木、蔓など、繁っているところは、本当に昼なお暗し、である。

やがて、この年の暮れ、辿り着いた北ビルマのフーコンの戦野は、場所により大きく違ったが、カチン族、グルカ族の、山道はあるが、虎や象、猿など、ウー、ウーいっている山野に、まさか多大の将兵の命を埋めようとは夢想だにしなかった。

その森林のせいか、流れる水は綺麗だった。ある川に差しかかって渡河の段取りに入り、工兵のドラム罐を周囲に縛りつけた竹製の渡舟に乗せられて、ふと川面を見ると、何とも色鮮やかな小魚が、群れをなして泳いでいるではないか。川幅は五十メートルくらいの小さい川であったが、その印象はいまだに鮮明である。

海上を走る時、サイゴンの入口のサンジャックの緑滴《したた》る鮮やかさと共に忘れえない一齣である。

メルギーの兵站《へいたん》を発ってから約一週間、ようやく一つの目標地点、タボイに着いた。タボイは内地出発前、地図に見えているので地名は知っていた。飛行場もあるようだ。たまたま到着した時、九七式重爆撃機が頭上を旋回して着陸したようである。飛行機にすぐ関心がゆくところは、やはり大刀洗のせいか？　この兵站には、今まで疲労困憊、行軍を重ねて来たので、休養のため二泊して出発した。大した印象のない町であった。

イエを目指して

出発前、外泊の時に写した地図を見ると、よくは分からぬが、概ねカワハージ、ラングーンの中間点かと思われる。まさか、こんなところを、船ではなくて行軍するとは？

タボイの出発は、トラックに乗った。占領自動車の行進だ。歩かないのはありがたい。この頃の自動車は、日本の自動車など比べるべくもなかった。お陰で一日か二日走ったが、途中で下ろされ、また行軍。

今度はマイル道標がついている。数字は覚えていないが、一マイルごとに、どちらを基準にしていたか忘れたが、石造りの道標に数字がある。これは行軍の目安として、励みになった。夜行軍も改め、人間並みに昼歩いて夜眠った。兵站宿舎だったたか、野営だったか忘れた。

カーンという蟬の声に道標と、山から落ちて来る滝の水を腹一杯飲んだことを覚えている。

別小隊の戦友が肉刺の落伍がひどく、まったく歩けなくなって、とうとう担架を造って四人で担ぐ。担ぐ戦友の銃や装具を他の戦友が持ってくれる、戦友愛といえば美しいが、担ぐ者も担がれる者も、共に複雑な心境だろうと同情を禁じ得なかった。

十月の二十四、五日頃、緩やかな稜線を上り詰めたころ夕方近く、向こうに大きな部落が見えて来た。手前には、大きなヘドロの川がある。干潮だろう。向こうに見えるのは、イエだ。ワーッと思わず息をのんだ。いよいよ来たぞ。イエからは鉄道が走っていることを知っているから、ここまで来ればしめたもんだ。皆もほっとした。

ところが、どうして向こう岸に渡るのか？　よく見ると、岸の斜面に段々が見える。そして一番川底に、小さな舟が置いてある。ヘドロの階段をビチャビチャ下りて行って、小舟に乗った。工兵の上手な手捌《てさば》きで、やっとこ向こう岸に辿り着き、上がったところが駅に直結といってもよいくらいに近かった。やっと上がって一休憩。

カンメンポウを貰《もら》い、湯を水筒に入れる。兵站にでも行くかと思ったら、今から乗車という。見れば、駅には貨車が並んでいる。マレー北上の時と同じ貨車の中だ。それはもう慣れているので、別に何とも思わなかったが、「列車の数が少ないから、入れるだけ入ってくれ」と、まったくギュウヅメだ。装具を付けたまま立ちん坊。まったく無茶にも程がある。

兵站といわず、後方部隊の身勝手な態度は、ここまで来る間も感じたが、今度こそは腹に据えかねた。でも、こちらは一つ星、絶対階級社会、無念残念、黙り込む以外ない。

輸送指揮官のお説教が思い出されて、あんな説教よりこんなことの解決が使命のはず。途中で小用などで停車したかどうか、頭に来ていて忘れたかも知れないが、夜が明けたらモールメンに着いた。駅で下車して小休止。ああ疲れた、ホッとした。左の方は海だ。ああ、この海がインド洋の東、ベンガル湾の東岸にあたるのだ。

モールメンで始めて敵機を見る

モールメンの駅で下車して小休止の後、兵站宿舎に着いた。ちょっと覗いただけで、町のスケールが違うようだ。やはり、ここは南部ビルマの中心都市だ。地図で見ていた通りだ。昭和十八年十月末頃である。

久々の洗濯、髭剃り、頭つみ、休憩したと思ったら、「バクオーン」という声がした。何だ、敵機かよ。着いた途端に空襲か。ピンと来ない。

じっと上空を睨んで見ると、遙か上空を一機の大型機がゆっくり旋回している。多分、コンソリデーテッドB24だ。

ウーン畜生。ビルマに足を踏み入れた途端に、敵機のお見舞いか。たとえ偵察とはいえ、インドあたりから飛んで来たのだろうから、その間、友軍の飛行場は、幾らもいるはずだ。友軍は一体どうしているのか、だらしがないぞ。

これが、僕がビルマに足を踏み入れた時の第一印象であった。その後、この状態は日に月に深刻さを増して行く一方である。

マルタバンへ

モールメンの思い出は、B24の偵察飛行ぐらいで、早々に出発した。杉田桟橋と命名された桟橋から、例の徴用漁船くらいの小型の船に乗船して、海といってもよく、サルウイン川の河口といってもよいような広い水面を渡って、対岸のマルタバンという町に上陸した。

ここら一帯は、進攻作戦の時、宇都宮の弓第三十三師団と四国善通寺の楯（のち壮）第五十五師団が、タイ国のビザンローク、ラーヘン、メソートを経て、ビルマのコーカレーに進行して、大進撃を敢行した地帯である。

戦史の地図を見ると、壮師団が攻略したようになっている。弓は北のマルタバンの攻略を主攻正面としている。先輩のご苦労の戦績を辿っているのだ。杉田桟橋というからには、杉田という方の何らかの戦跡だろう。ビルマ攻略作戦の戦史叢書を繰ってみたが、記述は見出せなかった。師団のにはあるか？

マルタバンに着いた。モールメンほどではない。しかし、ビルマの北からの鉄道の終点、テナセリュウム地帯の北端に位置する要点である。上陸してしばらく休憩、多分、大休止だったろう。スイカを一杯食った覚えがある。美味《おい》しかったという印象は残らぬが、ガブガブ沢山食べた思い出が残る。

シッタンへ

マルタバンで列車に乗った。貨車だったか客車だったか、覚えはない。多分、客車だったのかもしれない。貨車でギュウヅメにでもされれば、大抵忘れないはずだから。

シッタンは、シッタン河の河口の要点である。到着してみると、シッタン河は大きな河である。そして大きな鉄橋が架かっていたのが敵の退却に際し、一枠を爆破して落として逃げている。

そのため列車を降り、ハシケに乗り換えて向こう岸に渡った。向こう岸は、名前のつくような地形ではなかった。

列車が来ているので、皆すぐ乗車した。直ぐ発車するだろうと思ったが、待てど暮らせど発車しない。全員イライラして来た。列車の前方に行ってみた。機関車は日本のD51テンダ機関車だが、炊いている燃料は石炭ではなく薪なのだ。そのためカロリーが低いので、火室がそのわりに小さすぎ、蒸気の圧力が上がらないことがわかった。現地の人の釜炊き技術が多分、下手だからだと思われた。

さあ、どうするか。輸送指揮官も補助官も参った。僕はちょっと出しゃばりかと思ったが、防毒面の罪滅ぼしに具申をしてみよう、という気になり、

「小副川が、こんなことを申し上げてはと思いますが、この部隊の中に、機関士の免許を持った者がいるかも知れんから、全員に聞いてみたら如何でしょうか?」

と、補助官のところに行って具申してみた。これは工業学校でボイラーを習ったお陰か? それは良かろう、ということになって、「小隊長集合」の命令が出た。それから各小隊長は、小隊に帰って「お触れ」を出すことになった。

すると、意外や意外、我が小隊の中の大石ヒロミ君（漢字をわすれる）が、「ハーイ」と向こうの方から「手」を挙げてくれた。彼は、鳥栖の機関区の運転機関士だそうで、まさに本業である。

「機関車に薪は炊いたことはなかバッテン、ヤッテみゅうかのお」と言って、そろそろ列車から降りて来て、ぼつぼつ機関車の方に歩き始めた。機関車は使い慣れたD51。

しばらくすると、静かに列車は動き出し、やがて停車。彼はゆっくり手を振っている。線路の高い土手の下に胡座《あぐら》をかいて、様子を見守っていた兵隊は、地獄に仏とばかり喜んだ。

「おい、大石、よかった、有り難う」と、機関車の側に駆け寄って、大石君の手を振り、自

分の客車に走った。

薪炊きの列車はとても速度は出ないが、ゆっくり走って、やがてペグーに着いた。ここまで来ると、ビルマの平原も広いなあ！　さすが大陸の端だと感に打たれた。

ペグー到着と釈迦の寝像

ペグーという駅に着いて一番印象に残るのは、釈迦の寝像である。駅から見えたか歩いて行ったか記憶はないが、大きな優しい、微かに微笑みを浮かべ、右肩を下にし、静かに我々人間を見つめてお休みになっている。

この優しいお姿は、釈迦自身のお姿であると同時に、この姿を造り出したビルマの民族の心の象徴でもある。

その時は直ちにそこまでは頭は回らなかったが、この後ビルマを歩き始めて、次第にその感を深くしていくのであった。

テナセリュウム地帯を北上する間は、まったく目にした記憶はないが、今ここにこの情景を見て、急にビルマの人の信仰心と親近感に打たれ、東洋民族永遠の平和独立のため、頑張ろうという決意がもりもりと湧いて来るのを覚えた。

メルギーの　思い出尽きず　兵站の
　酒酌みかわす　竹馬の友と

十分の　休憩の間に　むらくもの

如く眠りて　また歩き行く

行軍は　歩兵の常と　覚悟せしも
歩いてみれば　苦しき哉や

立ちん坊の　列車のなかの　苦しかり
兵站線の　かくもかぼそき

御釈迦様の　寝像を拝し　思えらく
国の歴史の　通う姿を

志願して　お国の為に　来たりしに
散りにし戦友の　姿おもおゆ

マメ作り　戦友《とも》にかつがれ　世話かけし
戦友《とも》も逝きにし　フーコンの野に

イエ川の　ヘドロの中に　むつごろうを
見ざりしことの　心残れり

かかる姿　これから先の　思わるる
　いかにつわものの　気合よくとも

マレーにも　神殿造りの　家ありぬ
　遠つ祖先の　繋がりのすがた

筑紫山の　忠霊塔の文　暗記
　己が戦野の　覚悟新たに

進攻の　激戦のあと　想わるる
　杉田桟橋　その名拝して

被甲忘れ　皆に迷惑　かけしことを
　逝きにし戦友に　詫びて記《しる》せり

シッタンの　川面眺めて　思えらく
　我が菊の陣地　まだ遙とや

ガ島捨て　アッツ玉砕　なにごとぞ
　これ偉方の　兵法なるか

兵站の　息たえだえの　兵站の
　中を歩きて　先の思わる

その故に　今は来にけり　ビルマまで
　されど思わる　此のテイタラク

湧き出ずる　疑問不満も　あらばこそ
　国の御楯と　勇み発つ我は

親鸞も　日蓮　空海　各宗派
　故に黙唱　我が習いとす

朝霧の　立ち込めにける　大地より
　霧晴れるごと　アジア栄えよ

ベトナムに　マレー　ビルマと　歩き来て
　隷属の民の　哀れ思おゆ

船側の　タイヤの結え　見るに付け

船は語りかけ　故国への思い

塩野義や　三井の倉庫　見るに付け
　大和おのこの　意気込み見えて

故郷を　遠く離れて　幾千里
　国の力の　背伸び思おゆ

義家の　兵法の妙　習いたる
　小学の頃の　懐かしきかな

勝ったりと　喜びにしも　半歳か
　空襲受けし　都の空は

御勅諭の　まにまに征かん　一筋に
　君の御楯と　立ちにし我は

御釈迦様の　像の御前に　額ずきて
　死にに征く今　黙唱静か

幸せか　釈迦のパゴダの　国に来て
静かに念ず　弥陀の念仏

いざ起たん　アジアの栄　祈りつつ
不平不満も　消し去りて今

第四章——大東亜戦争㈡

ラングーン兵站宿舎

　ペグーの駅を発って幾許もなく、列車はラングーン（現ヤンゴン）の駅に着いた。さすがに大きな駅だ。ビルマ（現ミャンマー）の歴史については、ほとんど知らぬと言った方がよいが、一八八六年に、アラウンバヤー王朝を倒し、大英帝国の領土にしてしまっている。日本は幕末に、同様の状態を、海舟らによって救われ、昭和になって、軍人、宮廷、財閥、政治家どもが潰した。

　今では、日本が侵略国の標本のように言われて、平和、平和の平和惚《ぼ》けだが、元々侵略の元祖は、英、露、仏、蘭、米などの欧米諸国だ。敗戦、米国の占領は不幸中の幸せだった。でも、一部の人達は今なお、祖国ソ連の亡霊を慕い続け、はたまた守銭奴に成り下がる。国際間には稚劣な平和論など夢物語。侵さず侵されざるの根源は、国の力と団結なのだ。

　今、その英国の侵略の牙城、ラングーン駅に着いた。あのマレーのクアラルンプール、イポーの駅の威容を思い浮かべ、英国の東洋侵略の拠点に、今さらながら感嘆させられた。

「いよいよ来たぞ、大東亜建設の礎となり、東洋民族の解放独立のため、御勅諭の訓えのままに、死を鴻毛の軽きに置き、大楠公の精神に徹するのだ」

こうして尽忠奉国の精神に燃えたぎり、ゾクゾク武者震いを覚えて列車を下車し、小休止の後、隊伍を整え、兵站宿舎に向かって行進をはじめた。

あの頃の僕らには、北ビルマ、フーコンの山の中で、無惨な敗戦を味わわされようとは夢想だにしなかった。百戦百勝は、既定の事実と信じていたのだ。

ダラダラ坂を登って、ほどなく到着した。名称を「常磐台」と言った。以前も兵舎だったのだろう。古いが風通しがよく、すっきりしていた。装具を解いて眺めると、炊事場がすぐ目の前にあり、炊事の煙がもうもうと上がっている。

「ああ、これで面倒臭い炊事から開放されるぞ」とホッとした。飯上げは止むをえん。分隊ごとに交代で勤務した。点呼、歩哨勤務、不寝番は当然だ。基本体操も欠かさず、駆け足もやり、体力の維持につとめた。昭和十八年十月末頃である。

ここでまったくの奇遇があった。それは、例の炊事の班長をしていたのが僕の同郷の先輩であった。しかも、長い追及途上で、ここだけが久留米師団管下の兵の兵站勤務者の姿だった。

久留米師団の兵は精鋭中の精鋭で、我が師団は「菊兵団」「御紋章兵団」として、その名を天下に轟かせた名誉の師団である。口には出さずとも、一兵に至るまで密かに心に期するところがあった。もちろん、ここにも例外はあった。こんな卑怯者と一緒に戦争などしたくない、と思った者の存在したことも事実である。でも、菊は精鋭の模範であった。

もう一つ、ある日突然、僕の親戚の藤瀬吉五郎さんが面会に来てくれた。彼は菊の速射砲隊に所属していたが、このたび独立速射砲第十四大隊に転属させられ、アキャブ方面に出撃する由。鉄帽の中にバナナと大福餅を入れて持って来てくれ、それを頰張りながら、故郷の思い出、一族の様子など、しばしの時間を語り合って、別れて行った。

思えば、あれが最後だった。多分、戦車と刺し違えて、名誉の戦死をされたのであろう。どの辺りだったのか、知る由もない。時代も人も変わってしまった。時々、忠霊塔にお参りして、当時を偲び、刻まれた名前の上を撫で、冥福を祈っている。

これも多分、あの炊事班長から情報が行ったのであろう。後日、技術部幹部候補生を拝命して帰って来た時も、同郷の先輩、後輩の情報を貰い、面会の機会を得て、前線への見送りをすることが出来た。しかし、皆死んで逝ってしまわれた。

この兵站にいる間に、やはり空襲を受けた。敵の飛行機はあのコンソリB24で、友軍の飛行機は隼と二式複座戦だった。

敵を墜《おと》したのを見た記憶はない。大した被害も、この頃まではなかったのかも知れない、と思っていたが、敗戦後に出版された当時の戦闘機隊長の黒江少佐、檜少佐の本を読ませて頂くと、飛行第六十四戦隊の苦戦振りが、いな九七重爆の焼け落ちて逝く様が痛々しく記述されて、名状し難い感慨と悲痛な思いに我を忘れた。あの加藤隼戦隊長の戦死は、我々が追及する前のことである。

幾日かして、宿舎を移らされた。百、二百メートル離れた、長い高い床の兵舎である。

ここでまた変な、と言ってはすまぬが、補助官から炊事の班長を命令された。兵隊の中には、地方で食堂などに勤務したり、経営の経験のある者がいてくれたので、形ばかりではあるが、やはり責任者ともなれば、時々、行ってみないわけにはいかぬ。

何しろ四百四、五十人の部隊の炊事班長だ。材料の受付、配分や兵站部隊などの折衝がある。皆の協力のお蔭で、何とか無難に乗り越えた。

ここにまた珍しいと言っては語弊があるが、炊事場の側のプラタナスの木の下に立っていたら、雨も降らぬのに、ぽとぽと雨垂れのような音がする。何だろう？　と思ってふと見上げると、何とそれは、蠅の糞が落ちて来る音だ。

プラタナスの枝には、枝の幹が見えないくらい、真っ黒に蠅が停まっている。大きなブンブン蠅だ。それが糞をして落とすのが、下にある木の葉に落ちる音だ。もちろん、略帽にも衣袴にも落ちて来る。

これにはまったく驚いた。今は昔とは違う。この前訪れた時のビルマ（現ミャンマー）は、その点は日本と同じで、蚊も蠅も滅多にいないくらい清潔になっていた。変われば変わる世の中。きっとあの頃は、我々の炊事場の牛の骨や残飯が、その発生元の中心になっていたのであろう。

しかしあの頃は、どこでも蠅と蚊とはもの凄く、防蚊面、防蚊手袋は支給されていたし、もちろん使用したが、そんなもので間に合うものではなかった。マラリアのため、どれだけの兵が倒れて逝ったことか。

僕自身、昭和十九年九月三日頃、昭南（シンガポール）でマラリアにかかり、運命の転機となった。蠅がたかるのは、その食物がおいしい証拠だなどと、およそ考えも及ばぬことが、現地の人々に流布していたのも事実である。

敗戦後、米軍が来て、ＤＤＴを振り掛け始めてから、蚤も虱も蚊も蠅も激減した。公害もあるが、やはり現在の状態が昔よりよいことは確かだ。

蝿のことで、ずいぶん字数を潰したが、もう一つ、どうしても追及途中の思い出として記録しておきたいことがある。

それは、パゴダの姿だ。この蝿のいた炊事場の高台から北の方を臨むと、カンドージ湖という湖がある。その湖の北岸に、黄金に輝くパゴダがあった。今はペグーにある、あの釈迦の寝像とほとんど同じく、釈迦の寝像が同様の状態で安置されている。

あの頃のパゴダは、朝早く起きて霧の晴れやらぬ湖面の方を眺めると、ボーッとかすむ朝霧の中から、荘厳とも神々しいとも譬《たと》えようのない金色の鈍い光がさして、まさに仏の国ビルマの姿を朝な夕なに拝むことができた。死を決して来たこのビルマ、仏の国ビルマで、お国のため、悠久の大義に生きることの出来るのは何とも有り難いことだと、静かに念仏を黙唱する僕であった。

ラングーンには、どういうわけか、大変長くいた。昭和十八年の十一月の二十日頃までいたようだ。許可を得て駆け足をやり、体力の維持に努めた。常盤台の兵站を駆け降り、走って行くと、その頃思いもよらぬ、日蓮宗の日本山妙法寺というお寺の側に行った。

ほう！　日蓮は、元寇《げんこう》を予言し、幕府に具申して、敵国降伏の祈願を込め、元寇撃退の大活躍をされた坊さんということは聞かされているが、さすがその教えを守る宗派なるが故か、こうして、進出間もないこの地にまで、すでに発展して来ている。宗教と政治を不離のものと考えられているのだろう。団扇《うちわ》状の太鼓を叩いて、「南無妙法蓮華経」を唱えて行列中だ。

僕には、この光景はちょっと異様に思われたことは事実だった。軍隊には、いろんな宗教の人がいた。だから念仏も、黙唱することに決めていた僕であった。

小隊長の解任

このラングーン駐留の最終日に近く、マレーの下士官候補者教育の教導学校を卒業して、前線に追及する任官前の兵長の一団と合流した。我々の階級は、依然として一つ星だ。三階級も上の連中と一緒になったのだ。これでやっと、小隊長の解任だ。

思えば、長い使役業務ではあった。屯営出発以来のことが色々思い出されて、まんざらでもない。一番懐かしいのは、輸送船のハッチの上で、基本体操を汗をびっしょりかきながら、小隊全員で幾日も続けたことだ。

あれで僕の小隊からは、船酔いが出始めたのがスタッと止まって、全員溌剌《はつらつ》として上陸できたことだった。これで分隊の中に入って行動することが出来るようになって、やっと皆ととけこんだ。

僕の小隊には、奥園兵長という人が、僕の代わりの小隊長になった。小林という兵長が分隊長、後は誰がどうだったか忘れた。この奥園という人は優秀だった。小学校だけしか出ていないので下士官だが、中学校以上出るだけの素質はもちろん、将校になれる力もそなえている、と僕には見えた。僕とは以心伝心、通ずるものがあった。

大牟田の出身であったが、のちに前線に行ってから烈百二十四聯隊に転属される時、僕らの幹部候補生試験の補助官として来ることになった、笹部という同期の下士官に、「小副川によろしう」と言づけて出発された、と笹部伍長から聞かされ、無事の活躍を念ずるのであった。

大牟田という町は、僕にとっては因縁浅からぬ町で、学校の時の配属将校であり、前線に行ってからの第一大隊長であった芋生少佐も、師団の作戦主任参謀で、その頃はもちろん、月とスッポンだが、東京の菊の会でお目にかかり、その後、師事した、池田慶蔵中佐も、大牟田の出身であった。また技術部になってから一緒になった柿本という候補生も、大牟田の出身である。

ビルマ北上

十一月二十日頃、ラングーンの駅から列車に乗り込み、北上を始めた。はっきり覚えはないが、多分、薪炊きの客車だったのだろう。でも、その頃はそんなことを気にすることもなかった。とにかく、早く前線に追及したかった。

菊は北ビルマに展開中、と聞いているが、その頃までは撃つに弾なく、食うに食なく、着るに衣袴なく、履《は》くに靴なき、まったく六無斎《ろくむさい》どころの騒ぎではない。あんな無残な戦をさせられようなど、誰の脳裏にもなかった。

列車の窓から眺める風景は、東遙かにタイとビルマ国境の山がかすみ、西にアラカンの山があるはずだが、広大の故か見えぬ。しばらく走ると、ペグー山脈が西に間近く見えて来た。ちょうど、佐賀平野の飛行場から筑紫の山脈を臨むくらいの距離である。

ふと視線を列車の側に移すと、線路構築のため、土地を掘り上げた後であろうか、線路に沿って長い長い水路というか濠が続き、その濠に蒲の穂が延々と続いている。

小学校で習った、大国主命が因幡の白兎を蒲の穂綿にくるましてやった優しい話を思い出し、「俺どんもビルマの大国主命になるのだ」とハシャイで通過した。

とある駅に列車が停止して、付近の部落に退避する。もうこの頃は、やはり敵の飛行機が列車を襲撃することが多いので、昼間はなるだけ走らないことにしていたようだ。

乾燥した田の畦道を歩くうち、やはり百姓の子だ、すぐ目が稲の稔《みの》りに行った。株の大きさが六本くらい、こんな暑い南方でこの状態、肥料はろくにやらぬのだろう、我々の農業技術であったら、多分この三倍か四倍は収穫できるだろうになあと、戦友と語り合って通り過ぎた。しかし、まあまあ稔った稲穂の間を歩くのは、遠く幾千キロの海路を越えて来たことも忘れる一齣であった。

しばらく歩いて、木陰に叉銃《さじゅう》休憩。昼食。時間があるので、部落の中を覗いてみた。床の高い竹の柱に茅の屋根より、少しはましな家の前を通ると、お婆さんが何か高床に座りながらやっている。何をしているのだろう？　と側に寄って見ると、何と玉蜀黍《とうもろこし》の葉の乾燥したのに、乾燥した煙草の葉と木炭の粉を混ぜてくるんでいる。いわゆる葉巻煙草だ。

これには驚いた。驚いたから、今に記憶しているのだろう。皺くちゃのお婆ちゃんが頭にくしゃくしゃのタオルを巻いてドッカと座り、やおら側に火が付いてスボッテいる玉蜀黍の葉巻煙草を口に当てスーッと勢いよく吸うと、煙草の先からバチバチバチッと勢いよく火の粉が飛び出した。まったく驚いた。木炭の粉を入れるのは、側に置いている間に煙草の火が消えないようにする、煙草作りの智恵なのだ。

夕方になって列車に戻り、列車の夜行軍。これはテナセリュウム地帯の行軍より、マレーの貨車の行軍より快適だった。曲がりなりにも客車だったから。しかも、ビルマの人達といっしょで、駅に止まるたびに現地の人達の賑わいがある。

我々を見つけて、「マスター、おこわ、マスター、おこわ」と売りに来る。また「マスター、鳥の足、マスター、鳥の足」とやって来た。長いロンジー姿も珍しい。

ビルマは竹の産地で、竹の節と節の間が非常に長いのが多い。若竹の良いのを取って来て、その節の一方を残し、もう一方の節の適当のところから切り落とし、中に適量の餅米と水を入れ、上を適当に蓋して焚き火に炙《あぶ》り、竹筒がこんがりと焦がれた頃あいを見計らって火から取り出すと、中には立派なおこわが出来、表面の焼けた竹の黒皮を取れば立派な商品ができ上がり、「マスター、おこわ」となって来る。

ビルマの竹は、日本のと違い非常に柔らかい。タイのも同様のようだ。中には豊富な竹だから、違うのももちろん沢山あるのだが、前線に行ってからの竹はいろいろで、中には株立ちで刺があった。これを買って食べてみたら清潔さはもちろん、とてもおいしかった。竹の中にある、俗によしの紙のような中に包まれたおこわの風味が今に懐かしい。

鳥の足とは、その本体は何か判らぬ。鳥というから鳥には違いないが、鶏だか鳥だか判らぬが、綺麗に毛をむしって油で揚げ、カレーを塗ってテカテカに光っている。

ちょっと見るとおいしそうだ。駅ごとにあるので、とうとう一つ買って食べてみた。適当に塩もきき、コショウがきいておいしい。いつの間にか、どの駅でも皆が買い始めた。

懐かしい思い出の旅だ。中には、現地の人に気のいい人がいて、おこわや鳥の足をおまけしてくれる人もいた。テナセリュウム地帯を行軍する時も、頭の上に一杯、果物を乗せて食べさせてくれたり、トラックにザボンを投げ揚げてくれたり、ビルマの人は本当に優しい民族だと、この追及間、つくづく味わわされた。

ゲッタイで始めて銃撃される

北上しかけて何日くらいたったか忘れたが、ゲッタイという駅に着いた。退避という名の行動を取るため、列車に車内監視を二名残し、他は駅を三、四百メートルくらい離れ、こんもりと繁る森林の中に退避した。車内監視に残ったのは、仁戸田武君と林君（名前失念）の二人であった。

樹林の中には部落があって、しばしまどろむうち、現地の人がどんどん走って行く。何だと思って見ているると、今度は馬が走って行く。その直後、ジャーという音と共に、バリバリバリッという機銃音。瞬間、黒い双発の機影が見えた。ああ！　B25。

やっと気がついた。どうしようもない。じっと牛小屋の側の木の根を楯にして伏せた。二回、三回と繰り返す。繰り返すたびにポコポコポコポッと、二、三メートル間隔に土煙を上げて行く。それで敵の機銃発射の方向がわかる。

ジッと木の根を楯に様子を見る。これが学校以来習った地形・地物の利用だ、と実感する。「畜生」と思ったが、為す術はない。しばらくして敵機は、飛び去った。薬莢がそこら一面、ばらばらにばらまかれて、何とも様にならぬ。

異常ないかー！　と叫んでみた。叫んでから、「まだ小隊長気分か？」と恥ずかしい気持ちになった。しかし、「異常なーし」という返事が帰って来てほっとする。

そのうち、列車の方から「小隊長殿！」という声がして来た。声は仁戸田の声だ。アッと思って、オーイと言って駆け出し、林縁に出た。やはり仁戸田だ。オーイ、ヤラレマシター。聞くや否や、走り出した。見ると左の肘を右手で握っている。一緒になって、森林の中に帰って来た。奥園小隊長に報告、ともかく止血、三角巾をもって一応の処置をなした。

幸いなるかな、ここは鉄道隊の兵がいてくれた。下士官が出て来て、マンダレーの野戦病院に連絡をしてくれ、さっそく救急輸送でトラックに乗せ、マンダレーの野戦病院に送ってくれた。「頑張れよ、早く良くなって、追及して来いよ」。こうして手を振って別れたのが最後だった。

彼は有田工業の出身で、眼鏡を掛けた優しい優秀な青年で、第四分隊長をしていた。腕の負傷だから命に別状はないはずだ、とも思ったが、後日フーコンの入り口、ソンカの幹部候補生試験には追及せず、どうしたのかと懸念はしていたが、敗戦後に刊行された「菊歩兵第五十六聯隊戦記」の末尾にある戦死者名簿を拝見すると、マンダレーで亡くなったことになっている。

大した傷でもないと思っていたのが、どういう経過を辿ったのか、気の毒というも、あまりにも哀れである。フーコンの山の中でも、皆こうして死んで逝ったのだ。敗戦後、機会を得て有田の町に行き、生家を訪ねたら、すでにご両親は亡く、兄さんも亡くなられ、兄嫁さんがお家を守っておられた。懇《ねんご》ろに仏前にぬかずいてお参りして別れた。

夕方になって、ゲッタイの駅に戻った。すると、現地の婦人が死んでいる。先のB25の銃撃でやられたのだろう。目の玉が飛び出している。犠牲が哀れだ。しかし、こんな心理が働く間は、まだ本当の苦労の中にいなかったということかと、後には思うようになった。

僕はその苦戦の中にはいなかったが、戦友会で話を聞くと、軽機関銃班の戦友の話では、「おい、牛草、なぜ撃たんか」と声を掛けても撃たんから、覗いて見ると、すでに眉間を貫かれて、一言もなく死んでいた、と戦友から直に聞いた。牛草というのは、軽機班の同年兵で、炭鉱かどこかで働いていて、体には刺青《いれずみ》をして変わっていたが、根は至って温和な青年であった。

僕と一緒に第二小隊長をしていた大財君は、疲労困憊その極に達し、もちろん全員同様の状態で転進の命令を受け、歩行の過程で歩行困難になったか、路傍に座っているのを、戦友が、「おい、大財、一緒に頑張ろう」と声を掛けたが、「うむ、先に行きよって！　後から来るばい」と言う。

連れて行こうと思うが、皆自分の体だけで精一杯、とても、他人を援助する力もないので、「先で、待っとるばい」と行き過ぎて、五、六十メートルも行ったかと思う頃、後ろに「バーン」という爆発音がしたので、ああ、大財の奴、手榴弾で自殺したか？　と思ったが、とても引き返す力はなかった、とあのフーコンの生き残った戦友が、毎年戦友会で当時を偲んで語る言葉である。

人間の最後に残るのは気力とも言える。が、こんな無残な戦をさせた者は一体誰か？　せめて命を保持するだけの食を与え、撃てるだけの弾を補給し、纏《まと》うだけの衣袴を与えての戦なら話は判らぬでもない。まったく無残の極だ。だから、同じ死ぬにも、仁戸田はまだ牛草や大財より幾らかましとは言えぬか、やっぱりましか？

林は車内監視でいたが、バリバリ撃たれてたまげたのだろう。僕らが列車に乗って待っても、どこへ行ったか帰って来ない。死んでいるかも知れないぞ、探そうと、分隊ごとに時間と方向を決めて探した。あの一帯はサボテンのジャングルというか、鉄条網みたいなもので、どこまでも続いている。

ずいぶん探した、とうとう、そのサボテンのシャングルを向こうに回って、やっと探し出した。これには参った。臆病風に吹かれたのか動転したのか、「どうして、あんなところまで行ったのか？」と聞いても、さっぱり要領を得ない。体にはサボテンの刺傷が無数にある。あのサボテンのジャングルを突っ切って、向こうまで逃げたのだろう。

直後に反省してみると、車内監視だが、車内でなく壕で所定の地点に遮蔽させておくべきだった。この地は戦場であるの心構えが、責任の立場にある者に足りなかった。本人ももちろん、敵前だなどとは考えも及ばなかったのであろう。

仁戸田の負傷も林の失敗も、経験不足と歩兵操典の綱領に曰く「百事皆戦闘を以て基準とすべし」と。この列車行動間、僕に齎《もたら》された最高の体験であった。輸送指揮官も補助官も小隊長も、誰も処置を忘れたようだった。

次に記憶に残るのはサジ（一名、タジ）の駅。この駅はビルマの要衝だ。西にメイクテーラの飛行場群、東にカロー、シャン高原を控えた中心都市だが、その頃はそんな難しいことは知る由もない。でもゲッタイの空襲以来、車内監視は中止された。そして駅からなるだけ遠く退避せよ、ということになって、一千メートルくらい離れた川端の森の中に大休止。

ここで印象に残るのは、現地の人が魚を沢山捕って来るのに出会い、全部買い上げて分配され、昼食の副食としたことだ。皆が唐揚げが美味《うま》いと言ってくれるのでお願いしていたが、僕には馴染《なじ》めなくて困った記憶がある。

パゴダがラングーンに比べるともちろん貧弱だが、二寺院ほど目に付いた。やはり仏の国の敬虔な姿を拝し、念仏を黙唱するのであった。

マンダレー

サジの駅を出発してしばらく行った頃、ミンゲという川に架かる鉄橋のところに辿り着いた。でも、鉄橋は見事に破壊され、その手前で下車、仮橋を渡って次の列車に乗り替え、マンダレーに着いた。

ちょっと大きな鉄橋になると、こうして破壊されているとすると、これから先が思いやられるぞ。日本軍の戦力、その底力が浅いのではないか？　こんなくらいの川で、橋脚はちゃんとしているのだから、長崎本線の嘉瀬川鉄橋の半分もないのに、たかが一枠の鉄橋の復旧が出来ないとは何事かと思って渡ったのだが、その後、前線に行ってから、あらゆる面で嫌というほど味わわされた。

ホッペに当たる熱い風

マンダレーの駅に着いて、東南の方向に少し歩くと兵站があった。二キロくらいか？　二階建てのバラックだ。ここも中国軍かインド軍かの兵舎だったのだろう。とても英軍の兵舎ではない。

ビルマの暑いのは承知の上だが、ここマンダレーの暑さはまた格別だった。宿舎に入って休憩していると、外から風が吹いて来た。その風がホッペにあたったら、ホッペが熱い！と感ずる。これには驚いた。

今までの経験では、概ね幾ら夏でも、吹いて来る風は涼しいものと理解していたのに、ここマンダレーの昼風は、舎内に居て吹いて来る風が熱いのだ。ラングーンでも気づかなかった。もちろん汗は大変だ。ワアー、えらいところに来たぞ、と皆で笑うやら驚くやら。

その後の体験でも、ここマンダレーの暑さほどの体験はなかった。十一月の末頃のことである。すでに雨季も終わり、乾季に入って一ヶ月くらいの頃である。後日聞いたところでは、ビルマでもこのマンダレーが、一番暑いところだそうである。

炊事の記憶はあまり残らぬ。多分、兵站の炊事場か何かで受領したのだろう。

むささび

マンダレーの思い出として忘れられないのは、むささびがいたことだ。よく見たのはここでがはじめてで、多分十一月の終わり頃であったろう。

学生時、佐賀の下宿で、夏暑いのでふとベランダの扉を明けたら、ベランダの小壁の上に、何ものとも知れぬ、猫よりやや小さいが、爛々《らんらん》と光る眼光は物凄くこちらを睨み、じっとしている。

こちらも始めて見る動物なので、「何だろう?」と見つめていたら、そのうち、フワーッと羽ともつかぬ足を広げて、木立ちの向こうに飛んで行った。夜行性で、なかなか人目に付かぬ。後で「あれが、むささびか?」と、まったく始めての動物を見、日本にもむささびがいるのだということが確認できた。

国語の本の中で、八犬伝の芳流閣の屋の上の犬塚信乃と犬飼現八の決闘の場面を、馬琴が……繋ぎ留めんと、むささびの樹伝う如くさらさらと……と謳っているのを思い出し、ああ、この動物がむささびかと、翌日学校で友達に話したことがあったが、今ここマンダレーの兵站宿舎の前の大きな二抱えほどもあるような大木の幹の上を見ていると、何か動物が動いている。

「おい、あれは鼠か? 猫か?」と皆で騒いでいる。僕は、前記のように一度内地で見ているので、「あれはきっと、むささびばい」と言っていたが、「皆で追い落とせ」とはしゃいでいたら、ずんずん梢に登って行く。

「どこまで登っとかい」と、皆が騒いで大声を出してたら、そのうち遙か上の方から、例の滑空で四つ足を広げ、膜を張って二十メートルくらい離れた隣の大木にスーッと斜めに飛び移って行った。背中は茶色、腹は白いようだった。

「ほら、俺が、言ったろうが、あれがむささびたい」と、少し得意になって話したことが忘れられない。それくらい、数少ない夜行性の動物である。ビルマでも、この時一度見ただけだった。

マンダレー王城

マンダレーがビルマの古都であることはもちろん知っていたので、王城を見に一度行っておきたいと補助官に頼み、小隊長の了解を得て皆で走った。

城壁は正方形の見事なもので、多分、一辺が千七、八百か二千はあろう。一周したら大変だと思ったが、何、あの頃の僕らはまさに元気旺盛、「この煉瓦塀ば廻ろう。広か濠ば廻っとは面白かばい」。濠の幅は五十くらい。「いっちょ廻ろうか」と、さっそく走った。城中は、兵站部隊か何か判らぬが入れそうもないので、一辺ごとに休んで、「広かのおー」と感心しながら廻った。次の日も廻った。

中央の門の前で、現地の人が何かやっている。何だろう？　と見ると、砂糖黍の幹の皮をはいで、小さなローラーで絞って、下にコップを据えつけ、溜まった汁を売っている。

これは幹が新しいから、飲んでも心配なさそうだと買って飲んだら、少し酸っぱい味があるようだが、走って汗を流しているので、とてもおいしかった。

城の向こうを見上げると、小高い山があり、その山には立派なパゴダが建っている。城の中にもパゴダがある。やはり、ビルマは仏の国だ。

このマンダレーには二、三日いた。前線追及の一齣で、六十二年前の話。概ね忘れ去ってしまった。今、あの兵站の辺りは、マンダレーの大学になっているようだった。

サガインへ

十一月の末頃、マンダレーを出発した。例によって昼は暑いので、夜行軍だ。イラワジ河を渡って、サガインというところから、また列車に乗るらしい。そこまでも鉄道はあるが、距離は大したこともないので、歩くことになったのだろう。別に苦にすることもない。立派な舗装の道路で幅も広い。

ザク、ザク、ザク、ザク、どれくらい歩いたのか良く判らぬが、途中でコッ、コッ、コッと鶏の声がして、足元に来た。途端に押さえた。黒いめんどりだ。ああ、これはいいご馳走だ。さっそく首をひねっておとなしくさせ、腰に下げた。

ようやく夜が明け始め、イラワジ河の畔に着いたようだ。地名をアバとかいうらしい。鉄橋は破壊されて渡れないから、工兵の船で渡るらしいが、まだ寝ているのだろう。こちらもそれまで大休止。例の鶏の毛をむしり、しばしまどろむ。

夜が明けると、鉄橋が見えて来た。大きな鉄橋だ。シッタンの鉄橋とは段違い。鉄道が真ん中にあって、その両側に自動車道と歩道がある。日本ではもちろん、見たことも聞いたこともない。

その鉄橋の一枠が見事に落とされている。この鉄橋は日本の工作技術では、なかなか簡単には修理できまい。ミンゲの鉄橋すら、あの有り様だ。英国の技術力の底力をまざまざ見せつけられた感じで、うんざりした記憶が今に忘れられない。

マレー半島の北上中のゴム林の管理技術、マレー人の従順さ、英国の植民政策、ラングーン、ビルマ北上の見聞、マスターおこわ、ゲッタイの銃撃等々を考え、日本軍の軍人精神、攻撃精神で、果たして英、米の技術力、攻撃力、総合戦力に勝てるのか？

Ｂ25のゲッタイでの空襲くらい、屁とも思わぬが、この鉄橋を前にして、容易ならぬ事態が潜んでいることを感づかぬわけにはいかなかった。

竹釘の軍靴

このマンダレーからアバまでの行軍で、もう一つ忘れられないことがある。それは、竹釘で製作された軍靴である。ラングーンで支給されたか、どこで支給されたか記憶はさだかでないが、新品の軍靴を支給された戦友がいた。僕のは傷んでいなかったので、交換しなかった。が、交換した戦友の軍靴の踵《かかと》がコロリと剝がれ落ちた。

新品だのに何事か？　とよく観察すると、何と釘が鉄ではなくて竹釘だ。何ということか？　どこで製作されたか、当時僕らには調べることは不可能だが、これはどこかの軍需工場の下請けか、被服工場で作られたことは確かだ。

早速《さっそく》、輸送指揮官に報告した。そこまでが僕らの出来る範囲であった。竹釘がどんな物か、今さら言うまでもない。形ばかりは、外見上まったく判らぬ。まさか軍の被服廠の直接製作ではあるまい。軍の下請けの金儲《もう》け主義者の悪行と断定したが、戦に行く身の為す術はなかった。あの現品がどう処理されたか？

荒木大将の「風雲三十年」の記録の中に、第一次大戦当時の日本人が、鉛筆の芯を前後のみ芯入れして中ほどを空にしたり、お茶の葉に柳の葉を入れてお茶として売ったりして、世界の評判をがた落ちさせたことが記されているが、この類のほんの眼の前だけの打算と利害の判断力、金儲け主義が日本民族の民族性の一面か？　と思うとガッカリさせられた。

お国のために、死を鴻毛よりも軽しと諭され、自らも決死覚悟して戦場に臨む軍人のことを、これらの悪行を働く人間どもは何と見ていただろうか？

でも、軍人の中にも、その類の人間はいた。数えきれないほどいた。上は参謀本部、陸軍省、海軍省、軍令部から下は一兵に至るまで。財界、宮廷、政界、軍人の腐敗、盲進と一言では表現不可能だが、これが民族性の具現だろうか？　情けない。

効もなく　果もなきことと　知りつつも
やむにやまれず　此の記述かな

達観も　戦略共に　あらばこそ
国のゆくすえ　思わるるかも

イラワジ河を渡って北上

サガイン

アバの鉄橋に見とれ、また戦友の靴の破損に義憤を感じ、近所に配置された兵站部隊に渡りを付け、靴を取り替えてから、工兵の船でイラワジ河を渡った。岸をはなれ、ビルマの母なる大河、まったく大きな河だと思ったが、中流に出ると、まさに滔々たる流れの渦に見入るうちに、いつしかそれに吸い込まれるような錯覚さえ覚える。

工兵は流れを会得して、やや上流に向けて走り、静かに目的の岸壁に付けた。河幅は千メートル以上ある。広いところは向こうが見えないところもありそうだ。それはそうだろう。ヒマラヤの麓に源を発し、千数百キロの距離を流れ下るのだ。日本の北海道から琉球までの距離を、一本の河の流域とする。スケールが違う。つくづくそう思った。

でも、サガインには一日休み、すぐ列車で出発した。思い出としては、大きな合歓《ねむ》の木の並木である。広い舗装道路の両側に合歓の木が、あの芭蕉《ばしょう》の「夢《ゆめ》に西施《せいし》が合歓の花」を一杯付けて咲き誇っている。幹回りは僕が抱き付いてみて、残りが三十センチ以上であった。日本ではこんなに大きな合歓木を見たことはない。この鬱蒼と繁る大木で、見事な日陰の道ができ、牛車隊（ノアークリー）もその陰に休んでいる。

僕らもその畔の民家の側で叉銃《さじゅう》し、飯盒炊爨《すいさん》をした。兵站から、副食にラッキョウのような小さい玉葱《たまねぎ》を支給して来た。これには驚いた。見るもの聞くもの、珍しいやら驚くやら。皆が「こんなのは、切って塩揉《も》みしよう」と言って、塩揉みして、おいしいと言って食べるのには参った。皆の鼻はどうしているのか？　僕は鼻と涙でたまらない。

仕方がないから、パパイアの塩揉みと今朝飛び込んで来た鶏の塩焼きの一切れで我慢だ。たかが雌鳥一羽、皆に分けたら、一切れずつ。兵站から肉を持って来た記憶も、空襲を受けた記憶もない。無事だったのだろう。

コーリン

薄暮になり、列車に乗車。北ビルマに向け出発した。昭和十八年十一月末頃のことである。列車は翌朝早く（？）コーリンという田舎の駅に停車した。「下車」という命令で下車し、まだ明けやらぬホームを出、線路と直角の方向に歩いてしばらくして、現地の人が何かやっている。

何だろう？　と見ると、素焼きの茶碗のようなものを二つ並べて五徳の上に乗せ、下からトロトロ火を燃し、碗が焼けるのを見て、側に置いてある容器から白いドロドロの液状の物を少し注ぎ、一方の碗を蓋のように被せ、しばらく置いて蓋状の碗を取り除くと、中に立派な饅頭状の御菓子が出来ている。戦友の中には、日本でもこんなお菓子の作り方を知っているという者がいたが、田舎者の僕には、始めて見る珍しいお菓子の作り方だ。

それから少し歩いて、とある古びたパゴダのある部落に辿り着いた。そこが退避場というか、休憩場だ。パゴダは古びて、煉瓦が崩れ出したのが、小さいながら十基ほど建っている。それらの中央に、三間四方くらいの板敷きの四方向開けっ放しの家が建っている。上空に対しては、十分遮蔽しているようだ。後方部隊がそれなりに、苦労して探してくれたのであろう、と思った。

我が第一小隊の仮の宿だ。すぐ出発だろうと思っていたら、確かここには四、五日いたようである。こんな時、小隊長はたいてい別になった。自分らの下士官候補者だけで、別になったのだろう。こちらも気楽だった。

ここで思い出すのは、飯盒炊爨では面白くないという意見が出て、砂場という戦友が、近所の現地の人から、飲料水用の首の括《くく》れた水瓶を借りてきた。これで飯を炊くという。どうするのか？　と見ていると、

「こい（これ）が口のこまか（小さい）け薪の少のういってよかばい」と、なかなかの自信

だ。この部落が先ほど、駅の近所で焼き饅頭を作っていた人々の部落らしい。皆、人のよさそうな顔をしている。僕は薪集めくらいを手伝った。

やっぱりここまで来ると、何となく前線に近づいた感じだ。気楽に駆け足などやっていて、銃撃でもされたら様にならぬ。立射用の個人壕を、ゲッタイの戦訓で皆掘った。

対空監視は、小隊長に具申、認可を得て分隊交替で二人ずつ立哨した。何も考えないで、部下と別れて、部下の安全を考えもしない小隊長は、気楽なものだなあ。壕を掘ることは、臆病ではない。地形・地物の利用なのだ。為すべきことを怠り、無駄な犠牲を出してはならぬ。

先の水瓶の飯炊きが面白い。砂場君が喜んでやってくれていたが、火の引き時を誤って、口からどんどん飯泡と共に、ご飯が吹き出し始めた。さあ大変だ。慌《あわ》てて火を引いたが、口が小さいので効果が少ない。皆、慌て出した。

「おい、飯盒の掛け合ば、持って来い」

「熱い、熱い、こいじゃあ、いかん、杓はなかか?」

「すぎゃんとの、あるもんか」

「そんない、どぎゃんすっか? 棒でかき混ぜんか、だいじゃい扇子で扇げ」等々。

「砂場先生、よか飯炊きのお!」と一方からヒヤカス。

砂場君は、なかなか如才ない、頭の回転の早い人物だ。

「よーし分かった。こいで、飯炊きの要領の分かったけ、こんだあ（今度は）ライスカレーば作って罪滅しだ。だいじゃい（誰か）カレー粉ば探して来んか」と言う。

誰かが、三人ばかり、「よし、俺どんが探して買うて来るぞ」と言って出て行き、粉と肉

(何の肉かは不明)、を少しとカレーの粉になる木の根のようなものとトウガラシを買って帰って来た。誰かが、

「何かこれや？　粉と肉はわかっバッテン、木の根のごたっとは何か？」

「手様、目様で聞いたぎいのお、この木の根ば砕くぎい、こいが立派なカレー粉になっとたい。ぐずぐず言わずにやってみんか。そいから、辛子はこのコッシュウ（とうがらし）ば刻むとぞ」

帰って来たら、大先生に早代わりだ。誰かが銃剣の杷《え》のところで突くと、見事なマッ黄色の粉が出来た。

こうして初年兵同志、水入らずの楽しい炊事の一時を過ごした。あのカレーの色の見事、美しかったこと、今に忘れられない。


次に思い出されるのは、我々が喜んで(?)、楽しくやっているのを見て、近所の現地の人に、何か頼もしさが芽生えかも知れない。ふと見ると、四十がらみの婦人が一、二歳の子供を横腹に抱いてやって来た。

何だろう？　といぶかりながら見ると、どうも、その子供のお腹がポンポコリンに膨れている。手様、目様で尋ねると、どうも糞づまりか何かで、便所に行かぬらしいことが分かった。

「おい。この子が、糞づまり起こして、困っているようだ。誰か下剤は持たんかい」

「下剤はなかろうバッテン、下剤なら、キニーネでん、よかばい。キニーネなら、皆持っとろうもん、あいば二粒くらい、飲ませてみんか」ということになって、さっそく飲ませて帰

した。

婦人は喜んで帰って行かれたが、後で皆、「医者じゃなかとこい、あぎゃんこととして良かかいのお」と心配する。

「バッテン、毒じゃなかけん。そうまで、気にせんでもよかろう」ということで収まった。

翌日、昨日の婦人が、ニコニコしながら近づいて来て、大きな鉢の上に山盛りに串抜き団子を盛りつけ、それにドロドロの砂糖を一杯かけて持って来てくれ、手様、目様の相変わらずの仕種《しぐさ》で、子供のお腹がペシャンコになった！　と喜び、後ろに母親が子を抱いて付いて来る。

「キニーネの効果のそぎゃん、あったとばいのお」と喜び合い、おいしい串抜き団子を頂いて、皆でにこにこ顔で大満悦だった。

ところが、その翌翌日、また問題が起きた。実はその子が、今度は下痢になって止まらないと言って、またおばあちゃんが来た。さあどうすっか？

「せっかく、一度は良うなしたとじゃっけん、何とかならんかいのお」皆で協議した。

「そんなら、おい（俺）が健胃固腸丸ば持っとるばい。これば少し飲ますったい」と僕の背負い袋を解いて、薬を出し、

「坊やば連れて来んさい」と告げた。

ばあちゃんは喜んで帰って行って、坊やを抱いて連れて来た。

これは本物の薬だから、効果は当然だ。きっと、喜ぶばい。丁寧に飲ませ、手を握って見送った。その翌日だったたか、次の日か？

今日は我々の出発の日だ。薄暮を期して出発だから、皆準備をしていたら、今度はその部

落の区長(?)さんや例の子供の親達とその他幾人もの人が、手に手にいろんな果物や例の饅頭を持って、お礼のため来てくれた。そんな物はいらない、と言ったが、是非というので、皆で分けて持つことにした。まったく思いがけない一齣であった。

出発する前、例の饅頭の材料のことを聞いたら、椰子の実の殻の中の白肉と教えられた。椰子というのは、南方では、まったく貴重な産物らしいことをあの時知らされた。

ウントウ目指して

コーリンの駅に着いたら、今度は行軍だという。道はどこだ? と言ったら、線路だという。へーと思ったが、止むを得ん。線路行軍の始まりだ。

ビルマは英国領で、枕木は皆スチールだ。上手にプレスで成形してある。ところが、枕木のピッチと歩幅が合わぬ。我々の歩幅は七十五センチくらいなのに、枕木間隔は六十センチくらいか。それで、歩き難いこと、おびただしい。砂利とスチール枕木の入り交じった上を歩くのは疲れること、まったくうんざりしながら、一晩中歩いた。

小さい鉄橋はあったが、爆撃で破壊された箇所があった記憶はない。多分、無事だったのだろう。

明け方近く、ウントウの駅に着いて大休止。夜が明けてダラダラ坂を登って行き、タコツボ壕を掘って炊事後、壕の中で眠った。日はかんかんに照っているが、壕の中は少しスースー、涼し過ぎるくらいだ。

「ほうー、ビルマでん、冷やかばいのおー」と感ずる。十二月の初旬のことである。雨はまったく降らぬらしい。が、物凄い霧が雨の代わりか。ふと壕の中で立ち上がり、周囲を見ると、民家で妙なことをやっている。何だろう？　と覗いて見ることにした。

　そう大きくもないが、アルミの鍋に湯がぐらぐら煮えたぎっており、その上に台を乗せ、台の上に円筒形の器の下際に一杯小さな孔を開けた筒を乗せ、中に麦粉を柔らかく捏《こ》ねたのを入れ、上からピストン状の押し器で、グッと押すと、小さいうどんの筋がピョロピョロと一杯落ちて、たぎる湯の中に入って行く。

　これは珍しい。まったく始めてだ。所変われば品変わる。とうとうそれを買って食った。僕はやはり、食いしん坊か？　おいしかった。

　後年のことだが、敗戦後、佐賀の玉屋の売店で、この式のうどん製造器を販売している人がいた。ハハア、あのビルマのうどん作りを、僕と同じく出会って帰国し、さっそく製造・販売する器用な人もいるな、と感心した。でも、これは日本では幼稚すぎる。

　椰子の実の饅頭作り、ライスカレー、ウントウでのうどん作り、あのコーリンの見事なカレー粉等々、亡くなった戦友を偲び、冥福を祈りつつ思い出す。

　その後の思い出として感ずるのは、椰子の木はこのウントウが僕の見た北限だった。南方は豊かなところだ。だから、人間がゆっくりなって、働かずには食えない北方民族の餌食になってしまった、という見方も出来るのではないか、と感じてしばしまどろむうち、やがて薄暮を迎え、追及の時間が来た。

　ここでは、他の部隊が配置されていた。追及部隊ではなく、警戒というか、守備というか、そんな感じに見えた。部隊名を聞かなかったが、惜しいことをした、と後で後悔したのであった。

　敗戦後、戦史を見ると、ここはインパール作戦の発起点の一拠点だ。戦略拠点だったのだ。

一つ星の、命令の操り人形に、そんなことは分かろうはずがない。

線路行軍は昨夜だけで、今夜は前線輸送の糧秣・弾薬などと混載だ。昨晩の線路行軍には、ほとほと参ったが、歩くより混載でも何でも有り難いことだ。あのマレーや、イエのような状態ではない。あの辺りの後方部隊は、多分タルみ、威張っていた。

爆撃、銃撃の跡

ウントウの駅を発って、一夜明けた。退避かと思ったが、命令が出ない。列車はゆっくり走るのではなく、歩き歩きだ。

メザという駅にさし掛かる。見ると、駅の前の樹木が無惨に裂けている。銃撃ではない、爆撃だろう。多分、合歓木《ねむのき》だ。もちろん、葉など吹っ飛んでいる。ウームと新たな感慨が湧いて来た。容易ならぬ戦況が感受される。皆一入《ひとしお》の感慨を覚えたことであろう。無言だ。

列車の、のろのろは線路不安定ゆえか。時々停車して、用便を促す。やがて、インドウ、ナバという駅を過ぎる。ビルマにはよく似るか、同じ地名の町がある。メザというのは、メルギーから上陸して行軍を始めた出発点が確か、メザだった。カッチャームッを喜んだが、後の行動間、時々、このような地名があった。広いビルマの国を南北に行動したのだから、あるのはむしろ自然かもしれない。

途中、どこかで停車した。モーニンかホーピンか定かでないが、多分あの辺りだった。爆撃の跡が生々しく線路の側に残る。翌年の三月頃、敵の空挺部隊が降下した地点がこの辺りだ。確かここらで、一泊したような、しないような気がする。

菊兵団の後方基地サーモ到着

昭和十八年十二月七日、明日は大東亜戦争発起の記念日だ、と張り切って、決心も新たな早朝、我が菊兵団、陸軍第十八師団の後方基地たるサーモの基地に到着した。本当の駅は行き過ぎていた。

停まったところは左側に広場があり、列車の進行方向に大きな工場が見える。このビルマには珍しい。今まで、ビルマで工場というものを、あまり見掛けた記憶がないくらいだ。何の工場だろう？　とふと思ったが、誰も聞く相手はいない。

下車、整列の命令で、広場に整列し、服装点検、人員点呼、報告、小休止。輸送指揮官の一応の訓示（？）があり、ここが師団の後方拠点で、師団はここを拠点にフーコン地帯という西北方のインド、ビルマの国境近くに展開している旨の説明があり、朝食後、ポテンカトンという地点まで行軍して、本隊追及の時期を待つ旨、命令された。

ポテンカトンへ

朝食は終わったが、霧で薄暗いのだ。朝霧が物凄い。一寸先は見えぬとよく聞かされたが、まさにそんな感じだ。道ともつかぬ道を歩かされ始めた。戦場は、道なき道を歩くことが多いと聞かされたが、駅の近所で何事かと思いつつ、小さな川を渡って歩くうち、どうやら、前の小隊長の姿も見えて来た。まったく凄い霧だ。衣袴も濡れてしまった感じだ。

藪の道をやっと通り抜け、広い道路に出た。この道路はまた素晴らしい。埃の道だが、道幅が十メートル近くある。真ん中が往復の自動車道、その両側、右左に各々一列あての牛車道、その間には短い草が生えている。部落が二、三軒、物件監視か何かの兵がいる。地名を尋ねたら、シュウマインと教えてくれた。輜重隊の兵らしい。

いよいよ戦場だ。このシュウマイン以外、この辺りに人家はろくに見えないが、よくもこんなに広い道路を構築したものだ。これが英国の実態か？　植民地民族を使役しての道路だろうが、産業発展の基礎は道路だ、ということを実態をもって示しているぞ。途端にそう感じた。

民族にどういう枠を嵌《は》めているかは知る由もないが、この道路を活用できるか否かは、その民族の能力にかかわる。すなわちビルマ民族の能力如何だ。

この道路を左折して歩くうち、小さな軌道が道路を横切っている。何だこれは？　と思ううち、砂糖黍畑の荒れた姿に目が行った。

「ああそうか、この軌道は砂糖黍を運搬するのだ。とすると、あのサーモにあった工場は製糖工場だろう」

藪の道を歩く時も、一度それらしいのを跨《また》いだ感じがした。あの時は、霧に邪魔され、よく見えなかったが、今思い出すときっとそうだ、と納得した。五十分歩いて十分休憩を繰り返すうち、また大きな橋にぶっかった。コンクリートの橋だ。

先方はだらだら坂で、見ると、この橋は真っ白に塗り付けられ、その幅の広いこと。道路が広いから当然だが、頑丈そのものだ。日本では、大水のたびに橋が流された、などよく見聞するが、大きくもないこの川に、よくもこんな大きな橋を架けたものだ。英国の力をまざまざ見せつけられて橋を渡り、だらだら峠を上り行く。

戦史では、ラ・タング峠と記されている。右の方に目が行った。そこに一本の大木が立っていて、注視すると、その木の幹に何か大きな瘤《こぶ》のようなものが出ている。

「あれゃあー、何じゃろうかない?」と側の戦友に聞いたが、もちろん知る由もない。

これは翌年の六月頃、ラングーンの野戦兵器廠に技術部になされて下がって来て、同じものがあるので兵補に聞いたら、ジャクプルースという木の実だと教えてくれたが、変な名前なので忘れていた。

平成十年三月末から四月にかけミャンマーに行った時、あの昔のラングーンのカンドージ湖の畔、朝な夕なに兵站宿舎から拝んだパゴダは、今はペグーの釈迦の寝像に酷似した寝像が祭られているが、そこにお参りする参道の側に、あのラ・タング峠やインセンの大木と同じ木に実が幹から出ているので、ガイドさんに教えてもらって、ようやく思い出した。日本の無花果《いちじく》に類する果物か?

こうしてビルマには、花も咲かずに、いきなり木の幹から実の芽が出て来て大きくなる実に面白い木がある。ドリアンもそうだ。まったく豊かな国なのだ。しかし、この木もここが最後で、その後はフーコン地帯の荒れ地、ジャングルだ。カチン民族、ナガ民族の魔境ともいうべき地帯で、そういう豊かな姿は、もうまったく望むべくもなかった。

峠を下った川の畔で、昼食を取った。


ポーッ、ポーッと、鳩の鳴き声が幾らも聞こえる。多分、前からいたのだろうが、こちらが気づかなかったのだろう。それとも、地域的に少ない地帯だったかもしれない。日本の鳩より小さく、羽の色も一色で、茶色っぽい地味な姿だ。数は凄い。何を食って活《い》きているのか、と思いたくなる。

烈第三十一師団の第百二十四聯隊の下士官が、退却の途中、部隊とはぐれ、山鳩を撃って食料にしたことが敗戦後に出版された本に書いてあるが、射撃の上手な人なら、十分可能なことであろう。怖いことを知らないのか、逃げようともしない。でも、もちろん手で捕まえるわけにはいかぬ。

次に野鶏がいた。道路が広いので、道路が恰好《かっこう》の遊び場なのだ。おまけに前線への、糧秣輸送の折り、落ち零《こぼ》れの恩恵にありつくことが出来るのだろうか。

昔の日本の名古屋コーチンそっくりの見事な雄鳥が、幾羽かの雌鳥を連れて歩いている。近づくと、雉か山鳥のように、ぽーっと飛び立つが、鶏だから遠くまでは飛ばぬ。

孔雀は国鳥と聞いたが、これには出会う機会はなかった。

次は蟻の巣である。休憩の時、見ると大きくもない中木の枝の別れ目に、鳥の巣のような黒い頭くらいのものが枝に巻きついている。

「あれは何？」と聞いても、もちろん知る者はいない。枯れ竹が側にあるので、取って来てつついてみた。固いようだが二、三回つつくうち、ボロボロっと崩れたと思ったら、中から茶褐色の何かが、バラバラッと落ちて来た。

見ると、それは蟻の集団だ。大きな蟻だ。しかも、前足を大きく広げ、嘴《くちばし》を大きくあけて、今にも食いつかん構えだ。これには驚いた。誰かが巣の下に行ったら、上から巣に残った蟻が落ちて来たらしい。あっ、あっと騒ぎ出した。見ると、首のところに蟻が食い付いている。払いのけた。あの戦闘蟻が、楽しみの我が家をつつき壊されたので怒ったのだ、と皆で笑った。戦友には、済まないと謝った。

鳩を見、野鶏を見、蟻に驚きながら、平坦な原野を貫く広い道路を歩いて行くと、大きな鉄橋に差しかかった。川幅は大してないが、相当高い。がっちりした鉄橋だ。こんな山の中といってもよい原野に！　戦史にはナハイン鉄橋と記され、やっとポテンカトンの部落の近くに来たらしい。糧秣・弾薬輸送のトラック（自動貨車）が追い越して行く。思えば長い道程だった。

屯営出発以来約五ヶ月、輸送船の、玄海灘の、台湾の、サイゴンの、シンガポールの、マレーの、テナセリュウム地帯の、ラングーンの、ゲッタイの、マンダレーの、サガインの、コーリンの、ウントウの、数々の思い出が頭の中をよぎって行く。

ポテンカトン

やっと、ポテンカトンに着いたぞ。輸送指揮官は前線の師団司令部か、聯隊本部に名簿提出に出掛けたようだ。どれほどの距離があるか分からぬが、幾日かは、かかると思われる。この辺りは、人家がどこにあるか、まったくわからない。どこかにあるにはあるはず。宿舎があると思ったのは、まったくの見当違い。道路を右に入ると、もうそこはジャングルだ。このジャングルが、しばしの我が家と命令された。

幹の直径が三十センチか、四十センチのチーク林だ。ラワン材の原料材と聞かされているので、それはピンと来た。大きな葉を一杯広げて、鬱蒼と繁っている。その中に幕舎露営だ。天幕を解いて、命綱を天幕の穴に通し、チークの幹に括り付け、何枚か合わせて横壁にも使い、地面には野性バナナの葉を何枚も重ねて敷き詰め、その上に天幕を敷いた。

次は炊事だ。飯盒炊爨はいつの間にか、お互いお手のものになっていた。自分の口に入ることだから、皆、何の苦もなくこなしている。

基本体操などなど

動かないと体力が鈍る。基本体操を繰り返しやった。基本体操ばかりでは芸がない。魚でも取ろうと思うが、川が遠くて見えぬし、見当が付かぬ。兵站の食料だけでは味気ない。あまりここを離れてはまずい。そこで考えついたのが、山芋掘りだ。円匙《えんぴ》は持っているから、これをもって、塹壕掘りの演習を兼ねてずいぶん掘った。

日本の山芋と同じ芋が沢山ある。僕は慣れているから、お手のものだが、大部の者は不慣れだ。ところが、その不慣れが幸いした。

「おい、小副川、太かろうが！」と戦友が、撫で杵のような大きな芋ともつかぬ芋を掘って来て見せる。

「何だこれは」とよく見ると、やはり芋だ。僕は蔓が四角で刺が生えているようなので、これは山芋ではないと決めつけ、もっぱら内地のものと同じ芋を掘っていたが、戦友はそんなものにはお構いなく掘ったのだ。

蔓《つる》も大きいし、芋も大きい。これで皆は、さらに元気になるぞ、とずいぶん掘って元気をつけた。

この芋は、現在日本にも栽培され、日本人の食卓を賑わしている。敗戦前の、除隊で誰かが持ちかえって、普及しているものと思われる。戦前はなかったはずだからだ。この芋は熱帯性の故か、寒さに弱い。だから高冷地では、特別の配慮処理を必要とする。芽出しの芋を買って来て、一年キリでもっぱら楽しんでいる。

あの芋を掘って来た戦友も、あれから山の奥のフーコンの戦闘で死んでしまった。

方向音痴

もう一つ思い出されるのは、追及途中、第四小隊長をしていて、経理部の甲種幹部候補生を拝命した優秀な戦友がいたが、その彼がどうしたのか、薪取りか何かに出掛けて、点呼の時間になっても帰隊しない。

さあ大変だ。皆で手分けして大いに探した。大きな声を張り上げて探すうち、ようやく出て来た。聞くと、薪を取って歩くうちに、方向が分からなくなって、とんでもない方向に行ってしまっていた様子であった。

このために、だいぶ気合いを掛けられているのが気の毒だった。お陰で我々にも、トンダお鉢が回って来て、ロクデモナイ思い出が今に忘れられない。

彼はたまたま経理部になったから良かったが、兵科の将校にでもなったら、戦場で方向を間違えるような無様をやったら、自分だけならともかく、部下も殺し、任務も責任も無茶苦茶になって、敗戦の端緒を構成しないとも限らん。敗戦後、甲幹になった戦友に聞いたが、経理部になってもどこかで戦死したらしい。冥福を祈る。

あの時、僕はウームと思い、夜の不寝番の時、北極星を探し、オリオン座を探し、カシオペイアを求め、昼はあの地帯の地勢を出来るだけ頭に叩き込んだ。北極星は低かった。

僕は元来、地理は楽しみだが、軍隊では兵用地誌という言葉で学問の中にあるが、何も昔も今も当然のことだ。兵を動かすのに、それが出来ずにものの用に立つべくもない。

秀吉でも、信長でも、大学のダの字も知らずとも、すべて実学であそこまでなったのだ。むしろ今は大学などと狭い範囲の点取り虫を育てて、そんな男を大本営の中枢に据えたので達観性もなく、戦略眼もなく、大きくは支那事変、大東亜戦争を引き起こし、幾多の忠勇無双の国民を戦禍の中に殺してしまったのだ。
方向音痴は盲目に通じ、達観性を失い、戦略眼を喪失す。牟田口中将のインパール作戦は、兵用地誌も作戦もナメてかかった秀才馬鹿の標本で、さらに大本営陸軍部「インパール作戦」では杉山元帥は、寺内の申し出だからと、作戦の成否を無視し情実に駆られて認可している。何ということか。

ドラム罐風呂

ポテンカトンの思い出の一つに、忘れられないのは、ドラム罐風呂である。幾日風呂に入らなかったか、数えてもいなかったが、ここにはドラム罐の風呂が置いてあった。前に通過した部隊が、残して行ったものだろう。これに交代で入ることにした。どのくらいの順番で入ったか知らぬが、順番が来たので入った。
入る時は良かったが、出ようとしたら出られないのだ。それは、入るのに、ぐっと膝を縮めて漬かったので、上がる時、ドラム罐の内壁に膝と腰とがつっかえて、どうしても出られない。さあ参った。両手で膝を縮めればいいが、両手でやると体が沈む、左と右と交互に少しずつ動かし、やっとのことで上がることが出来た。まったく苦しかった。生きて帰ったればこその笑い話である。

雨と露の雫を間違える

夜、天幕の中に毛布を二人で二枚、合わせて被り、抱き合い、体温で温め合いながら休むことにした。北部ビルマは寒いのだ。内地では、ビルマは南だから暑いと思い、事実マンダレーの暑さは前述の通りだが、このフーコンの入口の辺りはグッと冷えて来る。昼間は暖かくて、なんともない。日本の北海道と鹿児島か沖縄との違いか？

そんなわけで、夜中になると、ポトンポトンと雨垂れが落ちて来る音が、天幕にしてくる。ああ、雨が降っているなあと思って、朝起きて見ると、何！　雨ではなくて、それはチークの大きな葉から落ちて来る、露の雫《しずく》であることがわかった。

前にも書いたが、北ビルマの朝霧は物凄い。大仰に言うと、一寸先も見えない。その深い霧が凝結して露となり、雫となって落ちるのだ。大きなチークの葉から落ちるのだから凄い。

ビルマは雨期と乾期がハッキリ別れ、五月から雨期に入り、十月末で雨が止み、それから乾期に入って、翌年の四月末までカンカン照り。もっとも南と北、山脈と平野では、幾らか違うようである。今は乾期だのに、ジャングルは朝毎の雨（？）だ。

また、この深い霧のお陰で後日、サーモに行き、霧の晴れる十時頃までは、敵の飛行機が目標が捉え難いので、銃撃・爆撃が少なくて行動の自由を確保することが出来た。

火線の本当の苦労も知らず、こんなことを書くのは、戦死した戦友、先輩に申し訳ないようにも思うが、「菊歩兵第五十六聯隊戦記」を読ませて頂いても、火線の苦労は一杯綴られているが、こういうことまで綴る余裕はなかったのであろう。それを補足するつもりで綴らせてもらうことにする。

サーモの荷役隊

昭和十八年十二月十五日頃、輸送指揮官が帰って来られた。師団戦闘司令所や聯隊本部がどこにあったか知らされないが、聯隊長が喜んで名簿を受け取られたことを伝達された。後で調査してみて、聯隊はタイパカ、師団戦闘司令所はシンバン辺りのようだ。

そして我々は、戦線とは反対のサーモに引き返し、サーモにおいて前線輸送用の糧秣・弾薬、燃料などの、後方から送られて来る戦闘物資の荷役作業に従事する旨、命令が伝達され、先の下士官候補者が伍長に任官し、その一部が我々を引率してサーモに向かった。

後で知ったことだが、この時、同年の一部の戦友は、ポテンカトンから前線追及の命令を受けて直ちに追及した由。会うも別れるも、まったく束の間の出来事、これが前線の実態だった。(「菊歩兵第五十六聯隊戦記」四百九十二頁の戦友の追及について)

この頃、内地から現役兵(昭和十七年徴収兵)が転属して来た。途中でサーモ荷役隊の使役に服したり、輸送力の都合もあって、少数宛で到着した。

その一部は甲種幹部候補生、下士官候補生として、ジャワの南方軍予備士官学校、マレーの南方軍下士官候補者教育隊にそれぞれ分遣となり、また、これらの兵は、いずれも部隊到着の直後から、激戦の渦中に投入されることになった、と記載されている。


屯営の教育中、各個教練は曲がりなりにもやったが、実弾射撃もせず、陣中勤務も一期の検閲で一度だけ。教える方も教えられる方も、話にならぬおざなりだった。

学校の井上教官の教育がなかったら、まったく寒心ものだったろう。工業学校の教練で国分の射撃場、金立の射撃場で鍛え(射撃は下手)、銃剣術は剣道と共に鍛えに鍛えておったし、分隊長、小隊長としての戦闘教練の実兵指揮で褒《ほ》めちぎられ、下級将校の実兵指揮は僕なりに自信を持っていた。

が、一般には、なかなかそうはいかなかった。教練をまともに受けていればともかく、そうでないと、火線に真っ直ぐ投入されたら、まごまごしているうちに、弾が当たるのではなく、弾に当たりに行くような事態がきっと起こりやすい。

その根本は落ち着きだ。落ち着きの根源は度胸であり、度胸の根源は、訓練、個性。個性貧弱といえども、訓練精到なれば、自然と攻撃精神も旺盛、度胸もつく。

ところが、ろくな訓練も受けず、戦友、分隊長、小隊長、中隊長の名前も覚える時間もなく、火線に投入され、また幹部も、兵の顔も名前も覚える時間もなく、これでどうして本当の戦《いくさ》が出来るのか？　おまけに、撃つ弾も食う飯も尽き、着る衣袴もやぶれ、これでどうして戦が出来るのか。こう思って来ると、死んで逝った戦友が哀れでならぬ。

命令の　儘に散りにし　とも偲ぶ
　瞼に浮かぶ　フーコンの野に

戦史室の　戦記繙き　思うかな
　戦略もなき　参謀本部

聯隊の　戦記繙き　思うかな
　戦略もなき　その犠牲をば

司令官と　名のつく人の　如何ならん

一兵にも劣り　只威張り抜く

サーモ荷役隊の日々

砂糖工場

昭和十八年十二月十五日頃、サーモに着いた。来る時は遠いようであったが、引き返しの道は、そう遠くも感じない。例の朝霧が凄く、まさに五里夢中とは、こんな状態を言うのだろうか。昔から中国などには、こんな状態が年中あるのだろう。だから、こんな言葉が自然に生まれたのだろうか。十時頃まではまったく凄い。

サーモ駅の例の広場に着いたら、さっそく部隊編成があった。隊長は、城戸中尉とか言った。後で知ったことだが、彼は入院下番（これは入院していて恢復し、本隊追及する者のことをこう表現した）で、その下にやはり入院下番の下士官と上等兵等の幾人か。

編成が終わって、やっとこれは本職の輜重《しちょう》隊の任務を補助する、いわゆる仲仕部隊らしい。荷役隊などと、変な名前を付けるから迷うのだ。

ふと見ると、約一週間ほど前、霧のなかに薄ぼんやりと眺めた工場がスックと立っている。例の小さい軌道が幾本も引かれている。やっぱり砂糖工場だ。この頃まではまだ、銃撃も爆撃も受けていなかったように思う。

宿舎もちゃんとしていた。それは砂糖工場の工員宿舎の流用だ。線路の向こうに幾棟もあった。十部屋くらいの長屋が幾棟あったか忘れてしまったが、大変な数だった。

その各部屋に四人ずつくらい入り、装具を解いた。誰が指揮を取ったか、忘れてしまったが、入院下番の上等兵と例の下士官候補の新米下士官がいたことは確かだ。

荷役作業

装具を解いて、朝食を終わったら、すぐに線路の向こうの広場に全員集合命令。二列横隊に並び、並んだ順に番号！

「一番から○○番までは前方から第一貨車、次、○○番までは第二貨車……」というように担当貨車を割り当てられ、貨車に積まれている貨物を、所定の場所まで搬送せよとの命令だ。

運悪く、トウガラシの百キロ俵にぶつかった。二人で運ぶのはかえって不便。背中搬送だ。二人の兵が貨車の上から、よいしょと下ろす。下に一人が背中を丸めて待ち構え、下ろされたドンゴロスのトウガラシの百キロ俵の尻を摑《つか》む。

へとへとしながら何十メートルかをヨチヨチ歩き、ヤッと所定の地点まで届け、待ち構えている兵に渡す。この仲仕の仕事が初年兵の初仕事だ。コショウの匂いが鼻を突く。

何であんな大きな袋に詰めたのか？　いまだに判らんが、英人は体格がいいから、あんな袋を使用したのかも知れない。

弾薬、燃料は規定の重量なので、所定の位置まで運ぶのに別に苦にすることもなかった。我々が貨車から下ろした各種の物資は、輜重の兵がトラック（軍隊では自動貨車と言った）で、前線に運んでいた。あの追及途上の貨車も、これだったのだ。

空襲

作業に入って二、三日は平穏だった。ところが突然、荷役終了間際、ふとキーンという日本機とは違う独特の爆音がしたかと思うと、バリ、バリ、バリッと機銃掃射を受けた。ゲッタイ以来の体験だ。

機体を見ると、ぐっと反り返ったように見える液冷エンジンの飛行機だ。不意打ちでどうする暇もない。貨車の陰に伏せた。薬莢がパラパラ飛び散る。

「何ちゅう名前の飛行機か？」とやはり、大刀洗の頭がもたげて来る。それは、ノースアメリカン、カーチスＰ40と、後でわかった。この後、この飛行機には、さんざん苦しめ抜かれ、恨み骨髄に徹す。

敵も小手調べだったのか、焼夷実包の攻撃で資材・糧秣が焼かれたようだ。友軍機はどうしたか、と友軍機のことに気がついた。敵から頭を叩かれて、ヤッと気が付く。初年兵の気安さなのかな。

ラングーンで空襲を受けた時は、隼、二式複座戦闘機、メルギーでは九九双発軽爆撃機、タボイでは九七重など一応、友軍機はいてくれると思ってたが、いざ前線に到着してみると、これは一体どういうことを意味するのか？　という大きな疑問が湧いて来た。

「何、たまたま我が軍の虚を突いてやって来たのだろう。その証拠に、長くいなかったではないか」

こんなことを自問自答して、一応納得したのであった。いずれにしても、対策を立てねばならぬ、と自分なりに考え始めた。間もなく、命令が出た。

「以後、夜間、または黎明までに荷役完了。荷役終了後は、線路より直角の方向に約三百メートル離れ、各人壕を掘り、退避すべし。薄暮（時間失念）に至れば、各班長の引率により、所定の地点に復帰すべし」

簡単にいって、こんな命令だったように記憶する。

退避行動

線路と直角の方向といえば、広い原っぱの向こうに山が見える。あの山の麓辺りまでか、ずいぶん遠い気がする。でも、銃撃されて、怪我したり死にでもしたら、それこそ申し訳ない。装具一式、携行して歩いた。

そう遠くも歩かなかったようだが、川に突き当たった。その頃は、川の名も知らなかったが、戦史を繙くと、ナムイン河となっている。河幅は広くもないが、水量が多い。濁って渦を巻いている。徒渉などとても駄目だ。相当深い。二抱えもありそうな大木が川岸から倒れて、河の流れを邪魔している。しばらくじっと見つめていたら、魚がバシャッと飛び上がる。大きい魚だ。

この付近の適当なところに壕を掘ろう、と決め掛かっていたら、班長もそう思ったのか「この地一帯に六歩間隔に個人壕を掘り、出来れば掩壕にして構築せよ」と命令された。だが、何しろ円匙はあるが、鋸《のこぎり》を持たぬ。土は案外、柔らかい。ゆっくり休めるくらいの個人壕を掘り、灌木、芝草、小枝などをもって、適当に偽装（?）し、敵の飛行機の銃撃の角度を見たところ、どんなに急降下して射撃しても、二十度か三十度くらいのようだ。三十度以上ではない。

それに合わせて、弾が突き通らないで、装具共に退避できるように掘った。相当疲れた。しかし、ここが退避間の我が家だ。もし敵に襲撃されて戦死したら、ここが俺の墓場なのだ。こう思うと、厳粛な思いが自ら湧いて来る。

爆撃の直撃をどうするか？　その時は一巻の終わりと諦《あきら》めよう。くよくよしてもはじまらない。駅から離れて、兵は散開してバラバラなのに、わざわざ爆弾までは落とすまい。

こうして、壕を掘り、飯を食ったら一眠り。

「歩兵全書」「歎異抄」

一眠りしてふと目が覚めたら、日はかんかん照っているのに、若干寒い感じだ。時間が勿体ない。装具を解いて、「歩兵全書」と「歎異抄」を背負い袋の中から取りだした。「歩兵全書」の御勅諭、歩兵操典、作戦要務令、基礎学など、所要部分はまああのはずだ。

もうずいぶん前から、今日あることを覚悟して、自分なりに準備していた。だとすると、三つ子の時から祖母に連れられ、お参りして、繰り返し、繰り返し、判ったようで、判らないのが死生観だ。もう一度、「歎異抄」を読み返してみよう。

人間は常に生と死との間にいるが、今、俺はこの壕の中にいて、敵の飛行機の銃撃を受けて弾が当たれば死ぬのだ。俺以外には誰もいない。ここはビルマの果てだ。

「六親、眷属《けんぞく》集まりて嘆き悲しめども、さらにその甲斐あるべからず」と、蓮如上人は御文章の中に記されているが、六親もいなければ眷属もいない。

場所は、ビルマの荒涼たる大地の果てだ。浄土の輝きもなければ、阿弥陀如来の御影もないのだ。

摂取不捨の本願とはそもそも何ぞや？　阿弥陀如来様とは一体何か？　今までも幾度か聞き、自分なりに納得したつもりが、この環境になると、改めて読み直してみたくなる。

そうして、行き着いたところは、地獄を想念し、極楽を想念し、極楽に往生させてもらうと思うのは、所詮人間の拙い欲望に基づく煩悩の所為《せい》であり、煩悩の成せる想像の状態なのだ。こういう現実離れの御訓えなど、煩悩満足のための慰みに過ぎないのではなかろうか。

今、俺がここで死んだら、俺の体はこの壕の中で土に帰って行くのだ。大部はガスに変わって宇宙に発散されるだろう。魂はどこに行くか？　やはり、天地自然の宇宙の中に帰って行くのだろう。これが阿弥陀如来の摂取不捨の本願の実態なのではないか。

そう考えると、法蔵菩薩様でも、お釈迦様でも、とっくにそんなことは理解されていたはずだ。でも、天地、宇宙などといっても、様にならぬから、偽人の法を適用し、阿弥陀如来様を人間像とし、摂取不捨の本願を説かれたのだ。

ここに思いが到達すると、僕の心は、すっかり安心できた。つまり、大宇宙こそ阿弥陀如来様のお姿なのだ。

無量寿経の、四十八の御誓願も、やはりこの範疇に入ると理解してよいのではないだろうか。第十八の願に、親鸞様の心境と一緒にならせて頂いて、後からお供しよう。

靖国神社は、約束事の存在である。祀られた戦死者の集会所みたいなものだ。

ふと、胸に下げた名号に手が行った。南無阿弥陀仏の名号は、出征の前、菩提寺の正善寺のお坊さんに、お受けして来たものだ。あの頃までの僕の死生観は、「歎異抄」の教えそのものだった。

お国のため、御勅諭の御諭を旨として、死を迎えること帰するが如く、小なる我を捨て、大いなる御稜威に生きるのだ、と学校の卒業のアルバムにも書いて来た。

戦場に立って突撃する時、弾が当たるか弾に当たるかは分からぬが、死ぬ瞬間に、南無阿弥陀仏の南の字を唱える暇があるかないか分からぬから、たとえ唱える時間がなくても、胸

に ご名号を掛けておけば、それで我が魂は、阿弥陀如来の胸に、摂取不捨の本願のお救いに預《あず》からせてもらうのだ。十三条を拝読し、今さらながらの感激だ。

母に頂いた母の小さな数珠と共に、ご名号を入れた革袋をそっと上から手で押さえ、夢々、卑怯・未練な振る舞いをして人後に落ちることがあって、家門の名誉を汚すことがあってはならない、と覚悟を新たにする僕であった。

この頃までは、師団の後方だから、荷役作業以外はこんな余裕もあったのだ。

銃撃して古兵に殴らる

荷役隊に編入されて幾日たったか、毎日銃撃、爆撃の定期便が来る。

夜のうちに、荷役作業によって貨車から下ろした各種の貨物は、遮蔽したつもりでも、空から見れば一目瞭然、敵は銃撃・爆撃思いのまま。銃撃して旋回する時、敵の飛行士は天蓋を明け、頭を乗り出し、次の銃撃目標を探して目標を決めているようだ。

何とも、癪《しゃく》に障《さわ》ってたまらぬ。敵の絶対制空権下の戦闘がいかに惨めなものか、嫌というほど味わわされる。

第一回の銃撃は、敵は「奇襲」を掛けて来た、と思ったが、打ち続く銃撃には、「これでもか、これでもか、まだ覚え付かないのか?」と侮り、殴られているようでたまらぬ。

たまたま機銃弾が、燃料に命中したらしい。ボッと火が出たと思ったら、ドラム缶は火の付いたまま、中天高く舞い上がり、やがて落ちて来て、そこら中は瞬《また》く間に火の海だ。

こんな調子で、輜重《しちょう》隊は我々が下ろした貨物を、力の限り運んだようだが、制空権のない戦場が何と惨めなものか、うんざりするほど味わわされる。

何日目かの時だった。あまり癪に障るので、ついに三八銃の引き鉄を引いた。当たらない。また、引いた。三発撃った。皆落第。射撃要領が、技術が悪かったのだ。後で検討してみて、照準を飛行機のどの程度前に付けるか、それが不十分だった。

ところが、その後が悪い。飛行機が去った後、班長に呼ばれた。

「貴様、さっき、飛行機ば撃ったろう」

「はい、癪に障ってたまりませんでした」

「当たるもんか、この馬鹿野郎。それより、敵に場所を知られたらどうすっか」

ポカン、ポカン、ポカン。この方が飛行機の銃撃より、よほどこたえた。

僅かな戦場の体験で、こんなことを言うのはオコガマシイが、戦場のような極限の世界に立つと、人間の姿は二様か三様ぐらいに別れる。

攻撃を受けるたびに落ち着いて来る者と、オロ、オロ、オロ、オロ、何が何だか分からずに、頭隠して尻隠さずの臆病者と、その中間。頭隠して……の方は、普通の時は、大体において大言壮語の空威張りの連中が多い。こんな奴らと一緒に戦争したくない！　と思うことがたびたびあった。今のはその第一号だ。

殴り返して気合いを入れてやりたいが、初年兵の悲しさ、如何とも出来ぬ。じっと我慢する。「岩陰軍曹」などのあだ名が生まれたのも、この類の兵のことだ。

ロイロの鉄橋と水鳥の羽音

僕らの荷役作業の一環として、ロイロの鉄橋に出張させられたことがあった。ロイロというのは、サーモとミートキーナの間に、我が聯隊がフーコンに進撃するまで駐屯していた町にモガウンという町があり、そのモガウンに通ずる鉄橋がロイロという鉄橋で、前述のナムイン河を跨《また》いでいる。

この鉄橋はすでに破壊され、工兵隊により橋脚の木柱が立てられ、昼間はレールを外し、夜間レールを敷いて、モガウンに資材を運搬するという、まことにお粗末な計画によっての荷役業務であった。

幾日いたかは忘れたが、一度も木柱に工兵がレールを敷く作業を見たことも、運搬したこともなく、貨車の幾台分かの荷を下ろして野積みにしただけだった。

川は浅く、水は一応澄んで、よく魚が見えた。水浴で泳いでいたら、銃撃を受け、橋脚柱の周りをぐるぐる回って難をまぬかれた。

ここで忘れられないのは、水鳥の羽音である。川の下の方に広い川原があった。突然、ゴーッという音がする。飛行機の音ではない、何だ？　と思って顔を上げると、何百とも何千とも知れぬ白鷺のような水鳥がいっせいに飛び立つ、その羽音である。

昔、国史の時間に、平家の大将維盛が富士川の合戦に、水鳥の羽音を源氏の襲撃と間違えて総退却したとの伝えを習い、文弱・卑怯の標本のように教えられたが、今、この羽音を聞いて、千年前の日本にもこんな現象があったのだろうと、皆で語り合った。

幾日もいないで、このロイロの鉄橋は引き上げた。

友軍機

十二月二十八日から三十一日まで、どうした風の吹き回しか、陸軍の一式戦闘機が四機、サーモの上空を旋回してくれた。その間、敵の飛行機は、一機もサーモの上空にはやって来ない。

友軍機の精鋭振りを、この時ほど有り難く頼もしく思ったことはなかった。そして、昭和十九年の一月一日の午後になったら、もうカーチスＰ40がやって来た。

と同時に、幾ら菊の精鋭でも、この敵の絶対制空権下の戦闘では、とても戦勝をもたらすことは極めて至難の技ではないか、と危惧せざるを得ない心境になってしまった。

飛行機が足りない、飛行機がほしいぞ。俺は大刀洗にいた時、こんな思いではなかったのになあ。飛行場を飛び立つ、幾十機の隼の勇姿を見送ったことが昨日のことのようだ。

あの隼は一体、どこで戦っているのだろう。飛行機がいてくれればなあ。

壕の中に入って暇があると、ロクなことは考えない。初年兵が何を考えたって、様になるはずはない。つまらぬ考えはよそう。ただただ一途に己が本分の忠節を尽くすのだ。

一、軍人は忠節を尽くすを本分とすべし
一、軍人は礼儀を正しくすべし
一、軍人は武勇を尚ぶべし
一、軍人は信義を重んずべし
一、軍人は質素を旨とすべし

こうして、五ヶ条を、また、御勅諭全文を暗唱するうち、シャンとした自分に立ち返るのであった。死は鴻毛よりも軽しと覚悟し、大日本帝国の発展のため捧げるのだ。

平成十一年の国会で、君ヶ代、国旗の法律が成立した。国旗は良いが君ヶ代は駄目、という連中が国民の中に大勢いるが（共産、準共産は別）、あの頃の僕は、死を鴻毛よりも軽しと覚悟して戦場に立ったが、天皇個人のために立ったのでは断じてない。

天皇が神様でないぐらいのことは、皆知っている。だが、開闢《かいびゃく》以来、皇室は連綿として持続されていることは、世界歴史の奇跡ともいえる。

国家と皇室とは、僕は同列語と解釈していた。そして天皇個人と皇室とは、区別さるべきものである。明治憲法にどう記載されているか？　敗戦を容認しているのか？

だから大敗戦を招いた昭和天皇は、皇祖、皇宗の神霊に対し、また、敗戦の犠牲となって死んで逝った幾百万の国民に対し、何と申し開きをされたのだろうか？　天皇は退位して、皇太子に代わられるべきではなかったか。

君側の盲臣の、自己保身の妄言を妄信されたのか？　一体、天皇の理性は、どうなっていたのだろうか？　この不明が国を滅ぼした最大の原因と僕は思う。だから、今の象徴天皇が一番無難である。

徳川幕府は、皇室は奉って政治の責任は、一切幕府において背負った。明治の政治家は、幕府憎しの一念で、一切ガッサイ天皇に権力を集中してしまった。天皇が本当に英邁《えいまい》な方であればよいが、そうでないと、国はまったく無茶苦茶だ。

幸い米国に占領され、米国も最初は、日本を夢遊民族にしようと、地、歴、修身を学校教育から抹殺したが、ソ連との冷戦が発生し、天皇の一言の詔勅で、あんなに激しく抗戦をつづけた玉砕戦法が止まったのを見て、上手に利用しようと思ったのだろう。

正月

昭和十九年、暁雲明けやらぬ早朝、例の広場で東北方に向かい、捧げ銃の拝礼。五ヶ条の誓い。隊長の訓示。

一式戦闘機のおかげで、どうやら無事、正月を迎えた。

スルメはあったかどうか忘れたが、餅は幾つ宛か貰った。酒は現地酒を少し。砂糖はボタモチのような固まりのものを若干、豆は三角錐のような現地豆、これに黒砂糖を削り、飯盒に入れて煮て、なんとか善哉《ぜんざい》を作った記憶がある。

爆撃、銃撃を食わねば、後方だから平穏なのは当然だ。

演芸会

こんな環境にあっても、確か晦日の晩であったか、例の荷役広場で演芸会があるという。ホウと感心して、行ってみた。手回しが早く、舞台もある。何しろ、中国以来の歴戦の勇士だ。

中国戦線では連戦連勝、ビルマでも十月までは連戦連勝だ。よく戦い、よく休む菊兵団の伝統といってもよい、爽やかな気分で、博多ニワカや寸劇を見せてもらった。これが最後の慰安会であったろう。

敗戦後、戦史を繙《ひもと》くと、火線ではこの頃、ニンビン、シュローの線で、第六中隊、第七中隊が死闘を演じていたのである。もちろん、その頃の僕に、そんなことは知る由もない。

「歩兵操典」作戦要務令の綱領第四に曰く、「軍紀は軍隊の命脈なり。戦場至る所境遇を異にし、且つ諸種の任務を有する全軍をして、上将帥より、下一兵に至るまで、脈絡一貫克く一定の方針に従い衆心一致の行動に就かしめ得るもの、即ち軍紀にして云々」と。

今、僕らの任務は、こうして糧秣・弾薬を幾らかでも多く前線に送ることが、火線に立つ将兵への最大の任務であったのだ。

ソンカ、幹部候補生試験

幹部候補生受験出発

こうして明けた昭和十九年の一月五日頃、幹部候補生受験資格者に対し、「幹部候補生試験受験のため、歩兵団司令部に出発すべし」という命令が伝達された。

その時になって、思い出した。それは、我が故郷の同年兵のことだ。

後方勤務で、文章にすれば大したこともないように思われるが、荷役作業というのは、僕にとっては重労働であった。入隊前は、鉛筆より重い物はT定規、弁当か？　一年以上そんな生活の明け暮れで、おまけに肺浸潤の診断を受け、早々に退職して、自分で冬の水田のドジョウを取って鶏に食わせ、卵を産ませて、その卵を食べ、栄養に変えて、体力を取り戻したくらいの体だ。

だから夜の間の重労働は、相当に疲れていたのだろう。荷役が終わり、飯を食って壕に入って寝る。そんな生活が中心で、元々クソ真面目の性分だから、適当に調節することを知らないのだ。

だから、同郷の柴田、栗原、川崎の各戦友のことを、出発間際になってやっと思い出した。柴田は、師範を出て同行する組だが、栗原、川崎の両君はどうしても、会っておきたい。探し回った。ああ、見つかった。

「おお、元気にしとったのお。どうしても、隊の違うぎい（中隊が違うと）気に掛けてるようでも会われんじゃったのお。今度、僕らは幹部候補生の試験のあっけん、ソンカちゅうところに出発せよちゅう、命令の来たたい。あまり時間もなかバッテン、会うとかんば……」

「おお、オトン（貴方）も元気じゃったのお、甚次しゃん、俺はもう持てんえー」

「なしねえ？　どぎゃん（どんなに）あるとねえ」と川崎君との対話。

「ほら、何もかも、こぎゃんなって、しもうた（こんなになってしまった）」と言って手を見せた。

ビルマ腐れ

見れば、ビルマ腐れだ。僕らはその頃、そう言ったが、一種の風土病で、この皮膚病に罹《かか》ると、足の裏と手の掌と顔と首から上に、見た記憶はないが、あとは全身といってもいいくらい皮膚の下に膿《うみ》を持つ。皮膚を摘《つ》むと、中からビョロンと膿が出る。まったく始末におえないのだ。


僕は幸い、罹《かか》らなかったが、罹った兵は気の毒だった。医薬がすでに払底していたのだろうか？　まだ苦戦の初期の後方だというのに、兵を馬鹿にしたのか？　と思いたくなる。今、川崎君はその皮膚病だ。僕ではもちろん、どうすることも出来ぬ。

「軍医殿に診《み》てもろうたね？」

「診せたバッテン、薬はなかて返された……」

とても、家族に見せられる状態ではない。

「ムトーハップないとん、あったならのお……」

栗原君の方は、別にこれといったこともなく平常で、口数も少なく、元気そうであった。

僕が一コ、ボタモチのような砂糖が残っていたので、各人で削って飯盒に入れ、沸騰させ、変な砂糖湯を作って、四人でフウ、フウ言って飲んだ。あれが最後だった。

別れ際、何か遣《や》ろうと思うが、ほとんど大したものはもちろんない。川崎君に言った。

「ビルマ腐れは、胃腸の弱かぎい、余計出来ってっぱい、征露丸な持っとるね？」

「ビンだけしかなか」

「そんない、僕んとば、少し分けてやろう。そいと、梅干しジンタンば一瓶のお」

彼は僕より三級下で、志願で出征したのだ。小学校の成績は優等生で、常に級長を続けていた。小学校の頃は、よく戯《ざ》れてあそんだ。僅かの薬が餞別だった。

こうして彼らと別れ、柴田一寿と共に菊八九〇三部隊（歩兵第五十六聯隊の符号）の幹候志願者、約六十人くらいの者は、サーモの荷役隊を後に、歩兵団司令部のあるソンカという地点まで行軍を起こした。薄暮になり、行動を起こすのは対空警戒上、止むを得ない。

螢

三回目の道なので、すっかり慣れた。シュウマインの先で、露営することにした。もうこの頃になると、夜はずっと寒さを感ずる。

柴田と二人で一枚のテントを張り、一枚は枯草の上に敷き、毛布を二枚合わせ、二人で後《こう》盒《ごう》を枕にして抱き付くようにして休んだ。

一眠りして、ふと目が覚める、何だか、フーッと鈍い黄色な光が飛んで行く。あれ？　と注意して見ていると、また飛んで行く。スーッと側まで来た。思わず手先で叩き落とす。手に取って見ると、それは紛れもない、螢だ。

ええ！　一月だというのに、螢がいる。よく見ると、日本の源氏螢より少し小さい。上羽の色が茶褐色だ。しかし、発光部分は小さいようだが、日本のと同じく呼吸のたびに光っている。疲れを忘れて見とれ、柴田を起こした。

「おい、柴田、螢のおるぞ」

「何？　今知ったか？　俺はもう早うから知っとるぞ、サーモでん、おったろうが」

「そうか、俺は始めてだ」

これには一本参った。

「そうか、お前は、何でん知らんのお」

そこらじゅう、スーイ、スーイと多くはないが飛び回り、草葉の影にも光っている。冬の最中にホタルが光る。やはり、ビルマだなあ！

ソンカへの道

シュウマインを過ぎ、例の白色の大橋を渡り、ラ・タング峠をこえ、輜重隊のラバンガトンを過ぎて、ナハインの鉄橋が遥か彼方に見えかかった頃、引率の新任下士官は、道を左に曲がった。この地点からは道が狭く、牛車道だ。

この奥に、歩兵団司令部はあるのだろう。ずいぶん歩いたが、ナハインの鉄橋の架かる川は、ここらに来ると橋はなく、石飛び式渡しとなる。ふと見ると、田がある。小さいが稔《みの》っている。サーモにはなかった。灌漑技術がなかったのだろう。

この先には家があるはず。家が見えて来た。ここがソンカなんだろうか？

高床式の茅の屋根が三、四軒かな？　床の下には牛がいる。五、六頭か？　中心近く火を炊いた跡がある。虎や豹の予防なのだろう。二階は人家で、梯子がある。

牛車が一台、庭ともいえない小さな余地に置いてある。牛車道はまだ伸びている。

見ると、牛の首に変な物が下がっている。牛が動くと、コロン、コロンと鈍い音がする。ここらは、虎や豹がいると聞く。だから、虎よけの呪いか？　とも思って歩いた。

後で判ったが、そうではない。ここいらの牛は概ね放牧なのだ。日中は、そこらじゅうを自分勝手に歩き回って草を食《は》む。夕方頃、飼い主は、このコロン、コロンの音を頼りに、牛を連れに行くのだ。コロン、コロンは、波長が長いのか、相当遠くまで響いて、僕らが歩く先々まで聞こえていた。

歩兵団司令部

コロン、コロンの厩舎か？　人家から、数百メートルくらいを歩いたら、右に少し変わった立派（？）な家がある。フト注意すると、略帽の後ろに垂れを付け、どっしりとした将校が出てこられた。ここが歩兵団司令部の位置らしいぞ？

見ると、将校の襟章は少将だ。相田俊二歩兵団長閣下である。停止、整列、捧げ銃。ゆっくり見渡し、「ご苦労」の一言。何か、引率の下士官が報告（？）申告（？）したかしないか、記憶にない。

この司令部の前を通って、しばらく行くと、炊事場らしいものがある。炊事兵が二、三人、何か話している。言葉が早口で判らぬ。東北兵か？　と、いぶかってよく見ると、階級章がないのだ。変だなあと思いながら、「ひょっとすると、支那兵の捕虜かもしれんぞお」と思った。

それから、しばらく行くと道は二股に別れ、牛車道は真っ直ぐ前方に延びて行き、僕らは左に小川を渡り、しばらく坂を登って行くと、ジャングルの中に上手に遮蔽した、竹の柱に茅の屋根に突き当たった。

二棟は大きい。一棟は小さな管理棟のようだ。ここがしばしの我が家か？　先頭から順に約三十名くらいずつ、下の棟から入った。僕は、柴田と共に並んで入った。よく見ると、追及途中、まったく見かけなかった連中が沢山いる。

どうしたのか？　と思って初顔の戦友に尋ねたら、屯営出発時期に、一次と二次があったのだ。僕らは一次で、彼らは約一月遅れて出発したらしい。

この宿舎の構造は、タイのチュンポンからカワハージに行軍した時、泊まった宿舎とまったく同じ作りだ。

炊事は、先の変な言葉の兵（？）のいるところまで、受領に行けばいい。これは助かった。点呼、不寝番、塹壕掘り、薪集めなどのほか、することはない。受験のための休養みたいなものだ。

ここはまだ、この頃までは空襲を受けなかった。もっぱら「歩兵全書」を繰り返し読む。

ふと、現地人がロンジー姿のハダシにズダブクロを下げてやって来た。自分たちがこの家を作ったといっているようだ。ビルマ語の勉強をしてみるか？　と思ってみたが、どうも彼らの態度に何かしら、ウサンクサイのを感じたので止めた。

彼らの持っている山刀（ダと言う）は、肩から鞘《さや》吊りで、何でもこれ一つでこなすらしい。アンペラ、屋根、アジロ壁はどこか、製作工場があるのだろう。あとは、彼らのダ一本。上手に竹を割って、紐の代わりを作って見せる。ビルマの竹は便利なものだ。

ソンカは筑紫峠の出口？

彼ら現地人は、やはり、スパイの疑いが濃厚だった。三日ほどしたら、銃撃を受けた。でも、僕らの遮蔽された兵舎ではなく、先日来る時、前方に延びた牛車道の先の方にあった現地人の家だ。僕らの兵舎は、上空からは見えないのだろう。

家はアッという間に燃えた。側に立っていた枯れた大木に焼夷実包が命中し、長い時間燃え、とうとう焼け落ちてしまった。が、ずっと燃えながら、根元まで燃えて下がって行く。枯れ大木は凄い。

後で行ってみた。現地人の家は無惨だ。四、五軒燃えている。道はずっと延びていた。地図と対比してみると、この道が、昭和十九年六、七月、菊が悪戦・苦闘、絶大な犠牲の末、退って来られた筑紫峠（地獄峠）の末端辺りではないかと思われる。

先輩の話に、ポテンカトン、ラバンガトンなどの地名が出て来るのを考察すると、あの山の奥から山を抜け、幾多の犠牲を払って出て来られたのだ。いわゆる筑紫峠だ。

この頃までは平穏だったので、僕らの試験が、ここであったのだ。

支那兵の捕虜

飯上げ当番が回って来た。ダラダラの山道を下って、炊事場まで行った。宿舎別に四人くらい。

来る時、不審に思った例の兵のことを、炊事班長の下士官に尋ねた。やはり、支那兵の捕虜であった。戡定《かんてい》作戦の過程で捕虜にして、その後ずっと炊事の仕事をやらせているそうだ。

という答えが帰って来た。

「間違いはありませんか？」と失礼な質問をしてみたら、

「全然間違いはなかばい。飯ば安心して、食べさしてもらうけ、と言って喜んどるばい」と

いう答えが帰って来た。

「うーむ」と、唸らざるを得ない。

戦陣訓に曰く、「生きて虜囚の辱《はずかし》めを受けず、死して罪禍の汚名を残すこと勿《なか》れ」。ここに当時の我々の信条と、中国人のそれとの根本的な相違があるのを確認した。彼らはその後、敗戦に至るまで、ズッと行を共にし、敗戦の直後、

「このまま中国に帰れば、殺されるから、行を共にさせて下さい」

と、願ったが、それは出来ないので、幾らかの金を遣り、タイ国に逃がしてやったと、東京の菊の会で伺ったのを思い出す。

菊は火線においては、勇猛果敢であったし、後方においても、「服するは討たず、従うは慈しむの徳……」を立派に実現したのであった。

すなわち、御紋章兵団の名に恥じない兵団であった、と思っている。もちろん前述のように、多くの将兵の中には、「変」な者もいたことは僕自身体験したが、兵団の評価には影響しなかったのであろう。要するに、全体としては物凄く真面目だったのだ。

「菊歩兵第五十六聯隊戦記」を一読すれば、その編集のあり方に、聯隊生き残りの皆の力が結集された有り様を拝見して、無量の感慨を覚える。

あの苛烈なメイクテーラの苦戦場に、敗戦後、供養記念碑建立に行った聯隊の幹部に、ビルマの人々が寄って来て、懐かしがりつつ奉仕をしてくれた、と聞かされた。苛烈な戦闘の最中、現地の人達には迷惑でこそあれ、何ほどのことが出来るはずはないのだ。

「菊は強かった、菊は親切だった」と、幾十年の後も語り継がれて、今日に伝わる。長男が平成十一年、ミャンマー（ビルマ）に行ったら、現地の人達は喜んで会いに来てくれ、記念碑の前で揃って記念写真を撮り、持って来てくれた。ビルマ人の人柄にもよるが、菊の名が今日なお、ビルマに薫る麗《うるわ》しい話である。

野稲、トウガラシ、砂糖黍、虎、鳳凰鳥？　啄木鳥、竹などの思い出

試験に入る前、もう少し現地の有り様に触れておきたい。何しろこのソンカには、約四十日余を過ごしたのだ。

僕は、耳は聴音機と綽名《あだな》され、眼は双眼鏡と綽名された。だから僕が、バクオーンと叫んでから、しばらくして、皆は納得する。あの頃の僕の視力は、二・〇だった。

襲撃して来る機種が、Ｐ40かＰ38かの区別も、まず爆音で聞き分け、次に機影は眼で見る。のべつまくなしに来るわけではないから、余裕があった。

宿舎のあるジャングルの上を登って行くと、焼き畑がつくられ、陸稲の収穫が終わった後なので、日向ぼっこするのに最適だった。

見ると、稲の茎はそのままに、穂だけ摘《つ》み取られて立っている。「ほおー、所変われば品変わる！」としばらく登ると、摘み取った穂を集めて干し、脱穀して籾だけ持って行き、穂の空だけがうず高く積まれている。

来るとき見掛けた田の耕作状態を見、稲作民族の共通性を感じて、乾いた穂を蒲団にして寝転んで、サンサンと降り注ぐ太陽の光の下で、やがて展開するであろう戦場を想像した。

その近くの変な木ともつかぬ木のようなものに、小さい実がまさに無数に付いている。近寄って見ると、それは、トウガラシだ。口にしたら、飛び上がるほど辛い。

日本で、鷹の爪という名を聞いたことがあるが、これがきっとそうだろう。日本では、トウガラシは、もちろん一年生だが、ここのトウガラシは多年生のようだ。温かいから、枯れないで幾年も持つのだろう。幹の根元は、僕の手首に近い。大きくなるものだ。

その岡を越え、下がったところを注意して見ると、何かのたうち回ったような跡がある。何だ？　といぶかりながらよく見ると、砂糖黍の荒れた畑か？　下りてみよう。行ってみると、まさに砂糖黍畑だ。

ワァー凄い、無惨だ。大きな長い黍の幹が野象によって食い荒らされ、踏みにじられ、まったく言う言葉を知らぬ。おまけに象の糞がそこらじゅう散らばって、大変な有り様だ。よく見ると、その糞はよく噛み砕いたものではなく、茎をぐるぐる丸めて毬《まり》のようにして、ポンと投げ出したように、荒っぽい糞とも言えないような糞だ。

まったく度肝を抜かれるとは、こんなことを言うのだろう。大きな足で踏み潰され、食い荒らされ、まったくひどい。現地の人にすれば、どんな気持ちであろうか。

頼みもしない戦を、遙か知りもしない国からやって来て、自分たちが丹精込めて作った砂糖黍を、こうして無惨に荒らされていく。たまったものではない。農家育ちの僕の体質では、こんな気持ちが沸いて来るのも、ごく普通の感情ではなかろうか。立派に勝ち抜いて、この現地の国民を幸せにする責任が、日本軍の上にぐっと乗しかかったような感慨を覚えたのであった。

そう思いながらも次の日、またそこに行き、象の食い残しの黍の茎を何本か切り取り、担いで持って帰った。皆と分けて食いながら、やはり、人間は食うことが第一か？　と笑い合った。

この日、例の牛が来ていた。コロン、コロンを首に付けて、砂糖黍の残りか何かを食っている。

コロン、コロンをよく観察すると、厚い板状成形木の中を深さ四十センチくらいをくり抜き、ドラム状にして、中に径四、五センチの棒を二本ぶら下げ、それを牛の首に吊るしている。これが、コロン、コロンの発音元だ。上手に作った生活の知恵か？　と感心しながら眺めた。全部の牛には付けていなかったように記憶する。

あの来るとき見た人家の牛か、否かも判らないが、こうして放牧していれば、手は省けるのだ。虎や豹は、昼間出て来ることはないのだろうか？

虎、豹

不寝番の任務の第一は、火を絶やさないことを、第一の申し送り事項とした。それは、虎、豹の猛獣の被害を未然に防ぐことであった。

この頃までは、虎の姿を見たことはなかったが、声は幾度も聞いた。凄く底力のある声で、フオッフオッと言うような声が近くまで来たかと思うと、遠ざかり、また近寄り、遠ざかって行った。真偽のほどは定かでないが、第五十五聯隊では被害があったとか。

鳳凰？

鳳凰と書いてみたが、本当の学名も通称の名も実は知らない。似ているというだけのことである。国語辞典を見ても、目出たいものとされた、想像上の鳥、と書いてある。それが本当だろう。

ところが、このソンカには薪を取りにジャングルを歩くと、どこからともなく、鳥の濡れ羽色とでもいうのか、紫と黒の混じったような何とも優雅で、頭の後ろに二本の簪《かんざし》をすっと出し、尾羽が幾枚か長く撓《たわ》んで、ユラユラと揺れている。

とても、スピードの出る姿ではないが、実に奥床しい。鳳輦《ほうれん》の屋根の鳥そっくりだが、金色と黒紫の違いだけだ。だから僕が勝手に、そう名付けたのだ。

ビルマには、こういう優雅な珍鳥がいた。とても生存競争に勝てる鳥類とも思えないが、実に優雅だ。昔、中国人が想像を逞《たくま》しうして、金色に置き変えたと思えば、それで、十分だ。孔雀はビルマの国鳥と聞いていたが、ついぞ、お目にかからなかった。

啄木鳥

内地でも、啄木鳥《きつつき》はよく見た。僕の家の裏の山を歩くと、小さい啄木鳥が体にも似ず、大きな音をガタ、ガタ、ガタ、ガタ響かし、枯木に穴を明け、虫を食っていたのを知っているが、ここの啄木鳥は大きい、キジキジ色で、鳩くらいの大きさだ。

枯れ木も多い。大木があちらにもこちらにも、ジャングルの中に聳《そび》えている。

竹

ビルマは竹の宝庫だ。いろんな竹が一杯ある。これも薪集めの副産物だろうか。一握りほどの幹回りの竹は、ちょうど薪には手頃である。その中を歩くと、根は一つなのに、途中の節から直角に幹を出して、さらにその先々で直角に幹が出ている。まったく驚くばかりだ。

だから、地面は自然とすいて来る。その中の枯れたのを探して、取って回る。かと思うと、今度は大きな株立ちの竹がある。幹回りは四十センチくらいもあったろうか。それが、びっしり、株をなし、幾十本と固まっている。

この竹の先をずっと眺めると、どんどんのびて、地面に付いている。そして先の方には刺がある。まったく驚かされることばかりだ。しかも、根元の株から竹の子が芽を出している。一年中、竹の子はボッボッ出て来るらしい。現地人は、これが楽しみだと話していた。

僕もこの竹の子を取って帰り、飯盒で煮て、皆にも分けて食べたが、二度炊きしても、アクが強い感じだった。マスターオコワの竹は別、ここでは僕は見なかった。

配属中隊の決定

いつ頃だったか忘れたが、多分、一月の下旬頃であったろうか？　僕は、第一中隊配属と命令された。命令の伝達に来たのは、笹部伍長という新任の下士官だった。ラングーンから、一緒に追及して来た組だ。この時、笹部伍長から、

「小副川、奥園伍長は、烈兵団に転属したばい、小副川によろしうて、言うて行ったばい」

と言われ、あの追及途中、僕らの小隊長で以心伝心、通ずるものがあった、立派な下士官だった。武運の安からんことを心からお祈りするのであった。

島上等兵

この中隊配属が決定したら、それまでももちろん、顔は知っていたが、あまり口をきいたこともなかったのに、突然向こうから、声をかけられた。

「おい、小副川、俺は島ちゅうが、いろんな事情で、幹候の試験が遅れて今、試験に前線から、退って来とるたい」

「そうですか。小副川は始めてで、何も分かりませんから、お世話になります」

こうして、島上等兵殿とは急に親しくなった。

島さんは、佐賀市の辻の堂の四辻に島薬局という薬屋があるが、お父さん達が兄弟で、自分は京都帝大の法科を卒業されて、家族は東京におられると話されていた。立派なご人格に打たれる思いであった。ある時（月日失念）、

「小副川、中隊長殿が前線で負傷されて、モガウンの野戦病院に入院された、て聞いたけん、お見舞いに行こうて思うバッテン、お前も付いて来んかい」と言われる。

「そうですか。願ってもないことであります。是非、お供させて下さい。第一線は、苦戦されてるんですね」

「そうらしいなあ！」

こうして、担当の新任下士官（名前失念）に届け、了解を得て、夕食を終わってから、二人でポテンカトンまで歩いた。ポテンカトンは、追及の過程で辿り着いた、最初の地点で、前述の牛小屋住家の部落の近くを、川を渡らずに直進すると、その突き当たりがポテンカトンであった。島さんが、

「前線から、輜重隊のトラックの来るかも知れんけ、そいに便乗させてもらうかな？」と言われるので、

「そう致しましょうね」と同意して、野戦倉庫の側に休んでトラックを待った。

でも、その晩に限って、どうしたのか、トラックが待てども待てどもやって来ない。気の

短い僕は、ジレッタクなって来た。

「上等兵殿、モガウンは、シュウマインから、そう遠くはないのでしょう？ 歩きましょうか？ 歩く過程で、トラックが来たら、乗せてもらったら如何ですか？」

「そうね、そうしようかね」と一決して、二人とも毛布を肩から被り、帯剣だけで歩いた。あの頃まではビルマの後方は、実に平穏だった。

とうとう、夜明けまで歩いて、モガウンに着いてしまった。モガウンは、ちょっとした町だった。合歓《ねむ》の木の並木、二階建ての家があって、電灯が灯り、別世界のようだ。島さんから、

「第一大隊は、フーコンに征くまでは、ここに駐留しとったとよ」と聞かされた。

とある家の玄関に着いた。早朝なのに、先輩が何かやっている。物件監視の兵だ。島上等兵が、

「おはようございます、何ばしよんなさっとですか？」

「おお、島か、何しぎゃあ、来たとか？」

「中隊長殿が負傷して、野戦病院に来とんさる、て聞いたけ、見舞いに来たとです。まだ試験なあ、先のごたっけん」

負傷して血の着いた衣袴を洗いながら、その先輩（古兵殿）は、

「おお、そうか、よか時い来たね。今から、朝飯食って、オハギ作って、オハギ持って、中隊長殿見舞いに行こうて、話よるところたい。お前どんも手伝え。この兵隊は誰か？」

「この兵は、今度幹部候補生の試験に来て、第一中隊に配属になった、小副川という兵です。一緒に連れて来たとです」と紹介され、

「小副川であります。お世話になります」と改めて敬礼した。その古兵が何という名前であったか、忘れてしまった。

オハギを丸めたのは、子供の時以来だ。豆はトロクスンのような白い豆、砂糖は例のボタモチ砂糖。それを沢山入れたので、普通のオハギのような色になった。ああ！　飯を食ってから、僕が担いでお供した。

野戦病院は、ロイロの鉄橋から眺めたパゴダの山の麓にあった。一、二キロくらい、歩いて、山の麓の辺り、例の竹の柱に茅の屋根。

島さんは、皆馴染《なじ》みの方ばかりなので、気安く声をかけ、挨拶をされている。中隊長殿の前に行き、お見舞いの挨拶をされる。次に僕の方を顧《かえり》み、

「ここにいるのは、今度、我が中隊に配属になった小副川という兵で、優秀な兵であります。中隊長殿に紹介しておこうと思って、連れて参りました」

と紹介され改まって、申告した。大きな声で、張り切って申告したので、中隊長殿は座って、ご機嫌で受けてくださった。

中隊長殿の負傷は、そう重傷ではないようで、ほっとした。

申告した途端、意思が通じ、将校、指揮官の綱領が頭をよぎる。典令の綱領第十条に曰く、

「指揮官は軍隊指揮の中枢にして、また、団結の核心なり。故に、常時熾烈なる責任観念及び鞏固《きょうこ》なる意思を以て、その職責を遂行すると共に、高邁なる徳性を備え、部下と苦楽を共にし、率先躬行、軍隊の儀表として、その尊信を受け、剣電弾雨の間に立ち、勇猛沈着、部下をして、仰ぎて、富嶽の重きを感ぜしめざるべからず。

為さざると、遅疑するとは、指揮官の最も戒むべき所とす。是此の両者の軍隊を危殆に陥

らしむること、その方法を誤るよりも、更に甚だしきものあればなり」

ああ、隊長殿！　確かまだこの時まで、僕は一つ星のままだったが、中隊長殿は優しく声をかけて下さった。

「小副川は、出身はどこか？」

「はい、神埼郡の三瀬村であります」

「学歴は？」

「佐賀県立佐賀工業学校機械科卒業であります」

「おお、工業学校卒業か。赤トンボ（飛行機の練習機はこの頃、黄赤色に塗られて、俗に赤トンボと言った）一機でも欲しい時、よう来たね、来るまでどこにいたか」

「大刀洗の航空廠であります」

「ほお！、航空廠にいて、また、よう来たね。志願でもしたのか？」

「はい、志願致しました。教練査閲で、査閲官の聯隊長殿にベタ褒《ぼ》めに褒められ、どうしても歩兵科を志願したかったのであります」

「査閲官のお名前は何と言われたか？」

「佐賀、西部第六十七部隊の部隊長、陸軍大佐・宮永義人殿と言われました」

「佐賀にも、歩兵部隊が来たのだね。小副川は甲幹は間違いないだろうから、大いに勉強して、立派なご奉公をしてくれよ」

「はい、ご奉公に必死の努力を致します。中隊長殿のご回復の一日も早いことをお祈り致します」

後は隊長殿は、島上等兵や中隊の負傷の下士官や兵隊と、僕が担いで持って行ったオハギを、ウマイ、ウマイと頬張りながら、しばしの時の立つのを忘れ、話に花が咲いていた。軍曹で隣村のお方が一人おられた。懐かしかった。

こうして、幾らかの時間が過ぎ、名残りを惜しみつつお別れした。

あの優しく応対して下さった中隊長も、夜通し歩いてお供して来た島さんも、聯隊戦記の中の戦没者名簿の中に名を連ねておられる。一期一会か、戦線の一期一会はまさに残酷の二字なり。でも、僕は、それを承知の上で、御勅諭を奉戴《ほうたい》してこのビルマの果てまでやって来たのだ。皆、火線に立たれた幾多の戦友、先輩も同じであった。

ソンカへの帰りは薄暮になり、連絡便に便乗して帰って来たように記憶する。

試験

昭和十九年一月下旬、前述の竹の柱に茅の屋根の、一番小さい管理棟のようなところに将校が見えた。吉丸中尉といわれたように思う。あと、補助の下士官が幾人だったか。幹部候補生の試験である。問題など別に気にするほどのものはなかった。

第一大隊長が試験委員長でお出《い》で予定のところ、前線が紛糾して来たので、将校は聯隊本部付中尉のみ来られた、とのことであった。答案を纏《まと》め、多分、聯隊本部に帰って行かれた。発表、命令の出るまで、まったく暇だ。銘々いろんなことをやっている。僕は、柴田とももっぱら釣りをやった。魚が小さな川に、チョロ、チョロ一杯。どうしても釣ってくれ、と願っているようだ。元々僕は、釣りは下手だ。柴田は、自分の家の前に川があるので、小さい時から、魚と戯《たわむ》れて育って来た。

ここで彼に誘われた。ところが、ハタと困った。釣り針を持たぬのだ。だが、木綿針は二人とも持っている。そこで、これを焼いて何とかならんか、と相談した。

「よし、あの炊事場に行ったら、何とかならんかのお」と、炊事場に下りて行った。

歩兵団司令部には、馬がいたはずで、蹄鉄用の工具を借り、これで焼いて、ヤットコで三本作った。舌はないが、合わせのタイミングを間違わねば、釣れそうだ。糸は白糸で間に合わせ、また、川の中の虫を取って餌にした。

ビルマのこの辺りの魚は、釣られたことがないのと、数が多いので、僕の下手くそにもよく釣られてくれた。

ハヤのような綺麗な魚だ。頭とシッポの先が僅かに黒、綺麗な優雅な魚で、毎度、四、五十四ずつ二人で釣って来て、島上等兵ももう一人、慶応出の古兵がおられて、お二人に分けてやった。他の戦友にも分けたが、僕らの栄養元なので、皆というわけにはゆかぬ。

いつか釣りの最中、銃撃を受けた。前、焼け小屋の上の辺りのようだ。防空壕に入るのも、業腹だ。柴田と二人、川の湾曲部の地隙に立って、釣り糸を垂れ、銃撃を聞き流した。この時に限って、物凄く美しい魚が幾匹も釣れ、二人で喜んだ。

発表

昭和十九年二月中旬頃か？　副官（？）吉丸中尉が、帰って来られた。

「命令が届いたのだろう」と、話し合った。

「全員、第一宿舎に集合」の命令が下った。

吉丸中尉が、床の中央に立ち、「只今から、各々の幹部候補生志願者に命令を伝達する」と宣せられて、まず兵科の甲種幹部候補生の命令を読み上げられる。

僕は、少なくともトップか、ないしはトップクラスに読み上げてもらうものと、自信満々に思っていたのに、とうとう兵科の甲幹には名前が呼ばれない。

「これはどうしたことかと、びっくり仰天、どうして乙幹になったのだろう?」

次に、経理部の甲種幹部候補生を読み上げられる。これにはもちろん入ってない。次に、乙種幹部候補生が読み上げられる。僕はその乙種の中にもない。いよいよ、落ち幹か? とびっくり仰天していたら、最後に、

「技術部幹部候補生、小副川甚次」と呼ばれ、「小副川候補生は、兵科の甲種幹部候補生と行を共にし、ビルマ方面軍司令部に至り、新たな命令を受けよ」とのことだ。

幹部候補生の命令を受けなかった人もいた。島さんのような優秀な人が、真面目な人が、どうしてこんな運命を辿らねばならないのか。

思想、識見、学識、あらゆる点で優秀な方が、ビルマの戦場で、一兵卒として戦死された。戦死者名簿を拝し、心で合掌して冥福を祈っている。

それにしても、僕はどうだ。まったくこんなはずではなかったのに。

「命令には、絶対服従」とは判っていても、「こんなはずではなかった」と失望落胆、言う言葉を知らず。

吉丸中尉殿のところに行った。

「吉丸試験委員殿、小副川は、兵科の将校の命令を賜わりたい思いで一杯で、歩兵科を志願して参ったのでありますが、技術部の命令を頂いて、失望、落胆致しております。教練査閲で、小隊戦闘教練の小隊長をやらされ、査閲官の聯隊長殿に、将校も及ばざるところと褒められ、歩兵科の将校になりたくてやって参りました。甲幹が駄目なら、乙幹にでも命令を変

更して、頂けませんでしょうか」

「小副川、お前は命令を何と心得ているか？　君の心情は理解できないこともないが、命令とは厳粛なものだ。我が儘なことを言わずに、命令を忠実に実行することだ。判ったね。ところで、配属将校の野中九州男は知っているか？」

「はい、入隊前、学校に挨拶に参りました時、配属将校としてお出でになりました」

「そうか、彼は、俺と同期だ。君の内申書には、野中の署名がある」

ああ、あの時、ガンサン（井上教官のあだな）と共にお目にかかり、励ましてもらったのに、実際はこんなことだったのか！　情けない。井上教官も、野中大尉も、試験委員の吉丸中尉も、皆恨みたい、ああ、万事休す。

このことについて、戦後、東京で、学校時代の校長・佐藤利夫先生に僕の心情を話したら、一言のもとに、「それは、嘘だ」と一度に否定された。僕の心情には、他人には理解できない面があるのかも知れない。「校長が不明だ」と今も思っている。

もう一つ、東京で機械の開発設計の過程で、光の集光装置の開発をしたことを、学校当時の物理の先生に話したら、物理の先生は「嘘」と一言の下に撥《は》ねつけた。

工業学校なんかに、なんで来たのか？　と自分の適正を見極めもせず進学した、その付けが、こんな形で現われたのだ。残念でならなかった。

こんな人達には、あの頃の青年の爆弾三勇士も、特殊潜航艇の広尾大尉らの心情も、特別攻撃隊員の心情も、精神一到何事か成らざらんの心理も、理解できるはずはない。僅かに己の学歴優越を鼻にかけ、見下した人間の驕慢としか思えない。

別れ

このソンカは、約六十人の人間の運命を左右した一種の分水嶺だった。

命令の伝達と共に、甲幹と、乙幹、落幹が宿舎を別にされた。僕は、甲幹の宿舎に入った。改めて命令の厳しさを目のあたりにした。

薄暮になり、乙種幹部候補生と落ちた者は、静かに宿舎を後にした。柴田もその中にいた。「一緒に、甲幹になって、学校に行きたかねえ」と抱きつくようにして、寝ていた二人だったのに、命令の厳しさ、今、こうして別れて行く。「男児涙なきに非ず、別離の時に注がず」か。笑って握手して見送ることにする。

彼がいつの間に書いたか、通信紙のメモを差し出しながら、「俺の気持ちは、この中にあるけ、後で読んで……」と言って僕に渡すので、受け取りながら、「悲観せんで、頑張れよ、元気でな」と握手し、手を振って別れた、あれが、最後だったのだ。

敗戦後、彼の村葬の時、弔辞を読み、柴田の「別れのメモ」を、御両親に彼の絶筆として、南支那海で、「ボカチン」食って、重油がベットリ滲《にじ》んだままの物をお上げした。「有り難う、仏壇にお上げしとくたい」と言ってお受け取り頂いた。ご両親の身になれば、どんなお気持ちだったか？　と反省もしたが、僕が保管するより、彼の家の仏壇にお収め下さる方が至当だと考えたのであった。

この時の試験で甲幹に採用されたのは、兵科、経理、僕を合わせ、第五十六聯隊からは、十九名であった。

次の日か？　付き添いの新任下士官に付き添われ、甲種幹部候補生は、モガウンに至り、歩兵第百十四聯隊、田口大尉の下に到り、その教育を受けるべし」とか（？）いう命令を受け、モガウンに向け出発した。
小川の堤防の側にある二階建ての家の二階が宿舎であった。

人の世の　運命《さだめ》の奇なる　奇なるかな
　死を覚悟して　死に見離され

死を決し　死を悟りにし　フーコンの
　野辺には死なず　生きて老いたり

フーコンの　野辺に散りにし　戦友の
　面影若く　我老いにけり

死を思い　死を繰り返し　思ぅ我
　実は生への　煩悩なるか

　モガウン集合教育からフーコンへ

集合教育

モガウンというところは、前述のように、ちょっとした町であった。ナムイン河とモガウン河の合流点で、ナムイン河に架かる橋の下を覗《のぞ》くと、川幅は広くないが、ギューッ、ギューッと渦を巻いて、水量は実に豊かだ。

乾期の最中だというのに、まだまだ、さすがビルマは大陸だ。あの、ロイロの鉄橋では、川幅が広かったせいか、こんな凄さは感じなかったが、サーモの退避場所の辺りと同じように、川幅が狭くなるとさすがに凄い。

宿舎は現地の人の住家を借りるかどうかして、流用しているようだ。経理部の甲幹らは、任官したら、こんな業務に服するのかも……。

二階に登り、装具を解き、銃、帯剣の軽装で、第百十四聯隊の甲幹の宿舎に、教官の歩兵第百十四聯隊の聯隊本部付(?)の田口大尉に申告のため出発した。この時の補助官の氏名を、どうしても思い出せない。まことに申し訳ない。

田口大尉は陸士五十三期卒業のお方と聞き、屯営の時の教官も陸士出だったが、僕は教官には恵まれるのだ、と思った。しかし、技術部に放り遣《や》られては万事休す。

兵科の甲幹たちの教育隊は、ジャワにあるらしい。方面軍かどこかで纏《まと》まって行くのだろう。それまでの時間稼ぎか？　僕は方面軍司令部に出頭し、新たな命令受領でどうなるか？　どんな教育を受けたか、大したこともなかったようだが、一つ忘れられないことがある。

それは、モガウン河か支流の土手か定かでないが、鉄橋が見えていたから、多分その辺りと思うが、そこで分隊戦闘教練の演習が、田口教官の指導で実施された。

教官は、想定と言われ、そこには土手ともいえぬ低い土手があった。

「皆、土手の肩に顔を出せ」

顔を出すと、土手の下から、向こうは広い乾田で、三百メートルぐらい向こうの端に、小さい一軒家と柳のような高木の木立が鬱蒼として生えている。教官は、

「今、あの一軒家を敵のトーチカ陣地と仮定する。あのトーチカを現在地より攻撃、占領せよ、と命令された。所用の兵力は、歩兵一分隊とする。分隊長として、攻撃指揮、占領に自信のある者は、手を上げよ」

しばらく兵科の連中の様子を見るが、誰も手を上げない。何たることか！　これで、甲幹の資格があるというのか？

僕は、技術部に放り出され、不満と悲観のどん底にあり、学校で分隊戦闘教練、陣中勤務、小隊戦闘教練の小隊長まで、久留米十二師団管下の教練の模範校として戦闘指揮を採った自信があり、これくらいの演習は自信満々だが、今さら俺の出る幕ではないと、他の兵科の候補生を拝命した者の手前、黙って様子を眺めていた。すると突然、教官が、

「小副川候補生、分隊長として、戦闘指揮をとってみよ」と命令された。

何事か？　技術部に追いやられた僕に……、と思ったが、命令だ、止むなし。「はい」と答えたが、さて人選はどうするか？

「教官殿、人選は、八九〇三（五十六聯隊の秘匿名？）の候補生の中から選抜しても、よくありますか？」

「よし」

「八九〇三の候補生、整列、番号、十二番まで一歩前、他は解散、見学。只今から、小副川が教官殿の命により、分隊戦闘教練の分隊長として、戦闘指揮を採る。分隊長の命ずるように、行動せよ」

「一番から四番までは軽機関銃、他は小銃とする」

ここまでは、どうということもないが、ハタと困った。それは、この広い乾田の原ッパを、早駆けー前ぇ、止まれ、突撃に進め、ワアーで、三、四百メートル、傘型や横散開の攻撃はたやすいが、教官は、キッとそんなことは、卒業のはずと、講評されるのが落ちか。

ここは戦場だ、もっと戦場に即応適切な戦術を加味した攻撃を要求されるのではないか？たとえ分隊といえども、分隊は分隊なりに戦術が必要なのだ。

地形を眺めると、この川はぐっと右の方に土手が湾曲し、三百メートルくらい行くと、一軒家と土手の間はぐっと近くなり、五、六十メートルくらい、あるかなしか？

よし。判った、これだ。敵を牽制射撃で、現在地に引きつけ、その隙に僕が先頭攻撃だ。

「全員、土手に静かに顔を出せ、軽機は、現在地より分隊長の逓伝命令で、トーチカに対し牽制射撃をせよ。一連射ごとに約五十メートル、左右に移動してなるだけ敵に位置を秘匿せよ。分隊長は、五番以下と共に、今から土手の陰を右に迂回攻撃する。分隊長が攻撃発起点に到達すれば、逓伝をもって牽制射撃を命令する。

分隊長は、軽機関銃の射撃を確認し、時期を窺《うかが》い、トーチカに突入、手榴弾攻撃で殲滅《せんめつ》する。分隊長が攻撃を起こしたら牽制射撃は中止せよ。分隊長と別れた間は、一番が軽機関銃の指揮を取れ。よいか？」

「はい」

「五番以下は、分隊長と共に行動し、分隊長の指示に従え、よいか？　先の番号をもう一度確認する、五番以下番号！　よし」

「番号順に分隊長について来い。各人前後の連絡を密にせよ」

「軽機関銃班よいか、よし、出発」

こうして僕は、駆け足で低い土手の陰を走り、五、六十メートルくらい走った。僕の戦術としては、六、七十メートルくらい間隔に番号順に兵を配置し、最後に二名か三名残るから、これは分隊長と共に、手榴弾を持ってトーチカに向かい突撃し、銃眼に手榴弾を投げ込んでトーチカを占領する。こういう戦術（？）なのだ。兵を配置して進むのは、逓伝で軽機班に突撃準備完了、牽制射撃始めを指示する逓伝要員としての任務を与える予定なのだ。牽制射撃中止も同様である。

こうして、勇躍出発した途端、教官は、

「分隊長、ちょっと待て、止まれ、想定変更。それから先は、河があって渡れないものとする、どうするか」

ああ、止むを得ん。

「教官殿、ここから傘型散開、攻撃、前進でよくありますか？」

「うむ、それをやれ」

こんなことだろうとは思ったが、もし僕がそんな基本攻撃の基本を、このビルマの戦場でやったら、きっと教官は、

「ここは戦場だ、地形・地物を最大限に活用し、戦場即応の戦術で敵を圧倒・殲滅する戦術を考えねばならん」

と講評されたことと思うのであった。

こんなくらいのことは、学校の時、井上教官に、分隊戦闘教練、小隊戦闘教練をみっちり鍛えられ、査閲官の聯隊長宮永大佐殿に、将校も及ばざるところと褒められ、師団長伊佐中

将からも褒められた僕は、せめて、始めの終わりと喜んだが、またガッカリ。

それにしても、どうして教官が、技術部に追いやられた僕を、なぜ指名されたのか？　きっと内申書（？）には、僕の学校の時の来歴が載っていたのではないかと思われてならぬ。それだのに、どうして僕を技術部に追いやったか？

技術部というのは、兵科に比べ、火線に立つことは少ないだろう。したがって、死の確率も低い。だが、あの頃の僕は、そんなことは物の数ではなかった。

大刀洗の航空廠を早急に退職し、課長、高沢航技少佐に申告する時、課長は、否とも言えず、喜べもせず、一言も発することなくお別れした。あの高沢課長の顔が、瞼に浮かぶ。ああ！

広瀬武夫の「死生命あり、論ずるに足らず、鞠躬《きっきゅう》唯應《まさ》に至尊に報ゆべし、奮躍難に赴いて死を辞せず……」が油然《ゆうぜん》として我が胸に湧き起こり、やるせない思いに胸が詰まる。

サーモの退避壕の中の悟り（？）納得（？）が、ますます僕の心を安定させると共に、田口大尉の指導・命令がますます僕の心を悲観のどん底に叩き込んで行った。

後日、ラングーンの教育の過程で、技幹で百十四聯隊から来ていた候補生が、

「田口教官が課題を出されたが、僕はどうしてよいか、まったく検討がつかなかった」

と言って、感心していた。

田口教官は、

「小副川は、惜しいかな、彼は技術部だもんな！」と惜しんでおられた由。

あの時、技幹を命ぜられた仲間が、平成十年、五十四年振りに会って、思い出を語り会ったが、あれからもう二人ほど亡くなってしまった。

フーコンの戦場へ

昭和十九年二月下旬、突然、前線追及の命令が届いた。前線は敵の攻撃で混戦状態に陥り、師団は苦戦の最中らしい。

田口大尉は、各候補生に対し、「健康に自信のない者は申し出よ」と告げられた。

僕の出身中隊の候補生や、ほかにも幾人か申し出て、結局、二個分隊くらい(約二十四、五人か?)の人員が前線に追及した。

僕はここでも、また分隊長を命ぜられた。百十四の候補生が第一分隊、五十六の候補生が第二分隊、僕は第二分隊長である。

上等兵の階級章の僕が、伍長の階級章の兵科の候補生の分隊長、何とも納得できぬ。いかに命令とはいえ不合理、軍隊の組織の破壊と思われ、兵科の者と交替させてもらった。中には、田口大尉の当番になった者もいた。補助の下士官はついて来る。

兵力としては、百十四聯隊から一小隊(軍旗小隊とか?)と速射砲一小隊くらいと我が候補生隊。このくらいの兵力が欲しいとは前線もよほど、戦況が窮迫しているのだろう、と思った。

トラックが速射砲を入れて四台くらい(?)か、よく覚えていないが、とにかく、おっとり刀で追及することになった。

下衣を着替え、貧しいながら、綺麗さっぱり、いよいよ死線に突入するのだ、と張り切って、銃の手入れ、軍靴の手入れ、お互い髪を鋏《はさみ》で刈り上げ、さっぱりとなった。

ふと、そっと胸に手をやり、ご名号と小さなお数珠に触ってみた。心の落ち付きが自然と出て来て、夢々、人後に落ちてはならん、と固く誓った。

トラックで走ったら、カマインまでは造作ない。シュウマイン、ラ・タング峠、ナハイン鉄橋、ポテンカトン、ラガチャンなど一気に走り、モガウン川に突き当たった。ここがカマインだ。戸数は大して見えないが、フーコンの入口の中心地らしい。モガウンのように、電灯はなかったようだ。急いでいるので、とても、ゆっくり眺める余裕はなかった。どうして、トラックで渡河したか多分、工兵の舟だったろう。

ナンヤセーク、モロコン、サズップを過ぎ、ワローバンというところに辿り着いた。二月の二十二、三日頃かと思う。

これらの地名のところでは多分、食事をし、食料、弾薬、燃料の基地となっていたのだ。地図を持たないので、丸で盲目みたいなものだ。田口大尉は、僕らをワローバンに待機させ、自分は前線に出て行かれた。多分、到着報告、命令受領か？　師団戦闘司令所は、マインカン辺りとか聞かされた。マインカンまでは相当の距離らしい。

あの時、一緒に来た速射砲、歩兵は、教官と共に前線に向かったようだ。

取り敢えず壕を掘って、次に飯を食った。腹が減っては、戦にならぬ。米は靴下に一週間分携行し、副食も塩、缶詰、塩干魚など若干あるが、野菜が乏しい。

道端にある竹に、ふと目が行った。竹の子が延びて、まだ先の方は柔らかそうだ。根元を握って揺すった。そしたら、上が折れて、するすると落ちて来た。ああ、これはいい発見だ。そこら中、竹は一杯生えている。ここらの竹は、ソンカの竹と違う。内地の真竹によく似ている。一本一本、綺麗に立っている。これをきざんで、塩と味噌の混合竹の子汁だ。

壕を掘っていたら、三、四メートル先に何か大きな穴がある。見るとそれは、爆弾か砲弾の孔だ。スポーンと地の底（?・）まであいている。不発弾なのだ。気味が悪い。時限信管でも着いていたら、一巻の終わりか？　など複雑な気持ちではあるが、怖い物見たさに中を覗く。

戦記を拝読すると、敵の砲弾・爆弾には、こんな物が多かったらしい。それを畳でカバーして、なお余ったのだろう。菊師団は、このフーコンとメイクテーラで壊滅に瀕したが立ち直り、最後まで、シッタン河の戦闘に勇名を馳せ、天皇に嘉賞の勅語を賜っている。

ワローバンは割合、平坦のジャングルであったようだが、少しの起伏に小さな川があった。その辺りに壕を掘っていたら、地下足袋、兵服、脚絆姿の中佐の方がひょっこり見えた。慌てて敬礼したら、その方が工兵聯隊長、深山中佐であることが後でわかった。その頃、伐開路の建設に着手されていたのだろう。戦史を繙《ひもと》くと、そのことが書いてある。

戦友

深山中佐に偶然、出会ったが、もう一人、偶然に会った戦友がいた。屯営の同じ六班で育った小柳君だ。何かの用で道端に出ていたら、前線に向かって糧秣を担いで行く一団があった。塩干魚の大きいのを二、三匹と、二十キロ俵を担いだ兵が前線に行く。

ひょっと見ると、小柳君だ。やあ、と声を掛けた。向こうもびっくり。顔と顔を合わせ、その一言のみ。初年兵の悲しさ。振り向きつつ、古年兵の鋭い声について行く、小柳君の姿を、じっと姿が隠れるまで見送った。

屯営でも、各個教練が関の山、実弾射撃の一発も撃たず、古年兵の荷物持ちで悪戦苦闘。屯営出発の時、約百名追及した、初年兵の戦友で、生きて帰った者は約十名。

大部分の者は、このフーコンの土になり、生きている者も、負傷で右と左の腕の長さが違ったり、足には今も孔が開いていたり。でも、彼らはまだ作戦初期の負傷で助かった。フーコン作戦の末期は、撃つに弾なく、食うに食なく、着るに衣袴なく、まったく話を聞くだけで、悲惨、悲惨、悲惨の極。どうして大本営は、こんな戦をさせたのか？

小柳君はきっと死んでいる、と思っていたら、彼は負傷はしていても骨には響かず、生きて帰っている。まったく運の巡り合わせか。良かった、良かった、と喜び合ったが、彼の記憶には僕との出会いはない。そうかも知れぬ。あの苦しい戦いの明け暮れ、自分の意思をまったく無視された、機械のようになった人間の日々であったろう。

偵察斥候

田口大尉が帰って来られて、集合を命ぜられた。どんな命令を受けて来られたのだろうか。しかし、その命令が如何なるものか、聞いた記憶がない。

戦線加入はないらしい。とすると、任務は何だろう。少なくとも、兵科の甲幹の小隊だ。もう少し、状況説明くらい欲しかったように思う。命令に理由は禁物くらいのことは判っているが、或る程度の状況説明と任務くらい、命令伝達の一環として欲しかった。

田口大尉にしてみれば、その頃、まだ百十四はミートキーナで、フーコンの五十五、五十六聯隊のように、苦戦はしていなかったから、甲幹の教官を拝命していなかったなら、ミートキーナで落ちついていられたかも知れぬ。命令とは厳しいものだ、と教官の立場になって考察もしてみたのであった。

幹部候補生の試験の時、試験に来られた吉丸中尉は、師団の現況について、

「師団は、只今、敵がインド方面からビルマ奪回を意図して、優勢な兵力でもって反攻作戦を開始した。我が菊兵団は、この敵に対し、フーコン地帯において十分敵を牽制し、その間、第十五軍の主力、すなわち弓、祭、烈の三個師団をもって、印緬国境を踏破し、インパールを攻略し、その機を待って、我が師団は反撃に転じ、フーコン、アッサムの間において、敵を圧倒・殲滅するのだ。我が菊の師団長は、大東亜戦争発起の時の大本営の作戦部長だ。戦術においては、並ぶ者なき優秀なお方だ。皆、師団長を信頼し、渾身の勇をもって奮励努力しよう」

と励まして下さったことが、今になっても思い出される。結果的には、画餅《がべい》に帰したが、上官と部下との信頼感、使命感、責任感、団結心を育成していくため、極めて有効であったと今も思われてならぬ。あの吉丸中尉も翌年戦死。

三キロくらい退《さが》ったところで小休止。それから、左のジャングルに分け入り始めた。敵に向かって右側方だ。もちろん、道はない。ところが、蔓、内地の家にあった乳母車の車体の蔓が無数にはびこって続く。その中を教官は、先頭に立って進まれる。もちろん、軍刀で切り開きながら。だけども、これは大変だ。無線の兵が大変だ。これは偵察行か？

どうしたのだろう。しばらくすると、先方に只ならぬ音、ガタ、ガタ、ガタ、ガタ、ウオーウオー、ウオー、ウオー、何事か？　しばらく止まっていると、音は次第に遠ざかる。動き出して先のところと思われる場所に行くと、何とそれは、象の逃げて行った跡だ。

お陰で道が出来た。急坂に差し掛かった。象はそこを構わず登っている。木と木の間を押し開け、へし分け登って、木の皮が剝がれている。まったく驚く。象の皮膚は、木の皮より強いのだ。まったく呆れた。

小さな尾根を越えて下って行くと、川があった。徒渉できるので、渡って向こうの河原に出たら、河原に虎の足跡がずっと続いている。しばらくその河原で休憩、食事。

これでようやく判った。敵の我が後方迂回の状況偵察なんだ。

教官は、磁石と地図を読んでおられる。こっそり眺めさせてもらった。戦闘司令所の命令との見比べだ。教官は、通信紙に報告文を認《したた》め、無線の下士官に渡された。無線の兵は、無電に変えて送っている。暗号なんだろうが、それは判らぬ。

始めて見る戦場の活動。感激だ。何キロくらい歩いたか、前、来た道を退き返す。

山蛭

退き返しながら、小休止した。帰りは、行くより早い感じだ。ふと気が付くと、向こうから何かみみずのようなのが、ピョン、ピョン、スル、スル、枯れ葉の上をやって来る。何だ？　と思って見ると、それは蛭《ひる》だ。

ビルマには、ジャングルに蛭がいる。この蛭は、人間の体の至るところに吸い付く。木の上にもいる。上から、ポトン、ポトンと落ちて来たのだ。これは、大変だ。そうそうに出発した。

ビルマはまさに、瘴癘《しょうれい》の地だ。先のサーモで別れた川崎君やほかにも一杯いたが、あのビルマ腐れに罹《かか》った兵、今、こうして蛭が飛び付き、天から降ってくる中を悪戦苦闘しているのだ。やっと、本道に出た。

制空権

上空には、Ｐ40が三機、四機、編隊で地上すれすれに飛びかい、また、Ｃ46輸送機が、多い時は四機編隊くらいで悠々と上空を飛んでいる。雲南とレドの間を往復するらしい。絶対制空権下の戦闘の何と不利で、悔やしいことか！　サーモでうんざりするほど、味わされたが、ここフーコンでもまったく同じだ。友軍機はまったくいない。これでは戦にならぬ。

地上戦闘は、僕らは参加していないが、この後方においても、こんな状態だ。前線は押して知るべし。ああ、何たることか！　敵はまったく日本軍を問題にしていないではないか！　我が物顔とは、こんな状態だろう。これでは、幾ら菊の精鋭でも戦にならぬ。寡を以て衆を破るは、日本軍の伝統だ。だけれども、そこには自ずから限度があるはず。悔やしいので、つい、いろんなことを考えてしまう。

教官に従い、また数キロさがった。同様に左に入って行く。敵はどうも師団の右後方に迂回して、師団の後方を遮断・包囲する作戦をとっていると、師団の戦闘司令所では判断して、こんな任務を候補生隊に与えたのだろう。

だんだん、状況が飲み込めて来た。しかし、教官は何も言われぬから、悟るほかない。でも、悟って来ると、張り合いが出て来た。

例の物凄い刺のある蔓の中を通過する時、指の爪の中にその刺が刺さった。その刺は、敗戦の後、数年してようやく出て来た。その間、ずっと爪に型が付いて引っ込んでいた。ビルマの遺品だといって記念に取っていたが、いつの間にかなくなった。

三島の重砲

ある日、静岡の三島から来た野戦重砲の大隊と出会った。十五センチの榴弾砲である。砲・牽引の軍馬、頼もしい限りだ。が、肝心の弾があまりないらしい。小休止の合間にそっと、側の兵に様子を聞いたら、「撃ちたいけれども、弾が少なく、参っている」という話。まったくいずこも同じか！

もう一つ。それは、砲兵は、観測班が前に出るか、飛行機が上空から敵状を偵察、観測してくれないと、盲撃ちになって、話にならぬ。この両方とも、今の我が軍には、処置の仕様がない。無念残念。宝の持ち腐れか！

聯隊の戦史を読むと、ワローバンの付近の弾薬集積所には、軍が後退する直前にも、各種の弾が山積されていたとか？ 師団の後退の後衛中隊長を命ぜられた第二中隊長が、近づく敵に思いっ切り、特に擲弾筒の弾を、撃ち込んでやりたい、と弾薬集積所に弾を受領に行ったら、そこには、擲弾筒の弾も、手榴弾も、砲弾も、沢山残っていたと書いてある。

結局、これらは空しく敵の中に放置され、火線では、弾がなくて苦戦・惨憺しているのに、後方部隊の出し惜しみ、シミッタレ根性が、部分的な敗戦の一因ともなった例だと思われる。食料関係においても同様のことが、随所に見える。

三島の重砲も、こんなことで、フーコンの山の中では宝の持ち腐れであった。しかし、重砲の機能が発揮できない地帯だったから兵は苦戦し、多大の犠牲は払ったが、長期持久の戦術を可能にしたのだ。あのジャングルでなく平野で、メイクテーラのような戦場だったら、彼我の戦力差からして、フーコンで、メイクテーラの前に壊滅していたであろう。

こんなことを書くのは、生き残った人間として、亡くなった戦友・先輩にまことに申し訳ないが、書かずにはおれない。それは僕なりに、戦力比の考察を誤った戦など、絶対禁物だと思うが故だ。

しかし、人間が神の域に到達しない限り、なかなか終わりそうもない戦力競争である。この戦力競争の現代において、どこをどう勘違いしているのか。まだまだ戦力競争は止みそうもない。米国中心の国連が力を持って来たから、戦前より良いが、未だに、ソ連の亡霊のあとを追い続け、平和、平和の平和ボケの人達が、騒ぐ。これが民族性だろうかと、情けない。

ジャンプキンタン

三回くらい、敵の迂回攻撃偵察をして、ジャンプキンタンの分水嶺に到着した。ここは険しい峠ではないが、ここを北に流れる水は、タルン河となり、やがてチンドウイン河となって、ずっと南のミンギャンの付近でイラワジ河に合流し、また南流してモガウン河となり、イラワジ河に注ぐのだ。

この峠で停止、壕を幾つも掘った。相変わらず右の方を重視されているようだ。右の方は、だらだら高くなる。しかも、生えている木が大木だ。根元から、五、六メートルくらいのところから、襞《ひだ》が五、六枚くらい出て、それがぐーっと根元に広がり、人間が根元の襞に入ると、銃撃を受けても、多分大丈夫と思われるくらい大きく深い。まったく驚く。こんな大木が無数に生え、まさに昼なお暗いというべきか？　上、中、その下に低木と蔓で、まったく凄い。

この峠の尾根は、現地人の道になっているようだ。歩き易いので、右に四キロくらい歩いて偵察したが、その頃までは異常なかった。

フーコンとの別れ

多分、昭和十九年三月五、六日頃か？　田口教官が、補助の下士官を呼んで、「候補生は、あまり長く使っておくと、学校派遣が遅れてしまうから、○○伍長、今から師団司令部の池田参謀のところに行って、このことを参謀にお伺いして来てくれよ」と告げておられたのを聞いた。

ここで田口大尉のもとを離れ、トラックと徒歩を併用して、補助の下士官と共にサズップ、モロコン、ナンヤセークへ、ここで一泊し、カマインまで下がった。

カマインに来たら、新たな情報が入った。それは、鉄道沿線のカーサ、モーニンの辺りに、敵の落下傘部隊が降下して、師団の後方が遮断され、鉄道は通れないという。皆それは大変だが、後方部隊が何とかするだろう、とにかくモガウンまで行って、連絡してもらうようにしよう、ということになり、以後は途中で仮眠したりして、夜明け頃、ポテンカトンに着いた。

ナハインの鉄橋の手前まで来た時、まだ明けやらぬ朝霧の中を、虎が悠々と目の前を横切って、ソンカの方に消えて行く。大きな姿だ。見事だなあ、立派だなあ、と皆が、感嘆の声を上げた。

この頃から、僕は技術部になされたことをがっかりして、とみに元気がなくなるのを、自分でも意識し始めた。右に行けば、例のソンカの歩兵団司令部のあったところだ。もうこの頃は、司令部も前線に出ているだろう。

モガウンに着いたら、前いたところは空襲で焼けていた。

モガウン東方の警備に着く

モガウンの東方の山、野戦病院の少し北方に敵の出現の情報があり、その警備を命ぜられた。多分、それは情報に終わったようであった。二日くらいだったろう。

そのうち、別の部隊がやって来て交替した。聞いたら、祭兵団とか言っていたが、祭はインパールの戦場に突撃するはずだのに、僕にはさっぱり判らぬような気がした。昭和十九年三月十日頃のことだ。用兵のことを、下っぱの我々が考えても所詮、詮ないことである。

こうして、残留候補生のところに帰り、幾日かが過ぎる。高い木のような上空遮蔽の草類の下で、とうとう天幕露営だ。乾期のビルマで、野原のようなところは快適だった。

モガウン河には、大きな魚がピョン、ピョン撥ねているが、例の釣り針はとっくになくしたので、術がないのだ。川岸に入ってみたら、足元がざくざくする。ジャリではなさそう。手を入れて取り上げて見たら、何とそれは貝ではないか。内地のタテガイとまったく同じだ。これはまったく偶然の発見。

取った、取った。沢山取って、現地人に盥《たらい》のような物を借りて、砂を吐かせ、煮て、殻を捨て、肉だけにして沢山食べた。思いがけない蛋白源となった。このモガウン河は、我が筑後川などより遙かに大きい。だのに、人間の数は遙かに少ないから、こんな川岸にいる貝類など、現地人は見向きもしないのだろう。

やがて、百十四聯隊から一人の少尉が来られた。三月十三、四日頃のことである。

菊兵団（第十八師団）との別れ

ああ！　考えれば、僕は工業学校に入学したのがそもそもの間違いだった。だから、教練査閲で幾ら褒められ、また、演習戦闘指揮で、他の候補生よりずば抜けていても、とうとう技術部に放り出されてしまったのだ。僕の適職は、軍人か坊主か百姓だ。技術などは、俺の進むべき分野ではないのに何たることか。

現代の人間から見れば、何と変な考えかと思う人もいるのが一般だが、あの時代の青年の半分は、多分、僕のような考えの人間で、いわば軍国主義の申し子のような青年であった。「自分の最も得意とする分野で、最大限にお国にご奉公するのだ」——士官学校には行けなくとも、少尉、中尉で死ぬのなら、士官学校卒業であろうと、幹部候補生であろうと、靖国神社に祀られる分には、どっち道おなじだ、小隊長、中隊長として働くのも、別に大した違いはあるまい。

こう思って、わざわざ歩兵科を志願したのに、何たることか、こんなことなら、大刀洗にいて、飛行整備の将校にでもなしてもらった方がどれだけましか、など、愚痴に愚痴が次々に零《こぼ》れて、遣る瀬ない思いに耽《ふけ》る毎日が続いた。

こうして、昭和十九年三月十三、四日頃、モガウンを出発することになった。ああ！ 菊兵団との別れだ。

あの時の、引率（?）の少尉の名前は、どうしても思い出せない。片手を首から吊って、チョコマカした動きが、第一印象として良くなかった。

第五章——大東亜戦争㈢

ビルマ方面軍司令部への道

菊兵団と別れて

昭和十九年三月十三日頃、五十六と百十四の両聯隊の甲幹と共にモガウンの駅で列車に乗り、ミートキーナに向かって発車した。モガウンの鉄橋は敵の意図か？　無傷だ。これで、遂に菊ともお別れだ！　ああ！　僅かの期間だった！　感慨まさに無量。

吉丸中尉が言われたように、火線に立つばかりがご奉公ではないが、たとえ士官学校には行けなくとも、宮永査閲官殿に褒められた実兵指揮を、歩兵小隊長として火線で奮戦することが、俺にもっとも適したご奉公の道と確信して、大刀洗を後にしたのに……。

こんな思いに胸が痛み、宮永大佐の、井上教官の顔が瞼に浮かび、暗闇の中を走る列車の軋《きし》みも虚ろな気持ちで、僅かにまどろんだと思ったら、列車はミートキーナのホームに入ったらしい。日本の駅のホームと違い、ホームが低く、降りるのに装具の重みでズシッと来た。

まだ暗闇というところだ。

駅の前の広場には、幾本かの合歓木が生え、疎らな町並みらしい。この町がビルマ最北の中心都市で、第百十四聯隊の守備範囲だ。田口教官の聯隊だ。

フーコンでは、あんな激戦が戦われているのに、ここは静かだ。何という広い戦線なのか。これでは敵はどこからでも、侵入できる。また、僕の戦術論が頭をもたげる。止めよう。

ふと上空を見ると、地平線の上空に北斗七星が、カシオペイアと共に見事な光を放っている。やはり、日本で見る北斗七星より、だいぶ地平線に近い。でも、満天の星とは、まさにこの星たちのことであろう。歩きつつ、我を忘れて見上げた。

間もなく、河原と思われるところに出た。これがイラワジの本流。案外近かったなあ！そんな思いで歩くのだが、それが、なかなか広い。遠い。ビルマの国の中心を一本の河で纏めているだけ。毎度思うことだが、スケールが違う。乾期のイラワジは、雨季の何十分の一の水量だろう。したがって、大部は河原になっているのだ。小休止の後、濃霧の夜が明けて来た。

桟橋が構築されている。その桟橋をずいぶん歩いた。もちろん木材桟橋だ。微かにエンジンの音がする。音が近づくと共に、白い船体が見えて来た。エンジン駆動のハシケだ。河口より約一千数百キロのこのミートキーナで、ポンポン船の船が走る。

この船に乗り、静かに岸を離れた。ゆっくり左の上流に向かい、やがてエンジン・ストップの状態で下航し、向こう岸に着いた。エンジンは停止の間、逆回転か、控え綱で引っ張っているのか？　記憶にない。

岸は、側に寄るまではよく判らなかったし、高くないようだったのに、側に寄ると、約二

十五、六メートルくらいの断崖だ。乗船場より五、六百メートルはあるだろう。すべてのスケールが内地と違う。まだまだ大陸に慣れない証拠だ。頭のスケールと現地が合わぬ。

この断崖を、小さなタラップともつかぬ足場で下りて、電光形の小道を登り頂上に出た。振り返ると、ミートキーナの平原が、朝靄《あさもや》の中に静かに眠る。あの靄の遙か彼方が、フーコンなのだ。今日も、昨日も、明日も、師団長以下の菊の先輩・戦友は、あのフーコンで、悪戦・死闘を続けられているのだ。静かに瞑目して、武運の長久を祈った。

しかし、あの戦況では、とても戦勝を勝ち取ることは至難中の至難の技だ。戦力が余りにも懸絶し過ぎる。本当の火線に立っていないから、言う資格はないが、サーモの銃撃・爆撃にうんざりした思い出が、大本営はなぜ、絶対被制空権下の戦を始めたのか？　との疑問が頭を離れぬ。

戦友の　先輩の　武運祈りつつ
霧の彼方の　フーコン拝む

戦いを　始める前に　戦力の
判断などか　誤りしなん

師団を離れるに当たり、僅かな戦場体験ともいえない体験から、体得されたこの疑問を、死を鴻毛よりも軽しと覚悟し、自覚すればするほど、疑問と憤懣をどうすることも出来なかった。死を恐れるのではない、厭《いと》うのでもない、下手くその戦が歯痒い。

ワインモウ

この今立っている地点を、ワインモウという。ミートキーナの対岸なのだ。先ほどから耳にしていたが、遠雷のような重爆撃機の爆音のような音が右下の方から聞こえて来る。じっと見ると、それはイラワジの流れが滝になって落下している瀑布の音だ。全流が鳴っているようでもないが、湾曲部となっているところが瀑布と見えて、一年中この爆音を轟かしている。

先ほどの船が木の葉のようで、イラワジの流速に押され、ほとんど動いているとも思われぬくらい、ゆっくり上流に向かって遡行して行く。目標は、先に乗船したあの桟橋なのかもしれない。

ミートキーナの町は靄の中で、ほとんど見えない。さらば、北ビルマ。この壕が俺の墓場だと覚悟して幾つも掘った、俺の墓場の北ビルマよ。フーコンのジャングルよ。

周囲に目をやると、モガウンで最後にいた、野原に生えていた木のような草の背の高いのが連続して続き、人家は疎らだ。

別に警戒の必要もなさそうなので、朝食を取ってから少し散歩してみた。こぶしの花が満開だ。至るところに生えている。赤、白、赤白の斑《まだら》など、珍しかったのは、現地の人は家の表に出て、この花ビラをご飯の菜に食事だ。女の子は髪にも刺している。珍しい。

あのぼろぼろの飯を、右の指で大皿の上で上手に丸め、ポンと口の中にほうり込むような仕種で食べている。平和だなあ！　と一種の感慨を禁じ得ない。魚など食膳に乗っていたかは記憶にない。

少し山の中に入る。ふと二、三メートル先の穴から、兎が飛び出して逃げて行く。おお穴兎。平坦な地面に兎が穴を掘って、入っているらしい。これはソンカでも見なかった。内地では以前、兎を飼育した時こんなことがあったが、兎は、このビルマでも同じ習性らしい。外敵に身を隠す弱者の本能か。どうして飛び出したか、もののはずみだろう。

このワインモウから先は、祭の師団輜重の自動車隊のお世話になるらしい。祭師団はインパール作戦に動員しているはずだが、どうなっているのか？　余分な考えはよそう。

北ビルマに見る日本との共通風俗

北ビルマの山で、まったく珍しい風俗に出会った。ふと家の玄関（？）に目が行くと、何か変な物が貼り付けてある。何だろう？　と近寄ってよく見ると、それは、牛の糞をアジロ編みの竹壁に、直径二十センチくらいにびしっと塗《ぬ》り付け、それに窪みを付け、窪みの中に綿を種ごと窪み全部に押し込んで、一種の飾りか、呪いか？　これは日本にはない風俗だが、次のものはまったく珍しい。

それは、注連縄《しめ》が家の玄関（？）に張られていたことだ。その構造もまったく同じ。もちろん日本の神社にある、あんな大きいものではないが、宮司の家や拝殿などにある小さな注連縄とまったく共通している。

まだある。それは、トコロテンの玄関（？）飾り。もう日本にはこの頃ほとんど見かけないが、僕らが小さい頃は、あのトコロテン（と称していた山芋の一種）を掘って来て綺麗に洗ったのを、正月の飾りに玄関に飾る家が方々にあり、店にも売っていた。ちょうどこの季節、ビルマの正月に当たっていたのかも知れない。

時間的余裕がないので、現地の人と話す時間はなかったが、百聞は一見にしかず、だ。距離を隔てる幾千キロ。文化的交流があったということも、まったく聞いたことも習ったこともない、この北ビルマの僻地というより山中で、日本文化、伝統とまったく共通の風俗を、ほんの通りすがりに出会うとは夢想だにしなかった。と同時に、ビルマに対する何とも言えない親近感を覚えた。

当時、僕はビルマにはビルマ民族を中心にカレン、シャン、カチン、グルカくらいの民族の構成と思っていたが、それはまるで勉強不足で、実際は十六以上の民族の集合体である。この地帯は、カチン州といって、民族的には、ある本によれば、リス族の住居地帯と説明されている。だから、僕が接触した辺りの人々は、またあの住居は、多分リス族の人々の住居ではなかったかと思われる。それは、ビルマを縦断してみてラングーン、マンダレー、サガイン、コーリン、ウントウ、サーモ、モガウン、ソンカ、フーコンの山の中はもちろん、まったく見掛けなかった風俗であった。この先ナンカンの辺りまでも、この風俗を見掛けた。

この地帯は、やがてミートキーナの苦戦により、守備隊長・水上源蔵少将が、己の命を犠牲にし、第百十四聯隊を主とする生存将兵を撤退させてくれた地帯である。

が、しかしとても息絶え絶えの将兵に、地帯の観察などできるはずがない。僕らは一種の路次行軍で、しかもこれから先は祭兵団の師団輜重が、ミートキーナの守備隊に物資補給した帰り荷（?）のトラックに便乗させてもらう、という幸運に恵まれて移動するのである。

余りにも深かった印象が、今も脳裏に焼きついて離れない。

カズからナロンへ

祭（第十五師団）師団の輜重隊のトラックに便乗して走った。割合道路は平坦だ。時々、河があるが、徐行して、危ないと思うところは、運転の兵が、「厚木板前えー」と車を停止して、運転台から叫ぶ。

すると、トラックに積まれている厚さ四、五センチ、長さ四、五メートルの板を荷台から下ろし、それをトラックの車輪の当たる車幅に合わせて敷き、数台のトラックの厚木板を継ぎ継ぎすると、いつの間にか、全車が向こう岸に渡ってしまう。兵科が違えば、こんなところにもまた、勉強の種がある。

こうして、ワインモウからカズというところに到着した。ここは斜面を斜めに下ったら、河幅は広いが浅い。どうするか？　と思って乗っていたら、トラックはそのままジャブ、ジャブと河の中に乗り入れた。

向こう岸に届いて、トラックを下りた。見ると、河端のあちこちに自動車の残骸が、川砂の中に埋もれていた。戦史を繙くと、我が兄弟師団龍第五十六師団の第百四十八聯隊が、疾風枯れ葉を巻くの勢いで追撃した戦勝の戦跡ということがわかって来た。この時の聯隊長・松本義六大佐は、我が四年生の時の査閲官で、褒められた。

その側に芋の一種か？　幹がくねってバシバシした葉の植物が生えている。その頃はまったく珍しかった。今は時を経て、観葉植物として日本にも店に出ているが、それがジャングルのように続いて繁っていた。

トラックがじゃぶじゃぶ渡るような、イラワジ河の支流の浅い河には、魚の二、三十センチくらいのが、無数に泳いでいる。人間が少ないので、魚が余っているのかな、と皆で笑いながら眺めた。

この夜は、ここで適当に天幕露営で夜明けを待った。フーコンでは、昼間は退避して、夜、動いた。砂の上の露営は、一番安心だ。僕はもちろん、装具は付けたままだった。皆のことは不詳。

「奴らフクロか、コソドロか、昼はひっそり音もなく、夜中になれば動き出す……」――こんな歌を、中国戦線で歌われたのを、習い覚えていた。だが、今やまったく日本軍の実態となってしまっていたが、今の僕らには辛うじて、夜眠って昼動く平常の状態に立ち返ったようだ。星を見、月を見て、人間の感情を取り戻すことが出来た。

フーコンでは、夜の月が恨めしかった。それは、敵機が月明かりを利用して攻撃して来るからだ。フーコンにいた頃は、たとえ火戦でなくとも、あの通り苦しかった。今、こうして平常（?）に立ち返ると、人間に立ち返ったような気がする。でも、戦友・先輩は、今も死んで逝っているのだ。

ナロンの夜

カズを立って、車は一路前進する。「厚木板ー前ぇ」の号令か、連絡か？　を幾度か繰り返しつつ、とある小さな部落に辿り着いた。部落名をナロンとかいうらしい。ここらも人家に例の牛糞の飾り（?）が見える。今夜は、またここに一泊だ。天幕を張って露営。

夜半、突然、ポカンという小さい爆発音がした。スワッと、銃を取って天幕を出た。左前方の小高い山の中腹に、赤吊り星の信号弾が上がっている。また一発。夜間の信号弾、敵襲ではないが、何かの報知の意味を持つ。

夕方、僕らがここに来たことは、この部落の者は知っている。昼間は、現地人は無線など使用しないなら、敵性情報の伝達法が少ないだろう。夜はこうして、信号弾で遠くのスパイ(?)に伝達する法がある。今、それをやっているのだと睨んだ僕は、皆に、「撃つぞ」と叫ぶと共に、続いて三発、信号弾の方に向かって急射撃をした。もちろん、闇夜に鉄砲。だけども、威嚇にはなる、と判断したのだ。誰かが、

「撃つな、危ないぞ」と叫ぶ。僕は、

「声を出すな」と叱責した。そして、続いて二発、撃ち込み、さらに装塡して様子を見た。その後、変化はないので、じっと様子を見て、執銃のまま背嚢を枕に仮眠した。

夜が明けてから、臆病者どもが、ガヤ、ガヤ騒ぐ。こんな連中と戦するのか？　厭だな！「戦場に来ていて、現地人か、僅かのスパイごときに恐れていて何事だ」と、怒鳴り返してやった。「その通りだ」と共鳴した候補生もいた。

サーモで銃撃されて撃ち返し、古年兵に殴られ、ここで同年の、しかも兵科の甲幹に、こんな臆病者が多いのにうんざりする僕であった。

僕は今も、あの時の行動が無鉄砲だったとは、決して思わぬ。これがあの頃の皇軍の神髄だと思っている。信号弾の打ち上げぐらいにびくびくするとは何事ぞ。

バーモ通過

夜が明けて、別に何の変化もないので、朝食を取って乗車し、バーモに向かって前進した。ナロンを出て前進して行くにつれ、道路は段々よくなって行く。モガウン、ポテンカトンのあたりの道路と比べると、少し道幅は狭いか？　でも、合歓木の並木が並んで立派な道路だった。バーモはモガウンより大きい町らしい。適所で大休止して食事。

ここは、イラワジの流れに面しているのか？　が、現地人を見掛けた記憶がない。退避していたのか？　僕の観察不足なのか？

長時間トラックに揺られ、疲れもあったか、ほとんど歩いた記憶がない。部隊が守備していると思ったが、兵力は幾許もなさそうだった。やがてトラックは発車し、揺られながら出発。

ナンカンの部落

バーモを出発して走るうちに、大きい河を渡った。サーモの退避場の側のナムイン河よりずっと大きい。概《おおむ》ね地勢は呑み込んでいるので、ここらは支那の雲南に近いし、雲南の山から流れている川だ。大きい吊り橋だ。これも英国の遺産か？　と感心する

河を渡ってさらに前進し、停止した。先のバーモも、このナンカンも、昭和十九年の暮は敵のレド公路打通の最終段階に来て絶対優勢の火力攻撃を受けた。辻参謀の「十五対一」の本を読むと、戦闘の推移が目に見えるようである。しかし、それだけ、戦友・先輩は悪戦苦闘、幾多の犠牲を払われたのである。

僕らは下車して、適地に装具を解いた。見ると、坂道の側を小さい河が流れ、河を利用した精米用の僕らの田舎でいう、ギットンと呼ぶ精米装置が、河の流れの順に並んで稼働している。佐賀の山の中の遺跡（？）が、いま働いている。

ギットンというのは、大きな木の一方を船のようにくり抜き、中ほどに軸状の支点を拵《こし》え、支点の一方に杵状の突起を構成し、その下に臼を据え、臼の中に米や籾を入れ、水が船状の水溜めに一杯になりかけると、そちらがぐっと下がり始め、杵が上がり、水が零《こぼ》れると、杵

が落ちて米や籾を突く。

この運動を繰り返して、長い時間をかけて米が精《しら》げ、または籾殻が取れ、やがて米が精米されて行く。僕の小さい時は水車に改良され、廃物の野晒があった。籾はトウスと呼ぶ、人二人くらいで回す大きな籾摺器が、家庭に置かれ、これで何十俵も籾を摺《す》って出荷した。

やがて、機械の籾摺機ができ、業者が生まれ、今は共同籾摺工場に変わり、精米もまさに隔世の進歩である。今はビルマも、あの頃より進歩しているはずだ。しかし、当時は実に懐かしかった。

また別のギットンで、紙の原料と思われるコウゾか（?）何かを入れて突いてた。坂の上の方に紙漉《す》きの家も見えた。まったく日本の田舎と同じ風景が懐かしい。

米を買って食べたら、日本のその頃、赤神力という名の米とそっくりで、味も平野部の長い反ったようなボロボロの米とは段違いで、日本の米と同じ美味《おい》しい米だった。

この地方もやはり、あのリス族の人達の生活地域だったのだろうか? 気候は日本の春の気候のようだ。つい、身の辺境にあるを忘れるような心境である。

命令の　まにまに動く　己が身は
　技術部に追われ　寂し日々かな

ナンカンの　ギットン見かけ　おもうかな
　ぶんかのげんし　ひとつならんか

しめかざり　ビルマの果てに　あろうとは
　人のぶんかの　ふしぎおもわる

山芋も　こぶしの花も　ギットンも
　トコロテンみな　しんきんのおもい

ゆうきゅうの　あめつちのながれ　ほのかなり
　さびしき日々に　やや光さす

フーコンの　戦のゆくえ　おもうかな
おのがちからの　およばずしるも

　ナンカンからワンチン、ラシオへの道

野火
ナンカンのギットン、紙漉きを見て、遥か日本の風俗に思いを致し、懐かしさを覚えて、ナンカンを後に、車は東北方に向かって走っているようだ。ずっと高原地帯というべきか？南アジア大陸のうねりの中を、今でいうドライブ気分か？
　フーコンの戦友・先輩の苦戦を偲び、命令・軍紀の厳しさを思い、輜重隊の車に揺られ、朧《おぼろ》な気持ちで左側方にふと目がゆくと、そこには大きな谷間を隔てた向こうの山に、延々と燃え盛る野火の姿があった。数百メートルか？ ずっと燃え続けている。

僕が少年の頃まで、佐賀の田舎の山でも、こんな光景を、春の山には毎年繰り返し、「山焼き」の名で、部落の年中行事の一つ、「公役《くやく》」として、実施された。それは、草刈り場として田圃に入れたり、牛馬の飼料として活用するため、柔らかい草を生育させる手段であった。焼かないと、二年目には草が固くなって、牛馬の飼料とし、田の肥料の草としては不適である。

畑の中に打ち込むのは、「埋め肥」といってむしろ二年、三年くらいの固い草が適する。今は化学肥料が発達し、山は建築材、水源涵養林、鳥獣保護など、多目的使命が加味され、山焼きは絶えた。

ナンカンの近くの高原地帯に、燃える野火を眺めて正午近く、或る地点に到達、耕地が疎らに見え、水がありそうだ。車は停車し、炊爨《すいさん》をすることになった。そうすると、野菜が欲しい。

煙草とタピオカに出合う

近所を見渡すと、見事に栄えた大きな葉の野菜が見えた。

「ああ、あそこに、見事に栄えた野菜がある。現地の人はどこに行ったか？」

止むを得ない。少し失敬するか、大きな株の中から三、四枚の葉を失敬して持って帰り、きざんで、まさに飯盒の蓋の中で煮ようとする直前、側に寄って来た永淵という農芸学校を卒業した候補生がふと、足を止め、

「おい、小副川、何ばしょっとか？ そいは、煙草の葉ぞ、そいば食うぎい、死ぬぞ」と注

意してくれた。

「あっ、まだ、煙草の葉ば食うて死ぬことあなかのう。有り難う」

僕は農家の子だが、その頃まで、煙草の葉を見たことがなかった。彼は、農芸学校の卒業だけに、真面目に勉強していたか、ところどころ勉強したか定かでないが、とにかく、これは有り難かった。ナロンで、僕の射撃に共鳴してくれたのも彼だった。きっと、真面目に勉強したのだろう。ずいぶん失礼だが、彼は二中隊育ちで、追及途中から親しくなったのだ。

あの親切だった彼も、ジャワの予備士官学校卒業後、追及、戦争末期のシッタンの戦闘で、見習士官の多分、小隊長として活躍・奮戦中、名誉の戦死をしている。聯隊史を繙《ひもと》きつつ、シッタンの戦闘を偲び、彼と一中隊で僕と同じ六班で育った橋本、機関銃の小隊長をしていた釘本が戦死し、さらに追及の時期をずらして一月遅れて来た辻、その他もう一人、顔の覚えがないが、やはり戦死している。聯隊史を繙くのも、彼らの冥福を祈る気持ちからである。

さて、煙草の葉を捨て何を取るかと見まわすと、ハコベのような草がある。これを煮てみるかと着想し、煮たらどうやら食えた。日本のとは違うか否か、その後試したこともないが、日本ではそんなことをせんでも不自由しないので、かえって変わり者扱いされる恐れもあり、試そうと思ったこともない。

ふと、薪のつもりで垣根の枯れたようなのがあるので、「ぐっ」と引っ張ってみたら、地中から、ぶくぶくっと芋が出て来た。見ると、それは追及途中、昭南の近くのコタテンギ兵《へい》站《たん》宿舎の下給品に一度出て来た、あのタピオカなのだ。これにはびっくりした。

「あっ、これがタピオカぞ」と、皆に知らせた。現地人がいるなら金を払うが、それも出来ず、時間もない。二株失敬する。このタピオカは、後バンコクでも、別の形で縁があった。

それは、タピオカうどん。物凄く引きが強い。ちょっと齟《か》んでも齟みきれなかった。あの粉を、小麦粉の中に或る割合に混合して、うどんを作ったら、きっと凄く美味しいうどんが出来るのではないか？　など、時々思うことがある。あるいはすでに業者の人は、実験済みだと笑われるかもしれない。

このナンカンからの道すがら、野火、煙草、はこべ（?・）、タピオカなど、いろんな物を見て走った。あんな火を、焼き畑と書いた本もあるが、焼き畑は、ソンカの陸稲の栽培がそうだ。これは敗戦後、僕も約二町歩ほど蕎《そ》麦《ば》と菜種の焼畑栽培をやった。

やがて、車は三叉路に突きあたって休憩した。何という地名だろうか？　祭師団の輜《し》重《ちょう》隊に聞いたら、モンユというらしい。かなり走ったし、夕方近いようだが、まだ露営でも宿泊でもない。ずいぶん走るのだな、車に乗り飽き、尻が痛い。人間て、勝手なものだ。

大体の方向としては、三叉路を右に曲がらねば方向が合わぬ。ところが、車は左の方向に走る。左は雲南のはずだ。これは一体どうしたのか？　と思いながらも、車に任せ、乗っているほかはない。どんどん谷間に下りて行く。ずいぶん下ったら、とうとう小川に出てしまった。

ワンチンの一泊

小川を渡ったら、この道はさらにずっと前の坂を登っている。僕らの車は、河を渡って直ぐ左折して停車した。下車してみると、今夜の宿泊所らしい。地名は何というか？　雰囲気から、今までのところと違う。ジット見ると、ここは龍師団の後方基地らしい。

地名を、ワンチン（支那の入口）と言うようだ。しかも、ここはビルマではない。支那だ。

雲南だ。龍は、先刻の道を真っ直ぐ登り、ぐっと先の方に芒市、龍陵、騰越、拉孟等々の広正面に展開しているようだ。ここが英、米の援蔣ルートの支那への第一起点なのだ。

これらは、この兵站基地の隊長らしい神田少尉という召集の老少尉が、子供に言って聞かせるような口振りで、僕の尋ねに応じて教えて下さった。本部か事務所ともつかぬその前に、敵の戦車の残骸が野晒《のざら》しになって放置してあった。戦利品の見本か？

この夜は、久しぶりにこの宿舎に泊まった。でも床も粗末で、厚木板を敷き詰めたばかりの、バッタン、バッタン、音がした。有り難かったのは、石鹸を貰い、ドラム缶の中に衣袴を入れ、ぐらぐら煮立てたことだ。

フーコン以来、着替えたこともなかったが、ここの一夜は天国に出会った思いで有り難かった。これで、フーコンの虱《しらみ》も、ようやく征伐できた。

風呂に入った記憶がないのは、多分、入らなかったのだろう。虱のもぞもぞする痒《かゆ》みがなくなり、天国のようでよく眠れた。戦史に見る葛折れの援蔣ルートは、あの先だ。

ピー

夜が明け、米を靴下に貰い（幾ら貰ったかは忘れた）、出発準備完了、いざ乗車の段階で、河の向こうに人の声がする。

「ああ、人がいるぞ」

しかも、女のはしゃぎ声だ。フーコン以来、現地の人の姿は、滅多に見なかったのに、ここでは、現地の人の朗らかな話し声が聞こえる。珍しいやら、嬉しいような感じだ。

声の方を見ると、姿、話、ビルマ人ではない。洗濯しているようだ。四、五人だ。綺麗だ。

化粧している。でも、話の意味が判らぬ。日本人のようだが、東北人か？ 皆が、ようやく判断した。それは、朝鮮出身のピー（慰安婦。あの時そう習った）たちだ。道理で言葉が判らぬはずだ。

神田少尉が、「そんなもの、見るんではない」と半分笑いながら、叱り（？）付けた。こちらは何もそんな変な気持ちではないが、兵隊以外の人間の声が珍しく、嬉しかった。

龍師団も、やはり菊師団以上に怠けている。菊では、こんな光景は僕は見なかった。戦場に来て真剣に戦のことを考えるなら、こんな怠けの象徴のような設備は、考えないはずだ。戦局の推移は、上級司令部は、手に取るように判っているはずである。

理屈はどうにでもつく。御勅諭を奉戴し、寡を以て大敵を覆滅するにはどうするか？ こんな、作戦でも戦略でもない普通、我々一兵士の人間すら判り切ったことを、陸大を出た秀才と称せられる軍司令官、師団長、参謀ら、なぜ事前に手を打とうとしないか？ この戦場感覚が菊の正面でも僕は耐えられない憤懣で、悔やしかった。ところがここ、龍のワンチンの、この慰安婦の存在を見、神田少尉の言葉を耳にしてフーコン以上の義憤だ。「この戦場も、菊の正面のフーコン地帯の悪戦苦闘は、情報が届いているはずなのに、事前の陣地構築等の手をまったく打とうとせず、放漫極まりない。ああ、精鋭といわれる菊、龍においてこの状態、他の兵団はおしてしるべし、後方にも兵はいるではないか」

こんな憤懣を覚えながら、再び輜重の車に乗った。

ラシオを目指し蹴鞠を見て

ワンチンと別れ、車は、昨日下って来た道を登り、モンユの交差点に到達し、一路、南に向かって走り行く。右の方に、昨日のナンカン方面への道が見える。ズーッと大きな山並みのうねりを下がって行く。

ふと気付くと、ここいらは一面の蕨《わらび》の原だ。やや、ほとれ過ぎだが、その延々と続く山並みは見渡す限りの蕨の高原。しかもそれに加えて、こぶしの花の満開が続く。緩やかな山並みの延々と続くその山肌に、まさに雲かとまごう、こぶしの花の満開の眺め。吉野の山の花盛りなど、まったくスケールが問題にならぬ。

戦もせず、生意気と思われるかも知れぬが、前述のようなその思いを胸に車上に揺られた。緩やかな高原をドライブ気分でいたら、突然、トラックが速度を落とした。あっ、と思って注意すると、桜並木に出合った。山桜の類だ。ああ、このシャン高原の北部は、日本の春のようだ。並木の外に小さな家並みがある。名を、ナンパッカとかいうらしい。小休止した。家数は、十四、五軒か？　でも、こんな道の側に並ぶ家並みは珍しい。

飴と落花生を固めたお菓子を売っている家があったので、少し買って食べてみた。まったく久しぶりのお菓子の味。桜並木は三百メートルも続いていなかった。でも、まったく郷愁をそそられる一齣であった。幹回りは約六十センチくらいあったか？　今に懐かしい。

さらにトラックの行進は続く。行進の途中、右下に部落が見え、広い庭（？）に青年達が十数人、輪を作って遊戯をしている。ほんのトラックの上からの眺めだから、眼底の映像の記憶の描写だが、竹かかずら（？）かで作った毬《まり》のような物を足の先で、ぽん、ぽんとお互いに蹴上げて、蹴り回しをやって進んでいる。地名は地図では、クッカイか？

小学校の国史の時間に、中大兄皇子と中臣鎌足との物語、すなわち、皇子が蹴鞠《けまり》を蹴った途端、蹴った靴がスッポヌケて側に落ちたのを、鎌足が拾って皇子に届けたことを契機として、のち二人を中心に大化改新を達成する端緒を開いたという故事を習ったが、今、その蹴鞠の遊戯を、ビルマの果てで見ようとは、それこそ夢想だにしなかった。

日本では、今は、皇室の雅楽部のお楽しみにやっている行事を、時々、テレビで見るが、ビルマでは、今でも一般庶民の楽しみの遊びとして存在する。

すでに今を去る六十一年、あの上半身裸体、下半身ロンジー姿のビルマの青年も、僕らと同じ年頃のようだったから、老いさばらえた、皺くちゃの老人になってしまっているか？　幽明境を異にしたか？

しかし、民族の流れは永遠なのだ。ウタカタの如く消え、結ぶ。一人の人間の命などは、民族の流れの中ではまさに泡沫だ。だから、今でもきっと、あの青年達の子か孫に受け継がれて、平和な遊びを楽しんでいると思う。

あの頃、トラックの上から、平和だなあ、楽しんでいるなあ！　との感慨があったので、今に忘れることが出来ないのだろう。

カズやナロンの注連飾り、トコロテンや、ナンカンのギットン、今見る蹴鞠、幾千キロを離れた遠い国の繋《つな》がりがどうなっているのか。考古学、民族学などの学者といわれる方々の研究は尊いに相違ないが、顕微鏡的研究と合わせ、望遠鏡的研究も合わせてお願いしたいものである。

センウイの戦車

ナンパッカを通過して、ずいぶん走った。道がぐーっと曲がった。急坂と言うか、しかし、ここは雰囲気が違う、一拠点だ。曲がり角の広場（？）とも言えないが、ちょっとした広場に、軽戦車が三輌停止している。日本軍の戦車だ。学校の兵営宿泊で見学し、覚えている。日本軍の戦車は、入隊以来、見たことがなかった。龍師団には、戦車があったのだ。屯営の裏は、戦車隊であったはずなのに、屯営で、一度も戦車のセの字も見せてくれなかった。軽戦車とはいえ、歩兵の肉弾よりましだ。見たら、途端に不満が湧く。

菊は、名前は菊だが、中味は龍に比べて一段劣るらしい。御紋章兵団などと煽《おだ》てて、中味は、劣等とはいかずとも、二級装備としか思えぬ。あの苦戦のフーコンに、どうして戦車を送らないのか？　この戦車を見なかったら、こんな気持ちも起こらなかったろうに、見た途端、フーコンの師団の苦戦が改めて思い出された。

今にして思えば、絶対戦力の欠如だが、あの頃はそんなことは知る由もない。軍司令官の作戦能力の拙劣さとしか映らなかった。それはまた、菊兵団の将兵がこの有り様を見れば、当然起こって来る不満であったろうと思う。

このセンウイという地点は、学校の地理で習った、クンロンという地点に通ずる道路の分岐点でもあり、戦略要点の一つである。そんなことで、戦車を配置していたのであろうか？　また、ここは僕の小学校の旧友の戦死の地となっている。センウイのどの辺りで、どんな戦闘だったか、もちろん知る由もないが、中田と言った。彼とは、ラングーンの競馬場兵站という、競馬場を改造した宿舎に仮泊していた彼を、野戦兵器廠の教育隊で修業中、情報を得て面会に行った。

あの頃は、歩兵五十六聯隊補充として追及と聞いたが、騰越の玉砕などがあり、転属させられたのであろうか？　菊は、断作戦においては、ナンカン、モンミット、ミートソン方面で戦い、センウイを戦場としたのは龍である。

龍の百四十八聯隊は、我が菊五十六聯隊とは、まるっきり兄弟聯隊で、肉親の兄弟、親戚が幾組あったか？　フーコンでも、小学校の同級生、同窓生が幾人死んだか。僕が生還したのは、むしろ不思議なくらいだ。天命か？

ラシオ到着、松並木に驚き喜ぶ

センウイ以後は、モンユ、ナンパッカ、クッカイ辺りの高原地帯と違い、森林、河、人家などがずいぶん多くなって来たようだ。四囲の情勢は、ラシオの町の範囲に入って来たらしい。パゴダも見える。洋館らしい建物も見えるようである。さすが、北シャン州の中心都市だ。トラックは、松の並木の通りを走り、停止した。

ここがラシオだ。ラングーンからの、鉄道の一方の終点なのだ。ミートキーナと並んで、北ビルマの中心都市である。

停止した道路の松の並木が珍しい。この松は、確か日本では、大王松（？）とかいった松だ。

日本の自然に生えている松とは違う。日本では、植木屋か公園のようなところに、鑑賞用として植栽されている。それが、ここでは並木なのだ。ビルマの山で、松という日本の植物の代表のようなこの大木を見て、無量の感慨を覚えた。

兵站宿舎は直ぐ側にあり、食事も貰い、一泊して列車に乗車、出発した。

ナンパッカの桜、ラシオの松、蹴鞠など、思い出は尽きぬ。

苛烈なる　死戦の前に　なごみにし

ビルマの山の　ふるさとの　かおり

ラシオからラングーンへの道

ゴクテークの鉄橋

ラシオの市街は、その頃までは平穏だった、パゴダや何か大きな洋館のような建物も見えた。辻参謀の「十五対一」を読むと、付近に王様の館があった、などと書いてあるから、あるいはそうかも知れない。歩いて見学した記憶もない。ゆっくり眠ったのであろう。

懐かしい松の並木と別れ、夕方、列車に乗った。列車は、追及途中の客車と同じだ。それは多分、四月の初め頃のことである。

列車の旅で夜間となると、周囲の観察も自然、散漫だ。つい、いろんな思いが頭の中を駆け巡る。月の光が冴え、平常の生活では、まったく気持ちよい、優雅な短歌の一つも自然に出て来るのが一般だが、今の僕らの境遇では、それより敵の飛行機の、夜間攻撃のチャンスを与えてやることになるのだ。

サーモで、昭和十八年の十二月二十八日から三十一日まで、陸軍の一式戦闘機が四機、上空を午前午後に二回ずつくらいか？　旋回してくれたら、その間、敵は一機も来なかった。十九年の一月一日の午後には、もうやって来た。三八銃では話にならぬ！

近代戦においては、制空権のない戦など考えるべきでないことが、一兵に至るまで骨の髄まで知らされた。飛行機が欲しい、飛行機が欲しい。なんで隼（一式戦）は来てくれないのか！

敵の弾を、サーモで、銃撃、爆撃、思いのままに叩き付けられてうんざりする中からの納得が、阿弥陀如来は大自然、大宇宙の姿を、釈迦その他の先哲が、人間に準《なぞら》えて表現された一種の表現法である、擬人法とでも表現するのか？

これが、僕の戦場における命をかけての納得で、平時の納得を超越できたと思う。体力もあったから、思考を巡らすことも出来たのだろう。つまらぬ思考と笑われるかも知れぬ。が、切羽詰まった人間の苦悩の結果か？

死を覚悟したとはいえども、やはり心の奥底には、生への未練、すなわち煩悩で一杯だ。地形・地物を最大限に利用し、死の瞬間まで、攻撃精神の権化となり、敵を圧倒・殲滅するのが我が使命だが、武運拙《つたな》く死の瞬間に立った場合は、莞爾として、念仏を黙唱し、大日本帝国の戦勝を祈念して、立派に戦死するのだ。

そして身は、北ビルマの辺境の名もない草原の壕の中で、骨は地表に残し、肉は地中に吸い込まれ、一部はガスになって宇宙に昇ってゆく。所詮は宇宙に戻って逝くのだ。ということは、宇宙こそ、阿弥陀如来の本姿なのだ。

六親、眷属はどこにもいないが、大自然、大宇宙は、いつもこの五尺の体を待ち受けてくれているのだ。善もなければ悪もない。皆一緒に吸い取って貰う。これが阿弥陀如来の摂取不捨の本願の姿なんだ。僧侶のお説教など、所詮は慰みに過ぎぬ。

ただ生きている間は、教育勅語、軍人勅諭を身に体し、一挙一動、訓《おし》えに背かぬように努力するのだ。これは、短い戦場生活以来、今日に至るまで変わらぬ僕の信念である。でも煩悩のなす悪戯《いたずら》、自ら振り返って常にお恥ずかしい次第である。

学校の時、県の教育会長をなされていた真崎甚三郎陸軍大将が学校にお出でになって、訓示をされた。その中に、今に忘れられないのは、次の言葉だ。

「人間は嘘を言ってはならぬ。自分に負けてはならぬ、自分にすら勝てない者が、他人に勝てるわけがないではないか、さらに、今、欧州では、ヒトラーが旺盛な戦力を誇示しているように見えるが、戦はそう簡単なものではない。

近代戦は、国の総力を上げての、いわゆる総力戦だ。桶狭間の信長のような戦勝は、近代戦にはあり得ぬ。ヒトラーに浮かれてはならぬ。日本には、ヒトラーには真似の出来ぬ金甌《きんおう》無欠《むけつ》の国体がある。三大強国に列する日本の栄光を、如何にして持続するか？

外交、戦略、共に正義、人道、国力判断を誤ってはならない。さらに思想戦が近代戦に加わり、思想戦に破れると、国は内から崩壊する。これは学校教育の大事な分野である」等々。

北ビルマの戦勢の推移を見、技術部に追われ、列車に揺られて、時間があると、つい大将のお話が、思い出されて、戦の前途に悲観的観測しか出てこない。

ふと、気が付いたら、物凄く深い谷間の上に架かる鉄橋の上であった。月の明かりが昼のようなので、よく下の方が見え、尻がむずむずするような気持ちで眺めた。この鉄橋の名称を、どこで聞いたか忘れたが、名にし負う、ゴクテークの鉄橋なのだ。

戦史を読むと、この地帯は、我が師団の小倉の百十四聯隊（木庭聯隊）と龍師団の福岡の百十三聯隊（松井聯隊）が攻略・追撃、通過した地域である。

この鉄橋が生き残っているのは、敵味方とも壊したら、後で復旧するときに大変な工事を予想したのではないかと想像した。それくらい、まったく恐ろしいほど高く長い鉄橋の姿が、鮮明に月の光に写し出されていた。もちろん、鉄橋の底は見えない。音が凄い。それで、眼が覚めたのだ。

地図を見ると、シボウなどの大事な地点を通過したはずだが、印象に残っていないところをみると、眠っていたか、印象が薄く漠然として通過したのであろうか。フーコンの山の苦戦を想起して、死んで逝く戦友にすまないと思う。

だらしない引率者

四月の初め、払暁、メイミョウの町に列車は到着し、退避することになった。メイミョウは、イギリス人が開発した、ビルマにおける避暑地らしい。平和な佇《たたず》まいの家が、散見される。でも、あちらこちらに防空壕も見える。

突然、早朝だというのに、爆音が響いて来た。皆、慌てて退避しだした。でも、爆音が敵機の爆音と違う。ああ、懐かしい友軍機の爆音だ。サーモ以来絶えて久しい友軍機。懐かしい隼の爆音。頭上を一機だが、日の丸が翼の下に霧を透かして見える。

おお、ここには、隼（一式戦闘機）がいた！　皆は敵機の爆音か、友軍機の爆音かの聞き分けは不可能だ。僕は、大刀洗航空廠勤務の経験から、戦場に飛び立つ隼を見送り、隼の爆音のみならず、友軍機の爆音は、二式戦闘機までの機種は、爆音のみで聞き分けた。二式戦闘機は、多くはないが、あの頃の青年の熱血か？　一度聞いたら忘れなかった。それが、飛行場勤務者の義務とすら、自覚していたのだった。

「おーい、友軍機だー。隼だー」

二回か、三回、叫んだ。皆、喜んで出てきた。隼は、半輪を描いて飛び去った。何のための飛行か、僕らには判らぬ。

ところが、引率者、○○少尉の姿が、見えぬ。しばらくして、ようやく防空壕の中から姿を現わした。こんな男が、どうして少尉に任官したのか？　まったく世の中は矛盾している。こんなことで、戦闘指揮が取れるはずがないではないか。逆の立場だったら、それこそビンタンモノだとつくづく思った。モガウンで着任（？）された時、変だと思い、あまり口を利《き》いたこともなかったが、やはり、こんな男かとがっかりした。

菊兵団は、日本の優秀兵団中の優秀兵団として勇名を天下に轟かしたが、その中にもこのような、あのサーモの古年兵のような、つまらぬ卑怯者も沢山いた。こういう人間は、平時においては、大言壮語、上官へのおもねりなど、抜け目のないこと夥《おびただ》しい。メイミョウの思い出は、こんなことで、僕にとってはいいものではなかった。

マンダレーの夜間被爆を見る

メイミョウを発って、列車は一路、南下する。この列車の進路を形勢する地勢は、相当急な勾配のようだ。日本の信越線の急勾配以上のようだ。やがて列車は、後戻りしかけた。あっと思って見ていると、しばらくして止まり、また、前進する。すると、先ほど通った線路が、今の線路の上に見える。しばらくして停止、また逆戻り、先の線路の下を通る。こうして行きつ戻りつ、下がって行く。

ふと前方を見ると、遙か彼方の平原に、火の手が上がる、何か？　と凝視すると、マンダレーの町が夜間爆撃を受け、燃えているようだとわかった。ビルマの戦局も、すでに末期症状を呈し始めたのではないか？

追及途中のマンダレーは、実に平穏だった。暑かったが、王城の濠の回りの駆け足、むさ苦び、熱風など、むしろ朗らかな思い出だったが、今、列車の上から見下ろすマンダレーは、只事ではなさそうだ。でも、列車はどうにか、マンダレーの駅に着いて停車したが、時間は短かった。先の爆撃を受けた場所はどこだったか、駅の近所ではなさそうだった。

やがて、列車はミンゲの破壊された鉄橋に近く停止、退避だ。もうすでに夜は明けはなれて、霧の中にあった。ふと、側の木の根元に、カメレオンの姿がある。何も知らぬげに、こちらを見上げ、するすると木の幹を登って行く。

少年時代、理科の時間で見たあの姿・形そのままだ。保護色の見本のように、直ぐ木の幹の色に変化する。頭や背中の凸凹も絵本そっくり。日本の蜴《とかげ》の類らしいが、数は多くないけれども、まったく珍しい可愛い小動物だ。

フーコンの山の虎、豹や至るところの木の上をクーッ、クーックークーッと鳴いて逃げつつ渡り歩く猿の群れ、癩病《らいびょう》に罹《かか》ったのか？　尻の辺りの毛が抜け落ちかけて、よろよろしながら彷徨《さまよ》う野犬、ビルマ腐れの風土病、人情豊かなビルマ人等々、退避大休止の合間に、様々な思いと事象が浮かび、また消えて行く。

夕闇の迫るのを待って、どこからともなく、列車が入って来た。鉄道兵の骨折りのお影か？　やがて、乗車し発車する。列車は相変わらずののろのろ列車なので、月の明かりが有り難いやら恨めしいやら、対空監視をしながら、駆け足くらいの速さで止まらず走る。すでに現地人の乗車はないようだ。

マスターおこわ、マスター鳥の足の追及当時の、ユーモアはすでに消えている。ビルマ戦局の推移が、こうして動きつつも感じ取らぬわけにはゆかぬ。

山羊飼いの山羊乳のサービス

早朝、列車はピョーボエという駅に着いた。ここで今日は、薄暮まで退避だ。列車を離れて、煉瓦と竹材作りの家並みを過ぎ、広場に出た。チャイナーの墓（あの頃、僕らは中国人の墓をこう呼んだ）を過ぎ、線路を離れて大休止。木陰もあり、食事を終わって、退避の場所には、適当だと落ちついた気持ちになっていたら、向こうから、二、三百頭と思われる山羊飼いの男が山羊を追って来る。小さいチンに似た犬も付いて来る。

「おお、こんな乾燥した地面の僅かな草でも、山羊は上手に草を食べて、乳を出すのだろうか？」といぶかりながら、背負い袋を枕代わりに寝そべっていた。

すると、山羊飼いの男はにこにこしながら、寄って来て、目様手様で山羊と飯盒を指さして、「マスター、マスター」と、空の飯盒の把手を握り、これを貸してくれと言っているみたいだ。

それを悟った？　僕は、大きくうなずいた。にこにこしながら、件《くだん》の男性は、飯盒を持って、山羊に近づいて、面白いように山羊の乳を絞りだした。

「あんな華奢な体のどこに、あんな沢山の乳があるのか？　と見取れていたら、たちまち二、三頭の山羊から、飯盒の七、八分目くらいの乳を絞って持って来てくれた。

さあ、お飲みなさい、と言ってにこにこしているみたいだ。有り難う、有り難う、と言って見たが、もちろん通じない。にこにこして手で合図するから、通じはする。

何かお返しを……、と思って、ふとモガウンの教育の時に戴いた、セレ（ビルマの木の葉で巻いた葉巻タバコ）を思い出した。

よし、この好意には　セレをと、セレを背負い袋の中から取り出し、彼に渡そうとするが、彼は受けようとしない。でも、たって、と言って渡した。彼はにこにこしながら、山羊の群を追って去っていった。

打算もなければ、利害もない。遠い国からやって来て、英国を駆逐してくれたとはいえ、戦勢すでに非なることを、知るや知らずや。仏の国、ビルマ人の親切が、僕の胸にジーンと響かずにはおかなかった。

行きがけのマスターおこわといい、コーリンの別れ際のお土産、お礼といい、さらに、次に認めるラングーンの、モン・セイミンの真心といい、いつまでも僕の胸に止まって離れぬ、仏の国、ビルマ人の純真無垢の姿である。

貰った山羊乳は、近所にいた戦友にも分け、沸騰させて、喜んで飲んだ。

ラングーン野戦兵器廠まで

この地帯は、約一年後の昭和二十年三月、四月頃になると、ビルマ方面軍の主力が事実上、壊滅した地帯である。

戦史を繙くと、インパール作戦敗退後の方面軍は、イラワジ河の天然の要害を利用して、退勢を挽回せんものと、第十五軍隷下の烈（第三十一師団）、弓（第三十三師団）、祭（第十五師団）三個師団をもって、イラワジ会戦と銘打ち反攻を企図したが、敵がパゴック、シンム、マダヤなどの広正面にわたり、戦車をむしろ主力とする圧倒的地上兵力と絶対優勢なる航空兵力をもって、一挙にメイクテーラの飛行場群を主攻正面とし、イラワジ河を渡河して攻撃して来た。

方面軍は急遽、第三十三軍隷下の菊（第十八師団）を第十五軍隷下に、辻参謀を第十五軍参謀に転属させ、さらに狼（第四十九師団）そのほか、勇師団（第二師団）の一部などの各種兵力を結集して、一大決戦を決行したが、多大の犠牲を被り、方面軍は、爾後、組織ある攻撃は不可能となり、事実上壊滅したのである。

我が菊兵団は、フーコン地帯で、多大の犠牲を払いながらも、長期持久九ヶ月余の長きにわたり、戦史に稀な勇戦敢闘で戦い抜いたのであるが、このメイクテーラでは、まさにアッという間に、フーコン地帯の犠牲に匹敵するような多大の犠牲を払い、大隊長の戦死数名、負傷数名、聾同然の聯隊長交代など、悲惨、悲劇の連続だった。

しかしながら、菊はその後の退却行においても、常に軍の主力として、さらに南西ビルマに孤立して、覆滅の危機に直面した、策集団（第二十八軍）などの各種部隊の撤退掩護作戦において、シッタン河河口における活躍は、大元帥に嘉賞の勅語まで賜っている。

そこには、多大の犠牲が伴う。我が同年の者も、ジャワの予備士官学校を卒業して、このシッタンの戦闘で、五人戦死している。

このピヨーボエで列車に乗車してから、ニュアンレビンという駅までの記憶はまったくない。ぼーっとしていたのか眠っていたのか。行く時、B25の銃撃を受けた。ゲッタイの駅は注意していたつもりが、見逃してしまった。タルンでいたのかも。仁戸田君がここで犠牲になってしまったのに……と心残りでならぬ。

ニュアンレビンという地名は、ずいぶん変な地名で、鬱蒼とした合歓木の並木の中であった。

大休止をして、四月十日頃、ラングーンの駅に到着し、兵站宿舎に急いだ。約半年振りに眺めるラングーンの町は、大きな爆撃も受けていなかったし、変化を認めるような有り様ではなかった。

もっとも、それは兵站の我が見える範囲のことである。

〆縄や　蕨こぶしの花見つつ
　フーコンに散りし　戦友《とも》思うかな

命令は　かしこみ受けるものなりと
　思えど　技術　やるせなきかな

戦勢の推移　移動の最中《さなか》にも
　みえて　行く末　おもわるるかな

ラングーン野戦兵器廠(1)

部隊連絡用バス

昭和十九年四月十日頃、約半年振りに舞い戻って来たラングーンの町は、見るところ、別に変化は感じなかった。

兵站宿舎に一泊し、翌日、方面軍司令部に行った。司令部の教育課に至り、書面を提出し、別命を賜るべく申告すると、担当の下士官（森田曹長）より、「ビルマ方面軍野戦兵器廠に至り、兵器廠長の命令を受けよ」との命令を受領した。そして、「馬車を用意するから、それに乗って行くように」と配慮いただいた。

「かたじけなし」と、思って待っていると、馬車（?・）がやって来た。見ると、あのサイゴンの町でよく見かけ、ラングーンの駅からの途中でも見かけた小さな、唐芋に目鼻を付けた玩具《おもちゃ》のような馬に鞍を置き、小さな車体に比べ、不釣り合いの車輪を付けた小さな馬車に、百十四聯隊から来た候補生と二人で乗せてもらい、チャッ、チャッ、チャッと軽い蹄《ひずめ》の音を響かせて、野戦兵器廠の正門を入った。

事務室にて、担当の下士官に命令書を手渡すと、副官が出て来られ、申告を受けて下さった。この副官は福岡出身で、明治の功臣、金子堅太郎の甥だと教えて下さった。僕らが菊兵団から派遣されたことを懐かしみ、かつ喜んで下さった。

次に、兵器廠長の部屋の前に立ち、兵器廠長に申告した。兵器廠長は、工兵大佐・横山与助といわれ、シンガポール攻略戦の時、破壊された橋梁、道路の修復など迅速・果敢に敢行し、作戦の進捗に偉大な功績をなした、ということで、軍司令官・山下奉文中将より感状を受けた方であることが、当時の作戦参謀・辻中佐の「シンガポール攻略作戦」に掲載されている。

もちろん、これは敗戦後のことであるが、申告当時の大佐は、背は高くないが、体はがっちりして悠揚迫らず、僕らの申告をにっこり受け止めてくださった。そして、

「菊は苦戦の最中、よく、こうして君達を、教育のため派遣してくれた。ここに菊の真価があるのだ。教育の内容は、副官から詳細を達するから、その命令に沿って修行するように」

と、言われ、兵器廠長室に入られた。副官は、

「諸君の定位置は、広中隊といって、インセンというところにある。全員揃うまで、そこで待機するのだ。隊長広中大尉は、君達と同じ菊百十四聯隊出身だ。判らないことがあれば、

隊長に相談し、また内容によっては、副官から伝達するようにする。インセンの広中隊までは、馬車で送ってやる」

と例の馬車がやって来るまで、所定の場所で待った。これで、ようやく判った。あの馬車は、いわば部隊連絡用のバスみたいなものなんだ。

ラングーン野戦兵器廠(2)

兵補

馬車に揺られて、兵器廠の正門前を右折して走り、さらに右折し、大きなパゴダの前を通り、また、右折してしばらく走り、右を見ると、そこが広中隊の正門である。

門を入って事務室に入り、到着を告げ、隊長・広中大尉殿に申告した。隊長は、

「俺は、貴様らと同じ菊の百十四出身だ。菊は今、フーコンで悪戦苦闘の中にあるのに、よくも貴様らをこうして教育派遣をしてくれた。その精神を理解して、しっかり頑張るのだぞ。まだ人員が揃わぬようだから、しばらく待機だ。待機する区所は、下の作業隊だ。今、班長を呼ぶ」

こうして、菊のフーコン地帯の苦戦の有り様など、僕らは火線参加はないので、サーモの銃爆撃、フーコン地帯の偵察行などのことを知っている範囲で報告がてら、聞かれるままにお話していたら、小森少尉という人が入って来た。彼も広中大尉と同じ百十四聯隊の出身で、隊付として隊長を補佐しているようだ。

やがて、作業隊から、宮原軍曹という人が入って来た。挨拶、自己紹介。彼は、弓師団

（弓第三十三師団）の出身で、ここの勤務を命ぜられている由。弓師団は、ビルマ攻略作戦当初からの作戦師団で、宇都宮師団である。今、第十五軍に属し、インパール作戦で苦労しているらしい。どこからともなく、そんな情報が入る。

こうして、戦闘師団から引き抜いて、後方勤務に付いてる有り様を見、操典の綱領第四の「軍紀は軍隊の命脈なり。戦場至る所境遇を異にし云々」の項目が、仄かに判る気がして来た。

宮原軍曹について、ダラダラの坂を下り、宿舎に着いた。宿舎は、タイのチュンポン以来のお馴染みの、真ん中に通路、両側に床、奥に装具、窓はバタン、バタン式のアンペラに木枠、壁もアンペラ、屋根はニッパ椰子か、茅葺《かやぶ》きの簡単な造り。珍しく、柱などは小さな角材だ。竹の柱ではない。でも、括《くく》り付けに使用しているのは、皆竹のヒゴ。

奥の方に下士官の部屋が向き合って二つ、宮原軍曹と、もう一人、当麻伍長という人がいた。彼も弓の出身の下士官だった。後は召集の兵隊で、四、五十人いただろうか？

ここに百十四聯隊から来た永岡と、僕がとりあえず入った。本部で金子副官から、先任を命ぜられていたので、以後ずっと先任を勤めた。

ふと気がつくと、同じような兵舎みたいなのが、三、四棟見える。宮原軍曹に尋ねたら、それらは、兵補といい、ビルマの青年を集めて、彼らに一応の教育を施し、兵器廠の弾薬庫構築など、各種の作業をやらせるための彼らの宿舎だと教えてくれた。

基本体操

時計は各種の条件で、内地の時間をそのまま使用していたようだ。起床が、確か八時半だった。ラッパでやったか、他の方法だったか忘れたが、僕らはお客みたいなもので、たいして、意とした記憶もない。

でも、点呼が済むと、坂を登って隊長事務室の前の広場に集合。隊長の命令伝達、会報、訓示などが行なわれる。ここには、兵器廠の各種機能が集まるらしく、主として下士官に引率された兵隊が方々から集合し、また兵補が約二百人くらいいるようで、結構の人数だ。

命令伝達など、中には兵補用のものもあるので、通訳は、兵補のいわば小隊長か（?）、班長クラスの者がやっていた。

それが済むと、基本体操の順番である。この基本体操の番になると、僕らの出番だ。今まで誰がやっていたか知らぬが、兵補が約二百人、その他各種の担任部署の下士官兵が集まるので結構賑やかで、司令台に立って号令を掛けるのが楽しい。たとえば、

「両手間隔にひらけ！　踵を上げ、膝を半ば曲げ、腕を横と上とに延ばせー、始め！」

こんな調子で、汗が一杯出るくらい、声を張り上げて号令を掛けると、気持ちまでがすっきりする。お陰で、技術部に放り出された憂鬱が、その瞬間はフットブのだった。

待機業務と雨季

待機の間、宮原班長の指導で、他の兵について半地下弾薬庫の構築作業の指導監督（?）を要請され、牛車隊（別名ガリ。ビルマ語か?）によって、角材を運搬したり、乾期のビルマの石のように固くなった土（小学校の理科の標本で見覚えのあるアルミニウムの原料鉱石、ボーキサイト鉱石が風化したのではないだろうかと想像した）を、鶴嘴《つるはし》で照南（シンガポール）の沿道で見た、現地の人のマンマンデーの草刈り類似のユックリ作業を、イライラしながら見守

り、「ウーム、これが我々との違いか」と、変てこな気持ちで眺めつつ、勤務を幾日か過ごした。

休憩の時間等には、宣撫工作によって習ったのか、兵補も現地人も揃って、日本の「愛国行進曲」、すなわち「見よ東海の空明けて　旭日高く輝けば　天地の正気潑剌と……」と、大声を張り上げて歌うので、つい、こちらもそれに釣られて大きな声で唱和した。

こうして、周囲を板材で囲い、曲がりなりにも、角材の屋根を葺いて弾薬庫らしいのが出来上がっていたが、雨季が本格化すると、あの固かった土は、まったくどろどろに崩れ出し、たちまち弾薬は水浸しになってしまった。実に無念、残念だ。

第一線部隊の武器・弾薬の不足を、火線に立たぬ身のいう資格はないが、サーモ以来、大方のことは知っているので、実に無念、残念の悔やしい思いをしたことが今に忘れられない。

まったく雨季に入ったビルマの日常は、凄いの一言。一天俄《にわか》にかき曇ったと思ったら、たちまち大粒の雨が来る。

「雨車軸を流す」という言葉は、中国の大バチの代名詞くらいに思っていたら、ここビルマの雨季の雨に遇って、まったくその認識不足を、うんざりするほど味わう機会を得た。

兵舎（?）の中にいても、この雨が降って来ると、通路の向こうにいる兵の姿がボンヤリしてよく見えない。飛沫《しぶき》が兵舎の中に入り、ちょうど、滝壺の飛沫を浴びているような感じである。薄い屋根を、雨が突き抜けはせぬかと、心配したくなるくらいだ。

かと思ったら、サッと雨はあがり、太陽がサンサン。でも、水はごうごう。先刻までカラカラの低地だったところは、たちまち一面の湖と化し、魚がピョンピョン撥《は》ねあがる。兵補に、

「魚が、ピョンピョン撥ねているが、どこから来たのかね」と尋ねると、兵補は、

「候補生殿、魚は、乾期の間、穴の中に寝ています」と答えた。

　まったく判らぬが、そうとでも思わねば結論の出しようがないようだ。ビルマの魚は、乾眠するのかも知れない。魚に限らず、蛇なども、喜んで水中、水上を泳ぎ回っている。

　木の芽も、一日一日ずんずん延びる。それを現地の人は摘《っ》み取って持って帰り、ご飯のお菜にするらしい。一杯手に握って帰って行く。

モン・セイミンとの出会い

　幾日か牛車隊に乗って、弾薬庫構築の作業隊の仕事に付いていたら、突然、向こうの兵補の小隊長（？）をしている通訳で、顔を知っている男が、僕のところにやって来た。

「候補生殿、僕の名前はセイミンと言います。候補生殿、セイミンに日本語を教えてください」

「ええ？　もう君は立派に日本語、話せるでしょう。それに、どうしてまた？」

「セイミンは、簡単な日本語を話すことは、出来るようになりました。また、片仮名や平仮名は覚えましたが、漢字が判りません。セイミンは、漢字が覚えたいのです。日本のお陰で、ビルマは独立することが出来ました。それで、セイミンは日本語を一杯勉強して、商人になり、日本との間の貿易に携わり、ビルマを立派な独立国として発展させるため、働きたいのです」

　彼のその風貌、言葉は、よく彼の人物を現わしている。

「おお、立派な心掛けだ。ところで、セイミンは、どこの大学出たの？」

「ジャクソン大学（今のラングーン大学＝ヤンゴン大学）に在学中でした」

「おお、立派な大学だ。判った。でも、どうして教えるか？　だね」

しばらく考えてみたが、

「漢字を羅列しても、仕様ないだろうから、何か物語でも書いて、その文章の中に、出来るだけ漢字を入れ、その漢字に仮名を付ければ、物語と漢字を同時に覚えられるから、そうするか？　でも、計画性はないよ」

「候補生殿、それがいいです。物語と漢字を同時に勉強できるなんて有り難いです」

「さあ、それで決まったようなものだが、セイミンね、ところで、僕は、紙がこの通信紙一冊だけだよ。困ったね」

「ああ、そうですか。では、セイミンが隊長殿にお願いして、外出させてもらい、セイミンの家に行って、帳面を持って来ます」

セイミンは、小躍りせんばかりに喜んで、さっそく翌日、自分の家から、大きな帳面を三冊持って来た。立派な家庭の御曹子のようだ。

「セイミンの家は、立派なご家庭のようだね。よし。やろう。でも、ちょっと待てよ。この帳面を見て気づいたが、これは隊長のお許しを得ないと、僕の一存には出来ないね。宮原班長にも相談してみるよ」

宮原班長に相談したら、そうした方がよいでしょうね、と言う。

広中隊長のところに、セイミンを連れて行って、報告がてら相談した。隊長は、

「セイミン、それはいいところに気が付いた。小副川の基本体操の号令に惚れたのだろうが、それはいい。ところで小副川、貴様、物語に自信あるか？」

「自信、と言われますと困りますが、あまり難しい物語でなく、小学校の頃から習った御伽《おとぎ》噺《ばなし》や古事記、大平記などの中の頭に残っているのを、思いつくまま、なるだけ平易に記載してみるつもりであります」

「おお、そうか。それしかあるまい。よし判った。その要領で、一度書いて見よ。そして書いたら、一番最初の文を、隊長のところに持って来て、見せなさい」

「持って来て見せなさい」には、ちょっと困ったが、今さら後には引けない。

「判りました。字が下手ですが、書いてお持ちしますので検討して下さい」

帰って、宿舎で想を練った。何から書き始めるか！　よし。日本は今、世界平和の聖戦の中にあるのだ。文章も、それにふさわしい文章にしなければなるまい。

ラングーンから北上する時、線路の側に線路構築のためか？　延々と続くクリークがあり、そのクリークに　蒲の穂が果てしなく続いていたのを見て、「俺たちも、ビルマの大国主命になるとばい」と、はしゃいで走ったことを思い出し、「大国主命の因幡の白兎の物語」を第一に、次に「八岐の大蛇の物語」を書いて、セイミンを呼び、二人で隊長の許に急いだ。

隊長は、「案外、早かったね」と言われ、「セイミン、読んで見なさい」と命ぜられた。セイミンが、読み始めると、隊長はじっと目を瞑《つむ》って、聞いておられたが、終わって、

「おお、案外、よく出来た。これはいいぞ。だけども、字が何としても下手だね。おい。川口上等兵」と事務室の川口上等兵を呼ばれ、

「この小副川の字は、とても、このままでは無理だ。この文章は、セイミンが勉強するだろうから、小副川は、もう一冊の帳面に別の文章を書け。その文章ができたら、川口上等兵は、それを持って本部に行き、謄写版にして、それを兵補教育の資料に使うようにしなさい。こ

れは何よりの宣撫活動だ。文章ごとに俺が確認しよう。いいね。小副川は、作業隊の仕事は、休んでもよい、その代わり、セイミンの帳面に、物語をできるだけ多く書いて、渡すようにしなさい」

こういう次第で、作業隊の仕事は僕は免じられ、もっぱら下手な字で物語を思い出すまま、「古事記」「大平記」「源平盛衰記」等々、また、今では、嘘、侵略の標本のようにいわれるが、あの頃の僕らがまったく信じきっていた満州事変の発端の柳条湖（溝）事件のことなど、学校の教練の副本として習ったことまで、記憶もしっかりしていたので、ずいぶん沢山書いた。

セイミンはまた、実に勉強家だった。ある夜中、トイレに起きて、ふと、セイミンの宿舎を見ると、まだ電燈が灯っているので、セイミンの部屋にいったら、まだ勉強している。

「セイミン、まだ頑張っているね。あんまり頑張ると、明日の業務が大変だ。体を壊してはならんから、早く休みなさい」

すると、セイミンは、

「候補生殿、有り難うございます。でも、セイミンは、候補生殿のお陰、日本語が勉強できます。始めに申しましたように、候補生殿の物語が面白く読め、暗記すると共に、漢字も少しずつ覚えて、とても楽しくて愉快です。セイミンは、勉強しながら、死んでもかまいません。楽しくって、疲れなど、感じないです」

このセイミンの言葉を聞いて、まったく圧倒される思いで、あのセイミンの迫力が、ヒョロヒョロの体のどこから出て来るのか、感激で僕も思わず力が入った。

僕が小学校の頃、担任の先生の中に、真崎甚三郎大将と同郷の先生がおられたが、その先

生が、

「真崎大将は、お前たちのように小さい時から勉強に熱心で、眠くなると、膝に錐を突き刺して、眠気を覚まして勉強をされたそうだぞ。お前らは、努力が足りぬ」

こう言って気合いを掛けられたが、セイミンの勉強振りに、つい、それを思い出すのであった。

セイミンから得た零《こぼ》れ話

インセンにおけるセイミンとの出会いは、ビルマに対する僕の認識を、決定的に「親ビルマ」にしてしまった。その零《こぼ》れ話を思い出すまま幾つか、書いてみたい。

1、モン、ウの区別

日本では、人の名前を表現するのに、性、名をもって表現する。ところが、ビルマではそれが違う。少年から青年の頃までは、名前の上にモンを付け、さらに年齢を重ねて行くと、名前の上にウを付けるようだ。

だから、今のセイミンは、モン・セイミンだが、もう少し年齢が行き、社会的地位が上がって行くと、ウ・セイミンとなるのだろう。だからモンは、日本でなら君くらいに相当し、ウは、さんか殿くらいに相当するようだ。

国によって、こんなに名前一つを取っても表現の仕方が違う。始めて他民族の青年と付き合い、民族誕生の歴史を異にする人々との交わり、理解の大事なことを思い知らされるのであった。

2、次にビルマは、多民族国家である。セイミンの話では、ビルマ民族が中心で、人口も一番多く約三千万くらい、後は主として東南の方にカレン族、東の山岳地帯にシャン族、北西の方にカチン族、南西の方にアラカン族その他多数の民族の集合国家で、英国は、中心のビルマ民族を苛《いじ》め、他の少数民族を可愛がり、その間に軋轢《あつれき》を発生させて、国家の独立を阻害して来たそうである。もちろん、そればかりではあるまい。

「英国人は、決して候補生殿のように、こうして話したり、食事を一緒にしてくれたりは致しません。日本の皆さんはこうして、僕たちと一緒に話をしたり、食事もしたりして下さいますのが、セイミンは有り難いです」

ああ、そうだったのか。やはり、黄色人種の共通性か？　幕末、維新の頃の日本の指導的立場の人が日本を守り通した功績を、セイミンの言葉を聞いて改めて認識させられたのであった。幕末に幕府、薩・長が戦ったら、分裂国家になってしまったかも知れぬ。

戦後購入した「ビルマを行く」という本を読むと、ビルマの民族は、セイミンに聞いた民族の数どころではなく、十六もの民族の集合国家である。僕がラングーンに来る途中に通ったバーモ、ナンカンの辺りは、メオ族、リス族の人たちの居住する地帯のようである。もちろん、ビルマ民族もいよう。

これら多くの民族も、仏教という共通の信仰によって、英国の見下げた妨害にもかかわらず、何とか共通の国民意識を持続し続けているのだ。

またセイミンは、インド人があまり好きではなかった。

「インド人は、ビルマに来る時は、体一つで来ます。そうして、ロクに食事も取らぬようにして、一生懸命働きます。やがて、お金を貯めると、その金を持ってインドに帰ってしまいます。

ビルマ人は、一生懸命働いて（日本人から見れば、果たして一生懸命か？　頑張るのは、セイミンのようなごく一部の人のみ？）お金がたまると、すぐパゴダに上げてしまい、自分は竹の柱のみすぼらしい家に住んで、国は少しも発展しません。だからセイミンは、日本の指導を頂いて、ビルマを立派な強い国にするため、勉強します」

この、セイミンの憂国の至情は、当時の僕とまったく共通の国民的共感であった。

一人増えた

僕がセイミンと付き合い始めて、しばらくして輜重隊から一人、柿本という候補生が到着した。彼の隊の本部は、僕らが試験の時入ったソンカの歩兵団司令部の手前を左に入ったところに配置されていた。地名をラバンガトンと言った。

遅れた理由を聞いても、別段大した理由もないらしく、やはり歩兵と違い、後方勤務の部隊のノンキサなのかも知れない。これで、ようやく三人になった。

フーコンでは、後方も火線も入り交じっていたが、ラバンガトンの辺りは、フーコン作戦末期、筑紫峠を越え、やっと辿り着いた菊の将兵が、安（第五十三師団）の収容部隊に収容されて、サーモの方向に向かい始めた地点である。僕は前後八回、通っているので、おおむねその地形は呑み込んでいた。

彼はさっそく、永岡とガリ部隊の隊列に入って行った。僕は相変わらず、セイミンとの約束の実行で、ある日、川口上等兵が、

「候補生殿は、さすがですね。僕らも同じように習っていますから、大体は覚えていますが、文章になすとすると大変です。さすがですね」と言って、褒めてくれた。

これにはちょっと面映《おもは》ゆい感じだった。まったく僕もよく頑張ったとは思う。A4版の百枚綴りに交互に書いて、大方、三冊は書いてしまった。川口上等兵はそれをガリ版に刷って、兵補の教育を熱心にやっているようであった。セイミンとの不思議な縁なのだろう。

ある時、広中隊長に、隊長室で「頑張ってくれて、ご苦労」と声をかけられた。隊長という立場の人の、この一声が、部下の立場の僕には、非常に嬉しかった。川口上等兵から褒められたり、インセンの生活は、僕にとっては意義深い期間であった。

やっと五人揃った

輜重隊から、柿本が来て間もなく、工兵隊から、また一人やって来た。名を小林という。温和な秀才肌の候補生で、フーコン地帯の奥のタイパカの辺りまで進出して、火線には立たなかったらしいが、苦労したのだろう。

僕は、ワローバンまで進出して、工兵聯隊長・深山中佐にお目にかかったことなどを話したが、もちろん、彼は知る由もなかった。

ミイトキーナの飛行場から、飛行機で送ってくれた由。偵察機が小さくて二人乗れないので、ジャンケンをしたら、自分が負けたが、相手の酒井という男は、我慢して俺を先に送ってくれた、と話してくれた。酒井という候補生は、そういう人物らしい。

やがて、酒井も幾日かして到着し、やっと五人そろった。それにしても、方面軍全軍から僅かこれだけとは、他の師団はどうしたのだろうか？

到着順に名簿を綴ってみると、次のようだ。

小副川（嘉村）甚次　歩兵第五十六聯隊、永岡正史　歩兵第百十四聯隊、柿本智浪　輜重兵第十二聯隊、小林千秋　工兵第十二聯隊、酒井大助　工兵第十二聯隊。
前述のように、部隊副官の金子中尉から先任を命ぜられ、以後も同様で、部隊本部や方面軍司令部との命令受領、連絡など、すべて僕がやることになった。

集合教育

皆揃ったので、集合教育という名の教育が始まった。何しろたった五人なので、ママゴトみたいなものだ。一応宿舎を移った。別に技術下士官候補の兵の教育も始められ、宿舎を同一にされた。

下士官候補の兵の教育は別なので、かち合うこともなかったが、宿舎における彼らの行状は、実に不届き千万な者が多かった。が、僕らは、一切そんなことにはタッチしないことにした。

教育といっても、よく考察してみると、この教育は、南方総軍で纏《まと》まって、兵器行政本部の教育隊に送るまでのものらしい。本当の教育は、兵器行政本部であることが判って来た。方面軍司令部の担当者は、森田曹長という下士官だった。僕らが兵なので、それは当然だろう。しかし、森田曹長は実に丁寧な人で、極めて懇切に指導してくれた。方面軍司令部の下士官ともなれば、こんな立派な人がいるのだと、感心させられた。

要するに、森田曹長とのやり取りは学校派遣の日程の連絡、要請であった。一日でも早く、学校に到着して、教育を受け、また再び菊に戻るのだ。こんなところで道草を食っている場合ではない。前線の師団の苦戦を知るだけに、この逸《はや》る心をどうしても、森田曹長を通して要請したのである。ところが、大きな組織の中では、僕ら一握りの人間のことなど、まったく通じないようだ。でも、繰り返し行っては、様子を伺った。

ラングーン野戦兵器廠(3)

集合教育

集合教育といっても、前述のようにたった五人だ。資料もなければ、人員も少ない。その中で、若干頭に残るものを思い出すまま拾ってみると、電気工学関係の指導をしてくれた上等兵がいた。この人は多分、どこかの大学を出た人で、相当の経歴の持ち主のように見えた。名前は失念。曰く。

「なにしろ、資料も何もないので、教育と言われても、困ってしまうよ」と一冊の英語の分厚い原書(?)を抱えて来て、講義らしいものをやってくれた。その講義が、何であったかよりも、僕がその時、ふと思ったのは、この人は上等兵だが、僕らが技術部の甲幹に合格し、任官したら、僕らの部下となるべき立場に置かれるのだ。

軍隊は矛盾が多いと聞かされたことがあるが、こういうことを言うのだろう。北ビルマのソンカの幹部候補生試験で遇った島上等兵は、京都帝大の法科卒業の法学士だったのに、一兵卒として、多分、フーコンの山の中で、戦死されているかも知れぬ。

御勅諭の忠節の項に、「軍人にして報国の心堅固ならざるは、如何程技芸に熟し学芸に長ずるも猶偶人にひとしかるべし」と訓戒されているが、ここらが、軍部の独占欲に悪用されている。

思想などのこともあるが、島さんは、実に立派な人格者だった。中隊長負傷を聞き、ソンカからモガウンまで夜通し、僕と歩いた。思想的に変な人が、どうしてあんなことが実行できるか。それを、落幹にして葬った、と思われる。思想的におかしいのは、陸大出の秀才馬鹿どもであることを戦史などを繙きつつ、今日つくづくうんざりさせられている。真の秀才の頭脳を信頼、活用できず、国の大事を克服できる道理がない。

自活兵器

あの頃はすでにインパール作戦の終局か？　苦戦の最中であったか？　兵器廠の一角、といっても、インセンの僕らの広中隊の道の向こうに、自活兵器の工場があった。

教育というより、見学である。前線は、撃つに弾なく、食うに食なく、着るに衣袴なく、まったく六無斎どころの騒ぎではないことは、兵器廠でも理解されて、何とか手を打ちたいとの着想から、内径約十センチくらいのパイプを所定の長さに切断して、迫撃砲の砲身とし、砲底、射程調節、点火装置、弾体などはここで設計、鋳物、機械工場で製作、手榴弾を弾頭に装着、発射は、山砲の薬包を流用し、何とか迫撃砲らしいのが出来上がっていた。

いよいよ試射があるので、候補生も見学せよという命令が届いた。場所は、インセンから北方に向かい、ミンガラドンの飛行場の側を走り、ビルマの士官学校の前を通ると、広い練兵場があった。その練兵場の端に迫撃砲を据え、発射試験をやるらしい。

兵器廠長は、もちろん見えていた。さらに第二十八軍の司令官・桜井省三中将も見え、僕らはその後ろに立って見学だ。兵隊が四人組で発射した。四十五度くらいの角度で飛び出したが、弾のガイドの羽が不十分なのか、途中でくるくる回り出した。もちろん、成功したのもあった。

「羽が小さすぎたな」と、兵器廠長が呟《つぶや》かれたのが、今に印象に残る。桜井中将はじっと身じろぎもせず、炎天の中を椅子に掛けて、実験の様子を凝視されていた。参謀も幾人かがいた。

何発試射したか、覚えないが、一応無事に終了した。軍司令官が帰りの自動車に歩く途中、「これでも、何とか脅しにはなるだろう」と兵器廠長に語っておられたのが、記憶に残る。

美人通訳

自活兵器の工場の事務室の前を通る時、コウモリ傘をさした女性を、ふと見かけた。裾模様の涼しい衣服。まあ例《たと》えてみれば、ちょっと大げさすぎるか（?）天女の羽衣を纏ったとでも言ってみたい姿、顔もそれなりに美人だった。

僕らが普通見かけるビルマ人は、裸足のロンジー姿に、俗にゴボウの白ヌタイみたいに黒い顔に白い粉液を斑《まだら》に塗りつけ、お世辞にも綺麗とはいえない姿で、通行するのを見続けた目には、むしろ奇異の感すらしたのだ。

「ほう！　こぎゃん美人もおるとばいのお」と、思わず声が出た。すると、突然、誰かが言った。

「あれゃー、きっとスパイじゃろう」

それで、またびっくりし、同時にこれだな！　とその時、思った。支那事変を起こして七年、他民族を信頼、指導も出来ない島国根性の日本人の偏狭性と驕りが因で、果てなく戦は続いて行く。こんな野戦兵器廠の片隅の自活兵器のアバラ屋で、何をスパイとやらの活動があり得るか。効果があるか?

僕は、サーモ、フーコン地帯で、敵と味方の戦力差をうんざりするほど味わわされて、戦略を知らぬお偉方の達観性なき戦力判断の欠如こそ苦戦の最大の原因で、スパイもヘッタクレもあるものか！　モン・セイミンとの縁が、僕のビルマ人への親近感を増し、余計にそう思えたかも知れぬ。

あの頃の日本の政府、軍部の戦略がどんなものだったか、結果論との批判覚悟で、後段でゆっくり記述するのでこの段階では省略することにする。これが温故知新、温故知新。

菊兵団の様子

方面軍司令部に連絡報告のついで、といってはすまぬが、ついでに、常磐台の兵站宿舎に例の故郷出身の下士官を訪ねると、菊兵団の様子が少しは判った。

1　その中で、一番気になったのは、我が八九〇三（五十六聯隊）の第一大隊長が行方不明になられたということだ。多分、六月の中頃だ。大隊長の芋生少佐殿は、僕の学校の時の配属将校であり、前線に行ってからの大隊長であった。戦線窮迫のため、試験委員長でありながら、お出で頂くことは出来なかったが、今、行方不明と聞いては気になること夥《おびただ》しい。

次に司令部に行った時、訪ねて行き伺ったら、苦戦の末に出て来られた由。どこからどうして、情報が入るのか？　それは聞かなかったが、有り難かった。

2、次に初年兵の追及である。これはもう少し後だったろう。僕らが、ビルマを出発する少し前だった。菊の初年兵が、競馬場兵站というところに宿泊していると聞き、誰か故郷の者がいないかと訪ねてみた。僕の一級下の中田君というのがいた。例の大福とバナナを持って行き、輸送指揮官に尋ねたら、大きな声で呼んで下さり、向こうからハーイと答えて出て来た。十五分くらい話して別れた。

あれが最後だった。彼はセンウイという地点で戦死したことになっている。あの頃は混戦状態だが、戦史を見ると、菊の作戦地境ではなく、龍師団の作戦地境ではないかと思う。だとすると、龍師団の百四十八聯隊で、戦死しているかも知れない。センウイは僕も通り、あの頃、軽戦車を見、捜索隊だったのか？　その他二、三の思い出があるが、省くことにする。

マンゴー、マンゴスチン、パンの実

宿舎の近くに、大きなマンゴーの木があった。七月頃か？　そのマンゴーの実が黄色く熟れて、ちょうど勾玉《まがたま》を大きくしたような何とも優雅な形で、長いなり付きの下にぶら下がって風に揺れている。兵補がそれを喜んで取って来て、食べさせてくれた。南方産の果物の初味、何ともいえない美味《おい》しさ、まったくとろけそうだ。味が強いせいか、肌の弱い人は、やや気触《かぶ》れ気味の人もいた。

マンゴスチンは、野戦兵器廠の本部の近くの大きな木の梢に沢山なっていた。これも兵補のお陰、沢山食べた。日本の椿の二倍か、三倍くらいの大きな実で、ホジケて中から白い果肉がちょうど、椿の種のように出てきて、その種の回りの白いところがまことに旨い。アゴの落ちそうな味である。ドリアンは、始め何ともいえない臭みがあるが、このマンゴスチンは、仄かな香り、その味はビルマの味か？　忘れることは出来ない。

パン（ビルマ語はジャクプルース）の実と、僕らは勝手に言った（誰かが知った振りして教え〈?・〉たのがいつの間にか呼び慣れたのだろう）が、平成十年、観光のお陰、かの地に行きガイドさんに聞いたのが、本当の名前だ。この実は前にも書いたが、幹の肌から真っ直ぐ実が出

る。奇妙な果物で、僕らの頭よりずっと大きくなる。無数の柔らかい刺みたいな凸凹に覆われ、誰かが釈迦頭とも教え（?）た。

熟すると、優雅な香りがして、中に沢山の種とその種を黄色く包んだ果肉がある。それが、マンゴスチンほどではなくとも実に旨い。種は煮ると甘味は少ないが、栗に似ている。砂糖を入れて煮て、美味しく食べた。これらは皆、セイミンの部下がこまめにサービスしてくれた。

あとは雨季に入って、湖に飛び跳ねる魚を焼き、蛇を取って革を剝ぎ、砂糖と塩で味付けて、兵補が持って来てくれた。セイミンのお陰、兵補とも仲良しになることができ、インセンの日々は、充実した思い出として今に残る。

兵補の逃亡

ビルマの戦況が日に日に厳しくなっているのは、後方にいても僕らにも判った。決定的なのは、インパール作戦の敗退、中止だった。ある日、セイミンが、

「候補生殿、日本は、ビルマの面積の半分より小さいでしょう。人口も、ビルマより多いけれども、支那やイギリス、アメリカと比べると、ずっと少ないでしょう。長く戦争が続いて、本当に勝てるでしょうか?」

これらは戦略以前の達観性だ。この質問には、ぐっと詰まった。

菊のフーコン地帯の苦戦を、サーモで受けた銃撃・爆撃の下の悔やしさを、彼我の戦力差の実態を、嫌というほど、これでもかこれでもか、と味わわされているのだ。

「僕らは、こうしてやって来て教育中だが、すべて命令によって動かねばならない立場だ。

セイミンの疑問は、痛いほど判るよ。命はとっくの昔、お国に捧げている。勝敗のことはもっと、お偉い立場の人が考えることで、僕らは突撃に進め、と命令されれば、火の中、水の中でも突っ込んで行くのさ。返事にはなっていないが、まあ、そんなことよ」

セイミンたち、兵補間は、インパール作戦における日本軍の敗戦の情報は、打てば響くように伝わって来たのだろう。

それが、日本の敗戦とビルマの運命、自分の運命について、日本語の勉強の真っ最中だのに、愕然としたのだろう。返事にもならない返事を僕から聞き、失望したに相違ないセイミンの心情を察して、複雑な気持ちであった。あの秀才のセイミンの……。

その幾日か後、多数の兵補が逃亡した。タートン、チットウェイは、逃亡の組に入っていたらしく、あれ以来姿を見せぬ。セイミンとターオンは残ってくれた。

「候補生殿、セイミンとターオンは、いつまでもここにいます。頑張りますので、よろしく頼みます」

こうして兵補の約半数は逃亡したのに、彼らは残ってくれて、後を纏めてくれたようであった。

あの真面目な秀才のモン・セイミンのことは、六十一年後の今日も、僕の脳裏に焼きついて離れない。戦争末期の混乱に巻き込まれて、命を落としたのではないかと案じ続けている。

甲種幹部候補生を拝命

弾薬庫の構築、日本語（お伽噺などの思いつくままの記述）の、モン・セイミンへのサービス。それは、兵補への宣撫教育に思わぬ効果があったと、中隊長広中大尉が認めてくれ、技術部に追い遣られたことを落胆していた僕に若干の慰めとなったり、自活兵器の開発の一部をかいま見、悲観と一縷の望みを感じたり、そうこうしているうちに、昭和十九年の七月の中旬、本部から、単独の軍装で出頭するように命令が届いた。

五人揃って本部に出頭し、金子副官に到着の報告をすると、副官から、

「只今から、貴様らの、技術部甲種幹部候補生合格の命令の伝達が兵器廠長殿からあるから、兵器廠長殿の部屋に入る。ついては、その命令受領の要領を指導する」

こうして、五人揃って、陸軍技術部甲種幹部候補生の命令を伝達され、伍長の階級に進級し、僕が代表で申告をした。多分、昭和十九年七月二十日頃であったと記憶する。

本当の教育隊は東京であることは、前から判っていたので、この上は一日も早く東京の兵器行政本部に派遣されたい、と方面軍司令部の森田曹長のところに、度々お伺いした。

ビルマ方面軍司令部出発の日

昭和十九年八月二十日頃、森田曹長の計らいで、いよいよ、ビルマを出発する日が到来した。バンコックのドムアン空港まで、飛行機で送ってくれる由。陸上、海上ではとても大変なことは、当時、伝聞以上のものがあったのだ。内地を出航した船団の七、八割は、敵の攻撃で、撃沈される有り様であったらしい。やがて、僕もその運命を辿るのだが、自らの運命など知る由もなかった。

何、教育を受けたら、またビルマに帰って来るくらいの、のんびり気分でいたのだ。でも、出発の命令は厳しい。早朝、迎えのトラックに便乗させて貰って、ミンガラドンの飛行場まで送って頂く由。有り難い。本部、中隊長に、皆で申告して回った。

夜、就寝前、朝が早いというので、セイミンのところに別れに行く。ターオンも一緒になってくれた。

「セイミン、ターオン、お世話になったね。僕は、教育を受けるため、明日の朝早く、ミンガラドンから、飛行機で東京に出発するように命令が来ている。

貴方たち二人には、特にお世話になったね。有り難う。貴方たちに会えたので、ビルマの人たちに親しくなることができ、本当に嬉しかった。いろいろ教えて貰ったことが有り難い。僕はセイミンと、ターオンたちが、僕の下手な文章を喜んで利用して貰ったことが、いつまでも忘れられないだろう。また会えることを祈る気持ちだが、どうか二人とも、体を大事に用心して頑張って下さい」

「候補生殿、セイミンは候補生殿のお陰、日本語の漢字を少しでしたが、覚えさせて貰いました。さらに日本の古い物語など、それが楽しかったです。ほとんど暗記しています。候補生殿も、体を大事に頑張って下さい。もう会えないと思いますが、セイミンのことはいつまでも覚えていて下さい」

ターオンもまた、セイミンと同じような別れの挨拶をして、しっかり手を握り、うっかり涙が零《こぼ》れて来た。男児涙なきにあらず、別離の時に濯《すす》がず、を忘れて。人間同志の情というものだろう。民族の壁を乗り越えた親しさだった。

「明日は早いから、見送らなくてもいいよ」こう言って、別れた。

パンの実の食べ残りが、セイミンの机の上に名残り惜しく残っているようだった。

出発

日本と二時間半ほどの時差だから黎明か？　多分、日本の時間にすれば四時半か、五時頃だったろう。装具を整え、正門に向かった。自動車はすでに到着し、我々を待っていた。

セイミンと、ターオンほか五人くらいの兵補が、見送りに来てくれた。

「いい」と言ったのに、やはり、見送ってくれた。有り難かった。川口上等兵と小森少尉が、中隊長代理で見送ってくれた。二人とも歩兵百十四聯隊の出身で、菊兵団の思いが忘れられなかったのだ、と感謝した。

ミンガラドンの飛行場に着いたら、飛行機は九七重の二型だ。すでに唸りを発して回転していた。脚立から、主翼に乗り中に入る。僕は一番前の爆撃窓に乗った。ここが一番見晴らしが良いからだ。九七重の二型は、大刀洗以来で懐かしい。

僕らのほかにも、いろんな業務連絡などの人が沢山乗っていた。もちろん、僕ら以外は誰も知らぬ。僕は、自分たちだけの名簿は持っているが、後は方面軍司令部から、すべて連絡済みであることは、方面軍司令部の森田曹長に聞かされていたので安心していた。

飛行場の滑走に移った。地面が線状になって走り、やがて地上に浮いた。見る見る眼下にラングーンの平野が広がり、南のデルタ地帯のヘドロが、ちょうど有明海のようだ。

「さらば、ビルマよ。永遠なれ。亡き戦友の御魂よ。御冥福を」瞑目して心で合掌。

熱帯雨林の鬱蒼としたジャングルを見下ろし、高度計を見ると二千八百くらい、熱帯でもこれくらいの高度になると、半袖では寒い。上衣は背負い袋の中にあるので、面倒臭い。じっと我慢する。

やがて、眼下にタイの平野が見えて来た。曲がりくねったメナム河の流れが見え、ドムアンの飛行場が見え、上空をゆっくり旋回しながら、次第に高度を下げて行く。ドーンと微かな衝撃があり、無事、ドムアンの飛行場に着陸した。

戦勝は　当然なりと　信じしに
　フーコンの苦戦　思いよらずも

大本営、なに見て戦　しかけしぞ
　フーコンの山の　苦戦偲びて

戦友《とも》逝きぬ　フーコンの野辺に　累々と
　などかなしなん　このまけいくさ

人の世の　運命の奇なり　いかならん
　死を覚悟せし　我は生きしに

セイミンの　巡り合わせも　奇なりけり
　彼の無事をぞ　ひたすらいのる

純真の　ビルマの友の　あの熱意
　助けん術の　我無く寂し

いざ去らば　ビルマの友よ　いざさらば
　静かにいのる　爆撃の窓
いざさらば　ビルマの友よ　戦友よ
　又の来る日を　静かに念ず

バンコックより照南へ

タイ国ドムアン飛行場の思い出

早朝、ミンガラドンを飛びたち、時間はどれくらい経ったか？　バンコックのドムアン飛行場に降りて、十一時頃までを、兵站の車が迎えに来てくれる、というので、それまで数時間の間を、飛行場の片隅に腰を下ろし、近くを見学したり、またアンペラ台に横臥し、携帯した乾パンを齧《かじ》りながら、滑走路を離・着陸する飛行機を眺めて時を過ごす。

飛んで来る飛行機は、一式戦闘機（隼）を主体として、九九双軽爆撃機なども見えたように記憶する。大刀洗の飛行場に比べ、だいぶ狭い感じである。周囲は田園地帯のようだ。延々と続く田園の中、小さい住宅、椰子の木などが入り交じり、長閑な田園風景が広がる。

痛恨！　友軍機の事故

思い出として今に忘れられないのは、内地を発進して来た隼（一式戦闘機）が何機飛行場に到着したか覚えがないが、兵站に出発するまでの数時間の間に、四機、事故を起こして駄目になった。第一線、火線に戦う兵団の将兵の苦労を余所《よそ》に、ああ、何たることか！　駄目の内容は、飛行場上空に飛来した隼が、上空旋回もロクにせず、滑走路の中ほどに初の着地操作をして滑走に移るので、まだ飛行機の惰力が十二分に残っていて、滑走路の末端で方向変換の方向舵を操作しなければ、先の田圃に突っ込むから、どうしても方向舵を、あの時は皆、左に切ったようだ。残った惰力のため、隼の脚の降着装置の基部から折れて、機体はガラガラッと滑走路に胴体着陸（？）だ。

ああ、何という下手くそな操縦技術か！　俺は大刀洗で、折りに触れて、前線に飛び立つ隼が給油のために着陸し、発進するのを何十機か何百機を見送っているが、こんな無様な姿は見た記憶がない。

滑走路の長さが短いのももちろんだが、いかに長い滑走路でも、滑走路の中ほどで初バウンドをするようでは、これはやはり、操縦技術の拙劣に帰すべきではなかろうか？　まことに残念至極だ。友軍機の操縦技術も、熟練操縦士の戦死が激しく、ここまで落ちたのか！

火線に立つ我が聯隊などの戦闘部隊は、飛行機が欲しい、飛行機が欲しい。だが、幾ら飛行機を欲しがっても、飛行機は来てくれないから、すっかり諦め、苦戦につぐ苦戦に打ちのめされて死屍累々のフーコン戦など残念至極だ。

噫《ああ》、後方のこの有り様、一体、何と表現するか。前線の幻、筆舌に尽くし難いとは、こんなことだろうか！　おまけに、飛行機の胴体には、愛国〇〇号と大きく赤字で、国民の血の滲《にじ》む愛国の至情が表示せられているではないか！

後で、照南（シンガポールの占領期間の日本名）に行って理解できたが、学徒出陣などで、訓練不足の操縦士が前線に出陣して、操縦士共に飛行機の犠牲も多かったのだろう。俺などを、わざわざ技術部にやるのもその一環か？　と国の苦戦に思いを馳せ、ビルマのモン・セイミンすら心配した戦争の前途が、ますます心配になって来た。

兵站宿舎等

兵站のトラックに揺られ、夕方、宿舎に着いた。地図も持たず盲人みたいなものだが、大方の検討はつく。王宮（？）からほど近いか。場所もいいし、都会の中だから、竹の柱に茅の屋根でもない。ラングーンの兵站宿舎程度か？　食事も用意してくれ、食堂に時間になって食べにゆくだけでよい。

食事の時間に、隣のテーブルにどこかの下士官（軍曹）が掛け、話しかけて来られた。

「どちらから来られましたか？」

「ビルマの菊の第十八師団であります」

「ほう。菊兵団からですか。菊は強かったですね。支那にいるとき、菊の強さをよくよく知らせてもらいました。南支にいました頃、菊の一聯隊は、某師団の一師団分の守備範囲を達成していましたよ。ちゃんと支那軍は、自分たちの正面の敵は、日本のどこの軍隊かを知っているのですからね」

この軍曹の任務は、聞いたはずだが忘れた。後方はまだまだ平和だ。こんな話を聞いて、菊の先輩の勇戦振りを、今さらの如く感激すると共に、ビルマにおける菊の苦戦に思いを馳せた。日本軍の戦力判断は、支那軍相手だったのか？

フーコン、サーモの戦場で、日本の戦力判断の誤りを、うんざりするほど味わったが、今この下士官の話を聞き、火線に立たない者は、軍人も一般の人も、こんな呑気な気持ちでいるのか、知らぬが仏か？　達観性なき民族性か？

食事の中で思い出されるのは、タピオカのうどんがある。このタピオカというのは、一番始めに出会ったのは追及途中、ジョホールバルの近所のコタテンギーの兵站の下給品で、木の根のような芋のような黒褐色の代物が配給され、ポクポクして甘味もない。あまり美味しくもなかったが、これがタピオカとの初の出会いだった。次は北ビルマのナンカンと、腕丁の間の地帯で、枯れた茎を引き抜いたら、地中から芋が出て来た。それがタピオカだった。

今度はその加工食品の、うどんである。うどんの引きの強いこと、まったく驚いた。簡単には嚙み切れないくらいの引きである。今、日本で時々、食堂に入って、引きの強いうどんを食べさせてくれる、うどん屋に出会うことがあるが、もちろん確かめたことはないが、あるいはタピオカの粉を混合しているのではないか？　と思うこともある。

義軍（？）の高級参謀か参謀長か？

僕の性格反省だが、ある者は無鉄砲、ある者は熱心、責任感の塊、あんなくそ真面目は虫が好かぬ等々。皆当たっていると思う。

あの辻参謀の本の「十五対一」の末尾に近く三四一頁に、サイゴンの総軍司令部からビルマの三十三軍に帰る途中、義軍の、同期の小西参謀と一夜を語り明かしたことが書いてあるが、当時の僕の心境としては、兵器行政本部幹部候補生隊に一日も早く到着して、教育を終了し、ふたたび菊に帰らねば、と思う一念であった。

そこで義の司令部を訪ね、僕らの主務担当課の係官に前記の件を、縷々《るる》陳述し、一日も早く、ドムアンの飛行場を内地に向け出発させて貰いたい、と懇願しに行った。

係官（将校か下士官か属官か失念）は、

「参謀長（高級参謀、それが失念す）のところに行って、お伺いしてみなさい。ここでは決しかねる」とのことである。

菊の苦戦の有り様と、一日も早く教育を終え、ふたたび菊に帰ってご奉公をせねば、死んで逝った菊の戦友、先輩に申し訳ない、という僕の愛国の至情には、感激して聞いてくれたようであった。

二階の参謀の部屋に案内され、直立不動の姿勢のまま、前記の我が真心を階下で申し述べた通り、ふたたび繰り返し懇請した。

大佐の参謀の飾緒が、僕の目には眩《まばゆ》いばかりである。僕の熱願を黙って聞いて、僕の顔を見詰めた鷹の目の参謀は、終わると、首を静かに左右に振っておもむろに口を開き、

「そちの言うことは、よく判った、でも、ここと内地の航空路の大部分は、森（ビルマ方面軍）が持っている。大きな組織の中の一齣として動く君らの動きは、ここから先は総軍の組織の中に入るはずだ。君の憂国の至情はよく判ったが、そういう次第だから、これから先は、昭南まで列車の旅で行き、昭南で新たな命令を受けなさい」

優しく、しかも威厳のある口調で整然と説得され、返す言葉もなかった。あの参謀が、辻参謀の本の小西参謀か否か？　すでに辻さんもおられない。辻さんとは、敗戦後何回かお目にかかった。死出の旅路の約一ヶ月前にも。あれが最後の姿だった。

辻さんという人は、政治家（？）で、僕にも快く会って下さった。偕行社関係などに資料があるかとも思うが、未済である。軍隊生活の短い期間、参謀の飾緒を付けた参謀と対話したのはこれが、初めの終わりだった。無鉄砲か？　責任感か？　愛国心か？

買い食いするタイ国の参謀

義の司令部の行きか帰りか？　賑やかな屋台の店の並んでいる前を通った。ふと、そこには、タイ国の参謀の飾緒を付けた太った将校が何か食物を買って、ムシャ、ムシャ食べて歩いているのに出会った。

アッとびっくり。当時の日本軍人、いな、一般国民も、歩きながら食物をたべるなど、およそ想像の他だった。今でも、僕はそうだが。日本人は、米軍に占領され、チュウインガムが流行して、日本人の立ち食い歩きが増え、まったくもってだらしないこと夥しい。ロクでもない習慣、不作法は止めてもらいたいものだ。

ビルマ人も、血を吐くようなビンロウを噛み、そこらじゅう吐き散らして歩いていた。今度行った時は、心なしか少ないようだった。うんざりしていたので、今まで書かなかった。

メナム川の水上市場

メナム川はバンコック、いな、タイの本当に母なる川といえるようだ。僅かの滞在の日数に、ふと、川岸のマーケットに出て見た。そこは、川岸といわず、無数といってよいほどの小舟の上は一杯の衣類、果物、野菜、穀物類、魚介類、それに群がる人の波。全く驚くほかなく、前線のことを思うと、夢の世界だ。食べてみるか？

「待て、待て、ここが、我慢の仕所だ！　こんなところで、万一、健康を害して、ご奉公に支障を来すようなことになったら、お国に申し訳ないぞ」と、ぐっと堪《こら》える僕たちであった。

今でも、あの賑わいは、まったく変わっていないといってもよいようだ。もちろん、隔世の進歩を遂げながら。メナム川を走る、自動車エンジン流用の猛スピードの船は、あの頃はもちろんなかったが、今はそれが主体になっている。ドムアンの飛行場も雲泥の差、タイ国進歩の象徴か。

王宮

地図を持たないで歩くので、定かでないが、前記のマーケットの近くであったように記憶するが、実に細やかな細工を施した特徴のある甍《いらか》の前に出た。噫《ああ》、これがタイの王宮だな？あの頃、アジアにおいては、支那はすでに王朝は倒れ、満州国は日本によって辛うじて王朝を創立しているが、日本を除けば独立国はこのタイ国のみである。

山田長政の故事を思い浮かべたり、大東亜戦争開戦の時も、日本に最大の協力をしてくれたこのタイ国の王様の宮殿らしい。細やかな彫刻というか、細工はタイ国独特の建築、彫刻技術であろう。

タイ国民の絶対の信頼と尊敬を受けて数百年の歴史を持続し、やはり、立派な伝統が継承されているようだ。

そんなことを思い浮かべながら、しばし見とれて側を去った。

タイ国人の誇り

飛行場の近くか中だったか、日本の歩兵の速射砲を、タイ国に払い下げたのであろうか？小隊程度の小人数の兵隊が、砲の訓練をやっている。じっと眺めていたら、一人のタイ軍の下士官らしいのが、「日本にも、こんな立派な砲があるか？」と質問しているようだ。

こちらは可笑《おか》しくなって、砲に残る消された菊の紋章を静かに指さし、何も言わずに立ち去った。タイの軍人の誇りを傷付けたか？ とも思ったが、止むを得ないことだった。

照南に到着

昭和十九年八月末頃、ようやく照南行きの列車に乗車できた。イライラしながらも、止むを得ない。でも、他の候補生は、そうでもないようだ。

「ゆっくり行こうや」と、列車の旅を喜んでいるようだ。僕は、あの高級参謀か参謀長の顔を思い出し、うんざりだ。やはり僕のセッカチ癖か、国を思う心の思い過ぎか？

列車の旅は、僕にとっては不本意ながら致し方ない。諦《あきら》めて昔の日本の三等列車と同じ、椅子は木製の直立、現地の人との、混載（?）だ。

バンコックの駅で乗車、各駅停車、ワイワイ、ガヤガヤ、チュンボンの駅を通過する頃、約一年近く前、ここからカワハージまでの行軍をしたことが思い出されて懐かしい。あの時は南から上がって、ここで下車した。

始めての本格的な行軍に、三日、四日目になると疲れ果て、道路をスコールの野洗いが流れる中、動こうともしないで、流れる水の冷たさを、心地よく背負い袋の鉄帽に体を持たせて、休止したことを思い浮かべ、感慨に耽《ふけ》った。

どこらだったか忘れたが、誰かがドリアンを持って乗車したらしい。あの人糞に似た臭いは、何とも鼻持ちならぬ。食べると、果物の王様というが、どうも傍《はた》迷惑だ。

幾日目かに、照南（シンガポールの日本占領間の日本名）の駅にやっと着いた。

命令の　まにまに動く　身なれども
　戦野に散りし　戦友思うかな

そくせいの　訓練のみで　フーコンの
　火線増加の　戦友《とも》無惨なり

インセンの　思い出ゆたか　セイミン等
　ビルマの友に　幸ゆたかなれ

はやぶさの　愛国号の　つぶれゆく
　国の前途を　あんじするごと

照南から海南島へ

兵站、マラリア

照南に着いて、兵站宿舎は、追及のとき宿泊したケッペル兵站である。馴染みの兵舎だ。宿泊の場所が決まり、手続きを済ますと、一番先に筑紫山の頂上に建つ先輩の遺跡、菊兵団奮戦の地の忠霊塔にお参りした。追及時、元気に駆け登った戦友たちは、誰もいないのだ。

多分、北ビルマのフーコンの苦戦に、実弾射撃演習の一発も撃つ訓練もせず、火線に増加させられて、大多数の初年兵は、階級差による負担と共に、疲労は倍加し、散って逝ったであろうことが、念頭に浮かび、征く時の勇気とは別の名状し難い感慨でお参りした。
戦友の一人一人の顔が浮んでは消えていった。兵科の候補生になっていたら、「いずれ、貴様らの後から追いつくぞ。しばらく先で、待っておれ」とお参りするところだが、技術部になされても、戦死することはもちろん覚悟しているが、確率は低い。死んで逝ったであろう戦友に、済まない気持ちで一杯だった。

兵科を血書・嘆願までして熱願したのに、何たることか！　こうして、運命の潮に流されて行く。忠霊塔を仰ぎ、無量の感慨だ。

「歩兵操典」作戦要務令の綱領第四に曰く、「軍紀は軍隊の命脈なり。戦場到る所境遇を異にし、且つ諸種の任務を有する全軍をして、上将帥より、下一兵に至る迄、脈絡一貫克く一定の方針に従い衆心一致の行動に就かしめ得るもの即ち軍紀にして、其の弛張は実に軍の運命を左右するものなり。而して、軍紀の要素は服従にあり。故に全軍の将兵をして、身命を君国に献げ至誠上長に服従し其の命令を確守するを以て第二の天性と成さしむけるを要す」と。

僕はこの軍紀によって、今、命令のままに行動しているのだと判ってはいるが、済まない気持ちで一杯だ。兵科の甲幹に成されてさえいたら……。敗戦後、学校の時の校長にお目にかかり、あの頃の僕の心情を話したら、校長は、即座に「嘘だ」と、激しく否定した。

生を欲し、死を厭《いと》わぬ人間はいないはずだが、あの頃の僕は、一死ご奉公申し上げるのだ。その一念で、小なる我を捨て大いなる御稜威《みいつ》に生きんと、広瀬武夫の正気の歌、「死生命あり、論ずるにたらず、鞠躬《きっきゅう》、只正に至尊に報ゆべし。奮躍難に赴いて死を辞せず。従容義に就く、日本魂……」。大楠公の湊川の忠戦等々、声高らかに吟じ上げ、心身共にまったく一致していた。

その教育をしたのは誰か？　ほかならぬ校長ではないか。もちろん、国全体の流れの中とはいえ、「嘘だ」と激しく否定すること自体、教育に信念がなかった証拠である。でも、性分がどこか似たのか、以後も校長が逝くまで付き合った。

敗戦間際の特攻隊の将兵も、もちろん中にはそうでない人もいたろうが、大部の将兵は、「皇国究極の必勝を念じ、悠久の大義に生きるのだ」と、眦《まなじり》を決して突っ込んで征ったはずである。平和、平和の平和ボケなどには、とても判るまい。

かかる我らの忠誠の真心を利用のみして、我利と我欲の塊どもが日本においては社会的優位を得、国を滅ぼしてしまった。だから、僕はそういう類の人々からは、馬鹿か狂気と笑われるかも知れないが、結果的には彼らの犠牲となされて、戦死して逝った戦友・先輩に代わって、あの頃の、また、現代の指導層を以て任じている人々に物申さずにはいられないのである。これが、この文章の、むしろ主眼といってもよい。

照南（日本占領時のシンガポールの日本名）に着いて見ると、タイの司令部の参謀が言われたように、南方軍の技術部甲幹が二十数人集まった。やはり、参謀が言われた通りだ。ようやく、シャッポを脱いだ。

関係部署への連絡も終わり、乗船予定の日も、九月六日（昭和十九年）と決まり、ホッとした気の緩みがあったのかも知れない。そんな時、兵站宿舎の一隅にある映画館に入った（追及時にはなかった）。

「女性航路」という映画が上映され、高峰三枝子出演で、僕らが出征した後、制度化されたらしい学徒出陣の大学生の弟を送る姉弟の情愛の描写を中心とした映画であったように記憶する。

映画を見ながら、北ビルマの戦場が頭を離れず、戦死して逝く戦友のことが思い出されて、軍紀とはいえ、名状し難い心情をどうすることも出来なかった。そして、あのバンコックのドムアンの飛行場の着陸失敗の有り様が想い出され、学徒出陣など、促成飛行士の戦線加入くらいでは、戦いの前途に希望の持てる状態ではないぞ。火線で銃撃・爆撃は受けずとも、映画を見ながら、国の運命が見えるようだ。

そのうち、突然、ブルブルッと震え、熱がカーッときた。ああ、マラリアだな。直ぐ映画館を出て筑紫山（忠霊塔の山の日本名）の麓の診療所に行き、キニーネを貰って服用した。何、マラリア如きに負けてたまるか！　俺は気合いは十分のはずだ。たとえ技幹に落ちぶれてはいても。女性航路などという映画を見た罰か？　戦友は、ビルマの戦場で死んで逝っているのに、と自分で自分を責めながら、兵站宿舎に横たわった。

「貴様、マラリアだ。乗船しないで、治療した方がよくはないか？」と、戦友が冷やかす。

「マラリアなんて、病気のうちに入るかい。第一線の苦労を思ってみろ。一時も早う、学校を終え、菊に帰らねば、申し訳立つかい」

「貴様、相変わらずだ。その意気だとマラリアも案外、早く治るかも知れん。頑張れ」

「有り難う。何、頑張り抜くさ。俺の墓場はフーコンだ。この体は、フーコンの墓場から抜け出した亡霊だよ。これ以上参ってたまるかい」

こんな調子で、足元をふらつかせながら、ケッペルハーバーの岸壁まで歩いた。岸壁には、もう乗船予定の各種隊員らの人々の群で溢れんばかり。

第一番に目についたのは、ビルマからの担送患者だ。負傷の身をバンドで安定されて、衛生兵がその間を行ったり来たりして、乗船の段取りに忙しい。患者はすべて衛生兵任せ。あの勇猛だった兵も、傷ついた体を如何せん。誰か知人でもと思って、七、八十人と思われる人々の間をそれとなく回って見たが、知人は見つからなかった。

患者たちは、三番船倉の中に静かに運び込まれて行く。こちらを見上げつつも、中には傷口が痛むのであろうか、口元を歪《ゆが》めながら無言、瞑目の姿がある。戦い抜きし幾山河の苦闘の思い出が、走馬灯のように蘇《よみがえ》って来るのであろうか。

今、この船に乗り込むに当たっては、さらに故郷の親の、妻の、子の、恋人の、家の、田畑の、職場の、ありとあらゆる事象が、担架の上に横たわる身の不自由と思い合わせて、まったく筆舌に尽くし難い悶々の思いに胸が一杯であろう。それに比べれば、僕のマラリアや、脚気ぐらいはまだまだだ。タルミ病といわれても仕方ないか？

ご遺骨もまた、幾十柱か？　白木綿の布に包まれ、船橋後部に祭壇を設けて安置されている。南無阿弥陀仏、南無阿弥陀仏と黙唱する。軍は各宗教、宗派の集合体ゆえ、軍隊に入って以来、今日に至るも、僕は静かな黙唱に決めている。それは、親鸞の「念仏は、己一人が為なり」との考えにも通ずるものとも思う。

こういう状態の中、突然、女性の一団が現れた。見るところ、看護婦さんではない。だとすると何だ？　ああ、そうか、龍師団のワンチン、ラングーンで見かけた慰安婦の人たちだ。我が菊兵団では、僕は見かけなかった。人様々、部隊様々、戦闘部隊より、後方勤務の部隊に多かったのだろう。凄い顔様の小婆さんが、その引率者らしい。候補生は、複雑な気持ちで眺めただろうと思う。その他諸々の団体などの乗船が続く。

いよいよ、我々候補生の乗船の番が来た。候補生などというと、ちょっと聞こえはよいようだが、こんな場合、大抵は冷や飯組である。

船は、開戦当時、上海かどこかで拿捕《だほ》されたらしい、英国製の約一万トンの貨客船で、日本名を長崎丸とか言った。客室には、ジュウタンを敷き詰めているようだ。

でも、僕らは、それを横目に見て、二階構造の船橋の一階に、七日分の携帯食と水筒の水を持ち、携帯天幕と毛布を敷き、背負い袋を枕に横たわる。スコールが来れば、風向き次第では、ビショヌレだ。降らねば、涼味良好。特等席の気分か？

しかし、この頃では、ボカチン（潜水艦にボカンとやられ、沈没すること）が大流行《はや》りらしいので、それを食らえば、我が二十二歳の生涯も一巻の終わりかも知れぬ。

ふと、「船は帆任せ、帆は風任せ、俺は御船の運まかせ」と、変な都々逸の文句を思い出してみたが、都々逸なんて、あまり口にしたこともないが、死生観に徹すると、心の落ち付きが出て来たのだろう。マラリアの薬のキニーネを飲み、クソッという、頑張り精神は、鬱勃としていた。

出航

昭和十九年九月六日、船は、午後静かに、ケッペルの岸壁を離れた。筑紫山が見えなくなりかけると、約一年前、高雄の港を出航する時、高雄神社の境内から、大きな日の丸の旗を振って内地の人たちが見送ってくれたことが思い出され、一種の感慨を禁じ得ない。

船団は僅か、五艘のようだ。護衛の駆逐艦が、水すましが輪をつくって回るように、船団の回りを、ぐるぐる回って護衛してくれる。

軍歌「歩兵の本領」の中で、……暫《しば》し守れよ海の人……の一節が思い出され、自分では、死生命あり論ずるに足らず、と吟じているが、心の奥底には、生への執着が巣くっているのか、やっぱり強がりなのか、と心の中で苦笑しつつ、護衛艦を見守る。

八ノット船団のスピードは、護衛艦のスピードに比べれば、こんな遅いものかと、感心もしたり、また船側の海の中に泳ぐ、鱝《えい》や海豚《いるか》の姿、また、飛び魚が海面に出ては、チャポンと水に入るのやら、マラリアと戦いながらも、退屈しつつ眺めた。

出航して幾日目だったか、多分、カムラン湾の沖辺りと思われる海上を通過する頃、南の方から、四艘の輸送船が合流した。多分、ボルネオ辺りから来たのだ。

「あいどん（あれ達）が、潜水艦ば連れて来とっかも知れんぞ」と話し合いながら、広い海の上のこと、無線交信の便利さを感心しつつ見守った。

ああ、海軍無力！

船は合流して、多分、九艘ぐらいになり、相変わらず護衛駆逐艦の護衛を受けて北上する。波は静かだ。夜は月の影が海面に映って崩れぬくらいの凪《なぎ》である。風は適当に涼しいし、快適な状態だ。でも、どうもマラリアの熱が酷《ひど》い。船内の医務室に行き、診断して貰い、熱を計ったら、三十九度六分だ。キニーネを貰って来て飲み、横たわった。

敗戦後、もと軍や師団の参謀などをした人の本を読むと、彼らがマラリアにかかると、軍医は直ぐに注射をして、治療してくれたことが書いてある。

兵隊では、そんなことは聞いたことがない。治療差別にも程がある。あの頃の日本は、まったくすべて差別の時代だった。兵を一銭五厘の令状（？）で召集して、殺してしまった。

一方においては、公爵、侯爵、伯爵、子爵、男爵など、明治初年に制度化された階級を世襲し、明治二十八年頃の勝海舟の談話の中で、彼は伯爵だが、当時彼の歳費が、三万五千円と、語っている。寝ていても、受ける。現代に換算したら、幾らになるか？

靖国神社には、東京に行くたび、かならず参るが、華族と刻んだ灯籠の行列の側を通って、死んで逝った戦友を思い、無念の思いで一杯だ。敗戦により、米軍の力でようやく、この制度は廃止された。自律神経失調症民族の哀れ！

話が脇道にそれたが、その熱に苦しんで、明け方に近くなったと思う頃、船団の右方遙かに火の玉がボコッと上がり、火柱がググッと延びて、音がドーンとした。と同時に、護衛艦の姿がはっきり見え、真ん中から、ちょうど狸の泥船のように、ポッキリ折れてスーッと海の中に消えた。

時間にしたら、幾秒か？　とても、一分なんて経っていない。何だ、護衛艦が真っ先に沈んでしまった。海軍の戦闘技術は、どうなっているのか？

「やられたぞ！」と、皆が言って、じっと海面を見つめた。それから、時間にして、幾らも経たないのに、また同じ方向に、ドーンと音がして、火柱がスーット上がり、今度はドンドン燃え始めた。三本煙突の駆逐艦だ。あいだを輸送船の影が行く。

皆一瞬、緊張した。こんな綺麗な月夜の晩に、何たることか。しかし、考えると、敵はこんな静かな月夜の晩だから、願ってもない攻撃のチャンスなのだ。

まだ多分、駆逐艦は燃えていた頃か？　誰かが、「あれりゃ、何かい?!」と、右前方を指さした。黒い山のようなのが、迫って来る。

「船だ、船だ」と叫ぶが早いか？　その船と我々の船は、大海原の上で舷側と舷側を、ガガッと擦《こす》って後ろの方に去って行った。向こうもびっくりしたのか、ワーッと言う声が聞こえた。

去って行ったと思ったら、後ろの方で音がした。敵潜水艦の攻撃を受け、沈没させられたようだ。船の影が微かに見えていたようだが、定かでない。

その晩は、我々の船は、幸いボカチンを免《まぬか》れた。しかし、今夜は十分に覚悟を要するぞ。日中は案外、少ないような情報でも得ていたのだろう。夕方になると、衣袴を付け、袖口なども縛って、海水の流通を予防し、帯革で衣袴を固着し、足も脚絆を巻いて完全軍装、その上、カポークという救命胴衣を装着し、水筒の水も満たした。カンパンをどうしたかは思い出さぬ。

あとは、マラリア対策だ。これは仕方ない。精神力だ、熱のせいか、脚気と合わさり、足元がだんだん、ふらついて来る。気合い以外ない。

こうして、二十二時を回ったかと思う頃、船体がビリ、ビリッと来た。誰もが「やられたっ！」と直感した。見ると船は、通常速度で走りつづけている。海は、例の月影も崩れぬ凪である。

これは、しばらく走るぞ。慌《あわ》ててはならぬ。皆、そんな思いで落ちついて見守る。三番船倉に、何やら音がする。船橋を少し歩いて行ってみたら、大変だ。魚雷は、三番船倉を突き抜けて行ったらしい。船の両壁から、海水がまったく滝のように、船倉に落ちこんでいる。

三番船倉は、ビルマからの担送患者の船倉だ。ああ、何たることか。乗船前、ちょっとではあったが、見回ったあの兵たちが、また今、こうして担架に縛り付けられたままで、二度も死んで逝かされるのか！

名状し難いとは、まさにこのことか！　落ちてゆく滝を見ながら、どうすることも出来ず、静かに念仏を黙唱した。

時間にして十四、五分も走ったろうか？　船は悲しい汽笛を鳴らしながら、だんだん速度が落ちて行く。食った魚雷は多分、あの一発だったのだろう。船尾の方から沈んでゆく。やがて、甲板は海面に沈みかけ、船速は、ほとんど停止しかけた。遅れると駄目だ。

「飛び込め」と、候補生たちは同時に叫んで、一斉に飛び込んだ。中に金鎚が幾人かいたが、カポークのお陰、体が浮いたので喜んだ。そして泳げる奴が引っ張って、ずいぶん泳いだつもりでも、せいぜい、二、三十メートルか？

振り向くと、船は船尾を下にグッと立ち、船を離れきれなかった人々やビルマからの担送患者、ご遺骨ともどもを飲み込んで沈んだ。担送患者の無惨な死を思い、今もどうしても忘れられない。

泳ぎながら、気づいたのだが、南の海には、小判型の黄緑に光る斑点の虫（海蛍か、夜光虫か？）が、海水を掻くたびに、腕の回りに無数にギラギラ光る。始めは何と気持ちが悪いとびっくりしたが、別に痛くも痒《かゆ》くもないので、落ちついた。

しばらくして、今度は重油が浮いて来た。泳ぎながら、間違ってこの重油を飲んだ者が多く、彼らは途端に苦しみ出した。腹の中の物、一切ガッサイ吐き出しても、まだ苦しんでいる。僕は、泳ぎは上手ではないが、下手でもないので、重油を飲むことはなかった。まったく側で苦しむ者を見ていると、可哀そうでたまらぬ。背中を擦《さす》ってやったり叩いてやったり、大変だ。

そのうち、浮遊物が浮かんで来た。僕らのところには、ハッチが沢山来たようだ。これらを控え綱で結び合わせて筏を組み、皆その上に座った。カポークは付けたままだが、カポークの効用は、そんなに長くないようだ。ハッチ筏の上では、腹から下は水の中だが、これでひとまず落ちついた。

ふと気づくと、向こうの方に、何か黒い物が見える。月夜の晩で、ぼんやりしている。こんな場合、大抵いい方には解釈しない。敵の潜水艦が浮揚して来ているのではないか？　潜水艦とすれば、あれに銃撃されたら、全員お陀仏だ。

船は帆任せ……など、呑気な場合ではないぞ。これが陸上であれば、あらゆる手段、戦術を行使して戦うのだが、海の上のこの為体《ていたらく》、如何とも、はや施す術はない。静かに死を待つほかはない。でも、いっこうに近づく様子もない。ほとんど等距離を保っているようだ。島か？　皆じっと見つめながらも、いつしかあまり気にしなくなった。

飛び込んだ時から時間が経つにつれ、戦友が気になりだした。僕の側にいるのは、ビルマの戦友のほか大勢いるが、どのグループか、別に聞きもしなかったが、下士官が多かったようだ。

そのうち、黒い影（？）が近づかないので、安心したのか、眠気を催して来た。こんな時に眠ったら、一巻の終わりである。人間は、やはり水より重いので、かならず沈んでしまう。

翌日の夕方、実際それを見せられた。だから、皆で話し合い、軍歌を、声を枯らして歌った。

その中で、「ラバウル小唄」「ダンチョネ節」など、僕らが出征当時までは、聞いたこともなかった歌を、一団の人たちが歌い出した。一年足らずの間に、ずいぶん変わるものだ、と感心した。そして、皆で約束した。

「今から、眠る奴は、お互い隣の者が揺り動かし、それでも止まらぬ奴は、平手で背中をバシッと叩いても、お互い文句は言わぬ」

こうして、あの晩だけは、とうとう一睡もしなかった。僕の今までの八十三年の生涯で、一睡もしなかったのはこの晩だけだ。

夜が微かに明け始めた頃、昨晩、潜水艦が浮上したのではないか？　と皆が心配していたのは、実は僕らの輸送船とは別の輸送船が攻撃を受け、半分沈んで、立ったまま、僕らと一緒に海流に流されていたのだ。それで、一定の距離から近づかなかった理屈が判った。

飛行機が発見に来てくれる

夜がようやく明けたと思う頃、爆音が聞こえて来た。

「バクオーン」と、大きな声で叫んだが、皆、キョトンとしている。そのうち、だんだん近くなって、やっと皆が納得した。僕は耳がよいので、ずいぶん早く聞こえたのだ。

やがて、機影が見え、頭上に来て、翼を左右に振り、発見の合図をして、二回か三回、旋回して帰って行った。海軍の下士官が、

「海南島から、飛んで来たんです」と教えてくれた。

飛行機が頭上でバンクしてくれる時、皆期せずして、「バンザーイ、バンザーイ」と、幾回ともなく叫んだ。あの時の嬉しかったこと！

「俺は陸軍だ。海の上で、弾に当たるなら、止むを得ないが、弾に当たらず、海の上で死ぬ

のは不忠なり」という考えが、三十九度六分のマラリア熱と脚気を克服して、今を迎えたのだ。やはり、精神力で克服したと今も思う。

夜が明けると、人間は不思議なもので、また元気が出て来る。ところが、皆が気づいたのは、誰の顔もまったく見られた様ではない。昨晩の重油をかぶって真っ黒だ。顔も衣も、袴も見られた様ではない。苦しい海の上でも皆、笑った。飛行機が帰って、やがて救助艦が来てくれることを念じて、待ち続けた。

救助される

「さあ、飛行機が発見してくいたけ、救助艦が来てくれるぞ」と喜びながら、数時間が過ぎた。ところが、なかなか待っても待っても来てくれない。あまり来ぬので、皆が「救助に来てくれる途中で、敵潜にやられたっちゃなかか?」と言いだす者もいる。

この苦境だ、大抵悪い方にしか想像しない。ギリギリ照りつけられて、温《ぬる》ま湯のように温かい南支那海の黒潮の真っ只中で、頑張りに頑張り続けた。もう、太陽が傾きかけ、午後三時か、四時頃、ようやく水平線の彼方に艦影を発見した。

「おい、救助艦の姿の見ゆっぞ」

今度は、万歳は言わず、静かに救助艦が到着してくれるのを待った。確か二艘だったか、定かでない。来る途中、先の半分浮いている輸送船を、救助艦は砲撃で沈めてしまった。止むを得ぬ処置であったのだろう。

さあ、いよいよ救助されるぞ。どうするのだろう? と様子を見ていたら、救助艦は艦側に梯子が付いているようで、そこに水兵さんが二人付いて、そこからロープが投げられ、艦

は我々の回りをぐるぐるとゆっくり回り始めた。じっと見ると、水兵さんが浮いている我々に、

「そのロープに捕まれ」と指示しているようだ。ロープに近い順に水を掻き、ロープに捕まっている。ロープ一杯捕まったと思われる頃を身計って、そのロープは、艦にずっと巻き取られて行き、ロープと共に引き寄せられた人々を、二人一組の水兵さんが、自分も多分、体を艦に縛り付け、梯子に足を掛けて、ヨイショと引き上げてくれているようだ。

「ああ、有り難い！」。この様子を見て、心の中でそう叫んだ。

人間の心理とは、実に現金なものだ。それが判ると、じっと待っていれば、かならず引き上げてくれるのに、我先にロープに捕まろうと、筏を離れて泳ぎ出した者がいた。自分の体力も考えず、カポークは水を吸って、もはや用を成さないのを忘れていたのか？　泳ぐ途中で、どんな事故が待っていたのか、その人はブルブルッと水の中に沈んでしまった。

「うむ、落ちつけ、落ちつけ、慌てるな」と教えられる。

遂に僕の番が来た。ロープに捕まり、引き寄せられて行く。いよいよ舷側に近づくなり、僕の前の兵隊さんが、海軍の水兵さんの二人の手の先に捕まったと僕は見たが、実際は捕まらなかったのだろう。スーッと海の底まで沈んで行く。

その有り様を見て、今の今まで、僕の前に元気でいたはずなのに何たることか。重油の海は、いつの間にか、綺麗に底の底まで澄んでいた。あれが、あの兵隊さんの精一杯の生の姿だったのか。先に筏を離れて泳いだ兵隊さんも同様だ。人間の精神力の大切なことを、この時ほど、現実に目の前に見たことはなかった。

やがて、僕は二人の水兵さんに両手を掴《つか》んで、ぐっと引き上げてもらった。

「ああ、助けて貰った、俺は助けて貰った！」

水兵さんは、僕の口の中に、チャィナーマーブルを、三つか四つ押し込んでくれた。あのチャイナーマーブルの有り難かったこと、美味《うま》かったこと、今に至るも僕にとっては、欠かすことの出来ない、保存甘味である。あの時の有り難さを噛みしめ、噛みしめ……。

助けて貰った途端、体は動けなくなってしまった。後ろに待機していた別の水兵さんが甲板の上を、ズルズルッと引っ張ってくれた。その時、僕のひどい熱を感じ、僕が寒い寒いというので、煙突の側まで連れて行ってくれた。まことに有り難い。煙突の回りは、断熱、保温になっているので、有り難い。

マラリアにかかっていることを告げると、キニーネを少し余分に持って来てくれ、服用させてくれた。僕にとっては、まさに地獄に仏様だ！

時間はどれくらい経ったか？　救助を終わって、走り出した頃かも知れない。握り飯が配られて来た。有り難い。美味しい。僕は熱はあっても、大体食いしん坊か、食欲は旺盛だ。だから、あの苦境の中でも、気合いと共に生き延びたのだろう。

岩礁の陰に仮泊

薄暗くなりかけた頃、艦は岩礁の陰に静かに泊まった。昨晩のボカチンのことを思い出し、岩礁の陰に隠れていれば、潜水艦の攻撃を回避できると、海軍で考えたのだろう。広い南支那海のなか、この程度の岩礁は、至る所に散在するのだろうか。

翌日の午後か？　海南島の三亜という港に入港した。湾は形成しているが、港の設備は何もなく、遠浅で、幅の広い荷船を何艘も並べ、その上に板を乗せて繋ぎ合わせたような、まことに僕のようなフラフラの衰弱者には、危なくて仕様のない桟橋（?）だった。

やっと、助けてもらった。この港は、我が聯隊のコタバル敵前上陸最後の寄港地だ、と敗戦後に知った。先輩にとっては、決戦前夜の集結港であり、今の僕は、救助されてヤットコサ、海軍病院で、油だらけの衣袴を脱ぎ捨て、有り合わせの衣袴を貰って着替えた。

思い出すのは、小椰子の並木、マラリア、脚気、キニーネ、握り飯、握り飯に付いた梅干し、ラッキョウの嬉しかったこと、陸軍とは段違い。山の緑を見る余裕はなかった。

昭和十九年九月十四日頃のことである。

遭難の体験の中から

この遭難により、海軍の無力ぶりをじっくり体験した。敵は、護衛艦（?）を始末すれば、後は、犬が兎を捕るより簡単な輸送船だ。何で護衛艦は、あんなに無力か?

轟沈させられて沈む護衛艦の有り様を目のあたりにして、北ビルマのフーコン地帯の我が菊兵団の苦戦とはまったく違った、海戦の有り様の一端をかいま見てから、彼我戦力の懸絶ぶりに唖然たらざるを得ない。脆《もろ》くも沈む艦と運命を共にする海兵の心情や如何に。大本営の戦力判断はどうしたのか?　結果論だが、酷すぎる。ドマグレ過ぎだ。

僕は、北ビルマのフーコン、サーモで、敵の銃撃・爆撃、思いのままの攻撃を受け、うんざりしながらも、今に見ておれと歯を食いしばったり、ラングーンのインセンで、インパールの敗戦を聞き、バンコックのドムアンの飛行場の訓練未熟の着陸失敗で、隼戦闘機（愛国号）の大犠牲を見、今度のボカチンなどより判断、敗戦は必至だ。

でも、軍隊に降伏はない。だとすれば、あるものは玉砕のみだ。アッツ、タラワ、マキンなど、すでに各地の玉砕情報は知っているが、今、身を以てボカチンを体験し、日本軍隊玉砕の危機を意識せざるを得ない。

軍隊の玉砕は、民族の滅亡に通ずる。こんな馬鹿げたことがあって溜まるか！　政府、大本営は、一体、何を夢見て戦争を始め、今、継続しているのか？　こんな達観性なき出鱈目な戦力判断を、政府、大本営はどうしてやったのか？

一技術部の候補生が何を考えても、所詮、様にはならぬ。が、僕らの究極の運命は、「如何に、立派に死ぬか！　ただ、その一点だ」。勝つための死なら厭わぬが、負けると判った死の、何と虚しいことよ。

でも、日本の運命は、間違いなくこの運命を辿るぞ。立派に死のう、国の滅亡と運命を共にするのだ。

この時以来、敗戦に至るまで、僕の覚悟は変わらず、死を覚悟した人間の重苦しい心情を、現代の人は果たして判るだろうか？　生を欲し、死を厭うは人間の、いな生物の本能だ。

運命の転落＝船の医者に毒（医学的には別？）盛らる

海南島に救助されて、約二週間くらいして、新しい輸送船が三亜の港に入港して来た。船名は失念したが、約一万トンくらいの新造船で、船側には、上陸用舟艇《しゅうてい》を二艘も抱えた優秀輸送船であった。これはいいぞ、と喜んで乗船した。船倉には、俘虜が乗り込んでいるようだ。マラリア、脚気で相変わらず、脚はふらふらしていた。

幾日くらいたったか、船は台湾海峡北部に差し掛かっていたと思う。マラリアの薬を貰いに、船の医者のところに行った。船の医者は、キニーネと共に、何か白い粉薬を片手一杯ぐらい処方し、「この粉薬を水筒の湯一杯ぐらいに溶かして飲みなさい」と言ってくれた。

医者のくれた薬だから、僕の体に毒になろうとは夢々思わず、さっそくお湯に溶かして飲んだ。しばらくして、便意を模様したので、便所に行った。途端に凄い下痢をして、体が一度に衰弱し、立とうとするが、脚が立たない。どうしても、立てない。

とうとう便器の上に座った。痛いとも、痒いとも思った記憶はない。誰か来ないか、と待つうち、ようやく、前を通る人に頼んで、菊の候補生に迎えに来てくれるように頼んだ。皆が来てくれて、やっと、定位置に運んでくれた。医者が何を処方したかは、知る由もないが、薬と思って飲んだのが、僕にとっては、まったく毒を盛られたも同然だ。腹は立つが、医者の所に行く元気もない。

そのうち夜になり、ボンボンボン、ボンボンボンという音がする。船内の伝声管で、「只今の音は、護衛艦の爆雷の威嚇投射ですから、皆さん御安心下さい」と何回か放送した。動けない体を、じっと横たえていると、船側を黒い影がジャーっと横切ったと思ったら、二番船倉に爆弾がボーンと落ちた。落ちたら、ボンボン燃え始めた様子である。

二番船倉には、俘虜が収容されていた。火災が発生したようなので、皆、救命胴衣をつけ、飛び込み用意をしている。

「小副川、貴様も飛び込み用意ばせんか」と戦友が言ってくれるが、この動けない体では、どうしようもない。

「有り難う。でも俺は、この状態では、どうしようもないぞ。船が沈んだら、船と一緒に沈むたい、手続はよろしゅう頼むぞ」

こう言ってすべてを諦め、船橋の一隅に、不自由な体を横たえた。

台湾海峡北部を通過する夜のことである。船は幸い沈没はまぬかれ、キールンの港に逃げ込んだ。

あの船の医者の名前を聞くこともせず、キールンに逃げ込むとともに、戦友に背負ってもらい、キールンの陸軍病院に入院した。

あれ以来、台湾沖航空戦、それに伴う空襲を、ベッドの上に寝たまま、窓ガラスの破片をシートの上から一杯受けて苦しんだり、防空壕の中に運んでもらったが、岩盤が、今にも崩れ落ちそうなのには、かえって怖い思いをしたり、脚が立たないことが如何に辛いか。キニーネ、お粥と点滴治療を受けるが、回復の目途は立たず、個室に入れてもらった。装具も預かって行くと言って、持って行ったようだ。

いよいよ俺も死ぬかもしれんぞ。そう思い当たると、胸に吊るした名号《みょうごう》にそっと手を当て、静かに念仏を黙唱した。

同時に、死んだら父母には通知が行くだろうから、一応の葬式をしてくれるだろう。出征以来、給料は貰っていないが、出征の時、父に貰ったお金が、何がしか残っている。これを葬式料の足しに送ってやろう。そうすると、僕が台湾で、戦病死した事も判ってくれる。

そう思って、僅かの金の送金を頼み、落ち着いた気持ちになって、幾日か過ぎ病棟を移った。確か、女学校の講堂とか聞いた。マラリアの薬は連続して飲ませてもらった。

こうして悶々のうちに昭和十九年も過ぎ、ようやく脚が立つようになった。あの時の嬉しかったこと。全く筆舌にし尽くし難いとは、あの時の気持ちだろう。脚が立つようになったら、一日も早く、兵器行政本部の学校に行きたいが、長い入院下番が、途中で入学するわけにも行くまい。

内地へ

二月の初め頃、内地行きの高砂丸という病院船に乗船した。この船は、元々台湾航路の客船だったのだろうが、戦況の推移と共に、病院船になったのだろう。立派な客船だった。珍しくボカチンも喰わず、門司の港についた。

焼け爛れた門司の港が痛々しかった。僕の体と同じだ。船は関門海峡を回り、別府に着いた。浜町病棟とかいう、軍で借り受けた病棟だったのだろう。脚は不自由ではあるが、どうやら歩ける。二、三週間くらい経った頃、久留米陸軍病院に移ってきた。ああー無念、残念、やるかたない思いだ。

こうして、一期、教育が遅れて、二十年四月、東京滝野川の兵器行政本部の技術部幹部候補生隊に入校し、教育を受け始めたのである。

甲種幹部候補生の命令は、そのまま持続と言われて、安心はしていたが、実際、教育が始まるまでは不安であった。教育が始まってみたら、若干の専門知識を覗いて管理業務だ。何事か！

こうして、三月十日の空襲で焼け野ヶ原と変わりはてた、第一陸軍造兵廠の域内と、滝野川一帯を、敗戦のその日まで、中隊長、区隊長と共に、半日は学科、半日は特攻、切り込み、ゲリラ戦闘演習に明け暮れた。

　技幹に追われ、船医に毒を飲まされて
　　無駄の人生　よくも生きにし

病気には　百害あって一利なき
　薬を盛りし　医者怨むなり

生き抜かん　生き損人生捕わん
　千年の齢　木々に託して

第六章——大敗戦の原因考究

国家が滅亡するのは、そう一朝一夕にはいかないものらしい。日本の昔の英雄とか大名とかは、一戦で亡びた者もあるが、一国家としては、そう簡単にはゆかぬ。治乱興亡の歴史の中には、一戦で亡びた国もあるが、それは昔の大名程度の国家である。

日本が大敗戦を喫したあの昭和二十年までは、満州事変勃発からでも、おおむね十五年かかっている。

明治維新——偉大なり勝海舟

慶応四年三月、幕府瓦解に際しては、幕府側に勝海舟という将軍にすべてを一任された戦略家・政治家がいてくれて、日本を英国、フランス、ロシアの手から見事に救ってくれた。それには、官軍側に西郷という立派な話し相手を、遠く安政年間に島津斉彬という英才大名の紹介で、知り合っていた。

この海舟の戦略眼がなければ、官軍は英国、幕府はフランス、その間ロシアの毒手が介在し、日本はあの時点で、すでに分裂国家になされてしまったであろう。しかも海舟は、英国とフランス、ロシアの民族性を見抜いている。あの時点で、英国の信頼できる民族性を見抜いて他を断わった。あの頃の風前の灯火ともたとえようか、ヨチヨチ歩きすら出来ない状態にある日本を、海舟の識見、戦略眼によって救ってくれたのだ。

彼、海舟に比較すれば、東条英機らの戦略眼など、まったくお話にならない。日本の崩壊という、まったく取り返しのつかない大責任者だ。

しかも今日においてすら、その責任を追求することを知らない人たちが余りにも多い。国に魂が入らない原因は、そこにある。残念なる哉《かな》。

日清戦争と三国干渉

日清戦争の経緯などは、僕が記述するまでもない。

戦争が終結して講和条約が締結され、日本が遼東半島を領有することになったら、ロシア、フランス、ドイツが文句をつけて来た。いわゆる三国干渉だ。

時の政府、軍部は一体となって、我が国力、戦力と、露、仏、独の三国のそれを比較検討し、中には三国に対し、ふたたび戦端を開くべし、との意見もあったそうだが、山縣、陸奥、伊藤らの政府重臣たちは、我が国の露、仏、独の三国に対する国力、戦力の判断宜しきを得て、遼東半島返還の我慢「臥薪嘗胆」、よく国運の安泰を得た。

近衛内閣崩壊に至る内閣、軍部の戦略眼不足を考察する時、残念、無念やるかたない思いだ。東条陸相が開戦論の中心だが、政府、大本営のお偉方は、こういう立派な戦史が約五十年前の我が国に存在するのに、一体何を勉強し、夢見ていたのか、まったく判断に苦しむ。

政治と軍事は、まったく別物のような考えのようだ。

国を挙げて、スターリン、ヒトラーの謀略に踊ったのが、一番順当な結論のように思う。今からその証明のような記述について述べていく。

元陸大校長・飯村穣中将の回顧談が、陸軍大学校という本に出ているが、自ら校長をしていながら、「果たして陸大に兵学があったのだろうか」。また、陸大は作戦術の堂を覗いたに過ぎない、とも書いてある。その他色々書いてあるが、政戦両略の分離を挙げている。近衛の東条との論争を読むと、実に情ない。

東条大将以下、戦力、国力の判断も出来ず、やったかも知れないが、それは、ただ驕り、驕慢の極点に達しての検討で、細かい数字などが大本営の本にも出ているが、あんな顕微鏡的検討で結論が出ると真面目に思っていたのだろうか。

吉田茂元総理の「回想十年」の中の、「日独防共協定に反対」の主張の記事を読むと、辰巳栄一少佐（駐英）、大島浩大佐（駐独）とのやり取りに、そのスケールの違いが、歴然とする。このことは参考資料として、あとでどうしても掲載させてもらう。東条大将らは無謀の戦を奇襲攻撃とかいって、自分で始めて自分で潰した。

でも、吉田も責任の立場に立たなければ何も出来ず、時の政府に嫌われながら引退した。敗戦後、総理になって米国との間に、平和条約、安保条約を締結して国の安定に寄与してくれた。

東条大将や永野修身軍令部総長は、あの大戦を「戦国時代の桶狭間の一戦」で処理できるぐらいの安易な戦争ぐらいに考えていたのだろうか。長期戦を何と心得たのだろうか。敵を知らず、己を知らず。ハワイ攻撃を成功と宣伝し、提灯行列をさせたことが、彼らの驕《おご》り、喜びの姿を象徴する。

永野は、長期戦にも触れているが、真面目な軍令部総長の戦略眼ではなく、長期戦を天皇様にも奏上したと言っている。長期戦は国民総力の推進だと書いてあるが、何事か。天皇様も天皇様。これで軍令部総長か。海軍で開戦を主張したのは、永野だけだ。しかも「ヂスカッションの余地はない、早くやって貰いたいものだ」と一人で息巻く。なんと言うことか。

海軍の永野を除く省部の幹部は、開戦一年で、艦船損耗百四十万トンを予想され、海軍の敗北を予想せざるを得ないとの結論を、及川海相が「本気になって陸軍と喧嘩する気で渡りあってもよいですか」との質問に、「それはどうかね」と渋っている。それで、及川海相も腰砕け、近衛に責任のすべてをおっかぶせたかたちで逃げている。陸軍の猪も詰まらぬが、海軍はまことにずる賢い。

海軍は、戦争に自信はない。日本の妥協は、敗北のようにも見えるが、敗北ではない。また、今なら海軍、陸軍の責任は、僕らで持てばよい。

日清戦争後の三国干渉時の国運保持の戦史もある。臥薪嘗胆は、まさにこの時だ、どうしても駄目なら。僕らで腹を切ろう。

と、どうして発言できなかったか。まさに戦略眼、根性、責任感の欠如した証拠だ。

東条大将の、敗戦後、米軍に踏み込まれての狂言自殺紛いの行動、何事か。軍刀で切腹できねば、ピストルで眉間を撃てば間違いなく死ぬ。それを、心臓に印を付けるとか何とかまったく話にならぬ。責任観念欠如の実態にうんざりだ。

天皇をお守りするというなら、堂々と逮捕されればいいではないか。屁理屈上手には、ほとほと呆れる。裁判で殺されなかったならば、いつまでも生き続けたのだろうか。

阿南惟幾陸相は、軍の積年の責めを一身に受ける覚悟と、戦闘継続の中止の責めをとって、切腹した。開戦責任者の東条の責任は、阿南陸相の比ではない。阿南陸相の辞世――

大君の深き恵みに浴みし身は
　言い残すべき片言もなし

僕はこの阿南陸相の責任の取り方に、無限の感慨を込めて涙した。

敗戦の責任者は誰か

途中に入ってしまったが、国はまだ承知していないのに、東条陸相は、すでに兵は動いている、と脅している。これこそ、東条大臣、杉山元総長の大責任ではないか。何事ぞ。海軍も総理も外相も、厳しくその責任を追及できたはずである。

敵を知らず、己を知らず、戦略を知らぬ。戦略の基礎が、道を修めて法を保つにあることを知らぬ。謀略に踊ったか。何事ぞ。奇襲とかいって、一戦で勝敗を決し切れると思ったか。

ミッドウェー敗戦の悲劇が、日本敗戦の端緒である。

東条大臣の発言は、大本営の文章の随所に出ている。奇襲、夜襲などは、中隊か大隊くらいの戦闘であろう。どうも、連隊長の戦闘指揮ではない。それが、陸相東条の発言だ。

清水の舞台から、飛び降りるとも言う。何遍飛び降りるつもりだったのか。

外交も、政治も、軍事も、すべては、国家、民政の安定幸福が目的だ。戦争が目的ではないはずだ。

このくらいの戦略を知らない人間を総理、しかもわざわざ大将に進級させ、陸相兼務の総理に推薦奏上した内大臣木戸幸一、阿部信行（荒木の本にある）は、何という不明者か。東条内閣になってから、若干日数は経ったが、それは、僅かに時間を延ばしただけである。

日本を「飛んで火に入る夏の虫」たらしめた最高の敗戦責任者は、東条総理兼陸相らである。

昭南（日本占領当時のシンガポールの名称）のケッペルの兵站食堂の正面一杯の東条首相、兼陸相の肖像画、あれは東条の出世の絶頂感の表現だったのだろうか？ 東条のために戦争に来たのではないぞ、と思ったことが昨日のことのようだ。

北ビルマ・フーコン地帯の我が菊兵団、陸軍第十八師団の苦戦、敵の銃撃・爆撃思いのままの苦戦を思うと、彼の国力判断はまったく零点だった。

東条総理の戦術眼、戦略眼、いずこにありや。追及の時の僕の中隊の同年兵は、屯営出発時、約百人だった、生きて帰ったのは約十人、勇み立って行った兵はほとんど死んだ。皆、無謀開戦の結果である。

国のため、死を厭う者ではない。負け戦、無謀を怒るのだ。戦陣訓で、百戦百勝と教えたのは誰だ。ほかならぬ東条大将ではないか。今も僕が保管する「歩兵全書」は、歴然とこれを証明する。この本にも転載した。

あの頃の我が戦力と、比較にならぬ米英中心の圧倒的な敵の戦力を、北ビルマ・サーモの兵站基地で銃撃・爆撃思いのままに苦しめられながら、草生《む》す屍と成り果てる戦友と、師団の戦力低下に悲憤慷慨し、さらに南支那海で、ボカチン（潜水艦に魚雷攻撃を受け、ボカンとやられて沈没させられることをあの頃、そう僕らは言った）喰らって、十七、八時間漂流させられ、大部分の者は、海の藻屑と消え失せたが、国民を殺すも、生かすも、責任は、彼らの双肩に荷《にな》われていたはずだ。

東京裁判においても、その責任感は、微塵も出ていない。口供書にも、ただ敵（連合軍）の攻撃ばかりだ。「作戦用兵宜《よろ》しきを得なかった」と、堂々とどうして陳述できないのか。一兵にも劣り、屁理屈にも程がある。自衛の為と称えて開戦して国が崩壊して自衛といえるのか。責任観念の欠如、いう言葉を知らぬ。

第一次上海事変で、空閑《くが》少佐は、人事不省で捕らわれたが、回復し、部下の功績の報告書を書いて後、自分が倒れていた地に行って拳銃で自決したと聞いた。今も時々、佐賀のお寺の墓に参る。見事な責任の取り方である。

荒木貞夫の「風雲三十年」にも、スターリンの陰謀など記憶力旺盛で、いいことも一杯書いてあるが、東条贔屓《びいき》のような記事もある。彼がA級戦犯になったのは、どこか東条流に近いものがあるようだ。彼は皇道派とかいわれたが、やはりこういうところが真崎大将と違う。

大本営参謀・種村佐孝の「大本営機密日誌」には、昭和二十年二月十六日に、敵の艦載機千四百余機が、銃撃・爆撃思いのままに暴れまわるその中にあってすら、「開戦の可否に関しては、今でも日本はあれより他に進む道はなかったと信じている云々」と語っている。

彼の頭がいかに戦略眼が盲目だったかの証明である。日本敗戦が、目的だったのか。遺族もおられよう。東条贔屓《びいき》の方もおられよう。

戦死した戦友・先輩に代わり、東条の責任を追求する小生への怒りもあろうが、今やまったく万に一つの勝算もなく、帝都に火の雨が降り注ぐようになっても、かかる見解を種村参謀に披瀝する東条大将を、どう弁護されるのか？

尾崎秀実の末期の言葉のように、国を潰して革命を起こすための戦だったのか。国のために戦死した戦友に代わり、どうしても記述せずにはいられない。数百万の国民を殺し、国土は占領され、喪失し、国を潰したのだ。国民はその責任を問うて後、真の国の復興をなすべきだ。

連合軍は連合軍で、戦勝直後、「日本憎し」の苛め根性で、裁判などという変な形を取ったが、あれは戦勝国の一種の慶びと驕りだ。驕らせたのが東条大将らだ。その責任をどうするか。その根底の解決ができない。だから、いつまでたっても日本は砂上の楼閣なのだ。

日本は、二月十六日といえば、本土決戦のために、滝野川の兵器行政本部ですら特攻隊を編成される寸前で、特攻切り込み演習の寸前だった。敗戦（終戦）の時は、「死ぬを覚悟の殴り込み」特別攻撃演習の最中だった。

思い出せば、「草の葉ずれを忍びつつ、身には爆薬手榴弾、二十重の囲み潜り抜け、敵司令部の真っ只中に、散るを覚悟の殴りこみ……」こんな状態で切り込み演習の真っ最中。崩壊してゆく帝国の運命に殉ずるのだ、との悲壮な心情だった。東条らを靖国神社に祀る人々に判るだろうか。身につまされ、すべて体験しなければ解らぬ、否《いな》体験しても解らぬくらい、日本人は頭が悪いのか。日本人の道義まさに地に落ちたり。

帝都の中でこの有り様である。帝都の中で玉砕戦法の演習、「国の敗戦、滅亡と運命を一にするのだ」、この悲壮な決意をせざるを得なかったのは、誰の責任か。飛行機特攻も、爆雷特攻も、将兵の心理は、まったく同じだ。

この東条大将の談話を、大本営機密日誌で読み、これは東条大将が、いかに異常な無謀な人間であったかの証左である。東京がすでに戦場になり、まさに焼け野ヶ原になりつつあるとの認識もない、東条大将には、まったく驚かざるを得ない。

日独戦争――日本民族、運命の転機

日露戦争までは、日本はおおむね、いわゆる防衛戦争の範囲で来たと位置づけてもよかろうが、大正三年、第一次世界大戦が欧州で勃発し、日本は、日英同盟の誼《よしみ》といって、これに参加した頃から異常事態が発生して来た。海軍は、遠く地中海までも出向き、海上交通の確保に貢献し、陸軍は、我が菊兵団の前身たる陸軍第十八師団、（師団長・神尾中将）を中核とする独立師団をもって、ドイツが中国より租借し、強烈な軍備を施した青島を攻略し、山東省一帯を勢力下に入れ、南洋群島も支配下に入れて、世界三大強国と言われるまでになった。

この程度なら、前の三国干渉の仇討ちぐらいで列国も納得したであろう。

戦争の過程で、各国の進歩は、我が国より優れていることは、痛いほど判ったはずだ。だから、対外的にはここまでで止めて、内政改革、民政の安定、工業、産業、貿易発展拡充などをしっかりやって、戦力、国力を充実し、無理して外国の懸念を買うような政・戦略をとらず、脚を地に付けて根を張っておくべきであった。

ところが、そういかないのが日本人の驕り根性、少し力が付けば、直ぐ奢《おご》る。満州、中国でも同じこと。南方でも、まったく同じ。僕も実際、見せつけられた。

東条らの戦争発起は、その最たるものだと思う。相手の国力を知らず、己の国力を知らず、何たることとか。

敗戦後、四島に閉じ込められた日本は、朝鮮戦争を契機に、工業化日本を達成した。為政者の頭の持って行き方次第の証明だ。

明治維新後の内政充実の政策は、ここにこそ生かすべきであった。餓れ子が、他人の握り飯を奪いとるようなさもしい根性が、日本崩壊の遠因である。ある物持てる物を、いかに生かすかの能力もありながら、生かしきれなかった為政者の責任である。

海舟は、朝鮮の問題について、独立援助の詔勅まで出していながら、逆に併合の機運すら出て来たのはまことに遺憾だ、との意味を彼の在世中に語っている。まさに至言だ。

伊藤博文が安重根に殺されたのは、日本の運命への警告である。先祖に戴いた国土をいかに生かすか。まだ未開と思われていた時代の世界ならいざ知らず、日本民族は後発民族だったとの自覚が不足している。

英国は、大航海時代に獲得した国土を、第二次世界大戦で戦勝国とはなったが、大戦後、民族意識の昂揚と共に、ほとんど独立させて元のブリテンに戻り、米国と一体となって生き抜いている。これがアングロサクソンの民族性であり、先見的戦略眼だ。

ところが、そういかないのが、日本人の悲しさ。若干力が付いて来ると、すぐ驕りが頭をもたげて来た。まったく大東亜戦争は、東条総理の訓え、戦陣訓の「百戦百勝の過信、驕り」を東条総理、陸相自身が先頭で突っ走った。それは、軍部が謀略と驕慢に踊りまくらされた結果の発起であった、と結論づけざるを得ない。

対支二十一ヵ条条約

その象徴的なものが、対支二十一ヵ条条約である。

第一次大戦頃の中国は、清朝の末期で、世界各国の一種の権利争奪、錯綜の状態であり、日本は欧州の動乱を好機到来とばかりに支那との間に、大正四年五月九日、二十一ヵ条の条約を締結させて、支那を半植民地的な立場にもっていったらしい。

詳しくは、「大本営陸軍部」には記載していないが、中国の国民、特に青年学徒は、怒り心頭。締結された五月九日を、「国恥記念日」として排日活動激化の一転機としたと記載されている。

九ヵ国条約の締結

日本が、二十一ヵ条条約を支那との間に締結している頃、米、英は日本に警戒の目を向け始め、日英同盟解消と、軍備制限条約を、主として英米主導で発議され、ワシントン条約、ロンドン条約などで、我は英米の提言を呑んで五・五・三の海軍力制限条約に調印した。陸軍は、師団の削減をやった。

この有り様を見ていた中国は、日本は中国苛《いじ》めには抜け目ないくせに、米英には屈するのかと、排日に加えて侮日の気運が伸びて来た。

そこにまた追加して、米国主導で九ヵ国条約が提議されて来た。九ヵ国とは、米、ベルギー、英、支、仏、伊、日、蘭、ポルトガルの九ヵ国である。ほとんど世界条約だ。

「極東における事態の安定を期し、支那の権利、利益を擁護し、かつ機会均等の基礎の上に、支那と他の列国との間の通商を増進せんとするの政策を採用することを希望し、右の目的をもって条約を締結する」というのであった。その第一条には、次のように約定されている。

第一条　支那国以外の締約国は左のように約定されている。

1、支那の主権、独立並びにその領土的及び行政的保全を尊重すること。

2、支那が自ら有力且つ安固なる政府を確立維持するため、最も安全にして且つ最も障害なき機会をこれに供与すること。

3、支那の領土を通して、一切の国民の商業及び工業に対する機会均等主義を有効に確立維持するため、各々尽力すること。

4 友好国の臣民または人民の権利を減殺すべき特別の権利または特権を求めるため、支那における情勢を利用すること、及び右友好国の安寧に害ある行動を是認することを差し控えること。

この主権尊重、門戸開放、機会均等は、かねて米国の宣言した極東政策の基本をなすもので(むしろ世界政策といっても良い)、この後も堅持されて、やがて日、米衝突の根本素因をなしたものである。この米国主導の主張が、おおむね道を修めて法を保つ姿のように見える。

原爆禁止の争いが今盛んだが、あれは第二次世界大戦の戦勝国の独占欲のようにも見えるが、それこそ孫子の兵法をもって論ずれば、北朝鮮などの騒動など己の力を知らず、相手の力を知らざる劣等戦略だ。まさに鎧袖一触。日本の大東亜戦争直前の姿を彷彿させる。日本は、日米同盟の基盤の上、今はどうやら真面目だ。

近衛内閣の会議で、東条大将が、陸相として「米国通牒は九ヵ国条約の再構築であり、日本の主張は九ヵ国条約の打破である」と主張していたのはここだ。さらに支那には、永久駐兵との主張を強烈にやっている。

まさに「道を修めて法を保つ」ことを没却した、東条陸相の敵をも知らず、己を知らざる出鱈目な主張に対し、これを論駁し、潰せなかった近衛総理、豊田外相(海軍大将)、ほかの閣僚の識見不足、責任感不足、戦略眼不足、いう言葉を知らぬ。

我々将兵には、「死を鴻毛よりも軽しと心得よ」と命令していながら、上級軍人、政治家どもには、まったくその命を かけた責任感がない。大本営の本を読んで一番つまらないのは、ここである。責任感が旺盛で戦略眼があれば、たとえ性格は弱くとも、近衛首相始め、豊田外相ら、東条の暴言くらい、たちどころに潰せたはずだ。

陸大の戦術学で、東条陸相は何を勉強したか。ドイツのメッケル流か、ヒトラーカブレか、何か知らないが、白を黒と言い通す、どうも東条流は、まったく理解に苦しむ。ここに謀略、陰謀の臭いがしてならぬ。それは、また項を改めて記述する。

家康は、もちろん、陸大卒ではないが、負けると判った戦はやっていない。関が原では、小早川に対しては、謀略か脅しか？ 上手に使って関が原の戦に勝った。

負けた石田三成は、六条川原で家康によって打ち首になったが、東条のようにツベコベは言わなかったらしい。東条より、死に際がよかったらしい。

厳島の戦いの毛利元就もそうだ。秀吉でもそうだが、秀吉の小田原攻めなどには、温情すらあった。やはり自分で自然に備わった能力、人間性のない人間は、大学で幾ら優等生でも、本当の指導者にはなれないらしい。またそれには、上級職の総長、大臣らの責任の立場の人物の鑑識眼、人間性が最大要件である。

二・二六事件後における真崎大将の逮捕は、その最たるものだ。謀略の踊り子に成り下がった寺内、杉山らの所行である。でも幸い磯村大将の勇気によって阻止されることが出来た。

東条陸相の、国の戦力判断は零点だ。何のための陸士、陸大卒業か判らない。戦史の何を勉強したのか？ 日清戦争後の三国干渉に対する政府の対応を、この見事な戦史を、どう理解したか。年が経てば、小学卒業生でも判る。国力判断も、道を修めて法を保つこともできず、まったく落第ではないか。饒舌を逞しゅうして、近衛を追い落としただけだ。

東条の父も、口先は優秀な戦略家のようであったが、日露戦争の実戦においては優秀な指揮官ではなかったと、池田参謀（菊兵団作戦主任）が語られた。本にも書いている。

メッケル流ばかりではない。己に備わる質であろう。まったく人を得なかった。

大東亜戦争前も後も、米国の主張は、人道を弁《わきま》えているようにみえる。孫子の「道を修めて法を保つ」を地でいっているようだ。しかも、戦力は圧倒的だ。第一次大戦でもそうである。しかも、その間、国力は十二分に付けた。

あの頃、アジアはまさに殖民地だったから、反発の精神はわかる。僕だって、南方に行く時、「大東亜建設の戦士になるのだ」と訓《おし》えられて、そのまま、勇みに勇んで出征した。

それは訓えだったが、今検討すると、あれは、謀略に踊った東条始め秀才馬鹿どもが、支那を、大根料理でも作って腹（国力）を満たそうと考えた永田鉄山の主張の延長線上にあったのだ。

「武藤章は、石原作戦部長が北支事変不拡大を指示すると、「貴方の満州進撃の真似です」という意味の反対をして、とうとう石原を追い出した。敗戦の時はフィリピンの第十四方面軍の参謀長で、中将だったが、A級戦犯で殺された。何も、道を誤ってまで中国を占領し、東亜の殖民民族を独立させるのに、日本が数百万の犠牲を払って潰れなくともよい。日本人には時間をかける余裕というものがない。ヒトラーカブレの驕りか、戦略の基礎を知らぬ島国根性か。吉田元総理の表現を以てすれば、カッケンボスのインディアンか？（後述する）

ロシア、中国などの観察

大東亜戦においても、ソ連（ロシア）の民族性を見ればすぐ判る。日本が、米国の原爆投下で息の根を止められるまで、戦線布告はしていない。また戦後も、例えば、米の沖縄の返還、ソ連が小さい北方四島を握って離さぬその比較においても、両国の民族性が痛いほど判る。

日本の外交能力は、至って拙劣だ。しかし日本は、敗戦の結果とはいえ、良い国と同盟関係を持った。だから、こうして安心して生活ができる。

中国が、尖閣諸島の近所でガス田開発をやっているが、あれも大東亜戦争敗戦の結果だ。まだまだ次から次と出てくるだろう。

沖の鳥島だってもっと早く、海上自衛隊の警備基地を築くべきである。今からでも遅くはない。南極観測基地等には莫大な経費をつぎ込むのに、どうして漁業の警備基地をつくらなかったのか、不思議だ。戦略眼なき民族の実態。一刻も早くやるべきだ。平和ボケか？

それにしても、北朝鮮の動きは、まったく理解に苦しむ。隣に同じ民族の韓国の繁栄を見ながら、なお気づかない。戦前の日本民族の姿を彷彿させる。ドイツはさすがだ。自分たちでちゃんと合併した。スターリン謀略のあと始末を自分でやった。朝鮮民族との違いをまざまざと見せつけられる。

スターリンの陰謀

荒木貞夫の「風雲三十年」の開巻第一に「スターリンの陰謀」という書き出しで、昭和五年に「日本をスパイする」という本が出版されたそうである。

ソ連の代理大使だったベセトフスキーがフランスで出版したもので、独仏語に翻訳され、日本語の訳本も出版され、その訳本を荒木大将は、二冊購入・所持していた。

ベセトフスキーは、昭和元年、二年の間、日本に駐在し、フランスに転動したが、やがてスターリンに睨まれてフランスに亡命した。この本は、彼がフランスに亡命の間に書いたものだそうである。

スターリンは、日本に代理大使として赴任させる時、ベセトフスキーを自分の部屋に呼び寄せ、厳《おごそ》かに命令を言い渡した。

「わが東洋に対する基本方策は、中国の赤化にある。日本のことは第二次的である。したがって、日本には対支不干渉の方策をとらしめる。中国は蔣介石によって統一せしめる。が、蔣介石は、結局は共産党にはならぬ。だから、適当な段階に青年共産党員に置き換える。中国の赤化が第一、日本は脇役、対支不干渉、これが基本方針、判ったね」

スターリンは、さらに語をついで、

「ところで、日本を支配するのは、二つの財閥だ。三菱と三井。三菱は海洋政策によって仕事を拡張する。三井はこれに対し、大陸政策によって事業を拡大・発展させようとする。この二大財閥は、日本のすべてを支配している。日本の動きは、この二大財閥を抜きにしては考えられない。

だから、当方の戦略としては、適当にこの二大財閥を御することだ。それには、餌を与えることだ。餌としては、漁業権がいい。漁業権で巧く操るのだ。そして、うんと苛めるのだ。漁業権の次は、北樺太の石油がある。相手はこれらの利権によって、算盤をはじく。戦争するか和するがいいか、考えるだろう。これに対して、当方は適当に駆け引きするがいい」

その他にも、いろいろ言ったのだろう。黙って聞いていたベセトフスキーは、
「では、浦塩《ウラジオ》を遣せと言ったらどうします」と聞いた。スターリンは、さらにその上をゆき、
「浦塩は愚かなこと、イルクーツクまで与えてもよい」とさりげなく言ったが、その直後、
「しかし、自分は今後もプレストリトウスク条約の手を繰り返すから、これだけは心得よ」
と付け加えた。

スターリンの言う「プレストリトウスク条約」とは、第一次世界大戦の途中、独、露単独講和を結び、何でもドイツの言いなりのものを与えて置き、後ろに回って巧みにドイツの思想攪乱《かくらん》をやって、物の見事にひっくり返してしまった。この筆法を、日本に対し随時、随所に用いようというのが、スターリン謀略の姿である。

こうして日本にやってきたベセトフスキーは、できる限りの手を使って謀略活動をやったのだろう。しかも、荒木貞夫の本には、金は余り使っていない、と書いてある。どうして、そこまで荒木が判ったか。しかしスターリンは、日本のことについて、まったく掌の上に指差すが如しだ。

荒木大将は、東京裁判でA級戦犯に指定されたので、ソ連の侵略性を立証しようと、ベセトフスキーの「日本をスパイする」という本を、自宅から弁護士部屋に持ってきていたら、いつの間にかなくなっていたそうである。もう一冊、自宅から持ってきたが、またなくなった。素早いことやるものだと、国立図書館に行ったら、先ほどソ連人が持ってゆきました、と返事され、がっかりしたそうである。

ソ達人は鈍間《のろま》などと書いた本もあるが、決してノロマどころか、スラブ民族の日本人に真似のできない図太さというか、したたかな民族性を見誤ってはならぬ。神田の古本屋に聞い

ても、その本はまったく手に入りません、という。これも大東亜戦争敗戦のつけだ、とは荒木は書いてないが、敗戦がなければ、こんな屈辱は、味わわずに済んだのに。

尾崎秀実らの謀略

荒木貞夫の「風雲三十年」という本と、大谷敬二郎の「軍閥」という本に出ているが、大谷の本には具体的に出ている。

大東亜戦争発起の直前、相模鉄道争議で、小林モトという共産党員を取り調べ中、スパイ団の活動が発覚して、ゾルゲ、尾崎秀実、西園寺の孫の公一らが逮捕されたと書いてある、他にも何人か逮捕者がいる。その中のゾルゲと共に大物、尾崎が、獄中で大東亜戦争の勃発を聞き、

「自分は永く仮面を覆って、危険な潜行活動をした。その苦心のため、頭の髪の毛は、まったく白くなった。日本が遂に大戦争に突入したなら、擾乱は起こり、革命（共産主義）は必至である。自分の仕事が九分通り成功しながら、今、その結果を見ずして死ぬのは残念だ」

と検察当局に語ったという。

この大谷というのは憲兵で、敗戦の頃は東京憲兵隊司令官、憲兵大佐で、彼は二・二六事件の後、寺内陸相、杉山参謀次長（後の陸相）らの命令で真崎大将を、あること無いこと書き立て、いわゆるデッチ上げて、起訴に持っていった謀略踊り憲兵の一人であるが、彼らのために日本は、敗戦の坂をひた走りに下って行ったのである。

また、彼は敗戦間際、吉田茂を逮捕している。例の近衛上奏文の一件から。吉田茂は、逮捕されて四十日ばかり、憲兵のお供（?）で、泥棒諸君と空襲の中を逃げ回り、釈放される

ようになったら、途端に閣下と呼ばれて、おかしくなったと、「回想十年」の中で笑っている。その時は大変だったろうが、過ぎて振り返れば笑い話になったのだろう。

この「軍閥」という本は、昭和二十年二月十四日、近衛文麿上奏文の反論文のようなかたちで書かれた本だが、こうして語るに落ちた姿である。彼もスターリン謀略の踊り子の一人のようだ。

真崎大将を、前記のように裁判に掛け、裁判長・磯村大将によって、裁判解散という非常決断までされて、大将が無罪（後記）にされたので、真崎大将のことは悪く書き得ていないが、柳川中将、小畑中将のことは、「軍閥」という本の中で、最後まで悪く非難している。雀百までか？

東条大将らのお先棒担ぎで、数百万の国民を殺し、大敗戦を招いて、国が潰れても、まだ自分らの行為の誤り、責任を感じきれない。東条大将と同じだ。

昭和八年――満州事変後の大陸国防の方針討議

画期的な軍制改革の断行に先立ち、国防の見地から、我が国としてもっとも危険を感ずる相手国を想定して、これに対する自衛の方法を考究するにあった。

そこで昭和八年六月、陸軍省、参謀本部合同第一回の会議を開いた。出席者は、陸軍省・荒木貞夫陸相、柳川平助次官、山岡重厚軍務局長、山下奉文軍事課長、参謀本部側真崎甚三郎参謀次長、梅津美治郎総務、古荘幹郎第一、永田鉄山第二、小畑敏四郎第三の各部長、鈴木率道作戦課長ら主要課長以上を含めた。

この時の会議において、我が国がもっとも危険を感ずるものが、ソ連であることには、一人の反対意見もなかった。

ただ、その方策として、まず従来から、抗日・侮日あくなき中国問題を、力をもって処理した後、ソ連に当たれとする意見が、席上、一人永田第二部長から強く主張された。

事実、中国との関係が現在の状態では、対ソ作戦の遂行ははなはだ困難であり、軍需動員的見地からも、中国の資源に期待せずには、対ソ長期戦は、不可能であった。しかし、これに対し、反対意見が強く打ち出された。
(1) ソ連一国を目標とする自衛すら、今日のところ困難が予想されるのに、さらに中国をも敵とすることは、現在のわが国力をもってしては極力避けるべきである。
(2) 中国と全面的に戦うことは、我が国力を極度に消耗するのみならず、短時日にその終結を期待することは至難である。しかも、等しく東洋民族である中国とは、あくまでも実力によらず、もっぱら和協への道を求めるべきである。
(3) 中国との戦争は、世界を相手にする全面戦争になる怖れがある。
といった意見が圧倒的であった。特にこれを強く主張したのは、小畑第三部長であった。

かくて、第一回の会議は、一応こうした大綱を決めて終了し、その後、引き続いて第二回の会議が聞かれた。

ここに一九三五、六年危機に対する我が陸軍の大方針は、対ソ自衛に重点を置き、このため、その戦力の整備を急ぐことと最終的決定を見たのであった。

しかし、内実はさらに深刻で、しかも容易に意見が一致したものではなく、永田第二部長は旅行中との理由にて故意に欠席して、一応の結論に達したものであった。

永田第二部長は、「中国の処理」として、まるで中国を大根でも料理するような主張のようだ。広大な国土と、あの頃、中国の人口が幾らか知ったものはいない。俗に四億の民と言ったが、今は十三億というから、当時でも、八億以上はいたであろう。面積にして日本の二十五倍以上、人口にして約十倍（大和民族だけでは約八千万）以上。

孫子は、見事に訓えている。戦略は、道を修めて、法を保った上で、国土の面積、資源、人口、その上に軍事力、第五に勝敗だと。近代では、さらに兵器の質、量、工業生産力などが、大きく加味されていく。小畑第三部長中心の主張が正しいことが明瞭だ。

すなわち永田第二部長は、敵を知らず、己を知らずして戦うことのみを、一人で息巻いた姿である。その背後に何かがなければ、とても一人で息巻けるものではなかろう。

永田は、途中で殺されているが、次に書くが、永田、東条、鈴木貞一らは、まさに刎頸の関係で、東条の戦いの主張の根源はこのあたりである。

しかも、かかる主張が優位にたったのが不思議だ。そこに謀略と財界の匂いがしてならぬ。日本人は達観性に欠け、目先の打算、利害に目がない。そして真の道義を弁《わきま》えた人を嫌う。残念だ。これを民族性と見なければならぬだろうか？

昭和十二年、支那事変が起こって四年。戦はどう動いていったか、この昭和八年六月の省・部会議で、永田鉄山第二部長の主張が憂慮、否決され、小畑第三部長が発言中心の主張で危惧された通りではないか。

まったく泥沼に脚を取られたとは、あの頃の支那事変の実態だろう。僕らは少国民として、支那事変の只中にあって、大東亜戦争突入の報道を、大本営報道部長のラジオ放送で聞き、「腹一杯ご飯を食べ、またその上に食べよ」と言われているような気持ちになされたことを思い出す。しかし、我々はいわゆる百戦百勝を絶対信じさせられていたのだ。

今、年をとって、少しでも勉強らしいものをしてみると、孫子は、兵を長く敵地に留めることの非をちゃんと論じている。それらは、戦術戦略の基本であるはずだ。

東条大将らは、一種のヒトラーカブレで、防共協定から日、独、伊三国同盟に発展させ、支那を馬鹿にして、メッケル流の勉強ばかりしたのだろうか、幾ら贔屓目に見てもそれくらいだ。

さらに永田部長、東条大将らは、尾崎秀実らが、頭の髪の毛が白くなるのも忘れて、謀略に踊らせた踊り子であったのだろうか？　勇ましいように見えることを言うと直ぐ、それに乗って有頂天になる。日本人のもっとも浅はかなつまらぬところだ。己を知らぬ、相手を知らぬ。また、今日、平和、平和、平和といえば、直ぐそれに有頂天になる、情けない。

尾崎が支那事変勃発直後、石原作戦部長に支那を進撃、進撃、最後はビルマの果てまで進撃して支那の息の根を止めてはと勧めて、石原部長にコッピドク叱られた記事が、大谷の「軍閥」に出ている。

石原を、ヒョウツカシテ（煽って）叱られた姿である。石原は尾崎くらいの、それには乗らない。満州国の五族協和の育成に専念、中国とは仲良くの考えだから、満州事変の中心人物でありながら、戦犯裁判の戦犯にはならなかった。

米国も蔣介石の中国も、満州までは容認していた証拠である。それを、東条陸相は否定して、近衛内閣を「引導を渡して来た」などと嘯《うそぶ》いて崩壊させた。

板垣征四郎は、関東軍の高級参謀として、石原と同じく満州だけならよかったが、陸軍大臣で近衛総理の期待を裏切り、支那進撃拡大の張本人になってしまって戦犯で殺された。

東条大将らは、尾崎らの謀略の手に乗せられた検察的な確証はわからないが、そこが戦略、戦術の難しいところであろう。道を修めて法を保つことを否定したか、忘れたか？　戦力判断を誤り、大戦争に走って敗れたのだ。

今はその結果、残念だが、生殺与奪の権は米国に握られた。でも米国は、道を修めて法を保つことを実行することが、どの国、どの民族よりも安心できる。だから、米国と仲良くしていれば安心だが、今でもイラク派遣反対、米国基地反対を唱える戦略眼不明の人々があまりにも多い。

祖国ソ連を夢見たその残滓か？　ソ連は潰れても、まだ蠢《うごめ》く。日本人の稚拙性は、残念至極だ。

敗戦のどん底に喘《あえ》いでいた日本が復興できたのは、ソ連に唆《そそのか》された北朝鮮が韓国統一目的の朝鮮戦争を勃発させたので、米国は、おっとり刀で日本の工業力を利用して、日本叩きに使った野積みの保管兵器を、日本の技術で応急修理し、朝鮮の戦場に送り、その「特需景気」がきっかけだった。

米国は吉田内閣の時、平和憲法を日本に制定させたが、朝鮮動乱、ソ連の進出、いわゆる冷戦の出現に、ダレスがやって来て、警察予備隊を編成させた。それは止むを得ない。自分だけ神様みたいなことを言ったり、実行しようと思っても不可能で、それが国の安全に必要なのだ。夢遊病国に満足するなら別だ。そんな馬鹿な、と誰も言いたいが、そういう主張をする政党、学者も一杯いる。情けない。

各種犯罪者も時々出るが、これは出ないように処置すればよい。石川五右衛門ではないが、「浜の真砂」で、なかなか良くならぬ。人間の性か？

基地のお陰で生活が潤い、吉田茂総理が「まかり間違えば、責任は俺一人でよい」との覚悟で、一人でサインしてくれた日米安全保障条約のお陰、安心して生活ができる。でも、これをすら破棄せよという国民もいる。

国内犯罪をこそ、道徳教育、修身教育をしっかりやって、なくするようにしたいものだ。しかし、この教育法の改定にもまた反対の政治家、政党、何でも反対党？　困ったものだ。文部行政をこそ、しっかりやって貰いたい。

占領当時、米国もやはり日本が憎かったのだろう。厚木の飛行場に降り立って間もなくマッカーサーは、学校から地理、歴史、修身を抹殺させた。この三項をなくせば、民族は夢遊病者になってしまう。そうなそうとしたのだ。そしていわゆる、平和憲法を制定させた。

その影響が、その夢遊病（？）が六十年も続く。米国は勝利したとはいえ、莫大な犠牲を払った。そういう心理になるのもやむを得まい。平和条約発効後、それを直すのは、日本民族の自覚だ。その民族の自覚が足りない。

さらに、今日においても戦略を知らぬか、知ろうとしない日本人には困ったものだ。米国の膨大な戦力を毎朝、毎夕見せ付けられても判ろうとしない、そして、変な煽《あお》り立てには直ぐのる。

人間が余りに小さい。イラク騒動、自爆攻撃を見て、我が敗戦間際の特攻攻撃を思い出し、うんざりだ。僕は敗戦間際、滝野川の兵器行政本部で、特攻隊要員の命を受けて偽暗眼鏡を掛け、滝野川一帯を這い廻っていたのだ。イラクの爆弾テロなどは、抵抗勢力の断末魔の足搔きであることも解ろうとしないで、マスコミの報道の何と稚拙なことか。

あの敗戦も尾崎秀美らがスターリン謀略に乗って踊り、その尾崎らの煽り立てに乗って、とばかりは言いたくもないが、東条大将らは、戦略も戦術も戦力判断もホッポラカシて、喧喧嘩犬みたいに戦うことしか考えず、大日本帝国を潰した。

飛んで火に入る夏の虫。戦略の基礎たる道を修めて、法を保つことを知らず、戦略を誤った。彼ら国の責任の立場の人の責任、罪でなくて、誰の罪か。現在の国民が、彼らの責任を追求し、道を正そうとしないことは、まったく理解に苦しむ。

ソ連の研究

前述の昭和八年、満州事変後の大陸国防会議以前、昭和七年、ソ連駐日大使トロヤノフスキーが日ソ不可侵条約を提議してきた。日本は、これを一蹴した。満州事変直後のソ連は、日本の進出を恐れ、時間稼ぎの意図であったと思われる。

あの頃の陸軍省、参謀本部の中心のソ連観は、次の通りであった。荒木陸軍大臣、真崎参謀次長時代である。

1　ソ連の東漸政策は、三百年来の国策で、決して変わらない。

2　日ソ不可侵条約を成立させると、ソ連はその間、極東軍備の充実を安心して図るであろう。

3　スターリンは、相手が強いか、抵抗力があると見れば、決して自分から攻撃してくることはしない。相手が弱いと見れば、理屈は何とでもくっつけて進攻して来る。

4　スターリンは、前述のように、プレストリトウスク条約の手を使い、思想戦を最大の武器とする。

これは僕が真崎大将から聞いたのと、大本営のこの部分とは一致する。

この一つのいい例が、ソ連のアフガン進攻である。米国の大統領選挙で、カーターがアジアから米軍を引き上げると主張して大統領になった。ソ連は待っていましたとばかりに、アフガンに進攻した。アフガンを占領・通過して、インド洋に出ようとしたのだ。ところが、アフガンは特殊の地勢と民族性で手を焼いた。あれがソ連崩壊の転機だったのだろう。でも、ロシアの民族性は変わらぬ。北方四島の問題も同じだ。北方の漁業権、ガス田、石油はスターリンの手を、今日でもそっくりそのまま使っている。日本人の政局を担う政治家はもっと、民族性の研究を徹底せねば。何回も同じことを繰り返す。

鳩山一郎（鳩山邦夫らの祖父）が河野一郎（河野洋平の父）を伴ってソ連に出掛ける時、たまたま真崎大将のお宅に伺ってお話を聞いた。大将が、

「鳩山の甘ちゃんがね、不自由な体で出て行くが、ご苦労さんだが、ソ連はそんな甘い国ではないよ、まだまだロシア（ソ連）は日本を苛めるだけ、苛め抜くだろうよ。民族性を研究して、その上でなければ本当の外交はできないよ」

と言われた言葉が思い出されてならぬ。またまた、海舟が欲しい。海舟のような人がいてくれればと、歯がゆくなる。海舟は幕府に命令されて、長崎で、英国の力を上手に借りて、見事にロシアを対馬から追っ払ってくれた。

でも、「大本営陸軍部」記述では、わざわざ、「小畑部長は、ソ連が強大になる以前に、好機を捕えて打倒すべし、との意図を内蔵していた。これに共鳴する者も少なくなかった」と補足している。

これは編集者が、まだ編纂当時、大敗戦生き残りの永田、東条の流れを汲む（統制派？）人々へ配慮したからではなかったかと思われる。

小畑部長は、あの第一次上海事変の処理を作戦課長として、作戦の中心的存在で見事に活

躍・処理した。

第一次上海事変は、始め海軍が事変の主体で、海軍で処理できなくなって、海軍指揮下ということで、陸軍に出兵を依頼して来た。

海軍は、事変を甘く見ていたようだが、事態を陸軍で検討すると、そんなものではない。本格動員を必要とすると思われる。が陸軍は、海軍の申し出でもあり、取りあえず久留米の下元旅団を派遣し、海軍の指揮下に入れたが、旅団長が観察すると、とてもそんな生優しいものではない。

荒木陸相、真崎参謀次長が内閣の承認を得て三個師団を動員し、小畑敏四郎大佐を参謀本部の作戦課長として戦術担当の中心とし、十分な兵力を一時に投入、上海正面からは、久留米の旅団に、さらに金沢の第九師団を向け、しかも敵の意表をついて、上海の裏の揚子江の右岸、七了口という地点に、上陸兵団として鍛えた四国の第十一師団を、昭和七年三月一日に上陸させ、見事に成功する。

それで、敵は驚いて逃げ出し、二日には敵が壊乱状態となり、三日には停戦を敵から申し込み、四日には承知して、戦争は済んだ。上海に出兵したのは、事変の解決が目的で、進攻、侵略が目的ではない、と声明した。それで、国際連盟も承知した。

このように至短期間に見事に事変を処理し、しかも、済んだら見事に全兵力を、憲兵七十人を残すのみで引き上げさせた。

小畑部長は、真の用兵・作戦を知っていた。日本の孫子みたいなものだ。そういう実績がある。前述の国防国策会議においても、見事な発言の中心的存在だったと記述しながら、ソ連進攻など、そんな意図を内蔵するとの記述はどういう意図か。とってつけたような記述である。

ソ連の極寒零下三十度以上にもなる広大な国土、強力な軍隊。ソ連は用兵のもっとも難しい国土である。ソ連の戦力、国土、民族性を知り尽くした小畑第三部長、日本の孫子みたいな作戦家が、そんな主張を内蔵するはずがないではないか。さらに、個人の性格のことまで非難めいた記事がある。編集者のために惜しい。

国内戦力の充実は当然で、小畑部長こそ、作戦用兵の真の実践、実力者である。

真崎大将は、中将の時、参謀次長で関東軍が万里の長城を越えて、支那本部に雪崩《なだれ》込もうとするのを必死に防いだ。いよいよ参謀本部の命令を聞かなければ、自ら長城の線に立ち、戦死の覚悟で、関東軍の南下を防ぐべく努力したが、武藤信義関東軍司令官の指導で、ようやく岡村寧次、何応金協定（荒木貞夫「風雲三十年」）（大本営第一部には梅津、何応金協定となっている）が現地で締結された。こうして、日満支三国の安定を図った。このことは、たびたび大将から聞いた。

時の関東軍参謀長は小磯国昭だが、彼と板垣征四郎は死ぬまで、真崎の、この万里の長城制止命令（天皇の大命）を怨んでいたそうである。……彼らもスターリン謀略の踊り子か？・

小磯は、東条総理引退後の総理だが、何も為すことがなくて潰れている。日本の中枢は皆、日本潰しに躍起になっていたとしか見えない。

だから、この真崎、小畑、鈴木率道《よりみち》、荒木、柳川ら、中心の戦略で国策が決定実行されていたら、日満支三国は安定し、支那事変もなく、大東亜戦争もなく、国は潰れず、安泰だったら、世界の強国として持続・発展できたのだ。朝鮮問題などは別である。

謀略と共に、日本人、財界、政界、官界、宮廷グループの人道を無視した目先の欲、戦略眼不足、思想研究不足、達観性皆無といってもよい国の姿が嘆かれてならぬ。

また、海舟の談話を書くが、彼は「国は外国から潰されるものではない。内部から潰れるのだ」と言っている。日本敗戦の経緯を見ると、まさにその通り、まったく権力の中枢からまず潰れている。


昭和十二年支那事変の勃発は、スターリンの謀略と彼ら、いわゆる統制派を利用しようとした財界、官界、宮廷グループの夢が、真崎、小畑ら、いわゆる皇道派を追放して、大根料理のご馳走作りのような安易な気持ちで、やっと実現した永田の遺言みたいな「支那実力処理」の戦だった。

が、やがて中国の膨大な国民と広大な国土に、泥沼に脚を突っ込んだ状態で、ニッチもサッチも行かなくなって、それに、かてて加えて東条大将らの「それを解決するための手段も含めた」大東亜戦争であった。

誇大妄想にも程がある。結果論と言われるかも知れないが、歴史研究は、元々結果論なのだ。それが温故知新だ。

スターリンは、ベセトフスキーに命令した以上に、日本が自分で敗戦の坂をまっしぐらに駈け下る姿を見て、さぞや、「これは思いのほかだ。日中両国同時に共産化できるぞ」と、望外の推移にホクソエンダであろう。

まったく「飛んで火に入る夏の虫」。道を修めて法を保つ戦略眼なき国家は潰れる。

しかも東条陸相は、「計画どおり行っている」と言っている。日本を崩壊させるための計画戦争だったのだろうか。彼らの頭は、始めから狂っていた。木戸も、天皇様もこんな気狂い人間(?)を、どうして総理にしたのか? 彼らもやはり狂わされていた、としか思われない。「将を討たんとすれば、その馬を射よ」か。西園寺の息子の八郎、孫の公一は、敗戦後、共産主義者を名乗って踊り出てきた。

西園寺は、近衛が真崎大将を特赦にしようと努力したが、「そんなことを近衛が言うなら、総理を代えたらよいではないか。近衛でなくても、総理になる人間は他にもいる」と語った記事が、大谷の本に出ている。

西園寺は、共産主義者ではなくとも、息子の八郎、孫の公一らに踊らされ、次に公望が天皇様を踊らせたのだ。まことに情けない。閑院宮には稲垣、木戸には直接か? そして天皇様を盲目にしてしまったと、僕は見ざるを得ない。天皇様も天皇様だ。

真崎が参謀次長として、ほとんど毎日のように奏上に来るのを、天皇様は真崎のどこを見られたのか。情けない次第だ。敗戦後、真崎の長男秀樹さんを通訳として近侍させたくらいで、僕らの心理は、治まらぬ。皆、死んで逝った。

僕らは、一天万上の大君と崇《あが》め奉って「お国のため、大元帥陛下の御為」死に征ったのに何たることか。出征する時、暗闇の中で週番司令は、ただ一言「死にに征け」。この一言の命令だった。

「天皇陛下万歳」「大日本帝国万歳」を唱えて死んで逝った戦友・先輩が思われてならぬ。最後は「万歳」を唱える気力も体力もなく「のたれ死に」させられた。敗戦後の憲法は、天皇を象徴にしてくれている。これでよかった。ここは憲法を改正しても、決して明治憲法のようにしてはならぬ。歴史を紐解くと、いやになる。が、やはり勉強したいのだ。

敗戦後、北ビルマの戦場で、僕の歩兵第五十六聯隊長をされていた長久少将（敗戦時、ビルマ派遣烈師団、陸軍第三十一師団参謀長）が、「あの頃の日本は、気狂いみたいになっていたね」と言われたが、まさに至言だ。

昭和八年六月の陸軍省、参謀本部合同会議の通り、国策戦略が実行されていたら、日本は堂々と世界の強国として発展できたことが、大本営戦史の文章の上で歴然としている。しかも、東条大将は、支那進攻駐兵は成功しているとの認識だ。さらに永久駐兵を主張している。それは、添付の大本営の記録に出ている。まったく驚く。

尾崎らのスパイがすべてとは言いたくもないが、永田、東条一派の戦争推進派が日本を潰したことは、大本営の記録に歴然としている。

スターリンの謀略に踊りながら。いや、スターリンの望み以上の鴨が葱《ねぎ》を背負って来る以上だ。我々はその鉄砲弾となって、ビルマの果てまで、軍人勅諭を奉唱し、勇みに勇みたって出征した。

このビルマは、尾崎秀実が支那事変勃発当時、参謀本部作戦部長の石原莞爾を煽って石原に叱られた終末の道だったのだ。

まったく残念至極である。その鉄砲弾どもは、やがて力尽きて、ほとんど全滅に近い犠牲を払って敗れ果てた。出征のとき約百人だった中隊の初年兵は、生還した者わずかに約十人。負傷で、脚には今も穴があき、右手と左手の長さが違い、右と左の足が違うようになされた兵がいる。

僕は、マラリア、脚気、大腸炎で、三十九度六分の熱に苦しみながら、南支那海では敵潜水艦に撃沈され、十七、八時間も、重油まみれになって泳ぎ、ビルマでは陸軍、南支那海では海軍の無力を慷慨しながら、やっと生き残った。

永野軍令部総長の不明発言の言辞が、これでも軍令部総長かと驚くばかり。その経緯が少しずつ解ってゆく。まったく漫画画きにでも画かせたら、どう画くだろうか？

昭和八年、省、部会議頃の別の記事

岩淵辰雄の「敗るる日まで」には、皇道派が、日ソ戦争を計画していると宣伝された原因には、こういう事情があった、と書かれている。陸軍省から、永田、東条、鈴木貞一らの合意の案で、満州事変後の国防計画として、ソ連を仮想敵国とした十年計画による国防計画を立てようではないか、といって来た。そして、その提案を審議するために、次官の柳川平助を委員長に、陸軍省から永田鉄山、東条英機、鈴木貞一、参謀本部から小畑敏四郎、鈴木率道が出席した。

しかるに、不思議なことには、その案がまだ審議が完了しないうちに早くも政界の上層部から、皇道派が日ソ戦争を計画している。これは怪しからんことだ、という非難が起こった。軍の作戦計画というのは、機密中の機密である。それが、まだ審議も完了しないうちに政界に漏れて、非難の声があがって来たので、驚かざるを得ない。そこで、柳川次官は審議を中止すべきだとして、審議を中止してしまった、という。岩淵辰雄の情報元は書いていないが、さすがである。これは真崎、荒木らを排するための陰謀だったのか？

大本営戦史には、東条、鈴木貞一の名前は出ていない。が、次に書く一夕会、双葉会の記事では、永田、東条、鈴木貞一は、まさに刎頸の交わりだ。これで永田鉄山は殺されても、陸軍組織の中心となって動いていったことが、おおむね判断がつく。

朝飯会

この頃から、政界、官界、軍部、ジャーナリストの中枢で、「朝飯会」なるものが、活動を始めたことが、岩淵や大谷の本に出ている。これに永田鉄山、尾崎秀実の名が出ていて、さらに近衛内閣の頃には、尾崎は内閣の嘱託として、むしろ近衛のブレーンとして活躍し、国家枢要の方針はことごとく筒抜けだ。近衛、重臣らの盲目、何をか言わん。

スターリンのプレストリトウスク条約の手は、こうしてスターリンの計画以上に、どんどん日本に浸透していったのである。また書くが、「飛んで火に入る夏の虫」。道を修めて法を保った戦略眼、思想眼、戦力充実、戦力判断のできない国は崩壊する。

その裏には、政界、財界、宮廷グループの思想眼、戦略眼皆無、盲目で目先の利益追求活動が預かって力があったと思われる。

「作戦の鬼小畑敏四郎」という本の中に、彼が第三部長の頃のある日か？　突然、財界の大物が、包みを持って、芝白金の小畑邸を訪問したそうである。直感的に気づいた小畑は、丁重に断わり、うどんをご馳走して、引き取ってもらったことが書かれている。

財界では、金で操ろうと思ったが、「金で動かぬものは使い物にならぬ」くらいの浅ましい根性だったのだろうか。

真崎大将のお邸でも、「俺は、財界から嫌われたのだよ」「財界の思うようにならなかったもんだからね」とたびたびお聞きしたが、ソ連は強くて危ないが、中国はちょうどよいから中国で、「ドンドン、パチパチやれば、軍需景気で金が儲《もう》かる」くらいの金儲けのために軍隊を使う。何という浅ましい根性だったのだろうか、と僕は思わざるを得ない。

将兵の戦死ぐらい屁とも思わぬとは、まったく呆れて、ものが言えぬ。これが敗戦までの日本の財界や政界、官界、宮廷グループの実態で、何遍も書くが、スターリンはちゃんと彼らを見抜いて、三井、三菱と名前まで出して命令している。謀略の魔手が、いかに怖いか。敗戦後、西園寺公望の息子八郎、孫の公一が、共産主義者を名乗って踊り出て来た。でもやはり、あの頃、いわゆる華族、貴族仲間で、共産主義者を名乗って踊り出て来られても、これを歓迎する者はそう多くはなかったろう。八郎は、やがて中国に出て行った。それからさきどうなったかは、知ろうとも思わぬ。

僕ら年齢以上の人の、心ある人は皆覚えておられるはずだ。まさに「将を討たんとすれば、その馬を射よ」。公望も天皇様も、まったく彼らの虜になって、真の忠臣、真崎、小畑、荒木、柳川らを追放して、いわゆる軍閥を利用し、権勢欲と金儲けのため、支那事変を勃発させた、という見方にならざるを得ない。

財界は、敗戦後は軍閥、政界の攻撃ばかりやっていたが、あの戦争を裏から操っていたのは財界、官界、宮廷グループに加えて、尾崎らのスパイ団だったのではないのか。今日においても、政界、財界の汚職を聞くとうんざりだ。道を修めて法を保つことを知らぬ。こんなことを繰り返していると、またどうなるか判らぬ。

一夕会と二葉会

島貫戦史室室長が、大本営陸軍部(1)の付録として挿入している一夕会、二葉会由来という付録は、貴重な参考資料である。島貫編纂官も、表には出されていないが、日本敗戦への転機はここに根ざしている、と思われて、この資料を付けられたのではなかろうか。
土橋勇逸中将の手記、岡村寧次大将日記を、島貫編纂官が纏めたものだそうだが、さらに僕はその中の一部を抜き出す。

鈴木貞一中佐が、軍事課課員になったのは、昭和三年八月の移動の際であって、自分とは向かい合いの机であったので、暇々にはいろいろの問題について、大いに論争したものである。

十月の半ば頃、鈴木中佐が国策などを研究する目的で、まず数人を集めたいと思うから参加してくれ、と自分に求めた。快諾すると、その初会合を十一月三日の明治節を選んで偕行社で行なうという話で、喜んで列席した。

集まった顔ぶれは、石原莞爾、村上啓作、鈴木貞一、根本博、沼田多稼蔵、深山亀三郎、本郷良夫、土橋勇逸、武藤章であった。

司会は、鈴木中佐。まず会合の目的を説明した後、石原中佐にお願いして、中佐の卓説「立体戦争論」を拝聴、その日は終わった。

第二回の会合は、十二月三日。集まる者は、第一回と同様の面々。その日は、満蒙問題の論議に火花を散らしたのであったが、議論が終わりに近づいた頃、永田さんが飄然《ひょうぜん》として現われ、少し離れた位置に腰を下ろして、傍聴しておられた。

ハハー、これはあらかじめ鈴木中佐と永田さんの間で打ち合わせてあったなとまでは察したが、永田さんがわざわざ顔を出された真意までは、読みえなかった。

終わって、永田さんに連れられて、石原中佐以外の者は、渋谷道玄坂の料亭に上った。ここでも永田さんは、これという発言もされずに、ただ我々の論争を聞いておられるだけだった。

十二月の末、永田さんがひょっこり、我々の無名会に顔を出された時、自分は無名会と、前年の八月頃、大佐、中佐の有力なメンバーの集まりの研究会に繋がりがあるのではなかろうかと疑問を抱いていた。果たせるかな、翌四年春になると、研究会に出席するよう、東条さんが命令した。

顔を出して見て、会員が大勢なのにまず驚いた。すなわち十四期・小川恒三郎、十五期・河本大作、山岡重厚、十六期・永田鉄山、小畑敏四郎、岡村寧次、小笠原数夫、磯谷廉介、板垣征四郎、十七期・東条英機、渡久雄、工藤義雄、飯田貞固、十八期・山下奉文、岡部直三郎、中野直三、二十期・橋本群、草葉辰巳、七田一郎、二十一期・石原莞爾、横山勇、二十二期・本田政材、北野憲三、村上啓作、鈴木率道、鈴木貞一、二十三期・清水規矩、岡田資、根本博、二十四期・沼田多稼蔵、土橋勇逸、深山亀三郎、二十五期・下山琢磨、武藤章、田中信一、時を経て、二十二期・牟田口廉也、二十四期・加藤守雄、二十五期・冨永恭次らが参加したそうである。

ざっと数えて三十八人。さらに二、三人あるようだ。これらの人の中では、もちろん途中で抜けた人もあるが、その発起人、中心人物は永田鉄山、東条英機、鈴木貞一のようである。

永田という人間がどういう人間だったか、先の省都会議の模様とこの動きから、おおむね見当がつく。国を思わず、民族を思わず、思うものは己の打算と利害のみ。これにたけた人間が謀略と絡んだ時に、大敗戦が待っていた。やがて、永田らに同調する者は省・部に残り、判って反対する者は、省・部の枢要部から外れるか、師団、軍などに追いやられて行ったことが窺《うかが》われる。

これらの会合の費用が、どこから出たかも疑問である。そして、ここに謀略の手「プレストリトウスク条約の魔手」の臭いがしてならぬ。

尾崎らは、彼らの中心、永田、東条、鈴木貞一らに深く深く、食い込んでいったのであろう。そして、頭の髪の毛が白くなったのであろう。

以上のようなことがスターリンの謀略で、「大本営陸軍部」などから一応僕が知りえたあらましである。

種村佐孝、井本熊男（共に陸士三十七期）の「大本営機密日誌」「大東亜戦争作戦日誌」には、「敗戦」はまったく考えなかった、と書いてある。いかに軍部の作戦眼が上下を問わず、出鱈目だったかの証だ。

そして最後は、謀略の本家、ソ連に「終戦交渉」の仲介まで佐藤大使に訓令し、スターリンは、それをホッポラカシて、ポツダムに出掛けている。スターリンにすれば、「もう日本を占領してください」というメッセージと受け止めたことであろう。

政治家が自ら軍部独裁の道を開いた

荒木貞夫の「風雲三十年」に、昭和十一年、二・二六事件直後の広田内閣の国会で、軍部大臣現役制が復活した。このとき次田（大三郎）法制局長官が、談話を発表している。

「軍部大臣の現役制復活は、予備になった荒木、真崎らの復活を封ずるための処置である」と、わざわざの発表である。まったく荒木、真崎を犯罪人か、国賊扱いだ。政界にも、謀略の手が回っていたのだろう。

この頃までは、政治家の力も強く、浜田国松という国会議員が、議場で寺内陸相との間に、いわゆる「腹きり問答」までやって、広田内閣を潰している。それだけの力がありながら、どうしてそれが軍部独裁につながることに気づかないのか、不思議である。これが政党崩壊の端緒である。政党の崩壊、軍部独裁は、政党人が自らつくった。

何回も書くが、飛んで火に入る夏の虫。政治家といわれる人間が、自分の首を締められることに気づかぬとは、呆れ果てた次第だ。

今、シビリアンコントロールとかいって、防衛庁の専門職を一段下のように扱っているように見えるが、これがそもそも間違いだ。一般大学では、戦略のセの字も教えないらしい。平和ボケの最たるものだ。政治と軍事は、車の両輪だ。今まで書いてよく判る。それを何ぞや。かかる出鱈目制度は。もちろん東条のような軍人の政権獲りではない（御勅諭参照）。

真崎教育総監更迭と二・二六事件から真崎裁判

昭和十年、林陸相の時の陸軍の人事異動に際し、それまで陸相、参謀総長、教育総監の交替は、三長官合意の上という規定が、勅裁を経て確立していたそうであったが、林陸相はそれを無視して、永田軍務局長の具申をもとに参謀総長閑院宮の不明と、林陸相がロボット化されて、真崎教育総監を免職、軍事参議官専任にした。

閑院宮の不明と書いたが、勅裁まで受けた確認事項を、閑院宮がどうしてひっくり返したか、会議の中では当然、真崎は主張したはずだ。それを、宮様の権威（?）で潰した。

権威と書いたが、本当は盲目だ。謀略の魔手が直接宮に届いたかは判らぬが、宮には稲垣という別当がいた。真崎が参謀次長に就任する時、稲垣を使いに、一度否決（?）している。荒木は、これは本気で話さねば、と強く稲垣に申し渡したら、宮は承諾されたそうである。

宮様なんて看板だけで、中身がどれほどだったか。敗戦後、内閣総理大臣になられた宮様も、いろんな文章を見ると、がっかりだ。人間は、あまり奉られると、そうなってしまうのだろう。しかも、稲垣には、「プレストリトウスク条約の魔手」が抜け目なく入っていたと想像させられる。

この状態を見ていた真崎大将を崇拝する将校や、いわゆる右翼の連中は怒った。

「崇拝する真崎大将を退けた元凶は、永田軍務局長である。永田がいれば、軍は良くならぬ。永田を殺して、軍を立て直そう」

こう考えて真崎崇拝の相沢中佐が、永田鉄山軍務局長を、陸軍省の軍務局長室で殺した。もちろん逮捕、軍法会議。

その裁判の真っ最中で、二・二六事件が起こった。陸士三十四期、三十五期、若い期は四十五期。三十四期頃の将校は、真崎大将が陸士の校長の頃の生徒だそうである。校長と生徒、滅多に顔も見ないはずだ。でも、校長の感化は、生徒の隅々まで届いていた。そこに真崎の偉さがある。

真崎大将の訓示

僕は学校の時、佐賀県教育会長をされていた真崎大将の訓示を聞いた。閲兵・分列行進の式を、中隊長として無事に終えた後、司令台の上に立たれた大将が一条の訓示をされた。開口一番、

「人間は、嘘を言ってはならぬ。自分に負けてはならぬ。自分にすら勝てない人間が、他人に勝てる道理がないではないか」

僕は、しょっちゅう怠けている。恥ずかしいが、この言葉には無限の魅力があった。これについて、細かく砕いてお話賜わり、あの頃は一言一句覚えていたが、もう忘れた。次に国体の尊厳について、

「現在、日本の朝野はドイツのヒトラーに幻惑されている。ヒトラーの国家を花にたとえれば、あれは一種のヒトラーの作り花である。日本には、悠久の古より、永劫の未来にわたり、変わることのない万世一系の天皇を上に戴く金甌無欠の国体がある。これはいかにヒトラーが真似しようとしても、真似ることのできない神ながらの国体である。国民は、いたずらにヒトラーの作り花に迷わされることなく、諸君はしっかり脚を地につけ、校長先生始め、先生方の教えを忠実に守って勉学に励むように云々」

ここに真崎大将の人間性、尊王精神の真髄が、明瞭に表明されている。その真崎を、軍は裁判にまでかけて追放して支那事変を起こし、これを契機に大東亜戦争に突入して、国をつぶした。

これを拝聴した僕は、あの時以来、すっかり大将の崇拝者になった。ただ一度の訓示である。陸士の生徒は、一年に何回かは校長としての訓示を聞いたはずだ。程度の差こそあれ、大将の崇拝者にならぬはずはない。大将は、軍人であると共に偉大なる教育者であった。

でも、あの時の、いわゆる青年将校たちは、具申の方法を誤った。陛下（国家）の軍隊を、大元帥陛下の命令なくして動かした。つまり、私兵化になることに気づかなかった。これは万死に値する。

兵隊に入隊して来る初年兵の家庭には、一例を上げれば、貧農の家庭には、妹が女郎屋に売られたり、蚕の繭《まゆ》の値段が安くて、蚕を飼う力もなく、叢《くさむら》に投げ出された蚕は、叢に蠢《うごめ》いて哀れな姿をさらけ出す。一方、安く買い叩いた繭、米などの産物を高く売って儲けた成金は、贅沢三昧の生活だ。また、公、候、伯、子、男爵の、いわゆる貴族華族らの驕り、これに義憤を感ずるのは、青年の正義感だ。

誰が我が子を女郎屋に売りたいか。利口な陸士卒業の青年が、これに義憤を感ずる気持ちはよく判る。

でも、直ちにこれを直すに、政府、軍部の要人を何人か殺し、自分らの信頼、崇拝する真崎大将を総理にすれば、世の中が良くなると思い込んでやったのが二・二六事件のあらましのようだ。残念無念、やり切れない。優秀でありながら、落ち着きが足りなかった。識見が浅かった。

部隊には連隊長、さらに師団長、大臣がいる。順を追ってキチンと書類をつけ、繰り返し具申すれば、時間はかかるが、テロよりきっと効果が出てくる。

僅かな賄賂、謀略で左右される人道無視の大臣、顕官もまったく話にならぬが、セッカチな短気者の青年将校にも困ったものだ。

軍人は、「政治にかかわらず、世論に迷わず、ただただ一途に己が本分の忠節を尽くすべし」と御勅諭に訓えられているのを忘れたか無視したか、残念至極。その後ろには、これを逆用して、謀略踊りとも知らずか知ってか、踊りまくる舞台が開けてゆく。

真崎大将のことに、何故こだわるか？　それは、大忠臣・真崎甚三郎を裁判にまで掛けて追放したことにより、日本は道を修めて法を保った上での戦略もなく、戦術もなく、ひたすら、敗戦への道を、ひた走りに突っ走ったことが判ったからで、今日においてもまったく同様のことが、観察されるからである。

真崎大将が二・二六裁判で無罪になられたことと、真崎大将の人柄までも非難めいたことを言う人が多い。もう大部分の人が幽明ところを異にしたから、声は聞けないが、歴史に残る。僕はそれが承知できない。それは、真崎大将を崇拝するばかりではない。人道の本義を没却していると思うからだ。

その根源は、前述のように真崎大将の訓示が原点だ。

「人間は、嘘を言ってはならない、己に負けてはならない」

この大将の言葉が、昭和十六年十月以来、六十四年後の今日においても僕の頭を離れない。大将の偉大な感化であると思う。

世田谷のお屋敷でお話を聞く時、幾度お伺いしても、開口一番、出てくる言葉は、このお言葉だった。僕はむしろ、このお言葉を聞くのを楽しみに、世田谷までたびたび行ったのかも知れない。それだけ、大将の言葉には魅力があった。

真崎判決

真崎大将のことでは、どうしても二・二六事件判決文に目を通す必要がある。前段においては来歴などは沢山書いてあるが、そこは問題ではない。後段の判決を下す理由中の理由に相当すると思われる部分を、引用してみたい。

一、昭和十一年二月二十六日午前四時三十分頃、自宅に於いて、かねて二、三回被告人を訪ね青年将校の不穏情勢を伝えいたる亀川哲也の来訪を受け、同人より、今朝青年将校等が、部隊を率いて、蹶起し、内閣総理大臣等を襲撃するに付き、青年将校等のため善処せられたく、又彼等は被告人に於いて、時局を収集せられるよう希望しおれば、自重せられたき旨懇請せられ、此処に皇軍未曾有の不詳事態発生したることを了知し、之に対する処置に付き熟慮しいたる折柄、陸軍大臣と叛乱将校との交渉の結果、彼等の被告人招致方要求に基く電話招致により、同日午前八時頃陸軍大臣官邸に至り、同官邸において、

1、磯部浅一より蹶起の趣旨及び行動の概要に付き報告を受け、蹶起趣旨の貫徹方を懇請せらるるや、「君達の精神は、よく判っておる」と答え、

2、陸軍大臣川島義之と村中孝次、磯部浅一、香田清貞等叛乱幹部との会見席上において、蹶起趣意書、要望事項及び蹶起者の氏名表等を閲読し、香田清貞より襲撃目標及び行動の概要等に就き報告を受けたる後、同人等に対し、「諸君の精神はよく判っておる。自分はこれよりその善後処置に出掛ける」と告げ、次いでその場に在りし山口一太郎が、「閣下御参内ですか」と尋ねたるに対し、「いや、自分は別の方を骨折って見ようと思っているのだ」と答え、

二　同日午前九時過頃、急遽軍令部総長伏見官邸に伺候し、海軍大将加藤寛治に伴われて、殿下に拝謁し叛乱に付き見聞せる状況を言上し又事態かくなりし上は、最早臣下にてはその収集不可能に付き、強力内閣を組織し、今次叛乱事件等の関係者に対し、恩典に欲せしむべき主旨を含む大詔渙発を仰ぎ、事態を収拾せらるるようにしていただき

たく、一刻も猶予なり難き旨を言上し、
3、同日午前十時頃、伏見官殿下に加藤大将と共に随従して参内したる際、侍従武官長室に置いて、陸軍大臣川島義之に対し、蹶起部隊は到底解散せざるべし。この上は詔勅の渙発を仰ぐのほかなし、と進言し、またその席に居合わせたる者に対し、同一趣旨の意見を反復強調し、
4、同日午後一時三十分頃、宮中に於いて、陸軍の各軍事参議官、陸軍大臣、参謀次長、及び東京警備司令官等合同の席上に於いて、陸軍大臣より事態収拾に付き意見を徴せらるるや蹶起者を叛乱者と認むべからず。討伐は不可なりとの意見を開陳し、
5、同日夜陸軍大臣官邸に於いて、前記満井中佐に対し、宮中に参内し種々努力せしも、中々思うように行かざるをもって、彼等を宥めよと告げ、
6、翌二十七日、叛乱将校等が、北輝次郎、西田税より、「人なし、勇将真崎あり、正義軍一任せよ」との霊告ありとの電話指示により、時局収集を真崎大将一任に決し、軍事参議官に会見を求むるや、被告人は、同日午後四時頃、陸軍大臣官邸において、軍事参議官阿部信行、西義一立会いの上、叛乱将校十七、八名と共に会見の際、同将校より事態収拾を、被告人に一任の旨申し出で、且つ、これに伴う要望を提出したるに対し無条件にて一切一任せよ、誠心誠意尽力する云々の旨を答えたり。
按ずるに、以上の事実は、被告人において、その不利なる点につき否認するところあるも他の証拠により、これを認むるに、難からず。然るにこれが叛乱者を利せんとするの意思よ

りと認定すべき証拠十分ならず。結局本件は、犯罪の証明なきに帰するをもって陸軍軍法会議法第四百三条により、無罪の言い渡しをなすべきものとす。

昭和十二年九月二十三日

裁判長判士陸軍大将　磯村　年
裁判官判士陸軍大将　松木　直亮
裁判官陸軍法務官　小川　関治郎

この判決文で、罪状記述の中に、嘘の記述が余りに多いと僕は見る。

第一　官邸到着時、磯部浅一より……蹶起趣旨の貫徹を懇請せらるるや「君達の精神は、よく判っておる」と述べたことが書いてある。この部分について評伝「真崎甚三郎」の著者・田崎末松氏の熱心な研究の結果の文章で、彼は真崎のこの時代の研究を一杯やっていられるようだが、その中のこの部分では、真崎の護衛憲兵金子桂憲兵伍長が、憲兵上司に提出した報告書並びに本人にじかに確かめたところでは、

「馬鹿者、何ということをやったか、と大喝され、陸軍大臣に会わせろ、といわれました。彼等は戸惑っておった」

となっている。これは、僕が大将から聞いた内容と一致する。

第二　二十七日午後四時頃、陸軍大臣官邸において、軍事参議官阿部信行、西義一立会いの上、叛乱将校十七、八名と共に会見の際、同将校等より、事態収拾を被告人に一任する旨申し出で、且つ、これに伴う要望を提出したるに対し、「無条件にて、一切一任せよ、誠心誠意尽力する云々」の旨を答えたり、と書いてあるが、この点についての別の資料を一、二

上げて反証してみたい。

真崎日記抜粋

二月二十六日

この真崎日記には、前述の「よく判っている云々」の文句は一切記述されていない。大将にとっては、まったく意外なことで、夢想だにしなかったことであろう。

村上軍事課長起案の蹶起将校説諭文の記憶にもとづく文に、決起将校の「真意」と起案されたものが、戒厳司令部において、「行動」を認む、と誤られて、物議をかもしたことが記載されている。

さらに軍事参議官全体で、「彼等の真意の実現に努力する事等」なりしと記載されている。さらに大将は、「余は例により、今回も亦、余に嫌疑を持ちかけ、悪宣伝をなさるるを恐れ、言動を慎重にし、多くを語らざりし」と記載されている。

また、軍事参議官全員と蹶起将校の会見でも、真崎は、

九時頃官邸にいたり、一同と会談す。余は沈黙を守り、荒木主として、説諭の衝に当たる。彼等昭和維新断行を請願し、宇垣、南、小磯、建川を検束すべく請求せり。また、他に西園寺、牧野の保護検束を申し出でたり。これに対する荒木の説得にて、不承不承に承知せるが如し。

本夜腰掛けの儘にて、一同徹夜す。

二月二十七日　　木　　曇り

前略

三時頃、香椎中将（戒厳司令官）来訪、青年将校等は物寂しく不安なるが如く、小藤大佐も、節に側にあることを乞う始末にして、訓戒を与ふれば、治まる見込みあり。

香椎は、次長と二回電話にて交渉し承諾を得たり。故に戒厳司令官にて全責任を負う故、予に赴いて、説明を乞うと申し出ず。

よって、予は、予一人にて聞けば、疑いを招く故、参議官一同の室に案内し、香椎をして、同一の事を述べしむ。予はこれに対し、予は個人として、悪宣伝の材料となる故、赴きたくなし、と答える。然れども、一同は、国家の一大事に際し、毀誉褒貶を他所にして、赴けとの意見なりし故、予も赴く事に決心す。

中には、参議官全部との意見もありしも、斯くては、彼等に参議官が動かさるる形となる、よって、予先ず赴き、必要に応じ、所要の者を招致する事とせんと、約して、午後四時官邸に至る。

藤原の談により、彼等は人事に関する申し出を為す様子ありとの事にて、斯くては予一人にて聴くは不可として、直ちに、阿部、西両人に出頭を乞う。両人も間もなく来る。三、四十分の後、将校十八名集まる。（栗原他一名は、集合せずという）。

小藤大佐も列席す。

代表野中大尉先ず前に進み出て曰く。

「私共は、時局収集を真崎閣下に一任したいと思います。他の軍事参議官も一致してその任に当たられたいと思います。阿部閣下いかがです。

阿部は、これに対し、若し真崎が収拾に当たることとならば、勿論我等は協力して、これを援助す。若し又他の者が、当たることとならば、之にも協力して、援助すと答う。次いで、西閣下如何ですか、と問えば、西も同様と答う。予は、最後に答えて曰く。

「軍事参議官は、御諮詢のある場合の他、何らの権能も有せず。我等が活動しあるは、この非常時に際し、現状を見るに忍びずして、何等かの御役に立たんと欲して、道徳的に行動しある者なれば、諸君の問いにたいし、責任ある返答をなす事を得ず。尤も時局収拾の為に、今日まで、道徳的に働き来るものなれば、将来も之に向かい努力するは勿論なり。

諸君は、今戒厳司令官の令下にありて、警備勤務に服しあり。之より同司令官より、各種命令も出ることとあらんが、その命令の根源は、奉勅命令なり。若し、この命令に背くことあらば、即ち錦旗に背くなり。錦旗に背く者に対しては、平素予が主張せし通り、予自ら先頭に立って討伐すべし。

又、諸君は経験少なき為、判らざるも、日をふるに従い、兵卒は疲労し、その精神にも変化を来たし、諸君自身は、身の置き所もなき状態に至るべし。諸君は既に目的の一段を達したり。宜しく長老の意見を聞き入れ、爾後、小藤大佐の指揮命令の通り動く事が、時局収拾の最良の方法なり。かくして、歩一の名誉ある歴史を汚す事無きに至るべし。熟考して後返答せよ、とて一時室を去らしむ。小時して、野中大尉入り来たり、予の訓戒の如く、動く事を約す。此処において予も大いに喜び、安心して、偕行社に帰り夕食す。

さらに宮様方、省、部の幹部の要請に対しても同様の説明をなし、喜ばれたことが記載されている。

この大将の日記は、自分の記憶に基づき記述されたもので、このままでは疑問も起こるが、それについては、荒木貞夫「風雲三十年」の記事の中に、阿部信行が真崎の青年将校への説得が非常に上手だった、と語ったことが記載されている。

また、大将自身から、俺が彼らを説得したら、阿部が「真崎は説得が巧いのう」と茶化すような態度で語ったから、俺は西を連れて来て良かったとつくづく思ったと、と語られた。

西大将は、実に真面目な人で、

「いや、阿部閣下、そうではありません。真崎閣下の説得には感激しました。閣下に真心がなければ、とても言える言葉ではありません。世間でいろいろ言われるように、真崎閣下と彼らの間であったら、死を覚悟している彼らは、閣下が二枚舌を使うようだったら、閣下の命はなかったでしょう。真崎閣下の説得には感激しました」

と西君が言ってくれたので、俺もいささか安堵した、とお聞きした。前後を読めば、いずれが正しいか駄弁を要せぬ。さらに判決の経緯を明らかにする。

裁判官判士・松木大将文書

裁判官陸軍法務官・小川法務官は、こういう嘘の判決文を起案して、真崎大将を禁固十三年の刑にしようと起案したことが松木大将文書に記されている。

裁判官判士・松木直亮大将日記は、明確にその結論を記述する。

昭和十二年九月三日朝、事務所に磯村大将以下三名、会同、判決文の処置に付き最後の協議を重ねたるるも、遂に不調に終わる。

結局、最後の処置を採ることとなる。

午後磯村大将来訪、最後の処置に就き協議す。磯村大将は、病気の故を以って召集解除を願い出ることとし、軍法会議を解散に導くこととす。

四日朝、飯田少将来訪す。

磯村大将が、今日、陸軍省へ出頭、召集解除の願い出をなしたる件につき、爾後、法務局長が小川法務官を招致協議をなしたる結果、大体本件を円満に解決し得る望みを有する旨の報告あり。

予は、然らば本件の解決は法務局長をして、磯村、小川両者の間に介せしむるを可とする旨を答う。


以下は僕の考察で、裁判長・磯村大将は、裁判の過程で知り得た内容を基礎に判断して、真崎のどこに犯罪構成の理由があるか、小川法務官起案の判決文を読み、こんな詰まらぬ判決を下すくらいなら、裁判長はやめた方がいいと判断し、非常の固い決意をもって、病気を理由に召集解除願いを陸軍省に提出された。

これで軍法会議が解散になることに驚いた陸軍省は、飯田少将、法務局長、小川法務官の三者で相談、真崎大将を無罪にすることで磯村大将の留任を求め、何とか裁判の体裁を整えようとしたと思われる。松木大将も、三者の協議に任せたようである。

こうして、磯村大将も真崎が無罪になるなら、むきになって軍法会議を解散せんでもいいではないか、と妥協されたのであろう。

こうしてあの判決文は、作成されたのであると理解したのであった。磯村大将は、盲目軍閥横行の時代に突人せんとする時、よくも正しい判断をしていただいた。磯村大将には、無量の感謝を捧げるものである。

この岩波書店発行の平成六年三月号の世界という雑誌に出た、松木大将日記は、荒木貞夫の「風雲三十年」のスターリンの陰謀と共に、真崎崇拝者の僕にとっては、有り難い資料である。大将から聞いた。「嘘を言ってはならぬ、己に負けてはならぬ」というこの訓えが、今日も昨日のことのように思い出され、国の崩壊が、あの頃より始まっていたのだと思う。

昭和八年頃からの陸軍中枢部が、スターリン謀略に踊らされていたとばかりは、民族のプライドとして思いたくもないが、国家戦略の基本たる道を修めて法を保つことをかなぐり捨てて軍閥、重臣、財界、宮廷グループが、戦略も戦術もあらばこそ、亡国の道を歩んだ姿を長々と書いた。書きながら、嫌になって何回もストップしたが、どうやら終わりに近づいた。

回顧

陸軍は、林陸相の頃から永田の重用で狂いはじめ、川島、寺内、杉山らで真崎ら、いわゆる皇道派と称される人々の追い出しが完成し、支那事変に深入りし、東条に至ってその極限に達して後は、敗戦の坂をまっしぐら。

その中で寺内、杉山は、東条とのコンビで大東亜戦を戦い、寺内は南方軍総司令官で戦犯になったが病死。杉山は、本土決戦の第一総軍司令官でピストル自殺、婦人は自宅で短刀自殺。婦人の方が武人の妻として立派だ。東条大将は、狂言自殺紛いの行動で、最後は刑死。

日本人の非常識

この頃、中国や韓国などが、日本の総理が靖国神社に参拝するのを嫌う。詳しくは知らないが、敗戦後の国際裁判で刑死した、A級戦犯を靖国神社に祀っていることへの不満のようだ。彼らは、侵略の張本人と捉えているのだろう。

しからば、日本人の立場ではどうか。僕らは大元帥陛下（天皇陛下）の大命を詔行する東条総理兼陸相、参謀総長の命により、週番司令の「死にに征け」の一言を畏《かしこ》み受けて、ビルマ（現ミャンマー）の果てまで出征し、戦線においては、絶対制空権下の戦場で、食うに食なく、撃つに弾なく、着るに衣袴なく、歩くに靴なく、まったく六無斎どころの騒ぎではなかった。

僕の「菊歩兵第五十六聯隊戦記」に数百人の記事が記載され、さらに千数百人の戦死者名簿が載っている。これは純然たる戦死者である。

僕は直接、火線には参加しなかったが、敵の爆撃で戦死した兵は葬った。南支那海で、船が敵潜水艦に撃沈され、十七、八時間、油にまみれて漂流した。生き残った者は僅かだった。

東京の大本営にいて、天皇の代わりで、死にに征けと命令して、国を潰した敗戦の最高責任者の刑死者と、命令のままに死んで逝った将兵とを、なぜ、同一の社にお祀りするのか、日本人の良識を疑う。どうして、その区別ができないのか。

石田三成でも、関ヶ原で敗れ、家康によって打ち首にあった。負けた方の大将の運命の常識だ。裁判などという常識外れのことをやった連合国の行為もおかしいが、それより負け戦の責任者の責任を問うのが先だ。何故、日本人はこの理性が欠けているのだろうか。

口供書など、あれは負けた立場の人間の屁理屈だ。大敗戦が、戦の目的だったのか。火の雨が降り注ぐようになっても、開戦の過《あやま》ちも認めきれない東条という人は、何者か？　国は敗れ、数百万人の戦死者、犠牲者を出し、領土は失い、どこに神として祀らねばならぬ根拠、理由があるか。日本人の理性を疑う。

個人的には大罪人でも、死ねば仏だ、神様だという考えは、個人の一家の考えだ。だから、どうしても祀りたいなら、戦死者の霊とは別の社に祀ってもらいたい。九死に一生を得てきた人間として、主張せずにはおれない。

だから、あんな無謀、悲惨な負け戦をやっても、喉元通れば熱さ忘れて、民族の本当の反省がなく、平和、平和の平和ボケで、国はいつまで経っても、砂上の楼閣みたいなものだ。慨嘆に堪えぬ。

第七章——温故知新

民族の戦力眼

すぐる昭和二十年八月十五日の大敗戦の経緯につき幾多の本を購読してみたが、納得の出来る本がなかなか入手できなかった。部分的には詳細緻密な本もある。また、中には見てきたような嘘を平気で書いた本がむしろあまりに多すぎる。だから、本はよほど警戒して読まないと、判断を誤ると思った。

敗戦の経緯といっても、特に「なぜ負けたか」の記載が不十分で、また当を得ていない。作戦用兵の、むしろ専門、陸大、海大の秀才らしい人の本に、それが抜けている。また、優秀作家として喧伝されていた人も同じだ。これでは、民族の将来を考察する時、大敗戦の体験が生きない。それは、民族のために真に寒心に堪えない次第である。

政府、責任の立場の人が不明だったからだとか、弱かったからだとか簡単にいう人もあるが、それが僕に言わすれば稚拙だと言いたい。国は変転するが、民族はそう簡単には衰えはするだろうが消滅はしない。その民族発展のために、あの敗戦の体験を民族として生かすも殺すも、民族の識見、努力次第である。正しい識見に基づく努力が必要だと思うがゆえだ。

平和、平和と叫ぶだけで、本当の平和が来るだろうか。

歴史をひもとくと、わかった人はいたが、責任の立場に立たなければ何も出来ない。責任の立場の人の識見が出鱈目だった、いかに出鱈目だったか、それがこの文章の主体である。


あの頃、僕は忠君愛国の精神に燃え滾《たぎ》り、皇室の御紋章を戴いた菊兵団と称した陸軍第十八師団要員として、勇みたって北ビルマ(現ミャンマー)の戦場に出征した。

戦場では、本当の火戦には出る機会はなかったが、後方でも敵の銃撃・爆撃思いのまま、戦友の大部はその犠牲になった。まったく戦にならない戦況と彼我の戦力差を、うんざりするほど体験した。どう見ても、この戦争は勝てるとは思えない。今に見ておれと、歯を食い縛ってはみたが、一兵の施す術は何もなかった。

さらに学校派遣途中、南支那海の洋上で護衛艦は敵潜水艦の攻撃を受け、輸送船の前で、まるで御伽《おとぎ》話の狸の泥舟のように轟沈させられ、輸送船はその後で、まったく嬲《なぶ》り殺しよろしく、魚雷のただ一発で撃沈され、十七、八時間漂流の後、やっと救助艇に救助された。

陸も海も、話にならぬ彼我の戦力差である。こんな負け戦に、兵はまさしく鴻毛の如く紙屑を千切って捨てるように、木の葉が散るように死んで逝ったのだ。とても、名誉の戦死など綺麗ごとで表現できる状態ではなかった。

こんな負け戦を、どうして日本は始めたのか。政府大本営の戦力判断、作戦計画はどうなっていたのか。何を夢見ていたのか?

僕は「死は鴻毛よりも軽しと覚悟せよ」と御勅諭によって諭され、戦陣訓には、「百戦百勝の伝統に対する己の責務を銘肝し、勝たずば断じて止むべからず」と教えられ、ひたすらそれを忠実に実行した一人だったが、この戦況では　万に一つの勝算もない。御勅諭も戦陣訓も、勝つための訓えがまったく夢物語ではないか。

さらに僕らは、こともあろうに東京・滝野川の兵器行政本部ですら、終戦間際には本土決戦の切り込み隊が編成されて、皇国の大敗戦を自覚・覚悟し、お国の敗戦に殉ずるのだと、焼け野ヶ原と変わった滝野川一帯を、擬暗眼鏡を掛け、破甲爆雷を背負い、手榴弾、銃、刀、剣で武装して（とても敵の戦力に対して戦力などといえたものではない。まさにゲリラである）、死ぬを覚悟の殴り込み突撃の演習の真っ最中だった。

この心情・心境は、体験者にしか解らないと思う。特別攻撃隊の飛行士と、心情においてはまったく変わらない。

生き残った人間の一人として、どうしてあんな負け戦を始めたのか。負ける戦は、絶対してはならない。だから、政府、大本営の責任を　文章によって追及せざるを得ない。それがこの文章である。特に追及したいのは、開戦責任者の責任である。

その戦争発起の最大の責任者、当時、総理兼陸軍大臣東条英機大将らの遺族、縁故の方もおられよう。その方々に対しては真に気の毒な思いもするが、それは民族敗退過程の実態として、民族に対する、特に戦死、災難、原爆などの犠牲者に対する謝りの気持として、また、民族の教訓としてご納得賜わりたい。

開戦がなければ、敗戦もなかった。原爆も浴びずに済んだ。開戦をせずに臥薪嘗胆という方法もあった。それが、戦略の基本である。開戦は、余りにも戦略とも戦術ともいえない無謀、出鱈目さだった。

我々の戦友・先輩も、遠く、思いもよらぬあの北ビルマの印度とビルマの国境のフーコン地帯等の山の中で、十数万の将兵が英霊となって、お参り、訪れる人もなく、木の葉の下に眠っている。

あれは、開戦責任者の政府、大本営の責任でなくて、誰の責任だと判断せねばならないのだ。戦略を知らず、戦術を知らず、何事か。

日清戦争後の三国干渉では、時の政府、軍部は「臥薪嘗胆」で切り抜けた。この度の戦では、近衛内閣崩壊の頃の陸軍大臣東条大将等の言動は、とても尋常な戦略家の発言とは思えぬ。だから大本営の記述を、本文に掲載させてもらった。

遺族として著者に怒りたくなる心情も解るが、その前に数百万の国民を殺して国を崩壊させた東条大将らの責任を、いかに理解されるかが先決と思う。いまだに帰らない固有の領土なども、責任は大東亜戦争敗戦のつけである。

さらに東条大将は、敗戦後、米軍に踏み込まれて狂言自殺紛いの行動をとられた。あれが我々将兵に死ねと命じる立場にいた人間の態度か。大本営陸軍部（2）、口供書や種村佐孝の大本営機密日誌を見ても、国家の滅亡を目的にしたのだろうかと、疑いたくなる。

敗戦後、上京の頃、真崎大将のお邸に度々伺ってお話を伺い、敗戦の経緯の概要を摑めたが、なお不十分だった。その後、防衛庁戦史室から戦史叢書「大本営陸軍部」などが刊行され、飛びつくように朝雲新聞社に行き、二十数冊を購読した。今ももちろん手元にある。

参考資料を掲げたのは、どこの馬の骨だか判らぬ人間の書いた本の基礎、根拠を、御《お》知り賜わりたいためである。

戦史室長・島貫武治氏にもご面談賜わり、貴重なお話を賜わった。島貫室長は、陸士三十六期、敗戦時は、中国派遣第十一軍の高級参謀をなされておられた由。大本営陸軍部は皆、島貫室長の担当となっている。

陸大、海大の多分、秀才で占められた陸・海軍の省部のお偉方が、あんな負け戦をよくも始めたものだ。僕に言わすれば、戦略も戦術も知らぬ田舎爺の一揆みたいなものだ。事実、ビルマでは一揆どころか、夜のコソドロも顔負けだった。昼は敵の砲撃爆撃で戦いにならぬ。動けない。

あの戦場には、陸士五十三期、五十四期、五十五期、五十六期、五十七期ぐらいまでの人達は、大隊長、中隊長、小隊長として、一般兵の先頭に立って戦死して逝った。大隊長が幾人も戦死するということは、太平洋の島嶼の玉砕戦（全滅）ならともかく、大陸の戦場で、大隊長が戦死することは、連隊長以上の作戦指導の拙さもあるが、戦場がいかに厳しかったかの証《あかし》である。騰越、拉孟は聯隊長以下玉砕した。大陸で玉砕させることは、上級司令部の戦術指導の拙劣以外の何物でもない。それが大本営に通ずるのだ。

無謀東条

開戦時、東条大将は、総理兼陸相で、昔の将軍様みたいなものだった。

緒戦のハワイ攻撃、マレー攻略は成功したかに見えたが、あれは、敵の戦備全からざるに乗じた束の間の勝利で、敵が体制を整え、攻勢に転じてからは、連戦連敗、玉砕また玉砕（全滅また全滅）。これが作戦と言えるか。

我々はその時点で、ビルマ戦線に投入されたのだ。

大本営参謀・種村佐孝大佐の大本営機密日誌によれば、昭和二十年二月十六日、世田谷用賀の東条邸を訪れた種村参謀に対し、過去の誤りを述懐となっているが、その中で開戦の可否について、「開戦の可否に関しては、今でも日本はあれより外に進む途がなかったと信じている。云々」となっている。

これが東条大将の本心か。まったく理解に苦しむ。日本を潰すための開戦だったのか。これが屁理屈だ。日本を潰すのが自衛とは何事ぞ。彼の戦略眼、いずこにありや。日、独、伊三国同盟と米、英、支、それにソ連の本心（戦略）との戦力比を何と見たか。

日本が、東京が、銃撃爆撃の火の海、焼け野ヶ原となりつつある時点においてなおこの識見。まったく言う言葉を知らぬ。

我々は東京滝野川で、本土決戦の準備、死ぬを覚悟の殴りこみ（ゲリラ演習）の直前だった。航空特攻と死ぬ精神においては、まったく変わらぬ。形態を異にするだけだ。

そして敗戦詔書のその日まで、切り込み演習の真っ最中だった。

中国の兵法家・孫子は、二千五百年の昔、立派な兵法書を残している。その中の一例をあげれば、

「善く兵を用いる者は、道を修めて、法を保つ。兵法は、一に国土の面積、二に資源、三に人口、四に軍事力、五に勝敗だ」と。

東条始め大本営の幕僚たちは、西洋カブレか？ 中国を馬鹿にしてか、何か解らぬ。また孫子だが、「敵を知らず、己を知らずして戦って」大敗戦を招いたのだ。その過程の大本営の動きが、この本の後段である。

こういうことは、大本営の、陸大、海大出身の省、部、幹部の人達は判っていても言いたくないはずだ。その心情は痛いほど判る。だが、僕は歴史、戦史の勉学として言いたいのだ。ビルマ作戦の時の師団の作戦参謀・池田慶蔵中佐（陸士四十二期）には、敗戦後、たびたびお目にかかり「根性のフーコン戦」（彼の著作）を基礎にお話を伺った。

「大本営陸軍部（1）」によれば、陸軍では満州事変後の大陸国防について、昭和八年六月、省部合同の会議が開かれた。この会議の模様は前記の通りだが、この頃からソ連の謀略効果が、宮廷グループ、陸海軍、政界、財界に浸透し始めていたことが判って来た。

記憶力、語学などの事務能力、さらに現代でも、模範サラリーマン的秀才の上司の機嫌取り上手（御付き合い上手）のお気に入りのみを集め、本当の戦略眼、戦術眼を持った人々が遠ざけられていったとしか思われない。

「上正しからざれば下必ず乱る」と東条大将は教えたが、僕に言わすれば、「上に戦略眼なければ、国必ず潰れる」だ。この文に目を通された読者は、いかに思われるだろうか。

民族の戦略眼

日本の将来を思う時、これら大敗戦の教訓を生かすも殺すも、民族の戦略眼である。戦略眼なき民族は、衰亡の道しか残っていないと思う。戦略眼の基礎は、敗戦経緯の徹底研究が大事である。これが最高の戦史だ。奴隷民族を覚悟か、目的にすればいざしらず、平和、平和の平和踊りで、本当の平和が到来するだろうか。人間は、なかなか神様にはなれそうにもない。

戦史は訓ゆ　戦略誤り　国潰れしを
　繰り返すまじ　この歴史をば

三百万の　国民殺し　国潰す
　何が自衛か　之ぞ屁理屈

三百万の国民殺し　敗れしを
　責も問いえず　この国哀れ

道修め　法を保つを忘れ果て
　飛んで火に入る　夏の虫哉

靖国の神主　何を夢見しぞ
　口供書など　屁理屈の範

自衛とは　国を潰すの　曰《いふ》なるか
　潰せし人の責めも　問い得で

命のまま　死にし兵や　国民と

亡国責任者を　何故《なにゆえ》合祀する

大本営陸軍部（2）の抜粋

敗戦の経緯については、多少の真面目な関心のある人なら誰でも知りたい。ましてや身を戦場に晒《さら》し、九死に一生を得て帰還した老兵、現代の若者でも、真面目に国の将来を憂うる人達ならなおさらだ。

そこで、前段は我が戦場の体験を主として記したが、以下の記述には、どうしても、大本営第二部のこの部分は、欠かすことの出来ない一大戦史であり、関心事である。よって、そのまま記載させてもらいたい。

防衛庁でも、戦略は国民全体に不可欠のものである、との認識は当然お持ちのはずだから、きっとお許し戴けると、手前勝手ながら信じている。

東条内閣になってからのものは、天皇のお言葉で、多少日時を費やしただけのようだ。

和戦決せず近衛内閣の崩壊

戦争決意の混迷、苦悩

戦争決意に関する態度について、参謀本部では、参謀総長と、軍令部では軍令部総長とは概ね一致し得るものと思われていた。

連絡会議出席の閣僚では、東条陸相のみが統帥部の開戦決意に関する要望を理解し得るものと観察されたが、及川海相には全然期待ができず、総理と外相には、統帥部の意見を理解しようとしないと憂えられた。

九月二十五日の連絡会議において、統帥部の口頭要望を追っかけて、文書要望とする措置が、海相によって事実上阻止されたことは、統帥部対政府のこの問題に関する意見の背馳を示すものであった。

近衛総理はこの連絡会議では懇談的に、十月十五日という統帥部の要望は、わかるとは言っているが、実はこの要望は総理に重大なショックを与えたのであった。連絡会議が終わると宮中大本営に準備してあった昼食もとらず、近衛総理は同会議に出席した全閣僚を総理官邸に伴って、「陸海軍総長から、十月十五日をもって、政戦略転換の日次とすべき要望があったが、あれは強い要望なのか」、という意味の質問を発したが、東条陸相は、「勿論強い意見である。しかし之は要望ではない。先に十月上旬頃と、国策遂行要領を以って御前会議で決定したこと其の儘であって、今更変更されるようなものではない」と述べた。これを聞いて、近衛総理は相当困ったようであったという。

「近衛文麿公手記」には、次のように記されている。

政府は一方においては日米交渉の進行と、他方においては、九月六日で決定した国策要綱の運用との兼ね合いの為、とみに深刻な悩みを続けた。九月二十四、二十五両日に亙って余は、陸、海、外三相及び企両院総裁と長時間の会議を続けた。九月二十七日から十月一日までは鎌倉に休養をとったが、その間、及川海相を招いて部内の空気をつぶさに聴取した。

このころ、及川海相の態度には、陸軍側の納得しがたい節があり、東条陸相は九月二十七日、海相と特に会談し、御前会議の決定を変更する意思があるようだが、如何かと質した。海相は、変更の意思はないが、世界情勢は刻々と変化しつつあるので、日本のみが過早に世界戦争の渦中に飛び込むのを恐れている、と述べた。

この情勢を憂慮した杉山参謀総長は九月二十八日、次長及び第一部長に次のように所信を述べた。

1　今や日本の連絡会議は、米国国務長官に引きずられている。日米間の危機もかれこれ騒ぐよりは、静かに見送る方法を探そうというのが、連絡会議の支配的の空気となっている。之は困る。危機を静かに見送れば、米国に時を稼がれ、米国に有利な時に戦争に引き摺り込まれる事は明らかである。

2　開戦決意の時期については、海軍も外務も企両院も重視せず、一意、日米の国交調整を望み、日米間の小康を得て、その間に国力を涵養しようというのである。陸軍大臣のみは別個の考えである。

3　このような考えでは引き摺られることは自明である。米国側で「宜しい、日米巨頭会談をやろう。その時期はちょっと待ってくれ」という態度に出たとき、日本は全く処置なく、ただ米国に引き摺られる。

巨頭会談は承知した。しかし国内の都合もあるから待ってくれという時は真に困る。日本はみすみす敗戦の結果を知りながら戦機を逸してしまう事になる。

4　問題はこの連絡会議の空気を変えることにある。元帥、軍事参議官会議に訴える必要もあろう。重臣会議は、かえって問題を困難にするかもしれない。

5　統帥部としても、今や重大な決意を要する。

野村大使電に対する返電をめぐる問題

九月二十七日、三国同盟一周年行事終了直後、豊田外相は、グルー米大使の来訪を求め、両巨頭の会見の実現について、本国政府に重ねて意見を具申するように強く懇請した。極めて微妙な国際情勢下にあった。

九月二十日、連絡会議決定のいわゆる最後的「日米了解案」に対する野村大使の感想が、九月二十八日、要旨次のように打電されて来た。

一　今更新提案は困る。米は六月二十一日米側提案を基礎にしている。

二　対欧州戦態度において、米参戦せる場合、日本の義務が拘制されていないのは困る。

三　「故なく北方進出せず」を削除したのは難点となろう。

四　日支基本条約を基礎とする日支和平は困難である。特に、駐兵問題により交渉が決裂に向かいつつある。

五　太平洋の政治的安定に関する件について従来の主張と相違が大きいのは困る。

九月三十日、杉山参謀総長は部長会議において、野村大使の意見によれば、もはや日米交渉は見込みがないと見る他はなかろう。開戦の名分を正しくしなければならない。この件研究を望むと述べた。

日本の最後案には米側は全面的に反対であるという野村電に鑑み、陸海外各省の局長間において協議の上、九月二十五日発電案を修正緩和した別案を、外相から野村大使に対して発電された。その内容には九月二十日決定の最後案の趣旨を根本的に変えた点があった。

それは三国同盟の死文化を匂わしていることと、日支和平の基礎条件は、既に実施されている日華基本条約に準拠することを、特に軽く取り扱おうとした二点にあった。

参謀本部としては同意しえず、更に修正電報を打電することになったのである。

十月二日の連絡会議で、豊田外相は既に修正電報を打電したことを釈明した。杉山参謀総長は改めて、「外相の説明によって既に修正されているのは結構であるが、三国条約の義務遂行と支那事変処理に関する二項目は前の電報では不具合である。統帥部としてはこの二件に対し、極めて重大な関心を有しているものであるから、将来とも十分注意して米側にはっきりすべきである」と発言し、東条陸相も治安駐兵と共同防衛駐兵を明確にすることに関して補足説明した。

右に関して豊田外相は、駐兵の必要性について先に野村大使に打電済みであるが、陸海軍統帥部次長からも在米武官に対し詳細打電し、野村大使の了解に資するよう措置されたいと要望し、両統帥部長はこれを了承したのであった。

十月二日付米側正式覚書接到

十月二日午前九時（米国時間）、ハル国務長官は野村大使の来訪を求め、米国政府の回答として、長文な覚書を手交し、米国政府としては予め了解が成立するのでなければ、両国首脳者の会見は危険であると考えている旨を告げた。

十月四日朝、在米武官から、成立の目途ない米側回答に接した電報が飛来した。参謀本部は俄かに活気を呈し、総長と次長は前述の陸大兵棋から急ぎ帰来した。情報交換の席上、総長は本日中にも連絡会議を開くことを提議して午後三時から開かれた。

正式回答文は午後になって翻訳を終えた。この米国の十月二日付覚書は、従来の日本の諸提案に対する明確な見解を寄せたもので、その骨子は原則事項についての了解がない首脳会議を婉曲に拒絶するとともに、左記を要求ないし示唆するものであった。

一　国家間の基本原則たる四原則の確認
二　支那及び仏印からの全面撤兵
三　日支間特殊緊密関係の放棄
四　三国条約の実質的骨抜き

連絡会議における豊田外相は、米国としては、徐々に日米間の好転を策するのではなかろうか、これが外務大臣としての判断であると述べ、回答電文を呈示した。

東条陸相は、「この覚書はわが方に対する諾否の回答ではない。米の真意は明らかに日本の屈服を強いるもので、事は極めて重大である。日本の対米交渉は従来の方針を堅持すべきか譲歩譲歩で今後の外交の見通しを立て得るか。対米回答電文は暫く置き、慎重に研究する必要がある」と発言した。

杉山参謀総長は、「陸相の意見に同意である。この上遅延遅延では統帥部としては困惑する他はない。引き延ばされては、南も北も中途半端となる。わが目的を貫徹し得る目途がまだあるとみるのか、目途なきに至ったとみるのか、その根本態度を速やかに決定しなければならない。本日は決定することなく、研究の結果決定すべきである」と述べた。

永野軍令部総長は、「最早ヂスカッションをなすべき時ではない。早くやって貰いたいものだ」と強調した。

東条陸相は、「四原則賛同には疑念がある。原則の取り扱いに就いては除外制限を考慮して貰いたい」と述べた。

次いで、「本日はこれ以上審議することなく、幹事において如何なる回答をなすべきかを研究し、なるべく早く連絡会議を開くことにしては如何に」と提議があったのに対し、軍令部総長から「統帥部としては、なるべく速やかに進めたい。又幹事の研究には統帥部の第一部長も加えられたい」と発言し全員之に賛同して散会した。

陸軍開戦の方針決定

その後十月二日の米側覚書をめぐって、陸海軍間並びに政府、大本営間に真剣な個別討議が行なわれた。

陸軍においては十月五日（日曜日）午前十一時から午後七時に亙り、陸相官邸において部局長会議を開き陸軍の態度を凝議した。武藤軍務局長、田中第一部長のほか、陸軍省からは、佐藤軍務、真田軍事両課長、西浦進大佐、石井秋穂、二宮義清両中佐（34期）、参謀本部からは、岡本第二部長、有末第二十班長、種村佐孝中佐（37期）が出席した。討議の結果、外交交渉でわが目的を貫徹する目途は既にないものと認められる。速やかに開戦決意の御前会議を奏請する必要があるという考えに一致した。

右の意見をそれぞれ大臣、総長に報告し、事態の遷延を防止することを申し合わせた。この日、即ち十月五日午後六時から、東条陸相は近衛邸荻外荘において首相と会談した。「近衛文麿公手記」には、「五日夕には荻窪に陸相の来邸を求め、あくまで交渉を継続しようとする決意を披瀝した」と記されている。しかし東条陸相は七日、及川海相との会談において次のように近衛、東条会談を披露している。

東条　米国の態度は同盟離脱、四原則無条件実行、駐兵拒否。右は日本は譲るべからず。
近衛　駐兵が焦点。撤兵を趣旨とし、資源保護などの名で若干駐兵しては如何。
東条　それは謀略なり。

近衛　慎重にやりたい。御前会議の空気もあり、米は遷延策とは見られず、クレーギー電もある。
東条　御前会議は形式的では不可。
近衛　可、研究したし、米、英可分ならずや。
東条　これは研究の結晶なり、海軍の戦略上不可能、今は不可分を基礎とす。

一方、海軍側においても、五日午前十時から海相官邸において海軍首脳会議が開かれた。及川海相、沢本次官、岡軍務局長、伊藤軍令部次長、福留第一部長が集まったが、永野軍令部総長は加わっていなかった。「沢本手記」には次のように記されている。

野村大使の電報を披露し、回答案に対する対策を研究す。結局「首相の固き決意のもとに、明六日、首相、陸相懇談。交渉の余地ありとして時期の遷延、条件の緩和につき談合することとす」にきまる。

本件につき次官は「両人のみにては進展困難ならむ。首、陸、海、外四巨頭の会談然るべく、然らざれば有耶無耶のうちに終わり、更に会談日重ぬる要あるべし」と主張せるも、海相賛成せず。之は首相に一任することに決す。

十月六日午前、宮中において杉山参謀総長が永野軍令部総長と話し合ったところでは、海軍側では省都の意見が一致していないように感じた。軍令部総長は、この問題に関しては、陸海一致の態度を執るべきことを強調し、同時に海軍側の態度は消極的だとも漏らした。

六日午後、陸海軍部局長会議が開かれた。「大本営機密戦争日誌」には次のように記されている。

午後三時より陸海部局長会議、午後六時に至る。

果然陸海軍意見対立す。陸軍は目途なし、海軍は目途あり、海軍は駐兵に関し考慮せば目途ありと云うに在り。

軍令部の決心如何、軍令部総長は一昨日連絡会議席上「ヂスカッション」の余地なしと強硬発言せるに、右目途ありの海軍正式意見は之如何？　分からぬものは海軍なり。憤激に堪えず。

海軍第一部長　南方作戦に自信なしと云う。船舶の損耗に就き戦争第一年に百四十万トン撃沈せられ自信なしと云う。

岡軍務局長　比島をやらずにやる方法を考えようではないかと云う。今ごろ何事ぞや。御前会議において、御聖断下りたるものを、海軍は勝手に変更するものなりや。誠に言語道断。

又、田中第一部長は、次のように手記している。

陸軍側は、前日決定通り、外交交渉の目途なしという態度を明らかにした。海軍側も大体において、このままでは外交交渉の見込みはないものと認めている。しかし陸軍側が、すぐ開戦決意というに対し、海軍側はすぐ開戦決意と言わず、その前に何かの手段を講じて、外交的努力を更に進めるという態度である。その手段として支那撤兵の能否が先ず問題として登場、しかし之は陸軍従来の主張から見て問題とはならなかった。

今日、海軍側としては、戦争における勝利が果たしてわが手に確保せられ得るかどうか、その点に根本問題がおかれているようである。勿論勝利こそ根本的要因ではあるが、この問題については従来から海軍側に一貫不動の信念があったはずである。陸軍としてはそれを確信していたのだが、今に至って二の足を踏む如きは不可解と言わざるを得ない。遂に陸海軍意見一致するに至らなかった。

六日夜、東条陸相と杉山総長とが会談して次の陸軍の方針を確定し、海軍と総理を説得することにした。

一　陸軍は日米交渉目途なしと判断する。
二　いずれにしても日本は四原則を承認しない事を明らかにする。
三　駐兵に関しては一切（表現を含む）変更しない。
四　もし政府において見込みがあるというならば、十月十五日を限度として交渉を続行するも差し支えない。

なお統帥部としては、海軍統帥部に対し左記の二点について駄目をおすことにする。

一　南方戦争に自信があるのか、ないのか。
二　九月六日の御前会議決定の変更までやるつもりか。

この際参謀総長は、海軍は船舶の損耗上三年目で民需用船舶が零となる、政府はよいのか、と言っていることを伝えた。

そこで東条陸相は杉山総長に対し、「九月六日決定の国策は従来の統帥部の研究に基づく船舶の損耗や拿捕徴用、解傭と新造を織り込んで作られた見込み額を基礎とし、国力判断の結果できた国策である。問題は寧ろ統帥に属する。もし海軍の新しい申し出が真ならば、この国策は危ない基礎の上に立って作られたことになるから、我々四人の陸海軍長官は引責辞職しようではないか。然らずとせば外務の責任において条件を守り外交をやらせよう」と述べ、杉山参謀総長は同意して帰ったのであった。この日、夜、近衛総理は及川海相、豊田外相と個別的に会談し、危局回避方を協議した。

陸海両統帥部長の会談

十月七日午前、宮中大本営において陸海両統帥部長は会談して、時局の打開を図った。即ち、

永野　交渉に見込みはないと思う。(杉山総長の見るところでは、このことには軍令部次長も同第一部長も共に同意見である)、しかし交渉の見込みがあると外務側で見るなら交渉をやってもよい。交渉を続けるなら必ず目的を達成する確信をもってやってもらいたい。十月十五日は和戦決意のときだという考えは変えないのだから、交渉がずるずる延びて戦機を失うことは相ならぬ。交渉はやったが出来なかった、あとは統帥部に頼むと言われては手のつけようがなくなる。そんな無責任なことは引き受けられぬ。このことは海軍大臣にも書き物でやっておいた。

杉山　海軍側では戦争に自信がないということだが。

永野　戦争に自信がないってそんなことはない。戦争にきっと勝てるとは今までも言ってない。これは陛下にも申し上げてあるのだが、今なら算がある。先のことは、勝敗は物心の総力で決せられる。勿論国際情勢にもよる。戦争になれば持久戦だ。勝敗は国民奮起の総力に関係する。

海軍大臣のように、難しい、難しいと云っては軍備不要論も起きてこよう。力相当の防衛をやることが必要だ。和戦決定の期日(十月十五日のこと)は、海軍だけのことを

考えれば少しぐらい延びても差し支えない。
しかし、陸海協同である限り双方の見地から見て戦機を逸しないようにしなければならない。陸軍はどんどんやってゆくように見えるがどうか。

杉山　いやそうではない。慎重にやっている。ことに企図秘匿を第一として作戦準備をやっている。

永野　九月六日の御決定で「戦いを辞せざる決意の下に十月下旬を目途とし戦争準備をする」ように御決めになったのは、語勢や美文ではないぞ。南部仏印に兵力を入れるのも、もう遠慮はできないぞ。

杉山　全然同感である。

「大本営機密日誌」には、次のように記されている。

午前、両総長並びに両大臣それぞれ会談す。

軍令部総長は左記を筆記、海相に手交せるものの如し。

1　交渉成立の目途なきものとみとむ。

2　交渉するなと云ったが十五日までに必成の見込みあるならやっても差し支えなし。

3　何れにしても十五日以降に延びる事は不可。

両総長会談の結果は意見完全に一致す。但し昨日の部局長会談における海軍第一部長の発言にも鑑み、軍令部を挙げての強き意見なるやいなやは疑問なり。

陸海両大臣の会談

一方、陸海軍大臣は、同じく七日午前九時から定例閣議のはじまる前に一時間会談した。東条陸相が、あとで杉山総長に語った会談内容は次のようであった。

東条　今日重大問題の一つとしては、先ず国策遂行上における陸海軍の地位を確認することである。今日和戦の決意について陸海軍の間に若干意見の相違が出たようであるが、意見の相違は公正な検討に依って調整できるはずである。そして、一致点をどうしても求めなければならぬ。感情上の疎隔となってはならぬ。実はそれを恐れている。申すまでもなく国策の中心は今は軍部にある。若し陸海軍が割れたら亡国である。必ず一致を欠くことがあってはならぬ。

現在国内にこの中心を割ろうとする策動、即ち陸海分離を図る動きが現われてきた。閣内にも起こってくる。そして陸海軍を分離して利用することをはかるであろう。陸海軍の意見は必ず纏まらなければならぬ。

及川　それは全く同感である。

東条　そこで、米覚書に対する陸軍としての見解を述べたい。覚書の言い回しは穏やかなようであるが、彼は全然一歩も譲歩してない。しかも日本に対しては名実共に屈服を強いる態度である。帝国は互譲の精神である。それを帝国の弱点と見ているようである。覚書の要点は三つある。即ち、

1、対欧州戦態度については、米国は日本が三国同盟から離脱することを要求する意思が表明されている。英大使の電報を想起する必要がある。

2、四原則の実行を強要している。四原則は九ヵ国条約の再確立である。満州事変、日支事変は何のためであったのか。いうまでもなく、九ヵ国条約の打倒のためであった。

大東亜共栄圏の前提は、九ヵ国条約の破壊にある。四原則を主義として認めるべきでないし、それを認めることは既に大譲歩である。四原則は原則として認めると総理が、グルーに対して言明したことは、外交上の責任問題だと私は考えている程である。しかもこの原則を局地的に支那に適用されることは、正に日本の死活問題である。聖戦の意義は全く没却される。

3、駐兵権の問題であるが、日本は支那に対して非併合、非賠償の方針を声明している。事変以来の日本の多大の犠牲、一億国民の千辛万苦のことを考えれば、領土割譲の要求でさえ当然であると考えられるのに、これらは全然譲歩しているのである。この点から見ても、日本が駐兵して事変の目的達成に努めることは当然のことであり、且つ又日支両国の為でもある。

即ち北支、蒙彊に駐兵して防共をまっとうする。そして日本の権益を保護することは当然至極である。北支、蒙彊から撤兵してしまうことは、満州国の存立にも影響してくる。永久に禍根を残すことになる。駐兵は東亜安定勢力たるべき日本の当然の義務であり、大東亜政策の根幹を確立するためのものである。

駐兵という言葉の表現を代えて実を取ろうとする考え方も、一応便法のように考えれるかも知れないが、表現の変更は即ち事実の変更となってしまうのである。あくまで事実を主張すべきである。従って駐兵問題に関しては主義も適用も曲げることは出ない。駐兵は最小限度の絶対的要求である。

他の細部の点では多少譲歩する余地はあろうが、右三点についてはあくまで堅持されなければならない。右のような見地で見て、外交上果たして交渉に見込みがあるといえようか。

一方、統帥上の要望である十五日までの和戦決定のことも尊重されなければならない。

及川　米国の覚書には幅がある。そのように読まなければならない。神経質に悪意で解釈すべきでない。読み様に依っては北方問題も自衛権で解釈できることになろう。米国の態度はかならずしも敵意に満ちたものとは認められない。

従って一部のことではあるが、外交上の見込みはあると思う。御前会議の趣旨にも基づいて更に手を尽くすべきだ。望みはある。外交は続けるのが宜しい。統帥関係は十月十五日を目標にしているが、必ずしも限定的のものではない。余裕は尚あろう。

東条　自分は外交上の目途は無いと思う。が、それは見解の相違だとするが、一方四原則と撤兵の件については、今の考えを譲ることは出来ない。又統帥上、要望期間は尊重し、譲り得ぬものと見解している。外交上の目途があると見るならば、統帥部が要請した期日たる十月十五日を限度としておやりになることは別に反対はしない。

勿論十分な責任において実行してもらわなければならない。別の問題は九月六日御前会議決定の際の考えは、今も変わっていないかどうかということである。

及川　それは変わっていない。戦争の決意ということに就いても別に異論は無い。

東条　戦争の勝利の自信はどうであるか。

及川　それにも変りは無い。但し統帥部の自信は緒戦の作戦のことを主として云っているだけである。二年、三年となると果たしてどうなるかは、今研究中である。之は政府の問題でもある。戦争の責任は政府にある。以上はこの場限りにしておいてくれ。

東条　九月六日の決定は、政府と統帥部の協同責任で決定されたものである。かりに海軍に自信が無いというならば考え直す。勿論重大な責任において変更すべきものは変更しなければならない。

なお東条陸相は以上の説明ののち、「戦争全般は政府の責任であり、目下研究中であると海相は言うが、然らば九月六日の御前会議の際には戦争全般の見通しは無かったということになる。御前会議に対する責任問題になる」と述懐した。

海軍が戦争に自信がないということは、重大な問題である。しかし、「大本営機密戦争日誌」のこの日の記事には、次のように記されている。

午前、陸海主任課長会談し昨日における海軍部局長の発言に対し嫌味を言う。右に対し、午後石川、大野、小野田の三大佐来たり弁明す。曰く、船舶損害百四十万トンは、そういうこともあるということを政府にも述べ、政府の覚悟を促すに在り。又英米可分を一応研究しようではないか、という軽い意味に過ぎず、と。爾今海軍は英米可分を問題せず、と。

近衛・東条会談

十月七日午前十時からの閣議において河田烈大蔵大臣は所管事項を説明し、結論として、国内の状況は正に窮境にあると述べ、村田省蔵逓信大臣は、民需船将来百九十万トン内外となり今より半減する危険があると訴えた。その他関係閣僚は、対米英は勿論南方、印度共にゆき詰まった、と暗に戦争反対をほのめかし、閣議は沈滞した。東条陸相は次のように発言した。

耳の痛いことだが申し上げたい。今日は既に普通の経済ではない。外交もまた同じである。

国内は今や米、英、独の巣窟と化している。

今や、戦い抜かねばならぬ時代である。その覚悟を決めることが第一だ。生産も見通し通りではないか。計画通り実現しつつあるのである。

各閣僚共に日米交渉の実情に疎く、陸軍の横紙破りで一切が停頓し、危機を深めつつあるように感じている模様である。

交渉の秘密を保たねばならないが、各閣僚に対して、必要の範囲の真相を知らせることも必要だと、陸相は感じたのであった。

次いでこの日夜、東条陸相は近衛総理と会談した。「近衛文麿公手記」には次のように記されている。

陸相は七日夜遅く、余を日本間に訪ね、

「駐兵問題に関しては米国の主張するような、原則的に一応全部撤兵、然る後駐兵と云う形式は、軍として絶対に承服しがたい」

と、余に強談判を持ちかけた。

東条陸相が統帥部首脳に伝えたところによれば、会談の模様は次の通りである。

東条　交渉に見込みがあれば、今後交渉を続行することに異存はない。しかし、ずるずる何時までもやるのではなく、統帥部要請どおり十月十五日を期限としなければならない。

近衛　四原則に就いては、支那における機会均等は認むべきであり、ただ日支間の地理特殊関係を、米国に認めさせればよいと考えている。三国条約に就いては、文書として残すことは問題ではあるが、大統領と会見すれば何とか折り合いがつくものと思ってる。

残るのは駐兵問題一つだけである。駐兵を緩和するよう何とか看板を変えることは出来ないか。他は皆纏まり、駐兵だけが残ったらどうするか。撤兵を原則として、駐兵の実質だけをとる方法があるのではないか。

東条　四原則は一歩譲るとしても、特例や制限をつけることは絶対に必要だと思う。然るに十月二日の米覚書では、日支間の特殊緊密関係を否認している。野村大使の想像に頼ってこの問題を甘く見ることは危険至極である。

一方、駐兵問題に就いては絶対に譲歩致しかねる。又他の総てが解決して駐兵だけが残る場合はと云われるが、そんな仮定では困る。そんなことがあれば、そのときになって考えるが、その場合でも困難なものと承知されたい。

近衛　御前会議の、十月上旬に至るも、尚わが要求を貫徹し得る目途無き時は、直ちに、対米英蘭開戦を決意す、とあるが、この直ちにが困難である。再検討が必要である。

東条　再検討と言われるが、検討の目的は何か。御前会議の決定を崩す積もりならば、事は重大である。何か不信があり不安があるのか。これを崩さねばならぬ何かの疑念があるのか。若し明らかな疑問があるというなら、それは大問題である。今まで戦争も作戦も含めて十二分に検討してきたのだ。そしてみんなで輔弼《ほひつ》をまっとうしているのだ。今重大疑念があるというなら、九月六日御前会議の重大責任となる。だからこの基礎を崩すというお話なれば重大であるが、若しそうでなく御前会議の決定を実現する為のものであるなら、再検討も差し支えないとかんがえる。

近衛　戦争の決意に心配がある。作戦について十分の自信が持てないと考える。

東条　戦争作戦と言われるが、九月六日の決定は、政府と作戦当局である統帥部の協同責任で出来たのである。戦争も作戦も考えての上のことである。

近衛　戦争の大義名分に就いても、もっと考えて見なければならぬ。
東条　大義名分は勿論重大である。よく考えて見ることは結構である。しかし時期を遷延し戦機を失ってはならぬ。ことに対米戦では当初の奇襲作戦に多くの期待がかけられている。
近衛　軍人はとかく戦争をたやすく考えるようだ。
東条　対米交渉に見込みがあれば、おやりになるが宜しい。但し、期限は統帥部要望の十月十五日である。十五日には和戦決定をとらなければならない。
近衛　奇襲奇襲と言うが、奇襲は成り立たないのではないか、私はそう思う。
東条　いや、まだそのチャンスはある。改めなければならない。又軍人は、戦争をたやすく考えると云われるが、国家存亡の場合には、目を瞑って飛び降りることもやらねばならぬこともある。
以上総理と陸相との会談の経緯に就いて、陸相から海相に話した。その際海相は、撤兵問題は切り出さずに次のような意見を述べた。
一、時日の遷延は極力避けなければならない。
二、日本の了解案に対する米側の対案を速やかにとること。
三、巨頭会談の見込みはある。
十月七日には以上のように、杉山・永野会談、東条・及川会談、近衛・東条会談という重要で真剣な討議が行なわれた。正に和戦の竿頭に立っていたのである。

十月二日付け米側覚書は最後の通謀的な意義を持つものであった。ここで注目されることは海軍首脳部が六日、「原則的撤兵」という「条件緩和」を前提とする交渉続行の方針を決めながら、それについて、陸軍との調整を専ら近衛総理にやらせ、及川海相自らは撤兵の必要に就いて何ら言及していないことである。

次にそれは九月六日御前会議決定の実質的変更であり、更にその根本原因が対米戦争に対する不安ないし自信の欠如に基づくものである以上、九月六日の「帝国国策遂行要綱」が根本的に再検討されるべきものであったということである。

当時の海軍次官沢本大将は、反省の一として十月六日の海軍首脳部会議の模様を次のように記している。

十月六日、海軍首脳部が鳩首対策研究の結果、「撤兵問題のため、日米戦うは愚の骨頂なり。外交により事態を解決すべし」と結論に達し、海軍大臣は、「それでは、陸軍と喧嘩する気で争うてもようございますか」と半分は自己の所信を示し、半分は会議の主として、総長の了解を求められしに対し総長は、「それはどうかね」と述べられ、大臣の折角の決心にブレーキをかけられ、意気昂揚せる場面は忽ち白けわたる。

この際、総長の阻止なかりせば、結果はいかがなりしか。海軍大臣辞職、内閣崩壊、陸海対立激化、戦争中止等々の事態起こりしやも知れず。然るに次官も次長も軍務局長も発言せず、暫時沈黙の後解散す。

陸海両統帥部長の態度

十月八日の「大本営機密戦争日誌」には、次のように記されている。

一、陸海意見の一致を如何にして策すべきや、本日は両方共に静観しあり。総長、大臣完全に意見一致しあるは意強し。
二、陸海意見不一致の下に連絡会議開催は不可。必ずや政変となるべく、且つ新内閣は成立し得ざるべし。
三、軍令部総長をして海相を説得せしむることも不可能なり。又、総長は四首脳会談不可なりと言う。けだし永野総長は軟化すべしと考えあり。結局、陸相をして海相を説得せしむるに若かず。しかしてそれは甚だ困難なるべく、結局政変の他なきや。
四、政府は駐兵条件の軟化により更に交渉続行の意図ありと云う。絶対不可なり。「ヂスカッション」の余地なし。政府右の如き意図ありと見たるにより、本日の情報交換は、之を拒否せり。
この日、近衛首相と及川、豊田、鈴木三相との個別会談、陸海両相会談などが行なわれた。
杉山、永野両統帥部長も宮中大本営で、次のように懇談した。
永野　軍令部と海軍省不一致で困るという話が、参謀本部方面から出ておるということだが、海軍大臣と話が合わないというのではない。時期が問題になっているのだ。一昨日海軍大臣と会ったが、大臣はまだ外交交渉の余地があると云っていた。それは軍令部も否認はしない。ただやる以上は成算をもってやってもらいたい。外交が出来なかった後は軍でやれ、と云われても引き受けられぬと答えておいた。
杉山　外交で目的が達成できると思うか。
永野　それは結局難しいと思う。
杉山　和戦の決定は十月十五日だ。開戦決意がこの十五日になると思う。この範囲で外交をやるならば宜しいが、それ以上延ばすことは出来ない。
永野　四、五日は延びても忍べる。一ヶ月ともなれば困る（軍令部もずるずる延期することに傾きつつあるともとれる）。マレー作戦は予定どおりゆくと思うか。
杉山　損害はあろうが成功する。
永野　戦争は持久化する。その結果はわからない。今、海軍大臣が調査中だ。
杉山　最後の決意は何も出来ない、ということでは国家は駄目だ。
永野　近衛では出来ない。
翌十月九日午後、連絡会議が開かれ、米回答に対する帝国の態度について議した。豊田外相から、次の説明があった。
米回答中はっきりしない三点に関して七日、野村大使宛催促したが、まだ返事がないので九日朝、野村と電話連絡して催促したところ、明朝九時（日本時間本九日午後九時）ハルと会見して返事をもらう約束との事である。その返事を持ってなるべく早く御相談申しげたい。
そこで、杉山参謀総長は、「米に対する問題は統帥の見地から十月十五日より遅くなることは困る。この期日の範囲内で話を進めるなら、なるべく早くやって貰いたい。明日返事が来るならば直ぐ連絡会議を開いてはどうか」と提議した。
この際、永野軍令部総長は、次のメモに就いて述べようとしたが、及川海相に止められた。
一、交渉は延ばされると作戦上困る。
二、交渉やるなら必成の信念でやれ。途中でゆき詰まり、自分に持ってきても受けられぬ。
会議後、軍令部総長は、これを外相に示した。外相は、これにうなずいていた。

陸軍側は、前述の十月四日連絡会議における永野軍令部総長の「最早ヂスカッションをなすべき時ではない、早くやって貰いたいものだ」という発言以来、軍令部少なくとも永野総長の腹は、陸軍と全く同一であると見ていた。しかし、杉山総長は、陸海四首脳会議を開けば永野総長が軟化するであろうとの疑念を持っていた。

八日の杉山、永野会談及び九日の永野総長の文書もそのようにもとれる。即ち、「交渉を続行することには異存はない。しかし、必成の信念でやらなければならない。従って条件の緩和もやむを得ない。戦争をするか、しないかは、政府が決めてくれ。自分は結局交渉は纏まらずに戦争になろうと思うが、統帥部としてはそれを強く要求するという態度はとらない。戦争をするとなれば、統帥部の要望する限度からは遅れてはならない。それ以後では戦争は引き受けられない」という作戦統帥上からのみの態度を表明しているように見える。

之は陸軍側なかんずく参謀本部の、今や戦争による局面打開しかないと信じ、これを強く政府に迫るという態度とは本質的に違っていたのである。

十月十二日の荻窪会談

十月十一日（土曜日）午前、情報交換会に引き続いて連絡会議が聞かれた。杉山参謀総長は和戦の決定について強く発言したが、政府側、特に外相、海相はこれに乗ってこず、結論を求めようとする気配も認められなかった。

この日午後、野村大使から、米側は十月二日の覚書の線に沿う、わが方の譲歩を要求し、その譲歩がない限り首脳会談は絶対に見込みがないとの判断がよせられた。

この野村大使電が刺激となって陸軍側、特に参謀本部は翌十二日、連絡会議を開き、開戦決意の断を主張しようとした。たまたま独ソ戦も最高潮に達し、独軍のモスクワ攻略戦も進展を見せていた。

近衛首相は、その私邸、荻外荘において五相会談の開催を提議した。

「近衛文麿公手記」には次のように記されている。

十月十二日、五十回誕生日、日曜日にも係わらず、午後早々陸海外三相と鈴木企両院総裁とを荻窪に召集して、和戦に関する殆ど最後の会議を開いた。その会議前に海軍の軍務局長より書記官長に、

海軍は交渉の決裂を欲しない。即ち、戦争を出来るだけ回避したい。しかし、海軍としては表面に出して、これを云うことは出来ない。今日の会議においては海軍大臣から、和戦の決は、首相に一任するということを述べるはずになっておるから、そのお含みで願いたい。

という報告があった。

「杉山メモ」には、陸相から聴取した会談の模様が、次のように記されている。

十月十二日五相会議（近衛、豊田、東条、及川、鈴木）

豊田　日米交渉妥結の余地あり。それは、駐兵問題に多少のあやをつけると、見込みがあると思う。又北仏印の兵力増強は、妥結の妨害をしている。これを止めれば、妥結の余地はある。

近衛　九月六日の、日本側提案と、九月二十日の提案との間には相当の開きがある。米側が誤解して居るにあらずや、と思わる。これを検討せば妥結の道あらむ。

東条　判断は妥結の見込みなしと思う。凡そ交渉は互譲の精神がなければ成立するものでない。日本は今日まで譲歩に譲歩し、四原則も主義としては之を認めたり。然るに、米

の現在の態度は、自ら妥結する意志無し。先般の回答は九月六日、九月二十日のわが方の書類に対する回答と存ず。

及川　外交で進むか、戦争の手段によるかの岐路に立つ。期日は切迫して居る。その決は総理が判断してなすべきものなり。若し外交でやり戦争を止めるならそれでもよろし。

東条　問題はそう簡単にはゆかない。現に陸軍は兵を動かしつつあり。御前会議決定により、兵を動かしつつあるものにして、今の外交は普通の外交と違う。やってみる、という外交では困る。

日本の条件の線に沿って統帥部の要望する期日内に解決する確信がもてるならば、準備を打ち切り外交をやるもよろしい。その確信は、あやふやなことが基礎ではいかぬ。

このような事で、この大問題は決せられぬ。日本では、統帥は国務の圏外にある。総理が決心しても、統帥部との意見が合わなければ不可なり。政府統帥部との意見が会わなければ、不可なり。政府統帥部の意見が合い御裁断を要す。

総理が決心しても、陸軍大臣としては之に盲従は出来ない。我輩が納得する確信でなければならない。

納得できる確信があるなら、戦争準備はやめる。確信を持たなければ総理が決断をしても同意は出来ぬ。現に作戦準備をやっているので、これを止めて外交だけでやることは大問題だ。少なくとも陸軍としては大問題だ。十分な確信がなければ困る。

外相に確信がありますか。北部仏印のことなどは些末の問題だ。外交が延びるからあのような問題が起きるのだ。

陸軍がやるから、外交が困ると云われるのは迷惑だ。軍のやっとる基準は御前会議決定によっているのだ。
豊田　遠慮ない話を許されるならば（本項は特に記述を避けるよう注意あり。取り扱い上留意を要す）。御前会議決定は軽率だった。前々日に書類をもらってやった。
東条　そんなことは困る。重大な責任でやったのだ。
近衛　戦争は一年、二年の見込みはあるが、三年、四年となると自信はない。不安がある。
東条　そんな問題はこの前の御前会議の時に決まっている。七月二日のご決定に、南方に地歩を進め北方は解決す、と練りに練って決められたのだ。各角度から責任者が研究し、その責任の上に立ったもので、そんな無責任なものではない。
（及川の態度は東条に同意すると称し、何れにか決せざるべからず。しかしてこれは総理が決すべきなりと言い、わが方の条件には触れず。総理に決めさせて、責任を総理に取らせる一方、なるべく外交をやるように促すようなふうに観察せらる）
近衛　今、どちらかでやれ、と云われれば外交でやる、と言わざるを得ず。戦争に私は自信ない。自信ある人にやって貰わねばならぬ。
東条　これは意外だ。戦争に自信がないとは何ですか。それは「国策遂行要領」を決定する時に論ずべき問題でしょう。外交に見透しありという態度ではいけない。確信がなければいけない。
東条　皆の話は結局次のようになる。
イ、日米交渉問題は駐兵問題を中心とする主要政策を変更せず。
ロ、支那事変の成果に動揺を与えることなし。右の条件にて略々《ほぼ》統帥部の所望する期日までに外交を以て妥結する方針を持って進む。而して作戦準備は打ち切る。

右の確信を、外相として持ちうるや否やを研究するの要あり。而して私は外相、総理のこの確信の具体的根拠を伺い、真に作戦準備を打ち切るも外交にて打開する確信ありと納得するのでなければ、陸相としては外交でやることに賛意を表するわけにはゆかぬ。

尚細部に就いて言えば、駐兵問題は、陸相としては一歩も譲れない。所要期間二年三年では問題にならぬ。第一撤兵を主体とすることが間違いである。退却を基礎とする事は出来ぬ。陸軍はがたがたになる。支那事変の終末を駐兵に求める必要があるのだ。日支条約の通りやる必要があるのだ。

所望期間は永久の考えなり。作戦準備を打ち切っても出来るという確信がなければいかぬ。やって見て出来ぬから、統帥部でやれいうのでは支離滅裂となる。我輩は今日まで軍人軍属を統督するのに苦労をしてきた。

与論も青年将校の指導もどうなればどうなるか位は知っている。下の者を抑えているので、軍の意図する所は主張する。御前でも主張する考えなり。

鈴木　欧州情勢を検討せねばいかぬ。独伊が単独講和をやることは困る（鈴木総裁は、直ちに外交打ち切り、開戦決意とは考えあらず）。

かくて、荻外荘における五相会議は実質上明らかに決裂した。

閣議における東条陸相の重大発言

十月十四日、恒例閣議の直前、近衛・東条会談が行なわれた。

近衛　今後の対米交渉で、問題として残るのは駐兵だけで、その他は解決の目途がある。

これは名を捨てて実をとる、という方便によることにし、一応撤兵の原則を立てることにしたい。

東条　駐兵撤兵問題は支那事変の心臓であり、又日米交渉の心臓でもある。譲歩は不可能である、と従来の主張を繰り返した。

駐兵以外にも問題は残っている。駐兵が中心となるというのは当方の想像だ。これを譲るも駄目で、全部鵜呑みにしなければ纏まらぬ。

近衛　戦争は心配だ。

東条　貴方は自分の身体を知りすぎている。相手の身体にも、ずいぶん欠点はある。

近衛　外務大臣ともこの問題は相談してみて貰いたい。閣議後に又集まろう。

東条　一般の閣僚に知らせる必要があるから、その席で述べましょう。

閣議での東条陸相の発言をめぐる経緯は、次のとおりであった。

陸相　国交調整は四月から六ヶ月間継続し、今や交渉は最後の竿頭に来たものと考える。これ以上交渉を続けるためには成功の確信を必要とする。そして作戦準備も止める必要がある。これに対しては陸軍の状態をお話ししよう。

陸軍としては、九月四日の閣議決定を経て、六日の御前会議において決定された国策、即ち、「外交交渉により十月上旬頃に至るも尚わが要求を貫徹し得る目途無き場合においては、直ちに対米、英、蘭開戦を決意す」に基づき十月下旬を目途として、数十万の兵力を動員し、且つ支那、満州からも南方に兵力転用をやってきた。船の徴用も総計二百万トンになっている。それというのも十月上旬には和戦の決定が出来る筈だったからである。

然るに今日は十四日であるのに、和戦決定の見込みも立っていない。和戦の決がとれず、これからも遷延するならば、陸軍としては作戦準備を中止しなければならない。二百万トンを徴用して皆様にご迷惑をかけているが、かく、この席で話しておる今でも兵は動いておる。外交上打開の方法があるならば、これを止めて宜しい。止めなければならない。このところをよくご了解願いたい。

近衛総理は、豊田外相に何か云うことはないかと促し、外相は次のように述べた。

外相　確信を持てと言われるが、交渉の難関は駐兵問題、三国同盟に関する自衛権の問題、日支間の近接特殊緊密関係の問題の三点である。

　米国は、支那及び仏印からの撤兵に関し、日本の明確な返事をくれと要求しており、又、北部仏印のわが軍事行動についても言及している。重点は撤兵であり、撤兵すれば交渉妥結のみこみはある。

陸相　北部仏印には、一部の陸軍部隊が行動しているが、それは作戦準備上の必要や、企図秘匿のため昆明作戦を行なうように見せかける必要もあるからである。昨年八月の日仏協定により、北部仏印には駐屯兵力六千、通過兵力二万五千という外交上の取りつけがしてある。

　陸軍の作戦準備は御前会議の決定に基づき、外交を阻害しない限度で予定の通り進んでいる。陸軍の作戦準備は十月上旬に和戦決定という目標に向かって万事進んでいる。外交が遅れているのである。

海相　今後も続いてやるか。

　軍事行動が外交を阻害していると言うが、寧ろ外交が軍事を阻害している実情である。

陸相　計画に従ってやるほかない。

次に撤兵問題についてお話する。撤兵問題は陸軍としては、重大視している。米国の主張に其の儘服したならば、支那事変の成果は壊滅に帰する。ひいて、満州国の存立を危うくし、更に朝鮮統治も動揺する。帝国は聖戦目的に鑑み、非併合、無賠償としている。支那事変は、数十万の戦死者、これに数倍する遺家族、数十万の負傷兵、数百万の軍隊と、一億国民は戦場及び内地で辛苦と戦い、又既に数百億の国費を費やした。

然るに日本は列国の例に倣わず寛容な態度で臨み、ただ駐兵によって事変の成果を結実させようとしているに過ぎない。世界に対し何ら遠慮する必要はない。巧妙な米国の圧迫に屈服してはならない。

北支、蒙疆に不動の態勢をとることを遠慮したならば、満州建設の基礎は危うくなり将来に大きな禍根を残すことは明らかである。ひいて再び支那事変の発生を見るであろう。

満州事変前の小日本に還元するなら、又何をか云わん。撤兵を看板にして、駐兵の実をあげるということは事実上不可能である。撤兵は敗戦感を与え、軍の志気にも影響する。駐兵を明確に規定する必要がある。但し、所要地域にのみ駐兵し、その他の兵力は時がくれば撤兵すべきである。駐兵は心臓である。主張すべきは主張しなければならない。

譲歩に譲歩を重ね、この上この上更に心臓とも云うべき駐兵を譲ることとは、結局降伏に等しい。米国をしてますます図に乗らせることになる。

三国同盟を強化すると云うなら判る。独ソ和平の懸念があり、米が気にしているからこの弱点をつき成功せしめて、米の軍備拡張を脅威して我が主張を通す。こんなところに外交の打つべき手があろう。彼の弱点をつき、これで外交上の自信があると云われるのなれば判る。譲ることのみをもって、自信があると云われても、承服することは出来ない。

東条陸相は参謀本部首脳に右の経緯を伝えた後、次のような所見を述べた。

一　政府上層は日米交渉の真相に暗く、陸軍大臣が頑強だから交渉が停頓している。陸相さえ譲れば、交渉は成立するものと考えている。今日はこれらの閣僚に十分に諒解させたものと考えている。これで陸軍は引導を渡した積りでいる。

二　近衛は進退を考えているが、木戸が近衛を引き止めにかかっている。今明日には政変はないであろう。この面についても陸軍は引導を渡した積りでいる。

十月十六日、近衛内閣退陣

荻窪会談の翌十三日、大本営、政府ともに格別の動きはなかったが、夕刻政変のうわさが陸軍省部に伝わった。東条陸相は近衛内閣の倒壊は必死であると見、近衛総理の求めに応じて十四日夜、鈴木貞一中将（企画院総裁）を荻窪に差遣し、後継首班に対する私見を述べた。「近衛文麿公手記には」には次のように記されている。

陸軍大臣の伝言は次の如くである。

段々その後探るところによると、海軍が戦争を欲しないようである。それならばなぜ海軍大臣は自分にそれらをはっきり云うてくれないのか。海軍大臣からはっきり話があれば、自分としても又考えなければならんのである。然るに海軍大臣は全部責任を総理に任せている形がある。之は真に遺憾である。

海軍がそういうように、はらが決まらないならば、九月六日の御前会議は根本的に覆るのだ。従って御前会議に列席した首相はじめ陸海軍大臣も、統帥府の総長も皆輔弼《ほひつ》の責めを充分に尽くさなかったということになるのであるから、この際は全部辞職して今までのことを御破算にして、もう一度案を練り直すということ以外にないと思う。

それには陸海軍を抑えて、もう一度この案を練り直すという力のある者は、今臣下には居ない。だから、どうしても、後継内閣の首班には、今度は宮様に出て戴く以外に道は無いと思う。その宮様は先ず、東久邇宮殿下が最も適任と思う。それで自分としては総理に辞めてくれとは甚だ言いにくいけれども、事ここに至ってはやむを得ず、どうか東久邇宮殿下を後継首班に奏薦することに御尽力を願いたい。

十六日、宮中方面において、宮殿下の問題は、到底行なわれ難いことが判明した。しかし、時局は一日の猶予も許されない。そこで近衛首相は午前十時頃から官邸において各閣僚に対し個別に辞職の止むを得ない理由を述べ、諒解を求めて、夕刻全部の辞表を取り纏め、参内して骸骨を乞うた。かくして、第三次近衛内閣は総辞職した。


敗戦後六十年もすぎた今日、一兵として、ビルマの果てまで勇み立って死にに征った人間(小生)の記述だが、この近衛内閣崩壊の経緯の記録は、大本営陸軍部担当の島貫武治氏が、精魂打ち込んで編纂した記録であると思う。

この記録を読んで思うのは、昔中国の兵法家、孫子の教訓「善く兵を用うる者は道を修めて法を保つ。故に善く勝敗の政を為す。兵法は、第一に国土の面積、第二に資源、第三に人口、第四に軍事力、第五に勝敗である」と。さらに曰く。「敵を知らず、己を知らざれば、戦うごとに必ず危うし」と。ビルマの兵補モン・セイミンの言葉が思い出されてならぬ。

その他一杯書いてあるが、それはよす。

孫子の訳者でも、「道を修めて法を保つ」との教えを没却したものが、非常に多い。東条大将以下、大本営の参謀がこれを知らぬはずはない。中心は東条大将のようだが、杉山総長、永野総長、及川海相、また幕僚ら皆同じ。近衛の戦略眼、責任感皆無、言う言葉を知らず。

元総理大臣吉田茂の達見

日独防共協定に反対

大東亜戦争突入の経緯の研究について、どうしても民族の将来のため、すでにお読みの方もあると思うが、どうしても掲載させて貰うことにする。

それは敗戦後、総理になって日本復興の礎を築いてくれた吉田茂の識見について、民族として不可欠なものだからだ。幕末における勝海舟にも比すべき識見であると思うからである。

ワンマン総理と綽名され、記者に失礼な質問を受けて、コップの水をブッカケたり、国会で、野党議員の質問に「馬鹿野郎」と言った、言わないで、文句をつけられて、国会を解散したり（俗に馬鹿野郎解散）、野党の社会党、共産党の勢力華やかな頃で、今、思い出しては、むしろ愉快な思い出だが、昭和十一年頃は、僕等は少国民として、何も知らず、軍国少年として、成長していたのであったが、あの時代が日本が最も注意せねばならなかった時代だったことが、判ってきた。

吉田茂回顧録刊行会編纂の「吉田茂回想十年」の第一巻、四十頁から四十六頁にわたり、「日独防共協定に反対」という記事が記載されている。刊行会の方々が、ご在世か否か判らないが、その精神においては僕と一致すると思うし、こういう達見を持った偉い人間を葬って、日独防共協定を結び、支那事変を起こし、やがて大東亜戦争に突入していって、敗戦を迎えた過程の勉強だから、お許し戴けると思う。

自由主義者の烙印

戦前私（吉田）は軍部から、自由主義者、親英米派ということで、睨まれたが、その折紙を戴いたのは、昭和十一年、例の二・二六事件の直後に広田内閣の出来るときである。私は本来政治向きのことは好きではなかったし、従って関係したこともなかったが、この時は、貴族院議長だった近衛文麿公に依頼され、後継総理の候補として、広田弘毅君の引き出しの使者に立った。そして私は広田君に出馬を勧めた行掛りから、組閣本部に入って、閣僚選考の相談に参画する事となったが、その関係で、私も外務大臣候補として、挙げられていたようだ。

ところで、閣僚候補の顔触れがやっと出揃った翌日、陸軍大臣の候補として軍部が推薦していた寺内寿一大将が、山下奉文少将（後の大将）を始め陸軍省の幕僚数名（この中に武藤章の名前も別の本にある）を引き連れ、当時外相官邸だった組閣本部に乗り込んで来て、「新聞に出ている閣僚候補の顔触れなるものを見ると、現時局に好ましくない人物の名前が見えるが、そのような人物の入閣には、陸軍はあくまで反対する」

と申し入れて来た。軍の反対する人物の一人が私（吉田）であることは明らかだったので、私は組閣の手伝いから直ぐに手を引いた。結局、司法大臣候補の小原直、文部大臣候補の下村宏、それに私（吉田）の三人が、自由主義者とか、親英米派とかいう理由で、軍部から忌避されて居たことが後でわかった。

カッケンボスのインヂアン

又、之もこの頃のことと記憶するが、後に戦犯として刑死した、松井石根陸軍大将等の東亜連盟とかいった会合に広田弘毅君に誘われて一度顔を出したことがある。予備、後備の将軍や大学の先生等が、英米排撃で盛んに気炎を挙げていた。私にも何か一席やれと勧めるので、仕方がなく、

「諸君の話を聞いて居ると、子供の時読んだ、カッケンボスの米国史に出てくるインヂアンの光景をそぞろ思い出す。光景というのは、インヂアン達が集まって、どうすれば白人共を追い払うことが出来るかと相談している場面だ」

と言ってやったら、列席のみんなが、嫌な顔をして居た。そして、それっきり私に出席しろとは言って来なかった。そんなこんなで、私はその頃から、軍部や右翼から毛嫌いされていたようである。

駐英大使としてロンドンへ

広田内閣への入閣に落第した義理合いからであろう。広田総理の推薦で、同年四月、私は

駐英大使として、ロンドンに赴任する事となった。当時の世界情勢は、ドイツではヒットラーの率いるナチの勢いが漸く最盛期に入らんとしており、欧州の勢力分野も、所謂独伊枢軸側と、英仏側の対立が、漸く濃厚ならんとしていた。

又、わが国内情勢は例の二・二六事件の直後であり、陸軍は粛軍とは名のみで、実際には社会不安や国民の恐怖的心理につけ込んで、極端な国家主義者や、対外膨張論者を利用し、国際的には枢軸側に加担して、反英仏、ひいては反米的色彩を益々鮮明にして来た時代であった。

説得に来た駐在武官

その頃我が国では、独伊との防共協定に加盟する事の可否が問題となり、政府も陸軍の勢力に押されて、協定締結に腹を決めて居たようである。所が、それに就いて、一応在外大公使の意見を徴することになったらしく、私の所へも賛否の意見を問い合わせて来た。そこで私は防共協定には、反対だと返事してやった。その後も辰巳栄一駐英、大島浩駐独の両陸軍武官がやって来て、私を説得に懸かったが、私はどうしても自分の所信を枉《ま》げる気にはなれなかった。

私が防共協定に反対したわけは、軍部の言い分では之は単なる反共というイデオロギーの問題に過ぎない、というのであるが、それは全く表向きの言葉で、腹のうちは、独伊と結んで英仏、ひいては、アメリカ側に対抗しようとした事は明らかで、結局この枢軸側への加担は、遠からず政治的、軍事的なものにまで発展するに決まっており、その勢いの赴く所我が国の将来にとって、まことに憂うべきものになることが、私に感得されたからである。

しかし、こうした私の心配や反対等にはお構いなくドイツとの防共協定は成立し、遂にイタリーも加わり、更に協定が強化されて、後には、軍事同盟にまで発展した事は周知の通りである。
それはともかくとして、そうした頑固な反対をしたためで、私はいよいよもって、反軍思想の持ち主という烙印を軍部から押されたらしい。(之には秘密文書も既に存在し、同盟の色彩が強いようである)
之に就いて、当時駐英武官で、陸軍省の訓令を得て、吉田大使説得に当たり、逆に吉田に説得された、辰巳栄一少佐の補足の思い出が付加されているので、記載する。

防共協定と吉田さん・辰巳栄一

昭和十一年九月、吉田さんが駐英大使の当時、私は大使館付き武官として、ロンドンに着任したが、その頃、日独防共協定というのが、外交上の問題として論議されていた。当時本国政府の方針としては、本協定を結ぶ事に決まっていたが、問題の性質上、正式協定の成立以前に一応在外の主な大公使達の同意を得ておきたい、というのが中央の意向であった。

ところで、当時の主な大公使達はみんな協定の成立に賛意を表明したが、一人吉田駐英大使だけは、ガンとして、之に反対の態度を固執した。

そのため着任怱々の私は陸軍中央部から、「吉田大使に対し、防共協定締結の趣旨を説き、その同意を得るようにつとめよ」と指令を受けた。

私はその指令に基づいて、本協定は防共を目的とするものであって、何ら政治的、軍事的、意義を含むものではない旨を吉田大使に進言し、その同調を求めた。所が吉田さんは、(お前）何を言うか、という態度で、一向に聞き入れない。そして、彼の言い分はこうである。

一体日本の軍部は、ナチス・ドイツの実力を買い被っている。世界大戦（第一次）であれほど連合軍に叩きつけられ、更に、海外の領土を悉《ことごと》く失ったのであるから、如何にドイツ民族が偉いといっても、二十年そこ等の期間に、英仏、ひいては米国を相手として、太刀打ち出来る程回復している筈がない。一方英米は、世界に跨《また》がる広大な領土と、豊富な資源を持つ。それに長年にわたって培った政治的、経済的底力というものは真に侮り難いものがある。

軍部は枢軸側との協定は、単に防共と言うイデオロギーの問題に過ぎないと言うが、斯かる協定を結ぶと言う事は、明らかに日本が枢軸側に伍することを意味する、そして之は将来必ずや政治的、軍事的なものに進展するに決まっている。そうなれば、現状打破を叫んで邁進している枢軸側が、若し戦争を起こした場合、勢いの赴く所、日本は米英を向こうに回して戦わねばならぬ羽目に陥る危険がある。

現在世界列強の分野は二分されているが、日本は今求めて枢軸側につくべき時では断じてない。

国際情勢の現状から見て、日本は外交のフレキシビリティー（柔軟性）を持つのが賢明と思うが、若し何れかに伍するものとすれば、自分（吉田さん）としては、独伊側よりむしろ英米側を選ぶ。それが日本の将来の為に取るべき道であると確信する。

と、こういうのであって、所論堂々、理路整然、私はミイラ取りがミイラになって、「微力、説得するを得ず」との旨を率直に中央に打電した。

それから数日の後、同協定の立役者である駐独武官大島浩君（後の中将、駐独大使）がベルリンからロンドンに飛行機で飛んできた。言うまでもなく、若輩微力の私に代わって吉田

まで続いた。大使説得のためである。吉田さんと大島武官との会談はその日の午後五時頃から、八時過ぎ

予定では、会談後七時頃から皆で、晩餐をともにすることになっていたが、二人の主客は中々会談の室から出て来ない。折角の料理も冷めてしまうと言って、コックから文句が出る始末であった。

やっと会談が終わって一同食卓につくと、吉田さんの方は何時ものニコニコ顔で、お得意の四方山話に花を咲かせ、遂、先まで重大な論議をして居たなどという気配が少しも見えない。

片や大島武官の方は頗《すこぶ》る御機嫌が悪く、翌朝の飛行機で、ロンドンを去ってしまった。こうして大島武官の努力も、信念を曲げない吉田さんの説得は遂に成功しなかった。

廟議決して、その年の十一月に日独防共協定は成立した。

事志と異なって吉田さんは、その後英国を去り、野に下ったが、不幸にして、吉田さんの予言は的中した。昭和十四年、第二次大戦が勃発、その翌年には、日独伊三国同盟が成立した。

かくして、防共協定成立の当時、まさかと思っていた事だが、日本は遂に米英を敵とする大戦乱の渦中に巻き込まれてしまった。

頑固という名で有名な吉田さんの信念の強さは驚嘆すべきものであるが、防共協定の論議の当時、既に第二次世界大戦、ひいては日本の参戦を予見した吉田さんの鋭い感には全く敬服の外はない。

ちなみに辰巳栄一氏は佐賀県の生まれで、陸士二十九期。敗戦の時は、中将で、中国で第三師団長として、敗戦を迎えたことが師団戦史に出てくる。

大島浩という人は陸士二十二期、敗戦の時は中将で、ヒトラーが死ぬまで駐独大使のようである。ヒトラーカブレの第一人者のようだ。

日本はこうして、昭和八年の陸軍省、参謀本部合同会議における前述のような永田鉄山の主張、二・二六事件に引っ掛けての真崎大将の逮捕、予備になった真崎、荒木の大臣復活禁止のための陸軍大臣現役武官制復活、日独防共協定締結、支那事変の勃発、最後は東条の無謀宣戦布告。その間ずっとスターリンの謀略は、敗戦の間際まで続き、佐藤大使による、スターリンへの和平仲介依頼をホッポラかされるまで続いて敗れた。敗れた後もなお、今日まで続いて止まることを知らぬ日本人が居る。この民族の貴重な体験を生かすも殺すも民族の戦略眼だ。真の戦略眼亡き民族に明日はない。

付I——参考文献（書名、著者等、発行所）

一　教育勅語
二　軍人勅諭
三　古事記
四　日本書紀
五　十七条の憲法
六　五ヶ条の御誓文
七　葉隠、日本外史等
八　天皇日本史
九　浄土三部経（大無量寿経、観無量寿経、阿弥陀経。以下カッコ内は私注）
一〇　歎異抄
一一　論語
一二　孟子
一三　孫子
一四　氷川清話　勝海舟述　勝部真長編　角川書店

一五　海舟座談　巌本善治編　勝部真長校註　岩波書店
一六　武士道（山岡鉄舟述、海舟評）　勝部真長編　角川書店
一七　新修日本史　山上徳雄　受験研究社
一八　日本史概論　宝付圭吾他一名　吉川弘文館
一九　敗る日まで　岩淵辰雄　日本週報社
二〇　旋風二十年　森正蔵　鱒書房
二一　日本改造法案大綱　北一輝　みすず書房
二二　二・二六（二・二六事件受刑者）元陸軍少将斉藤瀏　改造社
二三　秘録東京裁判　元衆議院議長　清瀬一郎　読売新聞社
二四　回想十年（1）　元総理大臣吉田茂　新潮社
二五　回想十年（2）　同　同　同
二六　回想十年（3）　同　同　同
二七　回想十年（4）　同　同　同
二八　荒木貞夫　風雲三十年　有竹修二編纂　芙蓉書房
二九　真崎甚三郎日記（1）　東大教授伊藤隆他二名　山川出版社
三〇　同（2）　同　同
三一　同（3）　同　同
三二　同（4）　同　同
三三　真崎甚三郎日記（5）　同　同
三四　本庄日記（ああ大元帥）　元侍従武官長本庄繁　原書房

三五　秩父宮と昭和天皇（ああ、天皇の姿よ）保坂正康　文藝春秋社
三六　恋闕（二・二六事件逮捕不起訴）後陸軍大臣補佐、黒崎貞明　日本工業新聞
三七　亡国の回想　元海軍少将真崎勝次　国華社
三八　日本は何処へ行く　元海軍少将真崎勝次　実業の日本社
三九　参謀次長沢田茂回顧録　元陸軍中将沢田茂　芙蓉書房
四〇　連合艦隊の最後　伊藤正徳　光人社
四一　帝国陸軍の最後　伊藤正徳　文藝春秋社
四二　吉田善吾（元海軍大将、海軍大臣）　実松譲　光人社
四三　評伝　真崎甚三郎（大将の真の理解者）田崎末松　芙蓉書房
四四　陸軍大学校　稲葉正夫編　同
四五　小畑敏四郎（真の将軍）　須田幸雄　同
四六　2・26事件判決原本　東潮社
四七　細川日記　細川護貞　中央公論社
四八　盧溝橋事件（事件当時、現地軍補佐官）寺平忠輔　読売新聞社
四九　一死、大罪を謝す（陸軍大臣　阿南惟幾）角田房子　新潮社
五〇　二・二六事件（自決河野大尉の兄）　河野司編　河出書房
五一　統帥綱領（当時最高軍事機密の一）　大橋武夫（解説）　建帛社
五二　作戦要務令一部、二部、各兵科操典、綱領　旧陸軍省
五三　戦陣訓（御勅諭と共に数多の兵が死んで逝った）　同
五四　大本営陸軍部（1）昭和十五年五月まで　防衛庁　朝雲新聞社

五五	同（2）昭和十六年十二月まで	同	同
五六	同（3）昭和十七年四月まで	同	同
五七	同（4）昭和十七年八月まで	同	同
五八	大東亜戦争開戦経緯（1）	同	同
五九	同（2）	同	同
六〇	同（3）	同	同
六一	同（4）	同	同
六二	同（5）	同	同
六三	マレー進攻作戦	同	同
六四	ビルマ攻略作戦	同	可
六五	インパール作戦	同	同
六六	イラワジ開戦	同	同
六七	シッタン明号作戦	同	同
六八	比島攻略作戦	同	同
六九	関東軍（1）対ソ戦備、ノモンハン事件	同	同
七〇	ハワイ作戦（奇襲成功に油断の海軍）	同	同
七一	ミッドウェー海戦（日本海軍壊滅の序章）	同	同
七二	南太平洋陸軍作戦（ガダルカナル、ブナ作戦）	同	同
七三	蘭印攻略作戦	同	同
七四	陸軍軍需動員	同	同

七五　大東亜戦争全史（1）　服部卓四郎（開戦時作戦課長）　鱒書房
七六　同（2）　同　同
七七　同（3）　同　同
七八　同（4）　同　同
七九　同（5）　同　同
八〇　同（6）　同　同
八一　同（7）　同　同
八二　同（8）　同　同
八三　田中作戦部長の証言（菊兵団師団長　開戦時参謀本部作戦部長）芙蓉書房
八四　服部卓四郎と辻政信　高山信夫（作戦課高級課員）同
八五　参謀本部作戦課　高山信夫（同）　同
八六　大本営機密日誌　種村佐孝（作戦課高級課員）　同
八七　真珠湾作戦回顧録　源田実（ハワイ攻撃作戦参謀）　読売新聞社
八八　一軍人六十年の哀感（元第八方面軍司令官陸軍大将今村均回顧録）芙蓉書房
八九　二・二六事件への挽歌大蔵栄一（元陸軍大尉二・二六事件受刑著）読売新聞社
九〇　根性のフーコン戦　池田慶蔵（元菊兵団作戦参謀）　九段社
九一　コタバル敵前上陸　侘美浩（元菊兵団、侘美支隊長）　プレス書房
九二　ああ菊兵団（フーコンの激闘）牛山才太郎（元菊兵団参謀）菊花の塔奉賛会
九三　ああ菊兵団（ビルマ中、南部の死闘、九州健児の勇戦敢闘）同
九四　菊歩兵第五十六聯隊戦記　菊歩兵第五十六聯隊戦記編集委員会

九五　砲声（菊兵団山砲第十八聯隊、野砲第十二聯隊）　菊兵団砲兵戦友会
九六　龍兵団（第五十六師団　騰越、拉孟玉砕の犠牲）　風土社
九七　回想ビルマ戦　野口省巳（元第三十三軍参謀）　光人社
九八　ビルマ戦記　後勝（元ビルマ方面軍参謀）　同
九九　東条英機（東条英機刊行会）　芙蓉書房
一〇〇　筑紫峠（北ビルマ、フーコン、白骨の道）武久茂　著作発行
一〇一　戦滴（菊陸軍第十八師団従軍記、南支那、マレー、ビルマ）水田有遠発行
一〇二　歌集　余光　従軍回顧　同
一〇三　平和の礎　軍人短期在職者従軍記　厚生省
一〇四　騰越（玉砕の記、玉砕に重傷。死に損なう）　吉野孝公　東兄弟印刷社
一〇五　拉孟（玉砕の記、ああ悲惨の極）　太田毅　著作発行
一〇六　最悪の戦場に奇蹟は無かった　高崎伝　光人社
（烈歩兵124聯隊ガダルカナル、インパールの苦戦）
一〇七　一下士官のビルマ戦記（フーコンの苦戦）　三浦徳平　葦書房
一〇八　ビルマ助っ人兵団（狼第四十九師団）沖浦沖男　狼第四十九師団戦記刊行会
一〇九　ビルマ敗戦行記　荒木進　岩村新書
一一〇　マレー戦記　越智春海　光人社
一一一　兵は死ね　大江一郎　鵬和出版
一一二　最後の帝国軍人（烈歩兵団長宮崎繁三郎）　土門周平　講談社
一一三　男子の本懐（大空の決戦）　坂井三郎　新潮社

一一四 大本営 森松俊夫 教育社
一一五 ニューギニア戦記 金本林造 河出書房
一一六 ああ隼戦闘隊(ビルマ上空の死闘) 黒江保彦 光人社
一一七 翼の血戦(ビルマ上空の死闘) 檜 與平 同
一一八 サムライ戦車隊長(マレー進撃の偉功) 島田豊作 同
一一九 土と兵隊(菊五六、杭洲湾上陸進軍) 火野葦平 改造社
一二〇 石原莞爾 大江一郎 鵬和出版
一二一 雲南正面の作戦 戦史叢書 原書房
一二二 死者の谷(ビルマ密林の苦闘) 古賀保夫 昭和出版
一二三 西機関ビルマを征く(菊騎兵挺身) 西正義 サンエイフロス
一二四 ああ疾風戦闘隊 新藤常右衛門 光人社
一二五 壮烈、少年飛行兵(敵前逃亡、卑怯富永) 少飛会 原書房
一二六 将軍突撃す(硫黄島、栗林兵団玉砕) 児島譲 文藝春秋社
一二七 将軍沖縄に死す(沖縄牛島兵団玉砕) 小松茂朗 光人社
一二八 日本海軍失敗の研究 鳥巣健之肋 文藝春秋社
一二九 菊と龍 相良俊輔 光人社
一三〇 ああ零戦一代 横山保 同
一三一 日本人にかえれ 出光佐三 ダイヤモンド社
一三二 従軍看護婦(フィリピン看護婦の苦闘) 石引ミチ 徳間書店
一三三 B29対陸軍戦闘機 山本茂男他 今日の話題社

一三四	壮烈ビルマ、インパール	棟田博	学習研究社
一三五	惨烈の比島戦	金丸利孝	海鳥社
一三六	ノモンハン戦記	小沢観光	新人物往来社
一三七	ノモンハン秘史	辻政信	原書房
一三八	ノロ高地	草場栄	鱒書房
一三九	シンガポール	辻政信	東西南北社
一四〇	十五対一	同	酣燈社
一四一	潜行三千里	同	亜東書房
一四二	叛乱	立野信之	六興出版社
一四三	軍閥（元憲兵）	大谷敬二郎	図書出版社
一四四	憲兵	同	新人物往来社
一四五	革命ならず	林正一	毎日新聞社
一四六	日本を滅ぼしたもの	山本勝之助	彰考書院
一四七	二・二六事件	高橋正衞	中央公論社
一四八	昭和維新	田々宮英太郎	サイマル出版会
一四九	昭和の軍閥	高橋正衛	講談社
一五〇	辻政信と七人の僧	橋本哲雄	光人社
一五一	パール判事の日本無罪論	田中正明著	慧文社
一五二	恐るべき裁判	思想運動研究会	全貌社
一五三	マッカーサー回想記	津島一夫訳	朝日新聞社

一五四　マッカーサー回想記　同　同
一五五　太平洋戦争とは何だったのか　クリストファーゾーン　平川洋一訳　草思社
一五六　サッチャー（元英首相）回顧録　石塚正彦訳　日本経済新聞社
一五七　ケマルパシャ（トルコの救国者）　大島直政　新潮選書
一五八　東条家の言い分　諸君　文春　87年1月号
一五九　共産党の天皇批判を批判する　林健太郎　文春　88年12月号
一六〇　有名だった昭和人の血族の言（約五十五人）　文春　89年9月号
一六一　非は我がソ連にあり、アレクセイ・キリチェンコ　文春　90年7月号
一六二　昭和天皇の独白八時間　文春　90年12月号
一六三　私が操った社会党と新聞　レフチェンコ　文春　93年6月号
一六四　二・二六事件判士、松木大将文書　世界　岩波　94年3月号
（判士長　磯村大将は、こじつけ裁判が馬鹿らしくて判士辞任を決意）
一六五　謀略（敗戦間際の吉田茂逮捕）　芦澤紀之　芙蓉書房
一六六　秘話　昭和天皇（側近通訳三十年の、真崎大将の長男秀樹氏が明かす）
月刊ジスイズ読売　91年8月号
一六七　憲法第九条の発案は　マッカーサーだった
月刊ジスイズ読売　94年9月号
一六八　軍神（乃木希典）　宝石　光文社　93年8月号
一六九　一坪地主三千人（沖縄は未だ、赤の手先が踊る）　文春　96年10月号
一七〇　ああ純白の花負いて（悲惨、死のダイビング）　田中賢一　学陽書房

一七一　天皇家三代の半世紀　河原敏明　講談社
一七二　東本願寺三十年戦争の真相　宝石　光文社　96年5月号
一七三　憲法と日本人　月刊ジスイズ読売　読売新聞社　96年11月号
一七四　死守命令（ビルマ戦線菊兵団一支隊の死闘）　田中稔　光人社
一七五　独立小隊奮戦す（ビルマ派遣安五十三師団の苦闘）　緩詰修二　同
一七六　輜重隊勇戦す（菊輜重兵第十二聯隊ビルマ奮戦記）　力丸近生　著作発行
一七七　シベリヤ収容所の人人（スラブ民族の本性）　島紀彦　講談社
一七八　一外交官の見た明治維新　アーネスト・サトウ　岩波文庫
一七九　太平洋戦争戦闘地図　新人物往来社
一八〇　日本陸軍総覧（付総歩兵連隊）　同
一八一　太平洋戦争師団戦史（付総師団リスト）　同
一八二　戦略無き国家に明日は無い　瀬島龍三　日本政経文化社
一八三　ビルマを行く（菊龍烈安弓壮兵狼祭勇等各兵団慰霊行）　アジア仏教徒協会
一八四　真の戦犯は木戸内大臣（キーナン検事書簡）　94年1月　佐賀新聞社
一八五　ノモンハン事件はソ連の謀略（中国軍事専門誌）　94年4月　同
一八六　旧ソ連のスパイ発覚　95年7月　同
一八七　権力下降（中堅幕僚の暴走）　同　同
一八八　米国の強行策（石油禁輸に驚く軍部、この不明）　同　同
一八九　天皇を啓蒙せよ（己の不明を外に作戦部、東条）　同　同
一九〇　天皇制存続（日本占領に天皇は必要だった）　94年5月　同

一九一	真崎大将無罪に新資料（裁判官日誌メモ）	94年2月	同
一九二	軍務課長が内閣つくる（戦線に立つもの哀れ）	95年7月	佐賀新聞
一九三	作戦課長更迭	同	同
一九四	南進シフト	同	同
一九五	自由な論議できず	同	同

付II——教育勅語

朕惟ふに我が皇祖皇宗國を肇むること宏遠に徳を樹つること深厚なり　我が臣民克く忠に克く孝に億兆心を一にして世世その美を済《な》せるは此れ我が国体の精華にして教育の淵源実に亦此に存す　爾臣民父母に孝に兄弟に友に夫婦相和し朋友相信じ恭倹己を持し博愛衆に及ぼし学を修め業を習ひ以て知能を啓発し徳器を成就し進で公益を広め世務を開き常に国憲を重じ国法に遵ひ一旦緩急あれば義勇公に奉じ以て天壌無窮の皇運を扶翼すべし　是の如きは独り朕が忠良の臣民たるのみならず　又以て爾祖先の遺風を顕彰するに足らん　斯の道は実に我が皇祖皇宗の遺訓にして子孫臣民の倶に遵守すべき所之を古今に通じて謬らず之を中外に施して悖らず　朕爾臣民と倶に拳拳服膺して咸其徳を一にせんことを庶幾ふ

明治二十三年十月三十日

御　名（明治天皇の御名）　㊞

現代の国語、いな筆者らの時代にしても、難しい文章であった。これを、小学校に入学以来、先生から修身の時間に極めて念入りに教えられる。

今は国民の祝日は年間十四日にもなったが、その頃は四大祝日といって、元日、紀元節、天長節、明治節を国民の祝日とし、校長先生が天皇陛下の御真影（御写真）を奉安所（御写真を保管してあるところ）より、白の手袋を嵌《は》めて、厳《おごそ》かに捧げ持って壇上に至り、紫の袱紗《ふくさ》をおもむろに開いて押し頂き、荘重な口調でゆっくりと「奉読」され、先生も生徒も低頭（頭を下に垂れる）して、静かに校長先生の教育勅語の奉読（読むの丁寧な表現）に耳を傾けていた。

それが終わると、校長先生のその祝日に応じた一応の訓示を拝聴し、やがて、その時の祝日に応じたお祝いの唱歌を全員で合唱して、祝典の式を終了し、学業はその日はそれで終わり。それが、何より嬉しかった。

敗戦後のみんなには、想像することは、とても難しい行事であった。天皇は「現人神《あらひとがみ》」として、生きた神様として、尊敬するように教育されていたのである。

敗戦後、天皇様が「人間宣言」をされて、戦災の焼け跡を回って歩かれる姿は、筆者らには理屈は当然と思いながら、敗戦の惨めさが筆舌に尽くし得ぬ思いであった。

前述の文章はあまりにも、古くさいので、口語文に訳した文章を次に記載する。

教育勅語の口語訳

私（天皇）は、私達の祖先が遠大な理想のもとに、道義国家の実現をめざして、日本の国をおはじめになったものと信じます。そして、国民は、忠孝両全の道を完うして、全国民が心を合わせて努力した結果、今日に至るまで見事な成果をあげて参りましたことは、もとより日本のすぐれた国柄の贈物といわねばなりませんが、私は教育の根本もまた、道義立国の達成にあると信じます。

国民の皆さんは、子は親に孝養をつくし、兄弟姉妹は互いに力を合わせて助け合い、夫婦は仲睦まじく解け合い、友人は胸襟を開いて信じ合い、そして自分の言動を慎み、総ての人々に愛の手をさしのべ、学問を怠らず、職業に専念し、知識をやしない、人格を磨き、更に進んで、社会公共のために貢献し、又法律や、秩序を守ることは勿論のこと、非常事態の発生の場合は、真心を捧げて、国の平和と、安全に奉仕しなければなりません。

そしてこれらのことは、善良な国民としての当然のつとめであるばかりでなく、また、私達の祖先が今日まで身をもって示し残された伝統的美風を、更に一層明らかにすることでもあります。

このような国民の歩むべき道は、祖先の教訓として、私達子孫の守らなければならないところであると共にこのおしえは、昔も今も変わらぬ正しい道であり、また日本ばかりでなく、外国で行ってもまちがいのない道でありますから、私もまた国民の皆さんと共に父祖の教えを胸に抱いて、立派な日本人となるように、心から念願するものであります。

（国民道徳協会訳文による）

この道徳の教えに反発する人達は、マルクスの主張を、あたかも金科玉条でもあるかの如く宣伝して、己の独裁権力達成の方途として利用したに過ぎぬ。レーニン、スターリンにカブレた左翼の人達が、今に続いて盲動が絶えぬ。

この教育勅語を、西ドイツの第二次大戦後の首相・アデナウアーは、自分の執務室に掲げて、自らの範としていたことを聞いたことがある。

日本には今やこの道徳、陶然として地を払うの観。足が地に就かぬ上目走りの民族の軽薄。

レーニンが出れば、レーニンへ、スターリンが出ればスターリンへ、ヒトラーが出ればヒトラーへ、中身を洞察する識見、正義、人道を誤り、戦略を誤り、眼前の欲に眼が眩み、謀略に振り回された結果が六十年前の、あの大敗戦の実態である。

国際関係は、力の上の道義だ。それを判らず、基地反対、基地反対を叫び回る。一地方への過重負荷はもちろんよくない。国民全部の問題として分かち合うことは当然だ。それを、解決して行くのが行政の責務でなくて何であろうか。

ところが日本国民は、絶対とは言わないまでも、そういう本当に国を思い、民族を思い、真の世界平和に寄与できる人物は、国会に限らず世の中に出そうとしない。筆者も、日本民族の一人として情けない次第だ。

付III——軍人勅諭

我が国の軍隊は世世天皇の統率したもう所にぞある。昔、神武天皇躬づから大伴物部の兵どもを率い中国《なかつくに》のまつろはぬものどもを討ち平げ給ひ高御座《たかみくら》に即《つ》かせられて天下《あめのした》しろしめし給ひしより二千五百有余年を経ぬ。此の間世の様の移り換るに随ひて兵制の沿革も亦屢なりき。古は天皇躬つから軍隊を率い給ふ御制にて時ありては皇后皇太子の代らせ給ふこともありつれど大凡兵権を臣下に委ね給ふ事はなかりき。中世に至りて文武の制度皆唐国風に倣はせ給ひ六衛府を置き、左右馬寮を建て防人など設けられしかば兵制は整ひたれども打ち続ける昇平に狃れて朝廷の政務も漸文弱に流れければ兵農おのづから二に分れ古の徴兵はいつとなく壮兵の姿に変り遂に武士となり兵馬の権は一向に其の武士共の棟梁たる者に帰し、世の乱れと共に政治の大権も亦其の手に落ち凡七百年の間武家の政治とはなりぬ。世の様の移り換りて斯くなれるは人力もて挽回すべきにあらずとはいひながら、且は我国体に戻り、且は我祖宗の御制に背き奉り浅間しき次第なりき。降りて弘化嘉永の頃より徳川の幕府其政衰へ剰へ外国の事ども起りて其侮をも受けぬべき勢に迫りければ朕が皇祖　仁孝天皇　皇考孝明天皇いたく宸襟を悩まし給ひしこそ恭くも又惶けれ。然るに朕幼くして天津日嗣を受けし初、征夷大将軍其の政権を返上し、大名、小名其版籍を奉還し年を経ずして海内一統の世となり古の制度に復しぬ。是文武の忠臣良弼ありて朕を輔翼せる功績なり。歴世祖宗の専ら蒼生を憐み給ひし御遺沢なりといへども併ら我臣民の其心に順逆の理を辨へ大義の重きを知れるが故にこそあれ。されば此の時に於いて兵制を更め、我国の光を輝かさんと思い、此の十五年が程に陸海軍の制をば今の様に建て定めぬ。其れ兵馬の大権は朕が統ぶる所なれば其司々をこそ臣下には任すなれ。其の大綱は朕親ら之を攬り、肯《あえ》て臣下に委ぬべきものにあらず。子々孫々に至るまで篤く斯の旨を伝へ、天子は文武の大権を掌握するの義を存して再び中世以降の如き失體なからんことを望むなり。

朕は汝等軍人の大元帥なるぞ。されば朕は、汝等を股肱と頼み、汝等は朕を頭首と仰ぎてぞ其の親しみは特に深かるべき。朕が国家を保護して上天の恵みに応じ祖宗の恩に報いまいらする事を得るも得ざるも、汝等軍人が其の職を尽くすと尽くさるとに由るぞかし。我が国の稜威振はざることあらば汝等能く朕と其憂を共にせよ。我が武維揚りて其の栄を耀かさば朕汝等と其の誉を偕にすべし。汝等皆其職を守り朕と一つ心になりて力を国家の保護に盡さば我が国の蒼生は永く太平の福を受け我が国の威烈は大いに世界の光華ともなりぬべし。

朕斯も深く汝等軍人に望むなれば猶訓へ論すべき事こそあれ。いでや、之を左に述べん。

一　軍人は忠節を尽くすを本分とすべし

凡そ生を我が国に禀くるもの誰かは国に報ゆるの心なかるべき。まして軍人たらん者は此心の固からでは物の用に立ち得べしとも思はれず。軍人にして報国の心堅固ならざるは如何程技芸に熟し学術に長ずるも猶偶人にひとしかるべし。

其の隊伍も整ひ節制も正しくとも忠節を存せざる軍隊は事に臨みて烏合の衆に同じかるべ

し。抑国家を保護し国権を維持するは兵力にあれば、兵力の消長は是国運の盛衰なる事を弁え、世論に惑わず、政治に拘らず只只一途に己が本分の忠節を守り義は山嶽よりも重く死は鴻毛よりも軽しと覚悟せよ。其の操を破りて不覚を取り汚名を受くる勿れ。

一　軍人は礼儀を正しくすべし

凡そ軍人には上元帥より下一卒に至るまで、其の間に官職の階級ありて統属するのみならず、同列同級とても停年に新旧あれば、新任の者は旧任のものに服従すべきものぞ。下級の者は上官の命を承ること実は直ちに朕が命を承る義なりと心得よ。己が隷属する所にあらずとも、上級のものは勿論停年の己より古き者に対しては総て敬礼を尽くすべし。又上級の者は下級の者に向かい、聊かも軽侮驕傲の振る舞いあるべからず。公務の為に威厳を主とする時は格別なれども、其の外は務めて懇に取扱い慈愛を専一と心掛け上下一致して王事に勤労せよ。若し軍人たる者にして、礼儀を紊り、上を敬はず下を恵まずして一致の和諧を失いたらんには啻に軍隊の囊毒たるのみかは国家の為にもゆるし難き罪人なるべし。

一　軍人は武勇を尚ぷべし

夫れ武勇は我が国にては、古よりいとも貴べる所なれば我が国の臣民たらんもの武勇なくては叶うまじ。況して軍人は戦に臨み敵に当たるの職なれば、片時も武勇を忘れてよかるべきか。さはあれ、武勇には、大勇あり小勇ありて同じからず。血気にはやり、粗暴の振る舞いなどせんは、武勇とは謂ひ難し。軍人たらんものは、常に能く義理を弁え能く胆力を練り思慮を尽くして事を謀るべし。小敵たりとも侮らず大敵たりとも懼《おそ》れず己が武職を尽くさむこそ、誠の大勇にはあれ。されば、武勇を尚ぶものは常常、人に接するには温和を第一とし、諸人の愛敬を得むと心掛けよ。

由なき勇を好みて猛威を振ひたらば、果ては世の人も忌み嫌いて、犲狼などの如く思ひなむ。心すべきことにこそ。

一　軍人は信義を重んずべし

凡そ信義を守ること、常の道にはあれどわきて軍人は信義なくては、一日も隊伍の中に交りてあらんこと難かるべし。信とは己が言を践行い義とは己が分を尽すを言うなり。

されば、信義を尽くさんと思はば始めより其の事の成し得べきか、得べからさるかを審かに思考すべし。朧気なる事を仮初めに諾ひてよしなき関係を結び、後に至りて、信義を立てんとすれば、進退谷《きわま》りて、身の措き所に苦しむことあり。悔ゆとも其の詮なし始めに能く能く、事の順逆を弁え、理非を考え其言は所詮践むべからずと知り其の義はとても守べからずと悟りなば、速やかに止まることそよけれ。

古より或は小節の信義を立てんとて、大綱の順逆を誤り、或は公道の理非に踏み迷いて私情の信義を守り、あたら英雄豪傑共が禍に遭ひ身を滅ぼし屍の上の汚名を後世まで遺せること、其の例少なからぬものを、深く戒めてやはあるべき。

一　軍人は質素を旨とすべし

凡そ質素を旨とせざれば分弱に流れ軽薄に趨り、驕奢華靡の風を好み遂には貪汚に陥りて志も無下に賎くなり、節操も、武勇も、其の甲斐なく世人に爪はじきせらるる迄に至りぬべし。其の身生涯の不幸なりといふも、中々愚かなり。此の風一たび軍人の間に起りては彼の伝染病の如く蔓延し士風も兵気も頓に衰へぬべきこと明らかなり。
朕深く之を懼れて曩《さき》に免黜条例を施行し略此の事を誡め置きつれど猶も其の悪習の出でんことを憂ひて心安からねば故に又之を訓ふるぞかし。汝等軍人ゆめ此の訓誡を等閑にな思ひそ。

右の五ヶ條は軍人たらんもの暫しも忽にすべからず。さて、之を行はんには一の誠心こそ大切なれ。抑抑この此の五ヶ條は我が軍人の精神にして一の誠心は又五ヶ條の精神なり。心誠ならざれば如何なる嘉言も善行も皆うはべの装飾にて何の用にかは立つべき。心だに誠あれば何事も成るものぞかし。況してや此の五ヶ條は天地の公道人倫の常経なり。行い易く守り易し。汝等軍人能く朕が訓に遵ひて此の道を守り行ひ国に報ゆるの務を盡さば、日本国の蒼生挙りて之を悦びなん。朕一人の懌のみならんや。

明治十五年一月四日

御名

付IV――戦陣訓

序

夫れ戦陣は大命に基づき皇軍の神髄を発揮し、攻むれば必ず取り、戦へば必ず勝ち、遍く皇道を宣布し、敵をして仰いで御稜威の尊厳を感銘せしむる處なり。されば戦陣に臨む者は、深く皇国の使命を體し堅く皇国の道義を持し、皇国の威徳を四海に宣揚せんことを期せざるべからず。

惟ふに軍人精神の根本義は畏くも軍人に賜はりたる勅諭に炳乎として明かなり。而して戦闘並びに訓練等に関し準拠すべき要綱は、又典令の綱領に教示せられたり。しかるに戦陣の環境たる、兎もすれば、眼前の事象に捉はれて、大本を逸し、時にその行動軍人の本分に戻るが如きことなしとせず。深く慎まざるべけんや。乃ち既往の経験に鑑み、常に戦陣に於いて勅諭を仰ぎて、之が服行の完璧を期せんが為具体的行動の馮拠を示し以て皇軍道義の昂揚を図らんとす。是、戦陣訓の本旨とする所なり。

本訓　其の一

第一　皇国

大日本は皇国なり。萬世一系の天皇上に在しまし肇国の皇模を紹継して無窮に君臨し給ふ。皇恩万民に遍く、聖徳八紘に光被す。臣民亦忠孝勇武祖孫相受け、皇国の道義を宣揚し天業を翼賛し奉り、君民一体以て克く国運の隆昌を致せり。

戦陣の将兵、宜しく我が国体の本義を体得し、牢固不抜の信念を堅持し、誓って皇国守護の大任を完遂せんことを期すべし。

第二　皇軍

軍は天皇統率の下、神武の精神を体現し、以て皇国の威徳を顕揚し皇運の扶翼に大御心を奉じ、正にして武、武にして仁、克く大和を現ずるもの、是神武の精神なり。

武は嚴なるべし。仁は遍きを要す。苟も皇軍に抗する敵あらば、烈烈たる武威をふるい断固之を撃砕すべし。暇令峻厳の威、克く敵を屈服せしむとも、服するは撃たず従ふは慈むの徳に欠くるあらば、未だ以て全しとは言い難し。

武は驕らず、仁は飾らず、自ずから溢るるを以て尊しとなす。皇軍の本領は、恩威並び行われ、遍く御稜威を仰がしむるにあり。

第三　軍紀

皇軍軍紀の神髄は、畏くも大元帥陛下に対し奉る絶対随順の崇高なる精神に存す。

上下齊しく、統帥の尊厳なる所以を感銘し、上は大権の承行を謹厳にし、下は謹んで服従の至誠を致す可し。尽忠の赤誠相結び、脈絡一貫、全軍一令の下に寸毫紊るるなきは、是、戦勝必須の要件にして、又実に治安確保の要道たり。

特に戦陣は、服従の精神実践の極致を発揮すべき処とす。死生困苦の間に処し、命令一下欣然として死地に投じ黙々として献身服行の実を挙ぐるもの、実に我が軍人精神の精華なり。

第四　団結

軍は畏も大元帥陛下を頭首と仰ぎ奉る。渥き聖慮を體し、忠誠の至情に和し挙軍一心一体の実を致さざるべからず。

軍隊は統率の本義に則り、隊長を核心とし、鞏固にして而も和気藹藹たる団結を固成すべし。上下各々その分を厳守し、常に隊長の意図に従い、真心を他の腹中に置き、生死利害を超越して、全体の為、己を没するの覚悟なかるべからず。

第五　協同

諸兵心を一にし、己の任務に邁進すると共に、全軍戦勝の為、欣然として、没我協力の精神を発揮すべし。

各隊は互いに其の任務を重んじ、名誉を尊び、相信じ相援け、自ら進んで苦難に就き、戮力協心相携へて目的達成の為力闘せざるべからず。

第六　攻撃精神

凡そ、戦闘は勇猛果敢、常に攻撃精神を以て一貫すべし。

攻撃に方りては果断積極機先を制し、剛毅不屈、敵を粉砕せずんば已まざるべし。防御又克く攻勢の鋭気を包蔵し、必ず主動の地位を確保せよ。陣地は死すとも、敵に委すること勿れ。追撃は断断乎として、飽く迄も徹底的なるべし。勇往邁進百事懼れず、沈着大胆難局に処し、堅忍不抜困苦に克ち、有ゆる障害を突破して、一意勝利の獲得に邁進すべし。

第七　必勝の信念

信は力なり。自ら信じ、毅然として戦う者常に克く勝者たり。

必勝の信念は、千磨必死の訓練に生ず。須く寸暇を惜しみ、肝胆を砕き、必ず敵に勝つの実力を涵養すべし。

勝敗は皇国の隆替に関す。光輝ある軍の歴史に鑑み、百戦百勝の伝統に対する己の責務を銘肝し、勝たずば断じて已むべからず。

本訓　其の二

第一　敬神

神霊上に在りて照覧し給ふ。

心を正し、身を修め、篤く敬神の誠を捧げ、常に、忠孝を心に念じ、仰いで神明の加護に恥じざるべし。

第二　孝道

忠孝一本は我が国道義の精粋にして、忠誠の士は又、必ず純情の孝子なり。

戦陣深く、父母の志を體して克く尽忠の大義に徹し、以て祖先の遺風を顕彰せんことを期すべし。

第三　敬礼挙措

敬礼は至純なる服従心の発露にして、又上下一致の表現なり。戦陣の間、特に厳正なる敬礼を行はざるべからず。

礼節の精神内に充溢し、挙措謹厳にして端正なるは強き武人たるの証左なり。

第四　戦友道

戦友の道義は、大義の下、死生相結び、互いに信頼の至情を致し、常に切磋琢磨し、緩急相救ひ、倶に軍人の本分を完うするにあり。

第五　率先躬行

幹部は熱誠以て百行の範たるべし。上正からざれば、下は必ず紊る。戦陣は実行を尚ぶ躬を以て衆に先んじ、毅然として行うべし。

第六　責任

任務は神聖なり。責任は極めて重し。一業一務忽せにせず、心魂を傾注して、一切の手段を尽くし、これが達成に遺憾なきを期すべし。

責任を重んずる者、是、真に戦場に於ける最大の勇者なり。

第七　死生観

死生を貫くものは崇高なる献身奉公の精神なり。
生死を超越し一意任務の完遂に邁遂すべし。心身一切の力を尽くし、従容として悠久の大義に生きることを悦びとすべし。

第八　名を惜しむ

恥を知る者は強し。常に郷党家門の面目を思い、愈奮励して其の期待に答ふべし。
生きて虜囚の辱を受けず死して罪禍の汚名を残すこと勿かれ。

第九　質実剛健

質実以て陣中の起居を律し、剛健なる士風を作興し、旺盛なる士気を振起すべし。
陣中の生活は簡素ならざるべからず。不自由は常なるを思い、毎事節約に努むべし。奢侈は勇猛の精神を蝕むものなり。

第十　精廉潔白

精廉潔白は武人気節の由って立つ処なり。己に克つこと能はずして物欲に促はるる者、いかでか皇国に身命を捧ぐるを得ん。
身を持するに冷厳なれ。事に処するに公正なれ。行いて俯仰天地に慚ぢざるべし。

本訓　其の三

第一　戦陣の戒

一、一瞬の油断、不測の大事を生ず。常に備へ厳に警めざるべからず。敵及び住民を軽侮するを止めよ。小成に安んじて労を厭ふこと勿れ。不注意も亦災禍の因と知るべし。

二、軍機を守るに細心なれ。諜者は常に身辺に在り。

三、哨務は重大なり。一軍の安危を担い、一隊の軍紀を代表す。宜しく身を以て其の重きに任じ、厳粛に之を服行すべし。
哨兵の身分は、又深く之を尊重せざるべからず。

四、思想戦は現代戦の重要なる一面なり。皇国に対する不動の信念を以って敵の宣伝欺隔を破砕するのみならず、進んで皇道の宣布に努むべし。

五、流言飛語は信念の弱きに生ず。惑うこと勿れ、動ずること勿れ。皇軍の実力を確信し、篤く上官を信頼すべし。

六、敵産、敵質の保護に留意するを要す。徴発、押収、物資の燼滅等は総て規定に従い必ず指揮官の命に依るべし。

七、皇軍の本義に鑑み、仁恕の心能く無辜の住民を愛撫すべし。

八、戦陣苟も酒色に心奪はれ、又は欲情に駆られて本心を失ひ、皇軍の威信を損じ、奉公の身を誤るが如きことあるべからず。
深く反省し、断じて武人の清節を汚さざらんことを期すべし。

九、怒りを抑え不満を制すべし。「怒りは敵と思え」と古人も教えたり。一瞬の激情、悔を後日に残すこと多し。
軍法の峻厳なるは、特に軍人の栄誉を保持し、皇軍の威信を全うせんが為なり。常に出征当時の決意と感激を想起し、遙に思を父母の妻子の真情に馳せ、仮初めにも身を罪科に曝すこと勿れ。

第二　戦陣の嗜

一、尚武の伝統に培ひ、武徳の涵養、技能の錬磨に勉むべし。
「毎時退屈する勿れ」とは古き武将の言葉にも見えたり。

二、後顧の憂を断ちて只管奉公の道に励み、常に身辺を整えて、死後を清くするの嗜みを肝要とす。
屍を山野に曝すは固より武人の覚悟なり。縦ひ遺骨の還らざることあるも、敢えて意とせざる様、予て家人に含め置くべし。

三、戦陣病魔に斃るるは、遺憾の極みなり。特に衛生を重んじ、己の不節制に因り、奉公に支障を来すが如きことあるべからず。

四、刀を魂とし、馬を宝となせる古武士の嗜みを心とし戦陣の間、常に兵器資材を尊重し馬匹を愛護せよ。

五、陣中の徳義は戦力の因なり。常に他隊の便益を思い、宿舎、物資の独占の如きは慎むべし。
「立つ鳥、跡を濁さず」と言えり。雄々しく床しき皇軍の名を、異境辺土にも永く伝えられたきものなり。

六、総じて、武勲を誇らず、功を人に譲るは武人の高風とする所なり。
他の栄達を妬まず己の認められざるを恨まず、省みて我が誠の足らざるを思うべし。

七、諸事正直を旨とし、誇張虚言を恥とせよ。

八、常に、大国民たるの襟度を持し、正を践み義を貫きて、皇国の威風を世界に宣揚すべし。

九、萬死に一生を得て、帰還の大命に浴することあらば、具に思いを護国の英霊に致し、言行を慎み、国民の範となり、愈々奉公の覚悟を固くすべし。

結　び

以上、述ぶる所は、悉く勅諭に発し、又之に帰するものなり。されば之を戦陣道義の実践に資し、以て聖諭服行の完璧を期せざるべからず。

戦陣の将兵、須く此の趣旨を體し、愈々奉公の誠を擢《ぬき》んで、克く軍人の本分を全うして、皇恩の渥きに、答え奉るべし。

付Ⅴ――歩兵操典綱領

第一　戦闘一般の目的　軍の主とする所戦闘なり。故に百事皆戦闘を以て基準とすべし。而して、戦闘一般の目的は、敵を圧倒殲滅して迅速に戦捷を獲得するに在り。

第二　戦捷の要　戦捷の要は有形無形の各種戦闘要素を綜合して、敵に優る威力を要点に集中発揮せしむるに在り。

訓練精到にして必勝の信念固く、軍記至厳にして攻撃精神充溢せる軍隊は、能く、物質的威力を凌駕して、戦勝を全うし得るものとす。

第三　必勝の信念　必勝の信念は主として軍の光輝ある歴史に根源し周到なる訓練を以て之を培養し卓越なる指揮統帥を以て之を充実す。

赫々たる伝統を有する国軍は愈々忠君愛国の精神を砥砺し益々訓練の精熟を重ね戦闘惨烈の極所に到るも、上下相信倚し、毅然として必勝の信念を持せざるべからず。

第四　軍紀　軍紀は軍隊の命脈なり戦場至る所境遇を異にし且つ諸種の任務を有する全軍をして、上将帥より下一兵に至る迄脈絡一貫克く一定の方針に従い、衆心一致の行動に就かしめ得るもの、即ち軍紀にして、其の弛張は実に軍の運命を左右するものなり。

而して、軍紀の要素は服従に在り。故に全軍の将兵をして、身命を君国に献げ、至誠上長に服従し其の命令を確守するを以て、第二の天性と成さしむるを要す。

第五　独断　凡そ、兵戦の事たる独断を要するもの頗る多し。而して独断は其の精神に於いては決して、服従と相反するものにあらず。常に上官の意図を明察し、大局を判断して状況の変化に応じ自ら其の目的を達し得べき最良の方法を選び、以て機宜を制せざるべからず。

第六　攻撃精神　軍隊は常に攻撃精神充溢し士気旺盛ならざるべからず。攻撃精神は忠君愛国の至誠より発する軍人精神の精華にして鞏固なる軍隊士気の表徴なり。武技之に依りて精を致し、教練之に依りて光を放ち戦闘之に依りて勝を奏す。蓋し勝敗の数は必ずしも兵力の多寡に依らず。精錬にして、且つ攻撃精神に富める軍隊は、克く寡を以て衆を破ることを得るものなればなり。

第七　協同一致　協同一致は戦闘の目的を達する為極めて重要なり。兵種を論ぜず上下を問わず、戮力協心全軍一体の実を挙げ、始めて戦闘の成果を期し得べく、全般の情勢を考察し、各々其の職責を重んじ、一意任務の遂行に努力するは、即ち協同一致の趣旨に合するものなり。
而して諸兵種の協同は、歩兵をして其の目的を達成せしむるを主眼とし之を行うを本義とす。

第八　堅忍不抜　戦闘は輓近著しく複雑靭強の性質を帯び、且つ資材の充実、補給の円滑は必ずしも常に之を臨むべからず。故に軍隊は堅忍不抜、克く困苦欠乏に堪え、難局を打開し、戦捷の一途に邁進するを要す。

第九　敵の意表　敵の意表に出ずるは、機を制し勝を得るの要道なり。故に旺盛なる企図心と、追随を許さざる創意と神速なる機動とを以て敵に臨み常に主導の地位に立ち、全軍相戒めて、厳に我が軍の企図を秘匿し困難なる地形及び天候をも克服し、疾風迅雷、敵をして、之に対応するの策なからしむること緊要なり。

第十　指揮官の責任感　指揮官は軍隊指揮の中枢にして、又団結の核心なり。故に常時、熾烈なる責任観念及び鞏固なる意思を以て其の職責を遂行すると共に、高邁なる徳性を備え、部下と苦楽を共にし、率先躬行、軍隊の儀表として其の尊信を受け剣電弾雨の間に立ち勇猛沈着、部下をして仰いで富嶽の重きを感ぜしめざるべからず。

為さざると遅疑するとは、指揮官の、最も戒むべき所とす。是此の両者の軍隊を危殆に陥らしむること其の方法を誤るよりも更に甚だしきものあればなり。

第十一　歩兵　歩兵は軍の主兵にして、諸兵種協同の核心と成り、常に戦場に於ける主要の任務を負担し、戦闘に最終の決を与ふるものなり。

歩兵の本領は、地形及び時期の如何を問わず戦闘を実行し、突撃を以て、敵を殲滅するにあり。而して歩兵は縦ひ他兵種の協同を欠くことあるも、自ら克く戦闘を遂行せざるべからず。

歩兵はつねに兵器を尊重し、弾薬資材を節用し、馬を愛護すべし。

第十二　典礼の活用　戦闘に於いては、百事簡単にして、且つ精錬なるもの能く成功を期し得べし。典礼は此の趣旨に基き軍隊訓線上主要なる原則、法則及び制式を示すものにして之が運用の妙は一に其の人に存す。

固より妄りに典則に乖くべからず。又之に拘泥して、実効を誤るべからず。宜しく工夫を積み創意に勉め、以て千差万別の状況に處し之を活用すべし。

戦略を謬《あやま》って国は亡びた

2006年2月26日　第1刷発行

著　者　嘉　村　甚　次
発行人　浜　　　正　史
発行所　株式会社　元就《げんしゅう》出版社
〒171-0022 東京都豊島区南池袋4-20-9
サンロードビル2F-B
電話　03-3986-7736 FAX 03-3987-2580
振替　00120-3-31078
装　幀　純　谷　祥　一
印刷所　中央精版印刷株式会社
※乱丁本・落丁本はお取り替えいたします。

ISBN4-86106-037-0　C0095